KB211444

음향과 분노

THE SOUND AND THE FURY

음향과 분노

윌리엄 포크너 장편소설 | 정인섭 옮김

북피아
bookpia

일러두기

1) 옮긴이 주 외에 내용 이해에 보다 도움이 되리라 판단한 부분은 편집 과정에서 편집자가 주를 더했으며 그 끝에 편집자 주임을 밝혔다.

2) 원문의 느낌을 최대한 살리고자 문장부호 사용 체재는 가능한 한 원서를 따르고자 했다. 연속되는 문장들 사이에 마침표가 없는 것은 그런 이유이다.

3) 원서의 이탤릭체 부분은 고딕체로 처리했다.

4) 본 개정판 작업 과정에서, 편집자는 수십 년간 '음향'으로 번역돼 온 'sound'가 단순히 들리는 소리라기보다는 귀에 거슬리는 일종의 '소음'에 가깝다는 결론에 이르렀으나, 숙고 끝에 관습을 따르기로 했음을 밝혀 둔다.

차례 ▮

1928년 4월 7일

　　백치 벤지의 시선을 통해 이야기가 전개되는 장이다. 둔중한 신음 소리, 듣기에도 애처로운 외침 소리로만 자신을 표현하는 벤지에게 체계나 논리를 기대할 수는 없을 터, 그의 눈에 비친 사건들의 선후관계나 장소는 모조리 뒤엉켜 있다.

　　벤지는 대상과 상황을 오직 냄새를 통해 인식한다. 직관에 기댄, 원시적인 언어 일색인 그의 묘사는 독자를 혼란스럽게 만든다.

울타리에 감긴 꽃 사이로 공을 치는 사람들을 볼 수 있었다. 그들은 깃발을 세워 놓은 쪽으로 다가갔으며, 나는 울타리를 따라 걸었다. 러스터는 꽃이 핀 나무 옆 풀밭을 뒤지고 있었다. 그들은 깃발을 뽑아내고는 공을 쳤다. 그런 다음 기를 도로 꽂고 평평한 데로 갔고, 한쪽이 공을 치자 상대방도 공을 쳤다. 그들은 계속했으며, 나는 울타리를 따라 걸었다. 러스터가 꽃이 핀 나무에서 떨어져 나왔고 우리는 울타리를 따라 걸었으며 그들이 멈춰 서면 우리도 멈췄고, 러스터가 풀밭을 뒤지는 동안 나는 울타리 너머 저편을 보았다.

"이봐, 캐디." 그 사람이 공을 쳤다. 그들은 목초지를 가로질러 멀어져 갔다. 나는 울타리에 매달려 그들이 멀어지는 것을 지켜보았다.

"이봐." 러스터가 말했다. "서른셋을 먹고도 넌 어째 그 모양이냐. 너한테 그 케이크를 사다 준답시고 난 내내 읍내를 쏘다녔다구. 그만 끙끙대고 25센트 찾는 것 좀 도우라구. 오늘 밤 구경 좀 가게."

목초지 너머의 그들은 거의 공을 치지 않다시피 하고 있었다. 나는 울타리를 따라 깃발이 있는 곳으로 되돌아갔다. 깃발은 빛나는 풀과 나무가 심어진 데서 펄럭였다.

"자, 가자. 거긴 다 찾아봤어. 그 사람들 이젠 오지 않을걸. 검둥이놈들이 선수치기 전에 냇가로 내려가 동전을 찾자구." 러스터가 말했다.

목초지 위에서 펄럭이는 깃발은 붉은색이었다. 새 한 마리가 깃발에 몸을 기대고 있었다. 러스터가 뭔가를 던졌다. 깃발은 빛나는 풀과 나무가 심어진 데서 펄럭였다. 나는 울타리에 매달렸다.

"그 앓는 소리 좀 닥치라구." 러스터가 말했다. "그들이 오지 않는걸 낸들 어쩌겠어. 잠자코 있지 않으면 할멈이 생일을 챙겨 주지 않을 거라구. 조용히 하지 않으면 내가 어쩔지 알잖아. 케이크를 모조리 먹어치울 거라구. 초까지 말이야. 초 서른세 개를 몽땅 먹어치운다구. 어서, 냇가로 가자. 내 25센트를 찾아야지. 어쩌면 저들이 친 공 하나쯤은 발견할 수 있을 거야. 저기 좀 봐, 그 녀석들이다. 저 건너편에, 보여?" 그가 울타리 쪽으로 와서 팔을 들어 가리켜 보였다. "저들을 봐. 이쪽으로 돌아오지 않는다구. 자, 가자니까."

우리는 울타리를 따라 걸었고 정원 울타리에 다다랐다. 울타리에 우리 두 사람의 그림자가 비쳤다. 내 그림자가 러스터의 그림자보다 컸다. 우리는 울타리가 부서진 데로 가서 넘어갔다.

"잠깐, 또 못에 걸렸잖아. 못에 걸리지 않고는 여길 제대로 기어 들어가는 법이 없다니까." 러스터가 말했다.

캐디가 나를 못에서 떼어 놓았고 우리는 기어 나왔다. 모리 삼촌이 아무한테도 들키지 말랬어. 그러니까 몸을 구부리는 게 좋아. 몸을 구부리라니까 벤지. 캐디가 말했다. 이렇게 말야. 알겠어? 우리는 몸을 구부린 채 정원을 가로질렀다. 몸에 걸린 꽃들이 바스스 소리를 냈다. 땅은 단단했다. 울타리를 넘어가니, 돼지들이 꿀꿀거리며 킁킁대고 있었다. 돼지들은 슬퍼하는 거야. 오늘 한 놈이 잡혀갔거든, 하고 캐디가 말했다. 땅은 단단하고 우들우들 덩어리가 져 있었다.

손은 주머니에 넣고 있어, 하고 캐디가 말했다. 안 그러면 손이 언다구. 크리스마스에 손이 어는 걸 바라진 않겠지?

"밖이 너무 추워. 너도 밖에 나가기 싫지?" 버쉬가 말했다.

"그게 무슨 소리냐." 어머니가 말했다.

"얘가 밖에 나가고 싶어 해서요." 버쉬가 말했다.

"나가게 하지 그래." 모리 삼촌이 말했다.

"너무 추워. 안에 있는 게 나을 거다. 이제 그만 하거라, 벤저민." 어머니가 말했다.

"괜찮을 거예요." 모리 삼촌이 대꾸했다.

"벤저민, 착하게 굴지 않으면 부엌으로 가야 할 게다." 어머니가 말했다.

"엄마가 오늘은 그앨 부엌에서 떨어뜨려 놓으라고 했죠. 모든 요리를 오늘 다 끝내야 한댔어요." 버쉬가 말했다.

"내버려 두지 그래요, 캐롤라인 누님." 모리 삼촌이었다. "애 걱정하다 도리어 병나겠어요."

"그건 나도 알아. 하늘이 주신 벌이지. 때때로 그런 생각을 하게 되거든." 어머니가 말했다.

"알아요, 알아. 기운을 차리셔야 해요. 제가 토디(위스키에 뜨거운 물과 설탕, 레몬을 탄 음료—옮긴이) 한 잔 만들어 드리죠." 모리 삼촌이 말했다.

"그러면 도리어 기분이 나빠질 거야. 그렇다는 걸 알잖아?" 어머니가 말했다.

"기분이 나아질 거라니까요." 모리 삼촌이 말했다. "이봐, 애를 두툼하게 입혀서 잠깐 밖에 데리고 나가."

모리 삼촌이 나갔다. 버쉬도 가버렸다.

"제발 좀 잠자코 있거라. 되는 대로 빨리 널 내보내 줄 테니, 엄마는 네가 아프길 원치 않아." 어머니가 말했다.

버쉬가 내게 덧신과 외투를 입혔고, 우리는 모자를 챙겨 밖으로 나갔다. 모리 삼촌은 식당 찬장에서 병을 치우고 있었다.

"걔를 30분쯤 밖에 데리고 나가거라. 마당에 있게 해." 모리 삼촌이 말했다.

"네, 그럽죠. 절대로 거길 못 벗어나게 할게요." 버쉬가 말했다.

우리는 밖으로 나갔다. 해는 차갑고 밝았다.

"어디로 가는 거야? 설마 읍내로 갈 생각은 아니겠지?" 버쉬가 말했다. 우리는 부스럭대는 낙엽을 밟으며 갔다. 대문은 차가웠다. "주머니에 손을 넣어. 대문에 손을 대면 손이 얼어붙는다구. 왜 안에서 형과 누나를 기다리지 않는 거야." 그는 내 손을 주머니에 집어넣었다. 나는 그가 낙엽 밟는 소리를 들을 수 있었다. 한기가 냄새로 느껴졌다. 대문은 차가웠다.

"히야, 히코리 열매로군! 저 나무에 오르게? 여기 다람쥐 좀 봐, 벤지."

나는 대문은 전혀 느껴지지 않았지만, 신선한 냉기는 냄새로 느껴졌다.

"손은 도로 주머니에 넣는 게 좋아."

캐디가 걷고 있었다. 그러다 달리기 시작하자 등 뒤의 가방이 흔들리며 춤을 추었다.

"잘 있었어, 벤지?" 그녀가 대문을 열고 들어와 몸을 굽혔다. 캐디에게서 나뭇잎 냄새가 났다. "날 만나러 온 거야? 이 캐디를 만나러 왔느냐구? 버쉬, 어째서 애 손을 차가워지게 둔 거야?"

"주머니에 넣고 있으라고 했어. 그런데 저 쇠문을 붙들고 있었거든." 버쉬가 말했다.

"캐디 만나러 왔어?" 그녀가 내 손을 비비며 말했다.

"무슨 일이야? 캐디한테 뭘 말하고 싶은 건데?" 캐디에게서 나무 냄새가, 그녀가 우리는 자고 있었다고 할 때 나던 냄새가 났다.

왜 끙끙대는데? 러스터가 말했다. 냇가에 가면 녀석들을 다시 볼 수 있어. 여기, 여기 흰독말풀이 있네. 그가 내게 꽃을 건넸다. 우리는 울타리를 넘어 목초지로 들어갔다.

"뭔데 그래?" 캐디가 말했다. "캐디한테 말하고 싶은 게 뭐야? 얘를 밖으로 쫓아낸 거지, 버쉬?"

"집 안에 붙잡아 둘 수 없었어. 내보내 줄 때까지 졸라대다가 곧장 이리 와서 대문 밖을 내다보고 있었는걸." 버쉬가 말했다.

"뭐야? 내가 학교에서 돌아올 때쯤이면 크리스마스가 된다고 생각한 거야? 그렇게 생각한 거야? 크리스마스는 모레야. 산타클로스, 벤지. 산타클로스. 자아, 집까지 달려가자. 가서 몸을 녹이자." 캐디가 말했다.

그녀가 내 손을 잡았고 우리는 바스락거리며 밝게 빛나는 나뭇잎 사이를 달려갔다. 우리는 층계를 뛰어 올라가 밝은 추위를 벗어나 어두운 추위 속으로 들어갔다. 모리 삼촌은 찬장에 병을 다시 넣고 있었다. 삼촌이 캐디를 불렀다.

"걔를 난롯가로 데려가, 버쉬. 자, 버쉬와 함께 가. 나도 곧 갈게." 캐디가 말했다.

우리는 난롯가로 갔다. 어머니가 물었다.

"걔가 추워하니, 버쉬?"

"아뇨." 버쉬가 대답했다.

"외투랑 덧신을 벗겨 줘. 덧신 신은 채로 그앨 집 안에 들이지 말라고 몇 번을 말해야 하는 거야."

"네, 알겠습니다." 버쉬가 말했다. "자아, 가만 있어요." 그는 내

덧신을 벗기고, 외투 단추를 끌렀다.

"잠깐, 버쉬. 어머니, 애는 다시 못 나가는 거예요? 난 벤지랑 나가고 싶은데." 캐디가 말했다.

"안에 있게 두는 게 좋겠다. 오늘 충분히 밖에 있었어." 모리 삼촌이 대답했다.

"너희 둘 다 집 안에 있는 게 좋겠구나. 딜시 말이 날이 더 추워진다더라." 어머니가 말했다.

"어머니, 부탁이에요." 캐디가 말했다.

"어이가 없군. 걔는 종일 학교에 있었으니 신선한 공기가 필요하겠죠. 넌 나가 놀아, 캔데이스." 모리 삼촌이 말했다.

"벤지도 가게 해 주세요, 어머니. 제발요. 곧 울게 뻔한 거, 아시면서." 캐디가 말했다.

"그러면 왜 애 앞에서 그런 말을 하는 거야." 어머니가 말했다. "여긴 왜 들어왔어. 내가 또 걱정할 구실을 만들어 주려구? 너도 오늘은 그만 하면 충분히 나가 놀았어. 여기 앉아서 애하고 노는 편이 낫겠다."

"그냥 나가게 하지 그래요, 누님." 모리 삼촌이 말했다. "좀 추운 거야 상관없을 거예요. 누님은 기운을 차려야지요."

"알고 있어. 내가 얼마나 크리스마스를 두려워하는지 아무도 모르지? 아무도 모른다구. 난 뭐든 견딜 수 있는 그런 여자가 아냐. 난 제이슨과 애들을 위해서라도 더 강해졌으면 한다구." 어머니가 말했다.

"최선을 다해서 그들이 걱정 않도록 해야죠." 모리 삼촌이 말했다. "너희 둘은 나가 놀거라. 이번엔 오래 있지 마. 어머니가 걱정하시니까."

"네." 캐디가 대답했다. "자, 벤지, 우리 다시 밖에 나간다." 그녀는 내 코트 단추를 채웠고 우리는 문을 향해 갔다.

"덧신도 없이 데리고 나가는 거냐? 동생을 병나게 하고 싶니? 안 그래도 집 안에 환자가 가득한데." 어머니가 말했다.

"깜빡했어요. 난 벤지가 덧신을 신은 줄 알았어요." 캐디가 말했다.

우리는 되돌아왔다. "넌 잘 생각해야 해." 어머니가 말했다.

자아 가만 있어 버쉬가 말했다. 그는 나에게 덧신을 신겨 주었다. "언젠가 내가 가버리면, 네가 그 앨 보살펴야 해." 이제 발을 디뎌 봐 버쉬가 말했다. "이리 온. 엄마한테 키스하렴, 벤저민."

캐디가 어머니 의자 쪽으로 나를 데려가자, 어머니는 두 손으로 내 얼굴을 감싸고는 나를 꼭 껴안았다.

"가여운 것." 어머니가 말했다. 그리고 나를 놓아 주었다.

"너와 버쉬가 저 애를 잘 돌봐야 한다."

"네, 엄마." 캐디가 말했다. 우리는 밖으로 나갔다. "버쉬는 갈 필요 없어. 얜 내가 잠시 돌볼게." 캐디가 말했다.

"좋아. 재미도 없는데, 추운 밖에 나가고 싶지 않으니까." 버쉬가 가고 우리는 복도에 서 있었고, 캐디가 무릎을 꿇고 두 팔로 나를 안아 그녀의 차갑고 빛나는 얼굴을 내게 갖다 댔다. 그녀에게서 나무 냄새가 났다.

"넌 불쌍한 아기가 아냐, 그렇지? 네겐 캐디가 있잖아, 너의 캐디가 여기 있으니까."

그 앓는 소리랑 침을 질질 흘리는 것 좀 그만할 수 없어, 하고 러스터가 말했다. 그렇게 시끄럽게 구는 게 부끄럽지도 않아? 우리는 마차 창고를 지났는데, 그 안에 마차가 있었다. 하나는 새 바퀴였다.

"자, 타라. 어머니가 올 때까지 가만히 있거라." 딜시가 말했다. 그녀는 나를 마차에 밀어 넣었다. 티피가 고삐를 잡았다. "왜 제이슨이 새 마차를 사지 않는지 도무지 모르겠구나." 딜시가 말했다. "이 마차는 언젠가 너희를 태운 채 부서지고 말 거다. 저 바퀴를 좀 보려무나."

어머니가 베일을 끌어 내리며 나타났다. 어머니는 꽃을 들고 있었다.

"로스커스는 어디 있지?" 어머니가 물었다.

"로스커스는 오늘 팔을 쓰지 못해요." 딜시가 대답했다. "티피도 마차를 잘 몰 수 있답니다."

"하지만 마음이 안 놓이는군." 어머니가 말했다. "일주일에 한 번쯤 마부를 마련해 줌 직도 한데. 그다지 큰 부탁은 아니라는 걸 하나님도 아실 거야."

"마님도 로스커스가 류마티스 때문에 꼭 필요한 일 아니면 무리할 수 없다는 걸 잘 아시잖아요." 딜시가 말했다. "자아, 어서 타세요. 티피도 로스커스 못지않게 잘 모셔다드릴 수 있답니다."

"난 맘이 안 놓여. 저 어린 것이랑 함께일 때는." 어머니가 말했다.

딜시가 계단을 올라왔다. "마님은 저것을 어린애라 부르세요?" 그녀는 어머니의 팔을 잡았다. "티피만큼이나 큰 사람한테. 가실 생각이면 어서 타세요."

"마음이 안 놓인다는데두." 어머니가 말했다. 두 사람은 계단을 내려갔다. 딜시는 어머니가 마차에 타는 걸 도왔다. "아마도 우리를 위해선 이게 최선일 테지." 어머니가 말했다.

"그런 식으로 말씀하시면 창피하지 않으세요?" 딜시가 말했다. "퀴니를 달리게 하려면 열여덟 먹은 검둥이보다 더 많은 게 필요하다는 걸 모르세요? 퀴니는 티피와 벤지 나이를 합친 것보다 늙었다구요. 그리고 티피, 넌 퀴니를 너무 무리하게 부리지 말고. 알겠냐? 칼라인 마님 마음에 들도록 마차를 몰지 않으면 로스커스더러 혼내 주라고 할 게야. 그 정도쯤은 할 수 있거든."

"알았어요." 티피가 대답했다.

"난 단지 무슨 일이 일어나리라는 걸 아는 것뿐이야." 어머니가 말했다. "그만 하거라, 벤저민."

"벤저민에게 꽃 한 송이 쥐어 주세요. 그걸 원하는 거라구요." 딜시가 말했다. 그녀가 마차 안으로 손을 디밀었다.

"안 돼, 안 돼. 넌 꽃잎을 모조리 흩어 놓고 말 거다." 어머니가 말했다.

"꽃은 마님이 들고 계세요. 제가 한 송이만 빼 줄 테니까요." 그녀가 내게 꽃 한 송이를 주었고 손은 마차 밖으로 사라졌다.

"자아, 이제 가세요. 쿠엔틴이 보면 따라가려고 조를 테니까요." 딜시가 말했다.

"쿠엔틴은 어디 있지?" 어머니가 물었다.

"집에서 러스터와 놀고 있어요." 딜시가 말했다. "자, 출발해, 티피. 로스커스가 일러준 대로 몰아야 한다."

"옙." 티피가 말했다. "이랴, 퀴니."

"쿠엔틴을," 어머니가 말했다. "내보내지 말……"

"제가 있잖아요!" 딜시가 대꾸했다.

마차는 대문까지 덜컹거리며 삐걱대며 나아갔다.

"쿠엔틴을 두고 가는 게 걱정돼. 난 가지 않는 게 낫겠어, 티피." 어머니가 말했다. 대문을 지나자 마차는 더 이상 덜컹대지 않았다. 티피가 퀴니에게 채찍질했다.

"이봐, 티피." 어머니가 불렀다.

"이놈을 달리게 해야 합니다요. 마구간에 돌아갈 때까지 이놈이 정신을 바짝 차리도록 해야 돼요." 티피가 말했다.

"마차를 돌리거라. 쿠엔틴을 남겨 둔 채 가는 게 마음에 걸려서 안 되겠구나." 어머니가 말했다.

"여기선 돌릴 수 없어요." 티피가 말했다.

이윽고 넓은 길이 나왔다.

"여기서도 돌 수 없다는 거냐?" 어머니가 말했다.

"돌 수 있죠."

티피가 마차를 돌리기 시작했다.

"티피." 어머니가 나를 붙들며 불렀다.

"전, 여기서 어떻게든 돌려 세워야겠어요." 티피가 말했다.

"워워, 퀴니."

마차가 섰다.

"넌 마차를 뒤집어 놓을 셈이구나." 어머니가 말했다.

"그럼 저더러 어쩌라구요." 티피가 대꾸했다.

"네가 돌리려고 하는 게 무서운 거야." 어머니가 말했다.

"이랴, 퀴니." 티피가 말했다. 우리는 앞으로 나아갔다.

"내가 없는 동안 딜시가 쿠엔틴에게 뭔가 일이 생기게 내버려둘 걸 나는 알지." 어머니가 말했다. "서둘러 돌아가야 해."

"어서, 움직여." 티피가 채찍으로 퀴니를 갈겼다.

"애, 티피." 어머니가 나를 붙들며 말했다. 나는 퀴니의 발소리를 들을 수 있었고, 빛나는 형체가 양쪽에서 부드럽게 계속해서 지나갔고, 그 그림자가 퀴니의 등을 가로지르며 흘러갔다. 그것은 수레바퀴의 빛나는 윗부분처럼 계속되었다. 곧 병사의 상(像)이 있는 높고 하얀 말뚝에서 한쪽의 움직임이 멈췄다. 그러나 다른 한쪽은 부드럽게 이어졌다. 다소간 느린 움직임이었다.

"무슨 일이에요?" 제이슨이 말했다. 그는 손을 주머니에 넣은 채 연필을 귀에 꽂고 있었다.

"묘지에 가는 길이다." 어머니가 말했다.

"예, 좋아요. 물론 전 막을 생각은 없어요. 그래, 제게 볼 일이란 고작 그것뿐이에요, 단지 그걸 알려 주시려고?" 제이슨이 말했다.

"네가 가지 않으리란 건 알고 있다만, 네가 가 줬으면 더 안심이 될 것 같구나." 어머니가 말했다.

"뭐가 안심이 된다는 거예요? 아버지도 쿠엔틴도 어머니에게 해를 입히지 않아요." 제이슨이 말했다.

어머니가 베일 아래로 손수건을 가져갔다. "그만두세요, 어머니." 제이슨이 말했다. "저 미친 놈이 광장 한가운데서 소란 피우길 원하시는 거예요? 어서 가, 티피."

"이랴, 퀴니." 티피가 외쳤다.

"내게 내린 천벌이야. 하지만 나도 곧 떠날 텐데." 어머니가 말했다.

"잠깐 세워." 제이슨이 말했다.

"워워." 티피가 마차를 세웠다. 제이슨이 말했다.

"삼촌이 어머니 돈에서 50달러짜리 어음을 발행하려고 해요. 그걸 어쩌실 셈이죠?"

"왜 내게 묻는 거냐. 난 아무런 할 말 없다. 난 너나 딜시에게 걱정을 끼치지 않으려고 하니까. 난 죽을 날이 멀지 않았고, 그리고 너는……" 어머니가 말했다.

"이제 가 봐, 티피." 제이슨이 말했다.

"이랴, 퀴니." 티피가 말했다. 형체들이 흘러갔다. 멈춰 있던 다른 쪽도 다시 움직이기 시작했다. 밝고 빠르고 부드럽게. 캐디가 곧 잘 시간이야 하고 말할 때처럼.

울보, 하고 러스터가 말했다. 넌 부끄럽지 않은 모양이야. 우리는 마구간을 지나갔다. 마구간은 모두 열려 있었다. 지금 네가 탈 수 있는 점박이 조랑말은 한 마리도 없어, 러스터가 말했다. 땅바닥은 말라붙고 먼지투성이었다. 지붕이 내려앉고 있었다. 기울어진 구멍 속이 빙빙 도는 노란 빛으로 가득 차 있었다. 어째서 그리로 가려는 거야? 녀석들 공에 맞아 머리가 날아가고 싶어?

"손은 호주머니에 넣고 있어. 안 그러면 얼어붙는다구. 크리스마스에 손이 얼어버리는 건 싫잖아, 안 그래?" 캐디가 말했다.

우리는 축사 근처로 갔다. 큰 소, 작은 소가 문에 서 있었고, 프린스, 퀴니, 팬시가 안쪽에서 발을 구르는 소리가 들렸다. "날만 춥지 않으면 팬시를 탈 수 있겠는데." 캐디가 말했다. "하지만 이렇게 추우니 버티기 힘들 거야." 그리고 우리는 냇가 쪽을 보았다. 연기가 바람에 흩날리고 있었다. "저기가 돼지 잡는 곳이야. 돌아가는 길에 그 옆을 지나면 볼 수 있어." 캐디가 말했다. 우리는 언덕을 내려갔다.

"너 그 편지를 가져가고 싶은 모양이구나. 넌 가져갈 수 있어." 캐디가 말했다. 그녀가 주머니에서 편지를 꺼내 내 주머니에 넣었다. "그건 크리스마스 선물이야." 캐디가 말했다. "모리 삼촌이 그걸로 패터슨 아주머니를 깜짝 놀래킬 생각이거든. 그러니까 들키지 않게 그걸 아줌마에게 줘야 해. 손은 주머니에 잘 넣어 둬." 우리는 냇가에 다다랐다.

"얼었네. 이것 좀 봐." 캐디가 말했다. 그녀는 수면을 깨뜨리고는 얼음 한 조각을 들어 내 얼굴 앞으로 가져왔다. "얼음이야. 춥다는 걸 말해 주지." 그녀는 내가 건너도록 도왔고 우리는 언덕으로 올라갔다. "어머니와 아버지한테도 말하면 안 돼. 그게 어떤 편지라고 내가 생각하는지 알지? 어머니와 아버지, 패터슨 아저씨 모두가 놀랄 만한 편지인 거야, 왜냐하면 패터슨 아저씨가 네게 사탕을 보냈기 때문이지. 아저씨가 네게 사탕 보낸 거 기억해?"

울타리가 있었다. 덩굴풀은 말라버렸고 바람에 바스락거렸다.

"한 가지 알 수 없는 건 말야, 모리 삼촌은 어째서 버쉬를 보내지 않았나 하는 거야." 캐디가 말했다. "버쉬라면 아무 말 않을 텐데." 패터슨 아주머니가 창문으로 내다보고 있었다.

"넌 여기서 기다려. 바로 여기서 기다리는 거야. 곧 돌아올게. 그 편지 이리 줘." 캐디가 내 주머니에서 편지를 꺼냈다. "손은 주머니에 넣고 있어." 그녀는 편지를 손에 든 채 울타리를 올라가, 바스락거리는 갈색 꽃들 속으로 갔다. 패터슨 아주머니가 문을 열고 섰다.

패터슨 아저씨는 푸른 꽃 속에서 잔풀을 쳐내고 있었다. 그는 풀을 뽑다 말고 내 쪽을 보았다. 패터슨 아주머니가 정원을 가로질러 달려왔다. 나는 아주머니의 눈을 보자 울기 시작했다. 이런 바보 같으니, 그이한테 다시는 널 혼자 보내지 말라고 했는데. 그걸 어서 줘, 하고 패터슨 아주머니가 말했다. 패터슨 아저씨가 괭이를 든 채 빠르게 이쪽으로 왔다. 패터슨 아주머니가 손을 뻗으며 울타리 너머로 몸을 기울였다. 아주머니는 울타리를 오르려 했다. 그걸 내게 달라니까. 내게 줘. 아주머니가 말했다. 패터슨 아저씨가 울타리를 올라왔다. 그가 편지를 가로챘다. 패터슨 아주머니의 치마가 울타리에 걸렸다. 나는 아주머니의 눈을 다시 보았고 언덕 아래로 내달렸다.

"저 너머엔 집밖에 없어. 우린 냇가로 내려가는 거야." 러스터가 말했다.

사람들이 냇가에서 빨래를 하고 있었다. 그중 한 명이 노래를 부르고 있었다. 나는 펄럭이는 옷가지와 냇가를 건너 바람에 실려가는 연기 냄새를 맡을 수 있었다.

"넌 여기서 기다리고 있어. 넌 저편으로 갈 일이 없으니까. 그놈들이 널 공으로 칠 거라구, 암." 러스터가 말했다.

"이 녀석은 뭘 어쩌고 싶다는 거야?"

"이 앤 자기가 뭘 하고 싶은지도 알지 못해." 러스터가 말했다. "애는 저 너머 공을 치는 쪽으로 올라가고 싶은 모양이야. 넌 여기 앉아서 그 흰독말풀을 갖고 놀아. 뭘 보고 싶거든, 저 냇가에서 노는 애들을 보라구. 어째서 넌 딴 사람들처럼 하지 못할까?" 나는 사람들이 빨래를 하고 연기가 푸르게 흘러가는 강가에 앉았다.

"너희들 중에 여기서 25센트 본 사람 없냐?" 러스터가 말했다.

"어떤 25센트?"

"내가 오늘 아침 여기서 갖고 있던 거야. 어디선가 잃어버렸거든. 이 주머니 구멍에서 빠졌는데, 찾지 못하면 오늘 밤에 서커스 구경을 못 가." 러스터가 말했다.

"넌 25센트가 어디서 났는데? 백인들이 보지 않는 틈에 주머니에서 슬쩍한 거지?"

"얻을 만한 데서 얻었지. 하나가 나오면 더 많은 게 있는 법이야. 난 그것만 찾으면 돼. 너희들 아직 아무도 못 본 거야?" 러스터가 말했다.

"난 25센트 따윈 찾지 않아. 내겐 내가 할 일이 있거든."

"이봐들, 내 돈 좀 찾게 도와달라구." 러스터가 말했다.

"그 녀석은 찾더라도 그게 25센트란 걸 모를걸."

"도움은 될 거야." 러스터가 말했다. "너희들 모두 오늘 밤 구경 가는 거야?"

"구경 가는 얘기 따윈 하지 마. 여기서 빨래를 끝내고 나면 손들 기운도 없어서 아무것도 못할 테니까."

"넌 갈 게 분명해. 지난밤에도 간 게 틀림없어. 천막이 열릴 즈음엔 너희들 모두 거기 있을걸." 러스터가 말했다.

"내가 안 가도 거긴 검둥이로 가득 차거든. 간밤엔 분명 그랬지."

"검둥이 돈도 백인 돈이나 마찬가지니깐 말이지."

"백인들이 검둥이들에게 돈을 주는 건 밴드를 데리고 온 백인들이 그 돈을 되찾게 된다는 걸 알기 때문이지. 그러면 검둥이들이 더 벌기 위해 일하러 갈 수 있거든."

"너한테 서커스 구경시켜 주겠단 사람이 아무도 없어?"

"아직은. 그런 생각은 하지도 않을걸. 내 잘 알지."

"어쩌자고 백인들하고 맞서는 거냐?"

"맞서는 게 아냐. 나 하고 싶은 대로 하는 거고, 백인들은 저들 대로 하는 거지. 난 그런 서커스는 보러 갈 생각 없어."

"거기엔 말야, 톱으로 연주하는 사람이 있어. 밴조 연주하듯 말야."

"너 어젯밤에 갔구나? 난 오늘 밤에 갈 거야. 내가 25센트 잃어 버린 델 알아내기만 하면 말이지." 러스터가 말했다.

"너, 쟤도 데려갈 생각이지?"

"나 말이야? 넌 저 녀석이 징징댈 때면 내가 어디서든 저 녀석 과 있을 거라고 생각하는 모양이지?" 러스터가 말했다.

"쟤가 징징대기 시작하면 어쩔 건데?"

"때리는 거지 뭐." 러스터가 말했다. 그가 앉아서 작업복 바지 를 걷어 올렸다. 모두 냇물에서 놀았다.

"너희들 아직 공 못 찾았지?" 러스터가 말했다.

"건방진 소리 하지 마. 너희 집 할멈이 네 말투를 듣지 않게 하 는 게 좋을 거야."

러스터는 그들이 놀고 있는 냇물로 들어갔다. 그는 강가를 따 라 물속을 뒤졌다.

"우리가 아침에 여기 내려왔을 때만 해도 있었는데." 러스터가 말했다.

"어디서 잃어버렸는데?"

"이 주머니 구멍으로 빠진 게 분명해." 러스터가 말했다. 모두 냇가를 뒤졌다. 그러다 모두가 빠르게 일어나 멈추더니, 물을 튀기며 냇물 속에서 싸웠다. 러스터가 공을 잡았다. 그들은 덤불 사이로 언덕을 올려다보며 물속에 웅크리고 앉았다.

"그 녀석들 어디쯤이야?" 러스터가 말했다.

"아직 보이지 않아."

러스터가 그걸 주머니에 넣었다. 사람들이 언덕을 내려왔다.

"이리로 공 하나 굴러오지 않았어?"

"틀림없이 물속에 있을 거야. 너희들 중에 공을 보거나 소릴 들은 사람 없니?"

"이리로 굴러오는 소리 같은 건 못 들었어요." 러스터가 말했다. "저쪽 나무에 뭔가 부딪치는 소린 들었죠. 하지만 어디로 갔는진 모르죠."

그들이 냇물 안을 들여다보았다.

"이런 망할. 냇물을 따라가 보지 뭐. 이리로 내려왔는데, 내가 봤다구."

그들은 냇물을 따라 내려가며 찾았다. 그러다 다시 언덕으로 올라갔다.

"네가 그 공 주웠지?" 한 소년이 말했다.

"그걸 뭣하러 내가 주워. 난 공 같은 건 보지도 못했는걸." 러스터가 말했다.

소년은 물속으로 들어갔다. 그는 그 속을 찾았다. 그가 몸을 돌려 다시 러스터를 보았다. 그는 냇물 아래쪽으로 내려갔다.

언덕 위의 사람이 "캐디." 하고 불렀다. 그 소년이 물 밖으로 나와 언덕을 올라갔다.

"이젠 또 너구나. 그치라니까." 러스터가 말했다.

"지금은 뭣 땜에 징징대는 거야?"

"누가 알겠어. 녀석은 저렇게 시작하거든. 아침나절 내내 저랬지. 오늘이 제 생일이라서 그런가." 러스터가 말했다.

"몇 살인데?"

"서른셋. 오늘 아침에 꼭 서른세 살이 됐어." 러스터가 말했다.

"서른하고도 세 살이나 먹었단 말이야?"

"난 할멈이 말한 대로 얘기하는 거야." 러스터가 말했다. "난 몰라. 어쨌거나 케이크엔 초 서른세 개를 꽂을 참이니까. 조그만 케이크가 버틸 수 있을 거라고는 생각지 않지만. 뚝 그쳐. 이리로 돌아와." 그가 다가와 내 팔을 잡았다. "이 늙은 멍청이가 나한테 채찍질을 당하고 싶은 게로군."

"너라면 충분히 그러겠는걸."

"난 그러고 있어. 이제 그치라구. 거기 올라갈 수 없다고 내가 말했잖아. 저 녀석들이 공으로 네 머리통을 날려버릴 거라구. 자아, 이리 오라니까." 러스터가 말했다. 그가 나를 끌어당겼다. "앉아." 내가 앉자 그는 내 신을 벗기고 바지를 걷어 올렸다. "이제 저 물속에 들어가서 놀아 봐. 침 흘리고 징징대는 걸 그칠 수 있을지도 모르지."

나는 뚝 그치고 물속으로 들어갔다.

로스커스가 와서 저녁 먹으러 오라고 하자 캐디가 말했다.

아직 저녁 먹을 때가 아닌걸. 난 안 갈래.

그녀는 젖어 있었다. 우리는 냇물에서 놀고 있었고, 캐디는 웅크리고 앉아 옷이 젖었고 버쉬가 말했다.

"옷을 적셨다고 너희 엄마한테 맞겠는걸."

"엄마는 그런 짓 안 해." 캐디가 말했다.

"그걸 어떻게 알아?" 쿠엔틴이 말했다.

"내가 맞다니까. 그러는 오빤 어떻게 알아?" 캐디가 말했다.

"어머니가 그런다고 했으니까. 거기다 난 너보다 나이가 많으니까." 쿠엔틴이 말했다.

"난 일곱 살이야. 나도 안다구." 캐디가 말했다.

"난 것보다 많지. 난 학교도 다녀. 안 그래, 버쉬?" 쿠엔틴이 말했다.

"나도 내년엔 학교에 다녀. 내년이 되면 말야. 그렇지, 버쉬?" 캐디가 말했다.

"너도 옷을 적시면 마님이 때리는 거 알잖아." 버쉬가 말했다.

"안 젖었어." 캐디가 말했다. 그녀는 물에서 일어나 옷을 보았다. "이거 벗어버릴래. 그러면 마를 거야." 그녀가 말했다.

"넌 벗지 않을걸." 쿠엔틴이 말했다.

"벗는다니까." 캐디가 말했다.

"벗지 않는 게 좋아." 쿠엔틴이 말했다.

캐디는 버쉬와 내가 있는 쪽으로 오더니 등을 돌렸다.

"단추 좀 끌러 줘, 버쉬." 그녀가 말했다.

"끌러 주지 마, 버쉬." 쿠엔틴이 말했다.

"내 옷도 아닌데 뭐." 버쉬가 말했다.

"단추 좀 끌러달라고, 버쉬." 캐디가 말했다. "안 그러면 네가 엊저녁에 한 짓 딜시에게 이를 거야." 그러자 버쉬는 단추를 끌러 주었다.

"너 정말 옷 벗을 거야?" 쿠엔틴이 말했다. 그녀는 옷을 벗어 냇가에 던졌다. 그녀가 코르셋과 속바지 차림이 되자, 쿠엔틴이 그녀를 찰싹 때렸고 그녀는 미끄러져 물속으로 넘어졌다. 물속에서 일어난 그녀가 쿠엔틴에게 물을 튀기기 시작했다. 쿠엔틴도 캐디에게 물을 끼얹었다. 그 물이 버쉬와 내게도 약간 튀었다. 버쉬가 나를 잡아 올려 냇가에 내려놓았다. 그가 캐디와 쿠엔틴이 한 일을 이르겠다고 하자, 쿠엔틴과 캐디는 버쉬에게 물을 튀기기 시작했다. 버쉬는 덤불 뒤로 숨어버렸다.

"너희들 엄마한테 죄 일러 줄 거야." 버쉬가 말했다. 쿠엔틴이 냇가로 올라와 버쉬를 붙잡으려 했지만 버쉬가 도망쳐서 쿠엔틴은 잡지 못했다. 쿠엔틴이 돌아오자 버쉬는 달아나다 멈춰 서서 일러바치겠다고 소리쳤다. 캐디는 이르지 않겠다면 이쪽으로 오게 해 주겠다고 했다. 그러자 버쉬는 말하지 않겠다고 했고 둘은 그를 돌아오게 했다.

"이제 넌 만족하겠네. 우리 둘 이제 매 맞게 됐으니 말야." 쿠엔틴이 말했다.

"난 상관없어. 난 도망칠 거거든." 캐디가 말했다.

"그래, 너라면 그럴 테지." 쿠엔틴이 말했다.

"도망쳐서 다시는 돌아오지 않을 거야." 캐디가 말했다. 나는 울기 시작했다. 캐디가 돌아서서 "그쳐." 하고 말했다. 그래서 나는 그쳤다. 그다음 그들은 냇물에서 놀았다. 제이슨도 놀고 있었다. 그는 냇물 훨씬 아래쪽에 혼자 있었다. 버쉬가 덤불을 돌아 나오더니 나를 안아 물속에 내려놓았다. 캐디는 완전히 젖은 데다 뒤는 흙투성이었다. 내가 울기 시작하니까 그녀가 다가와 물속에 쭈그리고 앉았다.

"자아, 뚝 그쳐. 나 도망가지 않을게." 그녀가 말했다. 그래서 나는 울음을 그쳤다. 캐디에게 비에 젖은 나무 냄새가 났다.

도대체 뭐가 문제야? 그만 징징대고 다른 사람들처럼 냇물에 들어가 놀지 못하겠어? 러스터가 말했다.

왜 그앨 집으로 데려가지 않는 거야? 집안 사람들이 그 녀석을 내보내지 말라고 하지 않았어?

녀석은 아직도 이 목장이 자기네 것인 줄 알아, 집에서야 누구도 이쪽을 내려다볼 방법이 없단 말이야, 러스터가 말했다.

우린 보잖아. 사람들은 말야, 머저리를 보는 걸 좋아하지 않아. 재수가 없으니까.

로스커스가 저녁 먹으러 오라고 하자, 캐디는 아직 식사 시간이 아니라고 말했다.

"이젠 때가 됐어. 딜시가 모두 집으로 오랬다. 다들 데리고 와, 버쉬." 로스커스가 말했다. 그는 언덕으로 올라갔는데, 거기엔 암소가 울고 있었다.

"집에 도착할 때까진 마르겠지." 쿠엔틴이 말했다.

"모두 오빠 잘못이야. 난 우리가 맞았으면 좋겠어." 캐디가 말했다. 그녀는 옷을 입었고 버쉬가 단추를 채워 주었다.

"너희들이 젖은 걸 알아채지 못할걸. 겉으로 봐선 모르겠거든. 나나 제이슨이 말하지 않으면 말야." 버쉬가 말했다.

"제이슨, 넌 이를 작정이지?" 캐디가 말했다.

"누구 말이야?" 제이슨이 말했다.

"걘 말 안 할 거야. 말할 거야, 제이슨?" 쿠엔틴이 말했다.

"난 이를 걸 알아. 할머니한테 이를 거라구." 캐디가 말했다.

"할머니한텐 이르지 못해. 아프시니까. 우리가 천천히 걸으면 어두워서 우릴 볼 수 없을 거야." 쿠엔틴이 말했다.

"보건 말건 상관없어. 내가 말할 테니까. 버쉬, 언덕으로 쟬 데리고 올라가." 캐디가 말했다.

"제이슨은 안 이른다니까." 쿠엔틴이 말했다. "제이슨, 너 내가 활이랑 화살이랑 만들어 준 거 생각나지?"

"지금은 다 부서진걸 뭐." 제이슨이 말했다.

"말하게 내버려 둬. 상관하지 않을 테니까. 모리를 언덕으로 데리고 가, 버쉬." 캐디가 말했다. 버쉬가 쭈그려 앉자, 나는 그 등에 업혔다.

그럼, 모두 오늘 밤 서커스에서 보자구. 자, 가자. 25센트를 어서 찾아야 해, 러스터가 말했다.

"천천히 걸으면 도착할 때쯤엔 어두워질 거야." 쿠엔틴이 말했다.

"난 천천히 걷지 않을래." 캐디가 말했다. 우리는 언덕으로 올라왔지만, 쿠엔틴은 오지 않았다. 우리가 돼지 냄새를 맡을 수 있는 데까지 갔을 때 그는 냇가 쪽에 있었다. 돼지들은 구석에 놓인 먹이통에 코를 박고 꿀꿀대며 식식거리고 있었다. 제이슨은 주머니에 손을 넣은 채 우리 뒤를 따라왔다. 로스커스가 축사 문간에서 소젖을 짜고 있었다.

암소들이 축사에서 뛰어나왔다.

"계속해. 다시 소리 지르라구. 나도 소리칠 테니까. 야아!" 티피가 말했다. 쿠엔틴이 티피를 또 한 번 찼다. 그가 티피를 걷어차 돼지들이 먹고 있는 먹이통에 넣었고 티피는 나자빠졌다. "기가 막힌걸. 그놈이 그때 날 한 방 먹였지. 너도 그 백인 녀석이 날 걷어차는 걸 봤잖아. 와아." 티피가 말했다.

나는 울지 않았지만 가만히 있을 순 없었다. 나는 울지 않았는데 땅바닥은 가만 있지 않아서, 그래서 나는 울었다. 땅바닥이 계속해 기울어졌고 암소들이 언덕을 뛰어 올랐다. 티피가 일어서려고 했다. 그는 다시 넘어졌고, 암소들은 언덕을 뛰어 내려왔다. 쿠엔틴이 내 팔을 잡았고 우리는 축사로 갔다. 그러자 축사는 그곳에 없었다. 우리는 그게 돌아올 때까지 기다려야 했다. 난 그게 돌아오는 것을 보지 못했다. 그것은 우리 뒤로 왔고 쿠엔틴이 암소들이 먹고 있는 먹이통에 나를 내려놓았다. 나는 먹이통에 매달렸다. 먹이통 역시 달아나려고 하기에 나는 꼭 붙들었다. 암소들이 다시 언덕을 뛰어 내려와 축사 문을 지나갔다. 나는 가만히 있을 수가 없었다. 쿠엔틴과 티피가 싸우며 언덕을 올라갔다. 티피가 언덕 아래로 떨어졌고 쿠엔틴이 그를 언덕 위로 끌고 갔다. 쿠엔틴이 티피를 때렸다. 나는 가만히 있을 수 없었다.

"일어서. 넌 여기 있어. 내가 돌아올 때까지 움직이면 안 돼." 쿠엔틴이 말했다.

"나랑 벤지는 결혼식 하는 데로 돌아갈 거야. 와아!" 티피가 말했다.

쿠엔틴이 다시 티피를 때렸다. 그러다 벽에 대고 티피를 쿵쿵 짓찧기 시작했다. 티피는 웃고 있었다. 쿠엔틴이 벽으로 밀어 찧을 때마다 그는 와아 하고 말하려 했으나 웃음이 나와 말하지 못했다. 나는 울음을 그쳤으나 가만히 있진 못했다. 티피가 내 쪽으로 쓰러지고 축사 문이 저만치 가버렸다. 문이 언덕 아래로 내려가고 티피는 홀로 버둥거리다 다시 쓰러졌다. 그는 여전히 웃고 있었고, 나는 가만히 있을 수 없었다. 나는 일어서려다가 쓰러졌고, 나는 가만히 있을 수 없었다. 버쉬가 말했다. "너 지금 실수한 거야. 틀림없어. 소리 좀 그만 질러."

티피는 여전히 웃고 있었다. 그는 문 쪽으로 쓰러졌고 웃어댔다. "와아, 나하고 벤지는 결혼식에 간다구. 사르사 주(酒) 만세."

티피가 말했다.

"조용히 못해. 그 술 어디서 났어?" 버쉬가 말했다.

"지하실에서. 와아." 티피가 말했다.

"입 다물어. 지하실 어디서?" 버쉬가 말했다.

"어디에든." 티피가 말했다. 그는 더 웃었다. "수백 병이 더 남았지. 아니, 수만 병, 잘 보라구, 검둥이! 난 소리지를 테니까."

"녀석을 일으켜 세워." 쿠엔틴이 말했다.

버쉬가 나를 안아 올렸다.

"이걸 마셔, 벤지." 쿠엔틴이 말했다. 잔은 뜨거웠다. "이젠 그쳐, 이걸 마셔." 쿠엔틴이 말했다.

"사르사 주 만세! 나 좀 마시게 해 줘요, 쿠엔틴 도련님." 티피가 말했다.

"넌 입 좀 다물어. 쿠엔틴 도련님이 널 녹초로 만들 테니까." 버쉬가 말했다.

"그앨 꼭 붙들어, 버쉬." 쿠엔틴이 말했다.

그들은 나를 붙들었다. 턱과 셔츠가 뜨거웠다.

"마셔." 쿠엔틴이 말했다. 그들이 내 머리를 잡았다. 배 속이 뜨거워져 나는 울음을 터뜨렸다. 나는 울고 있었는데, 배 속에서 무슨 일이 일어나고 있는 기분이 들어 더 울었다. 그들이 내 배 속의 움직임이 멈출 때까지 나를 붙들었다. 나는 그쳤다. 여전히 주위가 돌아가고 있었고 그 때 반짝이는 형체들이 나타났다. 곳간을 열어, 버쉬. 형체가 천천히 이동하고 있었다. 빈 자루들을 바닥에

펴. 움직임이 더 빨라졌다. 충분히 빨라졌다. 이제, 그놈 발을 들어 올려. 형체는 계속해 움직였다. 부드럽고 밝게 빛났다. 티피가 웃는 소리가 들렸다. 나는 형체들과 함께 빛나는 언덕으로 올라갔다.

언덕 꼭대기에서 버쉬가 나를 내려놓았다.

"이쪽이야, 쿠엔틴." 버쉬가 언덕 아래를 돌아보면서 불렀다. 쿠엔틴은 여전히 냇가 옆에 서 있었다. 그는 냇물에 드리워진 그늘 속으로 뭔가를 던지고 있었다.

"저런 능청꾸러기는 계속 있으라고 해." 캐디가 말했다. 그녀가 내 손을 잡았고 우리는 축사를 지나고 대문을 통과해 들어갔다. 벽돌 보도 위에 개구리 한 마리가 있었다. 길 한가운데 쭈그려 앉은 채였다. 캐디가 개구리를 뛰어 넘고는 나를 끌어당겼다.

"어서 가자, 모리." 그녀가 말했다. 개구리는 제이슨이 발끝으로 찌를 때까지 여전히 앉은 채였다.

"너한테 혹을 하나 만들어 주려는 거야." 버쉬가 말했다. 개구리는 팔짝팔짝 뛰어가버렸다.

"어서, 모리." 캐디가 말했다.

"오늘 밤 손님이 온 모양인데." 버쉬가 말했다.

"어떻게 알아?" 캐디가 말했다.

"불이 다 켜져 있잖아. 창문마다 불빛이 보여." 버쉬가 말했다.

"불이야 켜고만 싶으면, 손님이 없어도 켤 수 있는걸." 캐디가 말했다.

"틀림없이 손님이야. 모두 뒷문으로 들어가 조용히 위층으로 올라가는 게 좋겠어." 버쉬가 말했다.

"상관없어. 난 곧장 사람들이 있는 응접실로 들어갈 거야." 캐디가 말했다.

"그러다간 아빠한테 매 맞을 게 뻔해." 버쉬가 말했다.

"겁날 게 뭐람. 난 곧장 응접실로 걸어 들어갈 거야. 식당으로 곧장 들어가서 저녁을 먹을 거라구." 캐디가 말했다.

"어디 앉을 건데?" 버쉬가 말했다.

"난 할머니 의자에 앉고 싶어. 할머넌 침대에서 드시니까." 캐디가 말했다.

"배고파." 제이슨이 말했다. 그는 우리를 앞서 보도로 뛰어 올라갔다. 손을 주머니에 넣은 채여서 넘어졌다. 버쉬가 가서 일으켜 주었다.

"손을 빼고 있었다면 넘어지지 않았겠지. 뚱뚱해서 때맞춰 손을 빼지 못하는 거야." 버쉬가 말했다

아버지가 부엌 계단 옆에 서 있었다.

"쿠엔틴은 어디 있니?" 아버지가 말했다.

"보도를 올라오고 있어요." 버쉬가 말했다. 쿠엔틴은 천천히 오고 있었다. 그의 셔츠가 하얀 얼룩처럼 보였다.

"그래." 아버지가 말했다. 불빛이 계단 아래로 쏟아져 아버지를 비추었다.

"캐디하고 쿠엔틴이 서로 물을 끼얹었었어요." 제이슨이 말했다.

우리는 아버지가 말하기를 기다렸다.

"그랬어?" 아버지가 말했다. 쿠엔틴이 왔고 아버지가 말했다. "오늘 저녁은 부엌에서 먹어도 좋다." 아버지가 몸을 굽혀 나를 안아 들었고, 계단 아래로 굴러떨어진 빛이 나 역시 비추었다. 나는 캐디와 제이슨과 쿠엔틴과 버쉬를 내려다볼 수 있었다. 아버지가 계단 쪽으로 돌아섰다. "하지만 모두 조용히 해야 된다." 아버지가 말했다.

"어째서 그래야만 하는데요, 아버지? 손님이 있나요?" 캐디가 말했다.

"그래." 아버지가 말씀했다.

"내가 그렇다고 했잖아." 버쉬가 말했다.

"네가 말한 게 아냐." 캐디가 말했다. "손님이 있다고 한 건 나였어. 내가 그럴 거라고……"

"쉬잇." 아버지가 말했다. 그들이 조용히 있자 아버지가 문을 열었고, 우리는 뒤쪽 현관을 지나 부엌으로 들어갔다. 딜시가 안에 있었고, 아버지는 나를 의자에 내려놓고 앞치마를 둘러 준 다음 음식이 놓인 테이블 쪽으로 의자를 밀었다. 식탁에서 김이 솟아오르고 있었다.

"이제, 모두 딜시 말을 듣는 거다." 아버지가 말했다. "쟤들 될 수 있는 대로 떠들지 않게 해야 돼, 딜시."

"네, 주인님." 딜시가 말했다. 아버지가 나갔다.

"딜시 말 듣는 거 명심해." 아버지가 우리 뒤에서 말했다. 나는 음식 쪽으로 얼굴을 가져갔다. 내 얼굴 위로 김이 피어 올랐다.

"오늘 밤은 내 말을 따르게 해 주세요, 아버지." 캐디가 말했다.

"난 안 들을 거야. 난 딜시 말을 들을 거니까." 제이슨이 말했다.

"아버지가 그러라고 하면 하는 거야." 캐디가 말했다. "모두 내 말 따르라고 하세요, 아버지."

"난 안 그럴 거야. 누나 말 안 들을 거야." 제이슨이 말했다.

"조용히 해." 아버지가 말했다. "그러면, 너희들 모두 캐디 말 듣도록 해. 식사가 끝나면 뒤편 층계로 데리고 와, 딜시."

"네, 주인님." 딜시가 말했다.

"거 봐. 이제부터 모두 내 말 듣는 거다." 캐디가 말했다.

"모두 조용히 해요. 오늘 밤은 조용히 있어야 해." 딜시가 말했다.

"어째서 그래야 한담." 캐디가 속삭였다.

"아씨가 알 필요는 없어요." 딜시가 말했다. "주님이 허락하시는 때에 알게 될 거예요." 그녀가 내 그릇을 가져왔다. 김이 올라와 내 얼굴을 간지럽혔다. "이리 좀 와라, 버쉬." 딜시가 말했다.

"주님이 허락한 때라는 건 언제야, 딜시?" 캐디가 말했다.

"일요일이잖아. 넌 아무것도 모르는구나." 쿠엔틴이 말했다.

"쉬이잇." 딜시가 말했다. "제이슨 나리가 다들 조용히 하라고 하셨잖아요. 어서 저녁들 먹어요. 버쉬, 걔 스푼을 들어." 스푼을 든 버쉬의 손이 그릇 속으로 들어갔다. 스푼이 내 입까지 올라왔다. 김이 내 입 안을 간지럽혔다. 그러다 우리는 먹다 말고 서로를 보았고 조용해졌다. 그 때 우리는 다시 소리를 들었고 나는 울기 시작했다.

"뭐지?" 캐디가 말했다. 그녀가 내 손 위에 손을 놓았다.

"어머니야." 쿠엔틴이 말했다. 스푼이 올라오기에 나는 먹었다. 그러고는 또 울었다.

"쉬잇, 그쳐." 캐디가 말했다. 그러나 나는 그치지 않았고 그녀가 다가와 두 팔로 나를 감쌌다. 딜시가 일어나 양쪽 문을 닫자 우리는 소리를 들을 수 없었다.

"이젠 그쳐." 캐디가 말했다. 나는 울음을 그치고 밥을 먹었다. 쿠엔틴은 먹지 않고 있었지만 제이슨은 먹는 중이었다.

"그건 어머니였어." 쿠엔틴이 말했다. 그는 일어섰다.

"똑바로 앉아 있어요." 딜시가 말했다. "손님이 와 있고 흙투성이 옷을 입고 있으니까. 캐디도 앉아요. 식사를 끝내야지."

"어머닌 울고 있었어." 쿠엔틴이 말했다.

"누가 노래하는 소리였어. 안 그래, 딜시?" 캐디가 말했다.

"모두 저녁들이나 먹어요, 주인님 말씀대로." 딜시가 말했다. "주님이 허락한 때가 되면 알게 되겠지." 캐디가 자리로 돌아 갔다.

"파티라고 말했었잖아." 그녀가 말했다.

"쟤, 다 먹었는걸." 버쉬가 말했다.

"그럼 그릇 이리 가져와." 딜시가 말했다. 그릇이 떠나버렸다.

"딜시, 쿠엔틴은 저녁 안 먹고 있어. 내 말을 안 들어." 캐디가 말했다.

"저녁 먹어요, 쿠엔틴. 다들 얼른 식사를 끝내고 부엌에서 나가야지." 딜시가 말했다.

"난 더 먹고 싶지 않아." 쿠엔틴이 말했다.

"내가 먹으라면 먹어야지. 안 그래 딜시?" 캐디가 말했다.

그릇에서 내 얼굴로 김이 올라왔고 버쉬의 손이 스푼을 그릇에 담갔고 김이 내 입 안을 간지럽혔다.

"더는 싫어." 쿠엔틴이 말했다. "할머니가 아픈데 어떻게 파티를 할 수 있지?"

"아래층에선 할 수 있는걸. 할머니도 층계참까지 와서 볼 수 있단 말이야. 나도 잠옷으로 갈아입고 그렇게 할 거야."

"어머니가 울고 있었어. 안 그래, 딜시?" 쿠엔틴이 말했다.

"날 괴롭히지 마라. 너희들이 다 먹는 대로 저분들 식사도 차려야 해." 딜시가 말했다.

잠시 후 식사를 끝낸 제이슨이 울기 시작했다.

"이제는 네가 시끄럽게 구는구나." 딜시가 말했다.

"그앤 할머니가 병난 후 매일 밤 그래. 할머니랑 못 자니까. 울보 같으니." 캐디가 말했다.

"난 누나 일러바칠 거야." 제이슨이 말했다.

그는 울고 있었다. "벌써 죄다 고자질해 놓구선, 이젠 더 말할 것도 없잖아." 캐디가 말했다.

"모두 잠자리에 들어야겠다." 딜시가 말했다. 그녀가 다가와 나를 의자에서 내려 주고 내 얼굴과 손을 따뜻한 천으로 닦아 주었다. "버쉬, 애들을 조용히 뒤쪽 층계로 데려가거라. 제이슨, 울음을 그치라니까."

"자러 가긴 너무 빠른걸. 우린 이렇게 일찍 잔 적 없어." 캐디가 말했다.

"오늘 밤은 그래야 해. 아버지가 저녁 다 먹으면 곧장 위층으로 올라가라고 하셨으니까. 다들 들었으면서." 딜시가 말했다.

"아버진 모두 내 말을 들으라고 했는걸." 캐디가 말했다.

"난 듣지 않을 거야." 제이슨이 말했다.

"넌 들어야 해. 자아, 지금부터 넌 내가 하라는 대로 하는 거야." 캐디가 말했다.

"다들 조용히 하게 해, 버쉬. 모두 조용히 있어야지." 딜시가 말했다.

"어째서 오늘 밤은 조용히 있으란 거야?" 캐디가 말했다.

"어머니가 몸이 편치 않으니까. 자아, 모두들 버쉬를 따라 올라가요." 딜시가 말했다.

"엄마가 울고 있다고 내가 그랬잖아." 쿠엔틴이 말했다. 버쉬가 나를 안아 올리고 뒤쪽 현관으로 향하는 문을 열었다. 우리는 나갔고 버쉬는 문을 닫았다. 나는 버쉬의 체취를 맡고 그의 몸을 느낄 수 있었다. 모두 조용히 해. 우린 아직 위층에 올라가지 않았어. 제이슨 나리가 곧바로 올라가라고 하셨지. 주인님은 모두 내 말을 따르라고 하셨지. 난 너희 말을 듣지 않을 거니까. 하지만 주인님은 우리 모두에게 말씀하셨지. 그렇지 않아, 쿠엔틴? 나는 버쉬의 머리를 느낄 수 있었다. 나는 모두의 말을 들을 수 있었다. 그렇지 않아, 버쉬? 그래, 맞아. 그러니까 우리 잠깐 밖에 나가는 거야, 이쪽이야. 버쉬가 문을 열었고 우리는 밖으로 나갔다.

우리는 계단을 내려갔다.

"우린 버쉬 집으로 가는 게 좋겠어. 그러면 조용히 있을 수 있을 거야." 캐디가 말했다. 버쉬가 나를 내려놓았고 캐디가 내 손을 잡았으며, 우리는 벽돌길을 내려갔다.

"자아, 가자. 그 개구리 없어졌네. 지금이면 정원 너머로 뛰어가버렸겠지. 어쩌면 다른 놈을 보게 될지도 모르겠네." 캐디가 말했다. 로스커스가 우유 양동이를 들고 왔다. 그는 지나가버렸다. 쿠엔틴은 우리와 같이 가지 않았다. 그는 부엌 계단에 앉아 있었다. 우리는 버쉬 집으로 내려갔다. 나는 버쉬네 집 냄새를 맡는 게 좋았다. 안에는 불이 피워져 있었고 티피가 그 앞에서 불꽃을 돋우며 셔츠 뒷자락을 깔고 쭈그려 앉아 있었다.

그 때 내가 일어났고 티피가 내게 옷을 입혔고 우리는 부엌으로 가 밥을 먹었다. 딜시가 노래를 부르고 있었고, 내가 울기 시작하자 그녀는 노래를 그쳤다.

"그앨 밖으로 데리고 가." 딜시가 말했다.

"우리는 그렇게 못한다구요." 티피가 말했다.

우리는 냇가에서 놀았다.

"우린 저쪽으론 못 가. 못 간다고 엄마가 말한 거 알지." 티피가 말했다.

딜시가 부엌에서 노래를 불렀고 나는 울기 시작했다.

"그쳐. 자아, 우리 축사로 내려가자." 티피가 말했다

로스커스가 축사에서 우유를 짜고 있었다. 그는 한 손으로 젖을 짜며 낑낑대고 있었다. 새 몇 마리가 외양간 문에 앉아 그를 지켜보았다. 그중 한 마리가 내려오더니 암소들과 함께 먹이를 먹었다. 티피가 프린스와 퀴니에게 먹이를 주는 동안 나는 로스커스가 젖 짜는 것을 바라보았다. 송아지가 돼지우리에 있었다. 그놈은 소리치면서 줄에 코를 비벼댔다.

"티피." 로스커스가 말했다. 축사 안에서 티피가 네, 하고 말했다. 암소 팬시가 문 밖으로 머리를 내밀었다. 티피가 아직 먹이를 주지 않아서였다. "그건 그쯤 해 둬. 네가 젖을 짜야겠다. 나는 더 이상 오른손을 못 쓰겠거든." 로스커스가 말했다. 티피가 와서 젖을 짰다.

"왜 의사에게 가 보지 않으세요?" 티피가 말했다.

"의사도 소용없어. 여기에 있는 한은." 로스커스가 말했다.

"여기가 뭐가 나쁜데요?" 티피가 말했다.

"재수가 없어. 끝나거든 저 송아지를 들여 놔라." 로스커스가 말했다.

이 집은 재수가 없어, 로스커스가 말했다. 불길이 그와 버쉬 얼굴 위로 미끄러지며 일어났다 잦아들었다. 딜시가 나를 침대에 눕히는 걸 끝냈다.

침대에서 티피 냄새가 났다. 나는 그 냄새가 좋았다.

"그런 데 대해 뭘 아시죠? 어떤 계시라도 있었던 거예요?" 딜시가 말했다.

"계시는 무슨. 그 증거가 바로 저 침대에 있잖아. 모두가 15년 동안 봐 오지 않았어?" 로스커스가 말했다.

"그렇다 하더라도 당신이나 아이들에게 해 될 건 없어요, 안 그래요? 버쉬는 일하고 있고, 프로니는 결혼해서 떠났으니 당신이 신경 쓸 일 없고, 당신이 류마티스 때문에 움직이지 못하면 대신 일할 만큼 티피도 컸으니까요." 딜시가 말했다.

"이제껏 두 번이나 있었지. 한 번 더 있을 거야. 내가 징조를 봤거든. 당신 역시 봤잖아." 로스커스가 말했다.

"난 그날 밤 밤새도록 부엉이 우는 소릴 들었어요. 댄은 오려고도 저녁을 먹으려 들지도 않았죠. 축사 너머로는 오려 들지 않았죠. 어두워지자마자 짖어대기 시작했고요. 버쉬도 들었어요." 티피가 말했다.

"하나 이상 나타날 모양인 게군. 죽지 않는 인간이 있으면 보여 주세요, 오오 주여!" 딜시가 말했다.

"죽는 게 문제의 전부가 아냐." 로스커스가 말했다.

"내 당신이 뭘 생각하는지 알아요. 이름만 말한들 행운은 따르지 않는다구요. 걔가 울 때 곁에 있어 줄 게 아니라면." 딜시가 말했다.

"이 집에선 다 재수가 없다니까. 난 애초부터 알았지만 쟤 이름을 바꿨을 때 확실히 알게 됐지." 로스커스가 말했다.

"그쯤 해 둬요." 딜시가 말했다. 그녀가 이불을 당겼다. 티피 냄새를 풍겼다. "얘가 잠들 때까지 모두들 조용히 해요."

"난 조짐을 봤어." 로스커스가 말했다.

"당신 대신 티피가 당신 일을 모두 해야 한다는 조짐 말예요?" 딜시가 말했다.

얘하고 쿠엔틴을 집으로 데려가 러스터하고 놀게 해, 티피. 프로니가 지켜볼 수 있는 데서 말이야. 그런 뒤 가서 아버질 도우렴.

우리는 식사를 끝냈다. 티피가 쿠엔틴을 안아 올렸고 우리는 티피네 집으로 내려갔다. 러스터가 흙탕물에서 놀고 있었다. 티피는 쿠엔틴을 내려놓았고 그녀 역시 흙탕물에서 놀았다. 러스터가 실패를 몇 개 가지고 있었는데, 쿠엔틴이 러스터와 싸워 그걸 빼앗았다. 러스터가 울자 프로니가 오더니 가지고 놀라고 깡통을 주었다. 그런 뒤, 내가 실패를 빼앗자 쿠엔틴이 덤벼들었고 나는 울었다.

"그쳐." 프로니가 말했다. "부끄럽지도 않니? 애들 장난감을 빼앗고 말야." 그녀가 내게서 실패를 가져가 쿠엔틴에게 돌려주었다.

"자아, 그쳐야지. 그치라고 했잖아." 프로니가 말했다. "뚝 그치라니까. 너 맞고 싶니? 그게 네가 바라는 거야?" 그녀가 러스터와 쿠엔틴을 안아 올렸다. "이리 와." 그녀가 말했다. 우리는 축사로 갔다. 티피가 젖을 짜는 중이었다. 로스커스는 상자 위에 앉아 있었다.

"그 녀석은 어떻게 된 거야?" 로스커스가 말했다.

"애를 여기 좀 데리고 있어 주세요. 애들하고 또 싸웠어요. 애들 장난감을 뺏으면서 말예요. 티피하고 여기 있어. 잠시만이라도 울음을 그칠 수 있는지 보자." 프로니가 말했다.

"젖통은 잘 닦아 둬라. 지난겨울에 저 어린 소 젖을 말라붙게 했잖아. 이놈 젖까지 마르게 하면 이 집엔 우유가 없게 돼버려." 로스커스가 말했다.

딜시가 노래하고 있었다.

"저쪽은 안 돼. 엄마가 저긴 못 간다고 하잖았어?" 티피가 말했다. 그들이 노래하고 있었다.

"자, 어서. 쿠엔틴이랑 러스터랑 놀아야지. 어서." 티피가 말했다.

쿠엔틴과 러스터가 티피네 집 앞 흙탕물에서 놀고 있었다. 집 안에는 불이 피어올랐다 수그러졌다 하고 있었고, 불꽃에 등을 돌리고 앉은 로스커스는 검게 보였다.

"세 번째야, 하늘에 감사하게도 말야. 내가 2년 전에 말해 줬잖어. 재수가 없는 집이라니까." 로스커스가 말했다.

"그럼 왜 나가지 않아요?" 딜시가 말했다. 그녀는 내 옷을 벗기는 중이었다.

"당신이 불운을 들먹이는 통에 버쉬가 멤피스 같은 데로 가려고 했던 거라구요. 그랬다면 만족했겠죠."

"모든 불운이 그놈한테 걸려 있다면야." 로스커스가 말했다.

프로니가 들어왔다.

"다 끝났니?" 딜시가 말했다.

"티피가 마무리하고 있어요. 칼라인 마님이 쿠엔틴을 재우라는데요." 프로니가 말했다.

"되도록 빨리 갈 거야. 내가 이런 시간엔 날개가 없다는 걸 마님은 아셔야 해." 딜시가 말했다.

"그게 내가 말하려는 거야. 자식 이름을 부르지 않는 집에 재수가 있을 턱이 있어?" 로스커스가 말했다.

"조용히 해요. 얘가 또 시끄럽게 굴기를 바라는 거예요?" 딜시가 말했다.

"제 어미 이름도 모르게 앨 기른단 말이야." 로스커스가 말했다.

"그애 때문에 당신이 골치 썩을 건 없어요. 내가 이 집 애들 모두 길렀으니까, 하나쯤 더 키울 순 있다구요. 잠자코 있어요. 잠이나 재워요." 딜시가 말했다.

"아무 이름이나 말한다 해도, 저 앤 그게 누구 이름인지 모르죠." 프로니가 말했다.

"네가 이름 하나 대 보렴. 쟤가 아나 모르나 봐." 딜시가 말했다. "쟤가 잠들었을 때 말해 보렴. 쟨 분명 들을 수 있어."

"저 녀석은 우리가 아는 것보다 훨씬 많은 걸 안다구. 저울바늘이 하듯 죽을 때가 오는 걸 알지. 말만 할 수 있다면 저 죽을 날도 말해 줄걸. 아님 너나 내가 죽을 날을 말야." 로스커스가 말했다.

"엄마, 러스터를 침대에서 나오게 하세요. 쟤가 러스터에게 요술을 부린다구요." 프로니가 말했다.

"입 좀 다물어. 저렇게도 생각이 없을까. 넌 뭣 땜에 아버지 말에 귀를 기울이려는 거냐. 들어가, 벤지." 딜시가 말했다.

딜시가 나를 밀었고 나는 침대로 들어갔다. 이미 러스터가 들어가 있었다. 그는 자고 있었다. 딜시가 긴 나무 조각을 하나 가져와 러스터와 나 사이에 놓았다. "자, 네 자리에만 있는 거다. 러스터는 작잖니. 쟤를 아프게 하고 싶진 않지?" 딜시가 말했다.

넌 아직 못 가. 기다려, 티피가 말했다.

우리는 집 모퉁이 주변을 둘러보았고 마차가 떠나는 것을 지켜보았다.

"지금이야." 티피가 말했다. 그는 쿠엔틴을 안아 들었고 우리는 울타리 구석 쪽으로 달려가 마차가 지나가는 것을 보았다. "저것 봐, 그 사람이 간다. 유리창 달린 거 말야. 저 사람 좀 봐. 저 안에 누워 있잖아. 보라니까." 티피가 말했다.

자, 가자. 난 이 공을 집에 가져가겠어. 그러면 잃어버리지 않거든. 안돼. 넌 가져갈 수 없어. 네가 공 가진 걸 저들이 보면 나더러 훔쳤다고 할 거야. 조용히 해. 넌 갖지 못한대두. 네가 그걸 갖고 어쩌게? 넌 공을 가지고 놀 줄 모르잖아, 하고 러스터가 말했다.

프로니와 티피가 문 옆의 흙탕에서 놀고 있었다. 티피는 반딧

불이가 든 병을 갖고 있었다.

"어떻게 모두 다시 밖에 나왔지?" 프로니가 말했다.

"손님이 있거든. 아버지가 오늘 밤은 모두 내 말을 들으라고 했어. 프로니도 티피도 그래 줬으면 해." 캐디가 말했다.

"난 누나 말 같은 건 듣지 않을 거야. 프로니도 티피도 그럴 필요 없어." 제이슨이 말했다.

"내가 그러라고 하면 티피나 프로니도 따르는 거야. 어쩌면 내가 두 사람한텐 그런 말을 안 할 수도 있지." 캐디가 말했다.

"티피는 누구의 명령도 따르지 않아. 아직 장례식 시작하지 않았어?" 프로니가 말했다.

"장례식이 뭔데?" 제이슨이 물었다.

"엄마가 애들한텐 말하지 말랬잖아." 버쉬가 말했다.

"사람들이 슬퍼하는 거야. 불라 클레이 자매님 적엔 이틀이나 슬퍼했다구." 프로니가 말했다.

사람들이 딜시네 집에서 슬퍼했다. 딜시도 슬퍼하고 있었다. 딜시가 슬퍼할 때 러스터가 그치세요, 라고 했다. 그리고 모두 그쳤고 그 때 나는 울기 시작했다. 블루가 부엌 계단 아래에서 짖었다. 이윽고 딜시가 울음을 그쳤고 우리도 그쳤다.

"이런, 검둥이들한테나 있는 거지. 백인들은 장례식 같은 거 없어." 캐디가 말했다.

"엄마가 애네한텐 말하지 말랬잖아, 프로니." 버쉬가 말했다.

"뭘 말이야?" 캐디가 말했다.

딜시가 슬퍼했다. 울음소리가 높아졌을 때 나는 울음을 터뜨렸고, 블루가 계단 아래에서 짖었다. 러스터, 걔들을 외양간으로 데려가, 하고 창문 안쪽에서 프로니가 말했다. 시끄러워서 요리고 뭐고 할 수가 없어. 저 개도 데려가 여기서 내보내라구.

난 가지 않을래. 할아버질 만날지도 모른다구. 어젯밤 할아버질 봤는데, 안에서 팔을 휘두르고 있었어. 러스터가 말했다.

"왜 장례식이 없는지 알고 싶어. 백인들 역시 죽는걸. 너희 할머니도 검둥이들처럼 죽는다구." 프로니가 말했다.

"개는 죽지. 낸시가 도랑에 빠졌을 때 로스커스가 쐈거든, 그러니까 독수리들이 와서 낸시를 몽땅 쪼아 먹었어." 캐디가 말했다.

달빛 속에서 뼈다귀들이 도랑 ― 검은 도랑 안에 어두운 빛깔의 덩굴풀이 있었다 ― 을 채웠다. 마치 형체들 몇몇이 움직임을 멈춘 것처럼 이어서 형체들 모두가 멈추었고 어두워졌다. 내가 다시 울기 시작하려다 그쳤을 때 어머니 음성을, 빠르게 멀어지는 발소리를 들을 수 있었으며, 그 냄새를 맡을 수 있었다. 그리고 방이 나타났지만, 내 눈은 감겨버렸다. 나는 울음을 그치지 않았다. 나는 그 냄새를 맡을 수 있었다. 티피가 침대보를 벗겼다.

"그쳐, 벤지. 쉬이이이이잇." 그가 말했다.

하지만 나는 그 냄새를 맡을 수 있었다. 티피가 나를 잡아 세우고는 빠르게 옷을 입혔다.

"그쳐, 벤지. 우리 집으로 가야겠다. 프로니가 있는 우리 집으로 가고 싶은 거지. 그치라구. 쉬잇." 그가 말했다.

그는 내 구두끈을 매고 내게 모자를 씌웠고 우리는 밖으로 나왔다. 복도에 불이 하나 켜져 있었다. 건너편에서 어머니의 음성이 들렸다.

"쉬이이잇, 벤지. 곧 나갈 거야." 티피가 말했다.

문이 열렸다. 나는 더 많은 냄새를 맡을 수 있었고 사람 머리가 하나 나타났다. 아버지는 아니었다. 아버지는 몸이 아팠다.

"걔를 집 밖으로 데리고 나가 줄 수 있니?"

"나가는 길이에요." 티피가 말했다. 딜시가 계단을 올라왔다.

"조용히 해. 그치라구. 애를 집으로 데려가라, 티피. 프로니가 침대에 눕힐 테니까 너희들 잘 돌봐야 한다. 그쳐, 벤지. 티피랑 가는 거야." 그녀가 말했다.

그녀는 어머니 목소리가 들리는 곳으로 갔다.

"녀석을 거기 데리고 있는 게 좋겠어." 아버지가 아니었다. 그가 문을 닫았다. 하지만 나는 여전히 냄새를 맡을 수 있었다.

우리는 아래층으로 내려갔다. 계단은 어둠 속으로 뻗어 있었고, 티피가 내 손을 잡았다. 우리는 밖으로 나갔다. 어둠에서 빠져나왔다. 댄이 뒷마당에 앉아 짖고 있었다.

"개는 냄새를 맡지. 네가 뭔가를 구별하는 방법이 그거야." 티피가 말했다.

우리는 계단을 내려갔는데, 계단에 우리 그림자가 비치고 있었다.

"외투 챙기는 걸 깜빡했네. 네가 챙겼어야지. 난 되돌아가지 않을 거야." 티피가 말했다.

댄이 짖었다.

"이젠, 조용히 해." 티피가 말했다. 우리의 그림자가 움직였다. 댄의 그림자는 짖을 때 말고는 움직이지 않았다.

"너처럼 울어대는 애를 집에 데려가지 못하겠어. 황소개구리 소리가 되기도 전에 벌써 충분히 안 좋은걸. 자, 가자." 티피가 말했다.

우리는 그림자와 함께 벽돌길을 따라갔다. 돼지우리에선 돼지 냄새가 풍겼다. 암소가 되새김질을 하며 우리 쪽을 향해 서 있었다. 댄이 짖었다.

"온 동네 사람들을 깨울 참이구나. 조용히 하지 못해." 티피가 말했다.

냇가에서 먹이를 먹는 팬시를 보았다. 우리가 다다랐을 때 물 위에 달빛이 비쳤다.

"안 돼. 너무 가까워. 우린 여기 서 있을 수 없어. 이것 좀 봐. 널 보라구. 다리가 죄 젖었잖아. 어서, 가자." 티피가 말했다. 댄이 짖었다.

바스락거리는 풀 속에서 도랑이 나타났다. 뼈다귀들이 검은 덩굴풀을 채워버렸다.

"자, 원한다면 머리통이 날아가도록 징징대 봐. 밤새도록 20에이커 목장을 채울 정도로 말야." 티피가 말했다.

티피는 도랑에 누웠고 나는 독수리가 낸시를 먹어치운 자리에 남은 뼈다귀를 보면서 앉았다. 독수리는 도랑에서 검은 날개를 천천히 무겁게 퍼덕거렸다.

아까 여기 있을 때 난 돈을 갖고 있었어. 널 보여 줬잖아. 너 그거 봤지? 내가 바로 여기서 주머니에서 꺼내 보여 줬잖아.

"독수리가 할머니를 죄다 먹어치울 거라고 생각해? 너 돌았구나." 캐디가 말했다.

"누난 비뚤어졌어." 제이슨이 말했다. 그는 울기 시작했다.

"너는 바보야." 캐디가 말했다. 제이슨이 울었다. 그는 주머니에 손을 넣은 채였다.

"제이슨은 부자가 될 거야. 언제나 돈을 움켜쥐고 있잖아." 버쉬가 말했다.

제이슨이 울었다.

"네가 쟬 울게 만든 거야. 그쳐, 제이슨. 어떻게 독수리들이 할머니 있는 데 들어갈 수 있겠어? 아버지가 가만두지 않을 텐데. 넌 독수리가 널 쪼아먹게 내버려 둘 참이야? 그치라구. 그만." 캐디가 말했다.

제이슨이 그쳤다. "프로니 말이 장례식이 있었대." 그가 말했다.

"아냐. 그건 파티라구. 프로니는 아무것도 모른단 말이야. 티피, 얘가 네 반딧불이 갖고 싶어 해. 잠시만 얘더러 갖고 있으라고 해 줘." 캐디가 말했다.

티피가 반딧불이가 든 병을 내게 주었다.

"응접실 창문 쪽으로 가면 뭔가 볼 수 있을 거야. 그럼 다들 내 말을 믿겠지." 캐디가 말했다.

"난 이미 아는걸. 난 볼 필요가 없어." 프로니가 말했다.

"좀 잠자코 있어, 프로니. 엄마한테 매 맞는다구." 버쉬가 말했다.

"아는 게 뭔데?" 캐디가 말했다.

"아는 걸 알고 있다는 거지." 프로니가 말했다.

"자, 저 앞으로 가 보자." 캐디가 말했다.

우리는 가기 시작했다.

"티피가 병을 달라는데." 프로니가 말했다.

"티피, 얘가 조금만 더 갖고 있게 해 줘. 우린 다시 가져올 거니까." 캐디가 말했다.

"너희 모두 반딧불이 잡아 본 적 없지?" 프로니가 말했다.

"내가 너랑 티피도 올 수 있다고 하면, 얘가 병을 들고 있게 해 줄 거야?" 캐디가 말했다.

"누구도 나랑 티피가 네 말을 들어야 한다고 한 적 없어." 프로니가 말했다.

"내가 내 말을 들을 필요가 없다고 하면, 들고 있게 할 거야?" 캐디가 말했다.

"그래, 좋아. 쟤더러 갖고 있으라고 하자, 티피. 우린 사람들이 슬퍼하는 걸 보러 가니까." 프로니가 말했다.

"사람들 울지 않는데. 파티라고 내가 그랬잖아. 사람들이 울고 있어, 버쉬?" 캐디가 말했다.

"이런 데 서서 사람들이 뭘 하는지 알 수는 없어." 버쉬가 말했다.

"가자. 프로니하고 티피는 내 말 안 들어도 돼. 하지만 그 나머지는 들어야 해. 그앨 안고 가, 버쉬. 날이 어두워지고 있어." 캐디가 말했다.

버쉬가 나를 안아 올렸고 부엌을 돌아서 갔다.

집 모퉁이를 둘러볼 때, 우리는 차도로 들어오는 불빛을 볼 수 있었다. 티피가 지하실 문 쪽으로 가서 문을 열었다.

저 아래 뭐가 있는지 알아? 소다수라구. 제이슨 나리가 한 아름 안고 오는 걸 봤거든. 여기서 잠깐만 기다려 봐, 하고 티피가 말했다.

티피가 가서 부엌문 안을 들여다보았다. 왜 여길 엿보는 거냐? 벤지는 어딨어? 딜시가 말했다.

밖에 있어요, 하고 티피가 말했다.

가서 그애나 봐. 지금은 집 밖에 있어야 해, 하고 딜시가 말했다.

알았어요. 아직 시작되지 않았어요, 하고 티피가 말했다.

너는 가서 걔를 눈에 안 띄는 곳에 있게 해. 내가 모든 일을 다 해야 하니까, 하고 딜시가 말했다.

뱀 한 마리가 집 밑에서 기어 나왔다. 제이슨이 뱀 따윈 무섭지 않다고 하자, 캐디는 너는 무서워하지만, 자기는 그렇지 않다고 했다. 버쉬가 그들 둘 다 무서워한다고 하자, 캐디는 아버지 말씀대로 조용히들 하라고 말했다.

너는 이제 울기 시작하면 안 돼. 넌 이 사르사 주 마시고 싶지, 하고 티피가 말했다.

술이 내 코와 눈을 간지럽혔다.

네가 마실 게 아니면 내가 마셔야겠어. 좋아, 보는 사람이 없을 때 한 병 더 가지고 오는 게 좋겠어. 이젠 조용히 해, 하고 티피가 말했다.

우리는 응접실 창문 옆 나무 밑에 멈춰 섰다. 버쉬가 젖은 잔디 위에 나를 내려놓았다. 잔디는 차가웠다. 모든 창문에 불빛이 비치고 있었다.

"저기가 할머니가 계신 데야. 할머넌 요새 매일 아프셔. 할머니가 나으면 우리는 소풍을 갈 텐데." 캐디가 말했다.

"난 뭐든지 알고 있어." 프로니가 말했다.

나무가 바스락거렸고 잔디 역시 그랬다.

"그 옆이 우리가 홍역으로 누워 있던 방이야. 프로니, 너하고 티피는 어디서 홍역을 앓지?" 캐디가 말했다.

"우리가 있는 곳에서 앓겠지." 프로니가 말했다.

"아직 시작하지 않았는걸." 캐디가 말했다.

준비는 돼 있어. 내 저 상자를 가져오는 동안 여기 서 있어. 그러면 창문 안을 볼 수 있을 거야. 자, 이 사르사 주 모조리 마셔버리자구. 이걸 마시면 배 속에 수리부엉이가 든 것 같은 기분이 되거든, 하고 티피가 말했다.

우리는 사르사 주를 마셨고 티피가 병을 창살 사이로 밀어 넣어 집 밑에 두고 가버렸다. 나는 응접실에 있는 사람들의 목소리를 들을 수 있었다. 나는 벽에 기대 양손으로 기었다. 티피가 상자를 끌어 왔다. 그가 넘어졌다. 그리고 웃기 시작했다. 그는 풀 속에서 웃으며 누워 있었다. 그가 일어나 웃음을 참으며 상자를 창 밑으로 끌고 왔다.

"난 큰 소릴 내게 될까 겁나. 상자에 올라가서 시작했는지 봐 봐." 티피가 말했다.

"밴드가 아직 안 와서 시작되지 않았어." 캐디가 말했다.

"밴드 따윈 오지 않을 거야." 프로니가 말했다.

"그걸 어떻게 알지?" 캐디가 말했다.

"난 뭣이든 다 알고 있어." 프로니가 말했다.

"넌 아무것도 몰라." 캐디가 말했다. 그녀는 나무 쪽으로 갔다. "날 밀어 올려 줘, 버쉬."

"너희 아버지가 그 나무에 올라가지 말랬잖아." 버쉬가 말했다.

"벌써 오래전 얘기야. 아마 잊으셨을걸. 더구나 오늘 밤은 모두 내 말 들으라고 하셨잖아. 오늘 밤 내 말 들으라고 하셨다구." 캐디가 말했다.

"난 누나 말 안 들어. 프로니도 티피도 그럴 거구." 제이슨이 말했다.

"날 밀어 올려 줘, 버쉬." 캐디가 말했다.

"좋아, 그러지 뭐. 매 맞을 사람은 너지 내가 아니니까." 버쉬가 말했다. 그는 나무로 가서 캐디를 첫 번째 가지까지 올려 주었다. 우리는 엉덩이에 흙이 묻은 그녀의 속바지를 속치마 자락을 쳐다봤다. 곧 그녀가 보이지 않게 되었다. 나뭇가지가 몹시 흔들리는 소리가 들렸다.

"나무를 꺾으면 제이슨 나리가 때린다고 하셨어." 버쉬가 말했다.

"나두 누나 일러바칠 거야." 제이슨이 말했다.

나무가 흔들리지 않았다. 우리는 움직이지 않는 나뭇가지를 올려다보았다.

"뭐가 보여?" 프로니가 속삭였다.

나는 그들을 보았다. 그리고 나는 머리에 꽃을 꽂고 빛나는 바람 같은 긴 베일을 쓴 캐디를 보았다. 캐디, 캐디.

"쉿. 사람들이 듣겠다. 빨리 내려와." 티피가 말했다. 그가 나를 잡아당겼다. 캐디. 나는 손을 벽에 댄 채 헤치고 나아갔다. 캐디. 티피가 나를 당겼다. "쉿." 그가 말했다. "조용히 해. 빨리 이쪽으로 와." 그가 나를 끌어당겼다. 캐디. "뚝 그쳐 벤지. 사람들이 네 소릴 들었음 싶어? 자, 가자. 사르사 주나 더 마시자구. 그러고 나서 네가 울음을 그치면 돌아오는 거야. 한 병 더 가져오는 게 좋겠지. 아님 둘 다 고함을 치게 될 거야. 댄이 마셨다고 하면 돼. 쿠엔틴 도련님은 늘 그놈이 영리하다고 하잖아. 그러니 사르사 주 마시는 개라고 할 수 있단 얘기지."

달빛이 지하실 계단으로 내리비쳤다. 우리는 사르사 주를 더 마셨다.

"넌 내가 뭘 바라는지 알아?" 티피가 말했다. "난 말야, 저 지하실 문으로 곰이 한 마리 걸어 들어왔으면 좋겠어. 그러면 말야, 내가 어떻게 하려는지 알아? 그놈한테 곧장 걸어가서 눈에다 침을 뱉어 줄 거야. 소리치기 전에 내 입 좀 틀어막게 그 병 좀 이리 줘."

티피가 쓰러졌다. 그가 웃어대기 시작했고 지하실 문과 달빛은 껑충거리며 멀어져 가고, 뭔가가 내게 부딪혔다.

"뚝 그쳐." 티피는 웃음을 참으면서 말했다. "이런, 다들 우리 소릴 듣겠어, 일어나. 자 일어서, 벤지, 빨리." 티피가 말했다. 그는 데굴데굴 구르며 웃고 있었고, 나는 일어나려 했다. 지하실 계단이 달빛 속에서 언덕으로 달려 올라가고, 티피가 언덕 위에 넘어지며 달빛 속으로 들어갔다. 나는 울타리를 등지고 달렸고, 티피가 "뚝 그쳐, 뚝 그쳐"라고 말하며 내 뒤에서 달렸다. 그다음 그는 웃어대며 꽃 속으로 쓰러졌고 나는 상자에 부딪혔다. 하지만 내가 그 위를 기어 오르려 할 때 상자가 튀어 달아나 내 뒤통수를 쳤고 내 목에서 소리가 났다. 목에서 다시 소리가 났고 나는 일어나려 애쓰는 걸 멈췄다. 목에서 다시 소리가 났고 나는 울기 시작했다. 그러나 티피가 나를 잡아당기고 있는 동안에도 내 목에선 계속 소리가 났다. 목에서 계속 소리가 나니, 나는 우는 건지 아닌지 알 수 없었다. 티피가 웃으며 내 위로 쓰러졌다. 목에서 나는 소리는 계속됐고 쿠엔틴이 티피를 걷어찼다. 캐디가 내게 팔을 둘렀는데, 그녀는 빛나는 베일을 쓴 채였다. 나는 더 이상 나무 냄새를 맡을 수 없었고, 나는 울기 시작했다.

벤지, 하고 캐디가 말했다. 벤지. 그녀가 다시 내게 팔을 둘렀으나, 나는 달아났다. "왜 그래, 벤지? 이 모자 때문에 그래?" 그녀가 말했다. 모자를 벗고 그녀가 다시 가까이 왔지만, 나는 달아났다.

"벤지, 뭣 땜에 그래, 벤지? 캐디가 뭘 어쨌다구." 그녀가 말했다.

"누나의 멋 부린 옷이 맘에 안 드는 거야." 제이슨이 말했다. "자기가 다 컸다고 생각하잖아, 아냐? 누난 누구보다도 자기가 잘났다고 생각해, 안 그래, 멋쟁이 누나?"

"닥치지 못해. 더럽고 보잘것없는 주제에. 애, 벤지?" 캐디가 말했다.

"열네 살이 됐다고 어른이라고 생각하는 거지, 그렇지?" 제이슨이 말했다. "자기가 잘났다고 생각하잖아, 아냐?"

"울지 마, 벤지. 엄마한테 방해가 돼." 캐디가 말했다.

그러나 나는 그치지 않았다. 그녀가 나가자 나는 따라갔고, 그녀가 계단 위에 멈춰 서서 나를 기다리기에 나 역시 멈췄다.

"뭐가 문제야, 벤지? 캐디한테 말해 봐. 뭐든 해 줄 테니까. 어서." 캐디가 말했다.

"캔데이스." 어머니가 말했다.

"네." 캐디가 말했다.

"넌 왜 걔를 못살게 구니? 그앨 이리로 데려오렴." 어머니가 말했다.

우리는 어머니 방으로 갔다. 병으로 누워 있는 어머니는 헝겊을 머리에 쓴 채였다.

"대관절 뭐가 문제인 거니, 벤저민?" 어머니가 말했다.

"벤지." 캐디가 말했다. 그녀가 다시 내게 다가왔지만, 나는 달아났다.

"걔한테 뭔 짓을 한 게 분명해. 왜 걔를 가만 내버려 두지 않는 거냐? 날 좀 편히 있게 해 주렴. 걔한테 그 상자를 주고, 제발 걔를 가만히 둬." 어머니가 말했다.

캐디가 상자를 가져와 바닥에 내려놓고 열었다. 그 안에 별이 가득했다. 내가 가만히 있을 때는 별들도 가만히 있었다. 내가 움직이자, 별들이 반짝이며 빛났다. 나는 울음을 그쳤다.

그 때 캐디가 걷는 소리가 나서 나는 또 울기 시작했다.

"벤저민, 이리 온." 어머니가 말했다. 나는 문께로 갔다. "얘, 벤저민." 어머니가 말했다.

"무슨 일이야? 어딜 가는 거냐?" 아버지가 말했다.

"제이슨, 쟤를 아래층에 데려가요. 누구든 좀 봐 주라고 해요. 내가 여전히 아프다는 걸 알면서 당신은……" 어머니가 말했다.

아버지가 우리 등 뒤로 문을 닫았다.

"티피." 아버지가 말했다.

"예, 나리." 아래층에서 티피가 말했다.

"벤지가 내려갈 거야. 티피랑 가는 거다." 아버지가 말했다.

나는 욕실 문 쪽으로 걸어갔다. 물소리가 들렸다.

"벤지." 티피가 아래층에서 말했다.

나는 물소리를 들을 수 있었다. 나는 귀를 기울였다. "벤지." 아래층에서 티피가 말했다. 나는 물소리에 귀를 기울였다.

나는 물소리를 들을 수 없었고, 캐디가 문을 열었다.

"왜 그래, 벤지?" 그녀가 말했다. 그녀가 나를 보았고 내가 가자 그녀가 팔을 내 몸에 둘렀다. "캐디를 다시 찾은 거야? 캐디가 아주 달아났다고 생각했어?" 그녀가 말했다. 캐디에게서 나무 냄새가 났다.

우리는 캐디 방으로 갔다. 그녀가 거울 앞에 앉았다. 그녀가 움직이던 손을 멈추고 나를 보았다.

"왜 그래, 벤지. 무슨 일이야? 울면 못 써. 캐디는 도망가지 않아. 봐, 여기 있잖아." 그녀가 말했다. 그녀는 병을 들어 마개를 잡아 빼고 내 코에 갖다 댔다. "달콤하지, 맡아 봐. 근사해."

나는 달아났고 울음을 그치지 않았다. 그녀가 병을 손에 든 채 나를 보고 있었다.

"아." 그녀가 병을 내려놓고 오더니 두 팔로 나를 안았다. "그래, 이 냄새가 싫었던 거야. 캐디에게 그걸 말하려 했지만 하지 못했고 말이야. 넌 말하고 싶었는데, 그럴 수가 없었어, 그렇지? 캐디는 이제 이런 거 안 바를 거야. 물론 다시는 안 그래. 나 옷 입을 때까지 잠깐만 기다려 줘."

캐디는 옷을 입고 병을 다시 들었고 우리는 부엌으로 내려갔다.

"딜시, 벤지가 딜시한테 선물을 주겠대." 캐디가 말했다. 그녀는 허리를 굽히고 내 손에 병을 쥐어 주었다. "자, 이걸 딜시에게 줘." 캐디가 내 손을 내밀었고 딜시는 병을 받았다.

"이거 놀라운 일인걸." 딜시가 말했다. "우리 도련님이 딜시한 테 향수병을 주는 거야? 로스커스 영감, 이걸 좀 봐요."

캐디에게서 나무 냄새가 났다.

"우린 향수 같은 건 좋아하지 않아." 캐디가 말했다.

그녀에게서 나무 냄새가 났다.

"자자, 도련님은 이젠 다른 사람이랑 같이 자기엔 너무 커요. 이젠 다 자랐잖아요. 열세 살이나 됐다구요. 모리 삼촌 방에서 혼 자 잘 만큼 자랐어요." 딜시가 말했다.

모리 삼촌은 아팠다. 눈도 아프고 입도 아팠다. 버쉬가 저녁을 쟁반에 받쳐 들고 삼촌에게 올라갔다.

"모리는 불량배들을 쏴 죽이겠다고 하고 있어." 아버지가 말했 다. "난 패터슨에게는 미리 말하지 않는 게 낫다고 일렀지." 아버 지는 술을 마셨다.

"여보, 제이슨." 어머니가 말했다.

"누굴 쏴요, 아버지? 어째서 모리 삼촌은 그 사람을 쏘려고 하 죠?" 쿠엔틴이 말했다.

"그건, 삼촌이 하찮은 농담도 참지 못해서야." 아버지가 말 했다.

"제이슨, 당신은 어떻게 그리 태연한 거죠? 당신은 거기 앉아 서 모리가 느닷없이 총에 맞는 걸 보고, 웃을 작정인 거예요." 어머니가 말했다.

"그럼 모리가 숨은 곳에서 나와 있어야겠지." 아버지가 말했다.

"쏘다니 누굴 말이에요, 아버지? 모리 삼촌이 누굴 쏠 건데요?" 쿠엔틴이 말했다.

"아무도 아냐. 난 권총이 없으니 가만히 보고 있을 수밖에." 아버지가 말했다.

어머니가 울기 시작했다. "혹시 당신, 모리에게 주는 음식이 아까우면, 왜 모리 앞에서 그렇게 얘기하지 못하죠? 걔가 없을 때 애들 앞에서 비웃기나 하고."

"내가 그럴 리 있나. 난 모리를 존경한다구. 모리는 인종적 우월성에 대한 내 고유의 감각으로 봐도 가치를 매길 수 없어. 난 모리를 한 떼의 말하고도 바꾸지 않겠어. 넌 그 이유를 알겠니, 쿠엔틴?"

"모르겠는데요." 쿠엔틴이 말했다.

"*Et ego in arcadia*(라틴어 경구로 보통은 'Et in Arcadia ego'라고 쓴다. 그 속뜻은 '메멘토 모리Memento mori' 즉 죽음을 기억하라이다—편집자) 난 이제 라틴어를 다 잊어버렸어." 아버지가 말했다. "그래, 난 농담을 하는 것뿐이야." 아버지는 술을 마셨고 잔을 내려놓고는 어머니에게 다가가 어깨에 손을 올려놓았다.

"그건 농담이 아니에요. 우리 친정도 당신 집안 못지않게 훌륭해요. 단지 모리의 건강이 나쁘기 때문이라구요." 어머니가 말했다.

"물론이지." 아버지가 말했다. "나쁜 건강이란 모든 삶에 있어 최초의 전제가 되거든. 질병으로 창조되고 부패한 다음 소멸되는 거지. 이봐, 버쉬."

"네, 주인님." 버쉬가 내 의자 뒤에서 대답했다.

"이 병을 가져다 가득 채워라."

"그리고 딜시더러 와서 벤저민을 데려가 재우라고 해 줘." 어머니가 말했다.

"도련님도 다 컸어요. 캐디는 도련님하고 자는 걸 지겨워해요. 뚝 그쳐야죠. 그래야 잠들 수 있죠." 딜시가 말했다. 방이 멀어져 갔다. 그러나 나는 울음을 그치지 않았다. 그리고 방이 되돌아왔다. 딜시가 와서 침대에 앉아 나를 바라보았다.

"착한 도련님이 되고 싶지 않아요? 그쳐야죠." 딜시가 말했다. "착한 도련님이 돼야죠, 그렇죠? 그러면 잠깐만 기다릴 수 있어야죠."

그녀가 가버렸다. 문에는 아무것도 없었다. 그 때 캐디가 문 앞에 나타났다.

"쉿. 나야." 캐디가 말했다.

나는 울음을 그쳤고 딜시가 침대보를 젖혔고 캐디가 침대보와 담요 사이로 들어갔다. 그녀는 화장복(목욕 전후에 입는 실내복 ─ 옮긴이)을 벗지 않았다.

"자, 나 여기 있어." 그녀가 말했다. 딜시가 담요를 가져와 캐디 위에 펼치고는 그녀의 몸을 감쌌다.

"얜 곧 곯아떨어질 거예요. 아씨 방에 불을 그대로 켜 둘게요."
딜시가 말했다.

"그래, 좋아." 캐디가 말했다. 그녀는 베개 위 내 머리 옆으로
자신의 머리를 바짝 갖다 댔다. "잘 자, 딜시."

"잘 자요, 아씨." 딜시가 말했다. 방은 캄캄해졌다. 캐디에게 나
무 냄새가 났다.

우리는 캐디가 있는 나무를 올려다보았다.

"캐디는 뭘 보고 있어, 버쉬?" 프로니가 속삭였다.

"쉬이이잇." 캐디가 나무 위에서 말했다.

"다들 이리로 와." 딜시가 말했다. 그녀는 집 모퉁이를 돌아 왔
다. "왜 모두 아버지 말씀대로 위층에 올라가지 않지? 나 모르게
살금살금 빠져나가지 말랬잖아. 캐디랑 쿠엔틴은 어디 있어?"

"난 누나보고 나무에 올라가지 말랬어. 누나 일러바칠 거야."
제이슨이 말했다.

"누가 어느 나무에 올라갔다는 거지?" 딜시가 말했다. 그녀가
와서 나무 위를 보았다. "캐디." 하고 딜시가 말했다. 나뭇가지가
다시 흔들리기 시작했다.

"장난꾸러기 같으니라구. 거기서 내려와요." 딜시가 말했다.

"쉿." 캐디가 말했다. "아버지가 조용히 하랬던 걸 잊었어?"

그녀의 다리가 나타났고 딜시가 팔을 뻗어 그녀를 나무에서 안
아 내렸다.

"애들을 이쪽으로 오게 해선 안 된다는 것쯤은 아는 줄 알았는

데?" 딜시가 말했다.

"캐디는 어쩔 도리가 없어요." 버쉬가 말했다.

"모두들 여기서 뭘 하고 있는 거지? 누가 집 쪽으로 오라고 했어?" 딜시가 말했다.

"캐디가 그랬죠. 캐디가 오라고 했어요." 프로니가 말했다.

"캐디가 하란 대로 하라고 누가 그랬어." 딜시가 말했다. "이제 그만 집으로 가." 프로니와 티피가 갔다. 우리는 멀어져 가는 그들의 모습을 볼 수 없었다.

"한밤중에 이쪽으로 오다니." 딜시가 말했다. 그녀가 나를 안았고 우리는 부엌으로 갔다.

"나 모르게 살짝 빠져나오다니. 잘 시간이 지났다는 걸 알잖아요." 딜시가 말했다.

"쉿, 딜시. 그렇게 크게 말하지 마, 우린 조용히 해야 한단 말이야." 캐디가 말했다.

"그럼, 아씨부터 입 꼭 다물고 조용히 해요." 딜시가 말했다. "쿠엔틴은 어디 있지?"

"쿠엔틴은 오늘 밤 내 말 들어야 된다고 해서 화가 났어." 캐디가 말했다. "앤 아직도 티피의 반딧불이 병을 갖고 있는걸."

"티피는 그런 거 없어도 괜찮아요." 딜시가 말했다. "버쉬, 넌 가서 쿠엔틴을 좀 찾아봐. 로스커스가 축사 쪽으로 가는 걸 봤다는구나." 버쉬가 갔다. 우리는 그의 모습을 볼 수 없었다.

"응접실에서 사람들이 아무것도 하지 않고 있던데. 의자에 앉아서 쳐다만 보고 있었어." 캐디가 말했다.

"그 사람들에게 아씨 도움은 필요 없어요." 딜시가 말했다. 우리는 부엌을 돌아 갔다.

어딜 가려는 거야, 러스터가 말했다. 그치들이 공 치는 걸 또 보러 가는 거지. 저긴 다 찾아봤어. 여기 잠깐 있어 봐. 내가 저 공 갖고 올 동안 바로 여기서 기다려. 좋은 생각이 떠올랐거든.

부엌은 어두웠다. 하늘에 떠오른 나무는 검었다. 댄이 층계 밑에서 어기적거리며 나와 내 발목을 물었다. 나는 부엌을 돌아갔다. 달이 보였다. 댄이 달빛 속으로 허둥대며 갔다.

"벤지." 티피가 집 안에서 불렀다.

응접실 창 옆 꽃나무는 어둡지 않았지만 우거진 나무들은 검게 보였다. 달빛 속에서 풀 위를 걷는 내 그림자에 풀들이 시끄럽게 소리를 냈다.

"이봐, 벤지." 티피가 집 안에서 불렀다. "어디 숨은 거야? 살살 빠져나가고 있지? 난 알고 있어."

러스터가 돌아왔다. 잠깐, 여기야, 하고 그가 말했다. 저쪽으로 가지 마. 쿠엔틴 아씨하고 그 애인이 그네 타고 있어. 넌 이쪽으로 가야 해. 이리 돌아와, 벤지.

나무 밑은 컴컴했다. 댄이 오려고 하지 않았다. 댄은 달빛 속에 멈춰 서 있었다. 그 때 나는 그네를 볼 수 있었고, 울기 시작했다.

그리로 가면 안 돼, 벤지. 쿠엔틴 아씨가 펄쩍 뛸 거란 걸, 너도 알잖아, 하고 러스터가 말했다.

그네엔 두 사람이 타고 있었고 곧 한 명이 되었다. 캐디가 빠르게 오고 있었다. 어둠 속에서 그녀는 하얗게 보였다.

"벤지, 너 어떻게 빠져나왔어. 버쉬는 어디 있지?" 그녀가 말했다.

그녀가 나를 껴안았다. 그래서 난 뚝 그쳤고 그녀의 옷을 잡고 그녀를 떼어 놓으려 했다.

"왜 그래, 벤지?" 그녀가 말했다. "티피, 어떻게 된 거야?" 그녀가 소리내 불렀다.

그네를 타던 사람이 일어나 가까이 왔다. 그래서 나는 울며 캐디의 옷을 잡아당겼다.

"벤지, 찰리잖아. 찰리 몰라?" 캐디가 말했다.

"앨 돌보는 검둥이 어디 갔어? 어째서 얠 멋대로 뛰어다니게 하는 거야." 찰리가 말했다.

"그쳐, 벤지. 저리 가요, 찰리. 얜 당신을 좋아하지 않아." 캐디가 말했다. 찰리가 가버렸고 나는 울음을 그쳤다.

나는 캐디의 옷을 잡아당겼다.

"왜 그래, 벤지?" 캐디가 말했다. "여기서 잠깐 찰리와 얘기하게 해 주지 않을래?"

"저 검둥일 불러." 찰리가 말했다. 그가 돌아왔다. 나는 더 크게 울었고 캐디의 옷자락을 잡아당겼다.

"저리 가, 찰리." 캐디가 말했다. 찰리가 와서 캐디에게 손을 얹었고 나는 더 울었다. 나는 큰 소리로 울었다.

"안 돼, 안 돼. 안 된다구." 캐디가 말했다.

"앤 말 못하잖아. 캐디?" 찰리가 말했다.

"정신 나간 거야?" 캐디가 말했다. 그녀가 가쁘게 숨을 쉬기 시작했다. "볼 수는 있단 말이야. 그러지 마, 하지 말라구." 캐디가 저항했다. 두 사람 모두 가쁘게 숨을 쉬었다.

"제발 좀, 제발." 캐디가 속삭였다.

"이 앨 보내버려." 찰리가 말했다.

"그럴 거야. 날 놔 줘." 캐디가 말했다.

"정말 그럴 거야?" 찰리가 말했다.

"그래. 그러니까 놔 줘." 캐디가 말했다. 찰리가 가버렸다. "그쳐." 캐디가 말했다. "그 사람 갔잖아." 난 그쳤다. 나는 그녀의 가쁜 숨소리를 듣고 가슴이 뛰는 것을 느낄 수 있었다.

"애를 집으로 데려가야만 하겠는걸." 그녀가 말했다. 그녀는 나의 손을 잡았다. "이제 간다구." 그녀가 속삭였다.

"잠깐. 검둥일 불러." 찰리가 말했다.

"안 돼. 나 돌아올 거라니까. 가자, 벤지." 캐디가 말했다.

"캐디." 찰리가 소리 높여 속삭였다. 우리는 갔다. "돌아오는 게 좋아. 돌아올 거지?" 캐디와 나는 뛰고 있었다. "캐디." 찰리가 말했다. 우리는 달빛 속으로 내달려 부엌을 향해 달려갔다.

"캐디." 찰리가 말했다.

캐디와 나는 달렸다. 우리는 부엌 계단을 뛰어 올라 현관으로 들어갔다. 캐디가 어둠 속에서 무릎을 꿇고 나를 안았다. 나는 그녀의 소리를 듣고 가슴이 뛰는 걸 느낄 수 있었다. "나 안 그럴게." 그녀가 말했다. "다시는 그런 짓 안 할게, 벤지." 그녀는 울고 있었다. 나도 울었다. 그리고 우리는 서로 부둥켜안았다.

"그쳐야지. 그쳐, 나 다신 안 그런다니까." 그녀가 말했다. 그래서 나는 울음을 그쳤고 캐디는 일어났다. 우리는 부엌으로 들어가 불을 켰고 캐디는 싱크대에서 비누로 세게 입을 헹구었다. 캐디에게서 나무 냄새가 났다.

거기서 떨어지라고 줄곧 말했잖아, 러스터가 말했다. 그들이 그네에서 빠르게 일어났다. 쿠엔틴이 머리카락을 손으로 만졌다. 남자는 빨간 넥타이를 맸다.

이 늙은 얼간이 같으니. 딜시한테 내가 가는 데마다 쟤가 쫓아오도록 네가 내버려 둔다고 말할 거야. 딜시가 널 흠씬 패 주게 만들 거라고, 쿠엔틴이 말했다.

"얘를 막을 도리가 없었어요. 벤지, 이리 와." 러스터가 말했다.

"아니, 넌 막을 수 있었어. 하려 들지 않은 거지. 너희 둘 다 날 살금살금 따라다닌 거야? 할머니가 날 감시하라고 내보내든?" 쿠엔틴이 말했다. 그녀는 그네에서 뛰어내렸다.

"쟤를 당장 데려가서 멀리 떨어져 있게 하지 않으면, 제이슨 삼촌한테 널 때려 주라고 할 거야."

"내가 뭘 한들 소용이 없다구요. 할 수 있을 것 같다면 아씨가 달래 보시죠." 러스터가 말했다.

"닥치지 못해. 저이를 쫓아 보내지 않겠단 거야?" 쿠엔틴이 말했다.

"아냐, 그냥 있게 해." 남자가 말했다. 그는 붉은 넥타이를 맸다. 해가 그 위에서 붉게 빛났다.

"여기 좀 봐, 잭." 남자가 성냥 하나를 켜더니 그걸 입 안에 넣었다. 그런 뒤 입 밖으로 꺼냈다. 성냥은 여전히 타고 있었다. "한번 해 볼 테야?" 남자가 말했다. 나는 그쪽으로 걸어갔다. "입을 벌려." 그가 말했다. 나는 입을 벌렸다. 쿠엔틴이 손으로 성냥을 쳤고 성냥은 떨어졌다.

"당신 미쳤어?" 쿠엔틴이 말했다. "이 녀석을 울릴 작정이야? 이 치가 종일 울부짖는단 걸 몰라? 딜시한테 일러바칠 줄 알아." 그녀가 달려가버렸다.

"이봐, 이봐, 이리 돌아와. 이 사람 놀리지 않을게." 남자가 말했다.

쿠엔틴이 집 쪽으로 달렸다. 그녀는 부엌을 돌아서 갔다.

"네가 일을 망쳐 놨어. 안 그래?" 그가 말했다.

"이 녀석은 알아듣지 못해요. 귀머거리에다 벙어리거든요." 러스터가 말했다.

"그래. 언제부터 그 꼴이 됐지?" 남자가 말했다.

"오늘로 삼십삼 년 됐죠. 바보로 태어났거든요. 당신 서커스 단원이죠?" 러스터가 말했다.

"그건 왜?" 그가 말했다.

"전엔 이 근처에서 당신을 본 일이 없어서요." 러스터가 말했다.

"그래서, 그게 어쨌다는 거야?" 그가 말했다.

"아무것도 아니에요. 나 오늘 밤에 구경 갈 거거든요." 러스터가 말했다.

남자가 나를 보았다.

"서커스에서 톱날 연주한 게 당신이죠, 그렇죠?" 러스터가 말했다.

"그걸 알아내는 덴 25센트가 들지." 남자가 말했다. 그가 나를 보았다. "이 집은 어째서 이런 녀석을 가둬 놓지 않는대? 넌 뭣 땜에 녀석을 일루 데리고 나왔어?" 남자가 말했다.

"내게 말해 봤자죠." 러스터가 말했다. "난 어쩔 도리가 없거든요. 난 그저 잃어버린 25센트를 찾으러 왔어요. 그래야 오늘 밤 구경을 갈 수 있으니까요. 지금 같아선 못 갈 것 같지만." 러스터가 땅 위를 보았다.

"25센트 정도 여유 있어요?" 러스터가 말했다.

"없어. 가진 게 없어." 남자가 말했다.

"그렇담 어디서 구하는 수밖에 없겠네." 러스터가 말했다. 그가 손을 주머니에 넣었다. "골프공은 필요하지 않아요?" 러스터가 말했다.

"무슨 공이라구?" 그가 말했다.

"골프공요. 난 25센트면 돼요." 러스터가 말했다.

"뭘 하려구? 내가 그걸 뭣에다 쓰게?" 남자가 말했다.

"당신한테 필요할 거라 생각하지 않았어요." 러스터가 말했다.
"자, 이리와, 멍청아. 와서 그들이 공 치는 걸 봐. 여기 네가 가지고 노는 흰독말풀이랑 같이 갖고 놀 만한 게 있어." 러스터가 그걸 집어 나에게 건넸다. 그것은 반짝반짝 빛났다.

"그거 어디서 났지?" 남자가 말했다. 그의 넥타이가 햇빛에 붉게 빛나며 움직이고 있었다.

"여기 이 덤불 속에서 찾았죠. 난 잠깐 내가 잃어버린 25센트인 줄 알았어요." 러스터가 말했다.

남자가 오더니 그것을 가져갔다.

"그쳐. 보고 나서 돌려줄 테니까." 러스터가 말했다.

"애그니스 메이블 베키(콘돔 상표명—옮긴이)." 그가 말했다. 그는 집 쪽을 보았다.

"울지 마. 저 사람은 돌려주려고 하는 거야." 러스터가 말했다.

남자가 그걸 나에게 주어서 나는 울음을 그쳤다.

"저 아가씰 간밤에 보러 온 게 누구야?" 그가 말했다.

"나야 모르죠. 매일 밤 와요. 아가씨가 저 나무를 타고 내려올 수 있으니까. 하지만 난 흔적도 본 일이 없죠." 러스터가 말했다.

"한 놈도 흔적을 남기지 않다니. 이런 망할." 남자가 말했다. 그는 집 쪽을 보았다. 그리고 그는 걸어가 그네에 누웠다. "저리 가. 날 방해하지 말라구." 그가 말했다.

"그만 가자. 네가 다 망쳐 놨어. 지금이면 쿠엔틴 아씨가 널 다 일러바쳤을 거야." 러스터가 말했다.

우리는 울타리 쪽으로 가서 감겨 올라간 꽃 사이로 저쪽을 보았다. 러스터는 풀밭을 뒤졌다.

"분명히 여기선 갖고 있었는데." 그가 말했다. 나는 깃발이 펄럭이는 것과 넓은 풀밭 위로 해가 기우는 것을 보았다.

"곧 누군가 올 거야." 러스터가 말했다. "저기 몇이 있는데, 가버리는군. 자, 내가 동전 찾는 걸 도우라구."

우리는 울타리를 따라갔다.

"울지 마. 녀석들이 오지 않는 걸 낸들 어쩌겠냐? 기다려. 곧 몇 명 올 거야. 저길 봐. 사람들이 오고 있어." 러스터가 말했다.

나는 철망을 따라 문까지 갔는데, 책가방을 멘 계집애들이 지나가고 있었다. "이봐, 벤지. 이리 돌아와." 러스터가 말했다.

문으로 내다본들 무슨 소용이 있어. 캐디 아씨는 멀리 멀리 가버렸는데. 결혼해설랑은 널 두고 갔잖아. 문에 기대 울어 봤자 아무 소용도 없어. 캐디 아씨는 못 들으니까, 하고 티피가 말했다.

티피, 얘가 뭣 때문에 그러는 거니, 하고 어머니가 말했다. 그애랑 놀면서 조용히 있게 할 수 없니?

얘가 저쪽으로 가서 문을 내다보고 싶어 해요, 하고 티피가 말했다.

글쎄다. 하지만 안 돼. 비가 오는데. 넌 쟤를 데리고 놀면서 조용히 하게 하는 수밖에 없어. 얘야, 벤저민……, 어머니가 말했다.

조용히 만들 방법이 없는걸요. 대문 쪽으로 가면 캐디 아씨가 돌아올 줄 알고 있어요, 티피가 말했다.

뭔 말도 안 되는 소릴, 어머니가 말했다.

나는 그들이 얘기하는 것을 들을 수 있었다. 밖으로 나갔더니 얘기 소리는 들리지 않았다. 나는 문 쪽으로 갔다. 책가방을 멘 계집애들이 지나갔다. 계집애들은 나를 보고는 얼굴을 돌리고 걸음을 재촉했다. 나는 말을 걸려 했지만 그들은 그대로 가버렸고, 그래서 울타리를 따라가면서 말을 걸려 했는데 그들은 더 빨리 걸어갔다. 그들은 달리고 있었다. 울타리 모퉁이에 이르자 나는 더 이상은 갈 수 없었다. 나는 그들을 눈으로 쫓으며 말을 하려 애쓰며 울타리에 매달렸다.

"어이, 벤지. 뭐 하는 거야? 몰래 빠져나가는 거야? 그러면 딜시한테 맞는 거 몰라?" 티피가 말했다.

"울타리 너머로 울고불고 해 봐야 소용없어. 저 어린애들을 놀라게 했잖아. 쟤들 좀 보라구, 길 저쪽으로 걷고 있잖아." 티피가 말했다.

쟤가 어떻게 밖에 나왔지? 제이슨 너 들어올 때 문을 걸지 않았구나, 아버지가 말했다.

그럴 리가요! 그런 눈치 없는 짓을 할 리 없다는 걸 모르세요? 저라고 이런 일이 생기길 바랐겠어요? 안 그래도 이 집안은 충분히 엉망인 걸 하늘이 다 아는데. 벌써부터 말씀드렸으면 했는데, 이젠 아버지도 얘를 잭슨 시의 시설에 보내실 걸 알아요. 버지스 씨가 얘를 먼저 쏴 죽이지 않는다면 말예요, 하고 제이슨이 말했다.

그쯤 해 둬, 아버지가 말했다.

내내 말씀드리려고 했다구요, 제이슨이 말했다.

내가 손을 댔을 때 문은 열려 있었다. 저물 녘 어둠 속에서 나는 문에 매달렸다. 나는 울고 있지 않았고, 해질 녘 돌아가는 계집애들을 바라보며 서 있으려 했다. 나는 울고 있지 않았다.

"그 사람이야."

계집애들이 걸음을 멈췄다.

"저 사람 못 나와. 나온다 해도 아무도 해치진 않을 거야. 어서, 가자."

"난 무서워. 무섭다구. 난 길 건너갈래."

"저 사람 못 나온다는데두."

나는 울고 있지 않았다.

"겁낼 거 없다니까. 가자."

계집애들이 석양 속을 걸어왔다. 나는 울고 있지 않았으며 문에 매달렸다. 그들은 천천히 다가왔다.

"난 무서워."

"저 사람은 해치지 않는다니까. 난 여길 매일 지나다녀. 저 사람은 그냥 울타리를 따라 달릴 뿐이라구."

그들이 다가왔다. 내가 문을 열자 방향을 틀더니 멈춰 섰다. 나는 말을 걸려고 했다. 말을 걸려 애쓰면서 여자애 한 명을 붙들었다. 그녀가 비명을 질렀다. 나는 말을 걸려 애쓰고 애썼고 빛나는 형체들이 움직임을 멈추기 시작했으며, 나는 빠져나오려 했다. 내 눈앞에 어른거리는 것을 쫓아버리려 했으나 빛나는 형체는 다시 움직이고 있었다. 형체들은 언덕으로 올라가 사라졌고 나는 울려고 했다. 그러나 내가 숨을 들이쉬었을 때 울 수 있을 만큼 다시 내쉴 수가 없었다. 나는 언덕에서 굴러 떨어지지 않으려 했고 언덕에서 굴러 소용돌이치며 빛나는 형체 속으로 떨어졌다.

이 바보야, 이리 와. 여기 몇 놈이 온다. 이제 그만 침 흘리고 우는 거 뚝 그쳐, 러스터가 말했다.

그들은 깃발이 있는 곳으로 왔다. 한 사람이 기를 뽑았고 그들은 공을 쳤다. 그다음 아까 그 사람이 다시 기를 꽂아 놓았다.

"어르신." 러스터가 말했다.

남자가 돌아보았다. "왜?" 그가 말했다.

"골프공이 필요하지 않으신가요?" 러스터가 말했다.

"한번 보자." 남자가 말했다. 그가 울타리로 다가왔고 러스터는 공을 울타리 사이로 내밀었다.

"이거 어디서 났지?" 남자가 말했다.

"주웠어요." 러스터가 말했다.

"알고 있어. 어디서 주운 거냐, 누군가의 골프백이지?" 남자가 말했다.

"이 들판에 있는 걸 주운 거예요. 25센트에 팔게요." 러스터가 말했다.

"어째서 이게 네 거라는 거야?" 그가 말했다.

"내가 주웠으니깐요." 러스터가 말했다.

"그럼 하나 더 주워 봐." 그가 말했다. 남자는 그 공을 주머니에 넣더니 가버렸다.

"오늘 밤 서커스 구경 가야 하는데." 러스터가 말했다.

"그렇겠지." 그가 말했다. 그는 평평한 곳으로 갔다. "여어 캐디, 공 조심해!" 그가 말했다. 그는 공을 쳤다.

"정말이지," 러스터가 말했다. "넌 저 녀석들이 보이든 안 보이든 안달이구나. 어째서 그치지 못할까. 누구든 종일 네 우는 소릴 들으면 넌덜머리가 난다는 걸 모르겠냐? 이거 봐, 흰독말풀 떨어뜨렸잖아." 그는 풀을 주워 나에게 주었다. "새 걸 갖고 싶은 모양이야. 다 시들게 했으니." 우리는 울타리 곁에 서서 그 사람들을 지켜보았다.

"좀 전의 그 백인은 말야, 상대하기가 힘든 사람이야. 너도 그치가 내 공 가져가는 거 봤잖아?" 러스터가 말했다. 그들이 나아갔다. 우리는 울타리를 따라 움직였다. 정원에 이르니 더는 갈 수 없었다. 나는 울타리에 매달려 꽃 사이로 보았다. 그들이 멀어져 갔다.

"이제 네가 징징댈 이유 없어." 러스터가 말했다. "뚝 그쳐. 울어야 할 사람은 네가 아니라 나란 말이야. 이것 봐, 넌 왜 흰독말풀을 쥐고 있지 않는 거야. 다음에 또 엉엉 울려고 그래?" 그가 꽃을 나에게 주었다. "이젠 어딜 가려는 거야?"

우리의 그림자가 잔디 위에 있었다. 그림자는 우리가 닿기 전에 나무에 닿았다. 내 그림자가 먼저 닿았다. 그리고 우리가 그곳에 닿자 그림자들은 사라졌다. 병 속에 꽃 한 송이가 들어 있었다. 나는 다른 꽃을 하나 더 넣었다.

"넌 이제 어른이잖아. 병에 꽃을 둘씩 넣고 놀다니. 칼라인 마님이 죽으면, 사람들이 널 어떻게 할지 알 텐데. 널 잭슨으로 보낼 거라구. 거기가 네가 있을 데거든. 제이슨 나리가 그렇게 말했지. 거기서 넌 다른 바보들이랑 종일 창살을 붙들고 침이나 흘리며 사는 거라구. 어떻게 생각해?" 러스터가 말했다.

러스터가 손으로 병에 든 꽃을 뒤집어 엎었다. "잭슨에선 네가 울 때 사람들이 네게 이렇게 할 거라구."

나는 그 꽃을 주우려 했다. 러스터가 꽃을 주워 멀리 던져버렸다. 나는 울기 시작했다.

"울어. 울라구." 러스터가 말했다. "넌 울 만한 게 필요하지. 좋아, 그래 캐디." 그가 속삭였다. "캐디. 이제 울어. 캐디."

"러스터." 딜시가 부엌에서 불렀다.

꽃이 되돌아왔다.

"그쳐." 러스터가 말했다. "자, 여기 꽃이 있어. 봐봐. 처음과 꼭 같이 해 놨으니까. 그만 그쳐."

"애, 러스터." 딜시가 말했다.

"네." 러스터가 말했다. "이제 가요. 네가 일을 망쳤잖아, 일어나." 그가 내 팔을 홱 잡아당겨 나는 일어났다.

우리는 나무들 틈에서 나왔다. 우리의 그림자는 사라졌다.

"그치래두. 모두가 널 쳐다보는 걸 보란 말이야. 그쳐." 러스터가 말했다.

"걔를 이리로 데리고 온." 딜시가 말했다. 그녀가 계단을 내려왔다.

"얘한테 뭔 짓을 한 거냐?" 그녀가 말했다.

"아무 짓도 안 했는데 울기 시작한 거라구요." 러스터가 말했다.

"뭔 짓을 했겠지. 틀림없이 뭔가 있었다구. 너희 어디 갔었니?" 딜시가 말했다.

"저쪽 삼나무 아래요." 러스터가 말했다.

"쿠엔틴을 화나게 하고 말이지. 왜 얘를 쿠엔틴에게서 떨어뜨려 놓지 않은 거냐? 쿠엔틴이 얘가 곁에 있는 걸 싫어하는 거 몰라?"

"쿠엔틴도 나만큼이나 녀석을 봐 줄 시간이 있다구요. 내 삼촌도 뭣도 아닌데." 러스터가 말했다.

"그런 건방진 소린 그만둬, 이 검둥이놈이." 딜시가 말했다.

"난 아무 짓도 안 했다구요. 저기서 놀다가 갑자기 울기 시작한 거예요." 러스터가 말했다.

"얘가 만든 묘지에 장난질을 쳤겠지." 딜시가 말했다.

"난 묘지 같은 건 건드리지도 않았어요." 러스터가 말했다.

"거짓말 마, 이놈." 딜시가 말했다. 우리는 계단을 올라 부엌으로 들어갔다. 딜시가 아궁이를 열고 그 앞에 의자 하나를 끌어다 놓기에 나는 거기에 앉았다. 나는 울음을 그쳤다.

어째서 어머닐 놀라게 하려는 거예요? 왜 쟤를 밖에 있게 하지 않았어요, 하고 딜시가 말했다.

재는 불을 보고만 있었어. 어머니가 재한테 새 이름을 말해 줬다구. 우린 어머니를 놀래키려던 게 아냐, 캐디가 말했다.

그렇지 않다는 거 나는 알아요. 재는 이 집 한쪽 끝에 어머니는 다른 쪽 끝에 있게 해야 해요. 내 물건 건드리지 말아요, 내가 돌아올 때까지 아무 것도 손대면 안 돼요, 하고 딜시가 말했다.

"넌 부끄러운 줄 알아. 얘한테 못살게 굴고 말야." 딜시가 말했다. 그녀가 케이크를 테이블 위에 놓았다.

"난 못살게 군 적 없어요. 잰 국화가 든 저 병을 가지고 놀고 있었고 그러다 갑자기 울기 시작했다구요. 할머니도 들어 놓구선." 러스터가 말했다.

"꽃에다 뭘 한 건 아니고?" 딜시가 말했다.

"난 묘지에 손대지 않았어요. 재 수레로 제가 하려던 건, 난 25센트를 찾고 있었다구요." 러스터가 말했다.

"돈을 잃어버렸구나, 그렇지?" 딜시가 말했다. 그녀가 케이크에 꽂은 초에 불을 붙였다. 몇 개는 작은 초였다. 몇 개는 큰 초를 작게 자른 것이었다. "내가 잘 두라고 했잖아. 이젠 넌 내가 프로니한테 얻어 줬음 싶겠지."

"전 벤지랑 가든 아니든 구경 갈 거예요. 낮부터 밤까지 녀석을 쫓아다닐 생각은 없거든요." 러스터가 말했다.

"넌 재가 해달라는 걸 해 줘야 해. 알겠냐, 이 검둥이놈아." 딜시가 말했다.

"줄곧 그래 왔잖아요. 언제나 녀석이 원하는 걸 하지 않았느냐구요, 안 그래, 벤지?" 러스터가 말했다.

"계속 그래야지. 안으로 데려와 울려서 마님을 놀래키지 말고."
딜시가 말했다. "제이슨이 오기 전에 너희들 모두 케이크 먹어라.
내 돈 주고 산 케이크 때문에 한소리 듣고 싶진 않으니까. 내가 케
이크를 구우면 부엌에 들어와 모든 계란을 세고 말이야. 오늘 밤
구경 가고 싶거들랑 애를 혼자 둬도 되겠지 좀 봐라."

딜시가 가버렸다.

"넌 촛불 하나도 끄지 못할걸. 내가 끄는 걸 지켜봐." 러스터가
말했다. 그가 몸을 굽혀 훅 불었다. 촛불이 꺼졌다. 나는 울기 시
작했다. "그쳐." 러스터가 말했다. "내가 케이크 자르는 동안 아궁
이 불을 보고 있어."

나는 시계 소리를 들을 수 있었다, 캐디가 뒤에 서 있는 기척이 들렸고
지붕에서 나는 소리를 들을 수 있었다. 비가 여전히 내리네. 난 비가 싫어.
난 죄다 싫어, 하고 캐디가 말했다. 그런 뒤 그녀의 머리가 내 무릎에 와 닿
았고 그녀는 나를 안으며 울었다. 나도 울기 시작했다. 다시 불 쪽을 보았
는데, 빛나고 매끄러운 형체가 다시 움직였다. 나는 시계 소리와 지붕에서
나는 소리, 캐디의 소리를 들을 수 있었다.

케이크를 좀 먹었다. 러스터의 손이 다른 조각을 집었다. 나는
그가 먹는 소리를 들을 수 있었다. 나는 불을 보았다.

긴 철사 줄 하나가 내 어깨를 가로질러 왔다. 그것은 문 쪽으로
갔고 그런 뒤 불이 없어졌다. 나는 울기 시작했다.

"지금은 뭣 땜에 울어대는 거야?" 러스터가 말했다. "저기 좀

봐." 불이 타고 있었다. 나는 울음을 그쳤다. "할멈 말대로 앉아서 불을 보면서 조용히 있지 못하겠어? 넌 부끄러운 줄 알아야 해, 자, 케이크 더 줄게." 러스터가 말했다.

"뭘 어쩐 거야? 넌 한시도 얘를 가만히 두질 않는구나." 딜시가 말했다.

"난 그저 울음을 그치게 해서 칼라인 마님을 성가시게 하지 않으려고 했다구요. 뭔가가 얘를 다시 울게 만들었어요." 러스터가 말했다.

"그리고 난, 그 뭣인가의 정체를 알지." 딜시가 말했다. "버쉬가 오면 매질 좀 하라고 할 거다. 마음대로 해. 하루 종일 그 따위 짓만 하고. 얘를 냇물에 데려갔지?"

"아녜요. 할머니 말대로 우린 종일 이 뜰 안에 있었는걸요." 러스터가 말했다.

그의 손이 케이크 조각을 집으려 다가왔다. 딜시가 그 손을 때렸다. "또 한 번 손을 뻗어 봐, 내 이 칼로 잘라버릴 테니. 여태 얘는 한 조각도 못 먹었을 게 뻔해." 딜시가 말했다.

"아아뇨, 먹었어요. 벌써 내 두 배나 먹었는걸요. 아닌지 물어보세요." 러스터가 말했다.

"다시 한 번만 내밀어 봐. 내밀기만 해." 딜시가 말했다.

그렇고 말고. 틀림없이 다음엔 내가 울 차례라구. 모리도 자길 위해 내가 우는 걸 허락할 거야, 하고 딜시가 말했다.

이제, 얘 이름은 벤지야, 하고 캐디가 말했다.

어째서 그렇게 된 거예요? 날 때 붙여 준 이름이 싫증 나 그런 건 아니죠, 그렇죠, 딜시가 말했다.

벤저민은 성경에서 따온 이름이야. 모리보다 얘한텐 나은 이름이라구, 캐디가 말했다.

어째서 그런가요, 하고 딜시가 말했다.

어머니가 그랬어, 캐디가 말했다.

음, 하고 딜시가 말했다. 이름 같은 건 그 사람한테 도움이 안 된다구요. 뭐 해치는 것도 아니지만, 이름을 바꾼다고 좋을 건 없어요. 내 이름은 내가 알기도 전부터 딜시였고, 다들 날 잊어먹은 먼 훗날에도 딜시니까요.

오래전에 잊혀졌다면 사람들이 어떻게 딜시인 걸 안다는 거야, 캐디가 말했다.

명부에 적힐 테니까요. 써 놓거든요, 딜시가 말했다.

읽을 수 있어, 캐디가 말했다.

몰라도 상관없어요. 사람들이 대신 읽어 줄 테니까. 나는 그저 내가 여기 있다고 하면 돼요, 딜시가 말했다.

그 긴 철사 줄이 내 어깨를 가로질렀고, 불이 사라졌다. 나는 울음을 터뜨렸다.

딜시와 러스터가 싸웠다.

"나는 봤다." 딜시가 말했다. "네가 하는 짓을 봤다구." 그녀가 러스터를 흔들며 그를 구석에서 끌어냈다. "쟤를 괴롭힌 적이 전혀 없단 말이지. 네 아비가 올 때까지 기다려라. 내 전처럼 젊었으면 가만 안 뒀을 거다. 난 벌써부터 네놈 머리통을 잡아 빼버리려고 했다. 네놈을 저 지하실에 가두고 오늘 밤 서커스 구경 따윈 못가게 할 테다, 이놈."

"안 돼, 할머니, 안 된다구!" 러스터가 말했다.

나는 불이 있던 자리로 손을 내밀었다.

"쟤를 잡아. 쟤를 다시 잡으라고." 딜시가 말했다.

내 손이 뒤로 홱 당겨졌다. 손을 입에 넣자 딜시가 나를 붙들었다. 내 목소리 사이사이로 시계 소리가 들렸다. 딜시가 뒤로 손을 뻗어 러스터의 머리를 때렸다. 내 목소리가 더 커졌다.

"저 소다수 이리 가져와라." 딜시가 말했다. 그녀가 내 손을 입에서 잡아 뺐다. 내 목소리는 더욱 커졌고, 손은 입으로 도로 들어가려고 했다. 하지만 딜시가 붙들었다. 내 목소리는 더 커졌다. 딜시가 내 손에 소다수를 뿌렸다.

"저장실에 들어가서 못에 걸린 걸레 조각을 찢어 오너라." 그녀가 말했다. "이제 그만 그쳐. 엄마가 다시 아프길 바라진 않잖냐, 그렇지? 자아, 불을 보거라. 딜시가 금방 아픈 손을 낫게 해 줄 거야. 저 불을 좀 봐." 그녀가 아궁이를 열었다. 나는 불을 보았지만 손의 통증은 멎지 않았고, 난 울음을 그치지 않았다. 손을 입으로 가져가려 하자 딜시가 잡았다.

그녀가 천으로 손을 감았다.

"무슨 일이야? 편히 앓지도 못하겠구나. 검둥이 어른이 둘이나 붙어 있는데도 내가 자리에서 일어나 얘를 살피러 내려와야 한단 말이야?" 어머니가 말했다.

"이젠 괜찮아요. 곧 그치려고 하는데, 손을 좀 덴 것뿐이에요." 딜시가 말했다.

"큰 검둥이 두 놈이 있어도, 소리치는 애를 집 안으로 데리고 들어오다니. 일부러 그러는 거지? 내가 아프니까 말이야." 어머니가 다가와 내 옆에 섰다. "그치거라. 당장 그쳐. 자네가 얘한테 이 케이크를 주었나?" 어머니가 말했다.

"제가 산 거랍니다. 절대 제이슨 도련님 찬장에서 나온 게 아녜요. 생일을 좀 챙겨 줬습죠." 딜시가 말했다.

"할멈은 저런 싸구려 빵을 먹여 애를 독살이라도 시킬 참인가? 자넨 그럴 생각이잖아? 난 단 1분도 편한 날이 없어." 어머니가 말했다.

"마님은 위층에 올라가 누우세요. 쓰라린 게 가시면 도련님은 곧 그칠 겁니다. 어서 올라가세요." 딜시가 말했다.

"모두 딴일들을 하느라 얘를 여기 그냥 두는 거지? 얘가 여기서 소리치는데, 내가 어떻게 누워 있느냔 말이야? 벤저민, 어서 그치거라." 어머니가 말했다.

"도련님을 데리고 갈 데가 없구만요. 전에 쓰던 방도 없고. 이웃 사람들 눈도 있어 우는 채로 뜰에 나가 있을 수도 없구요." 딜시가 말했다.

"그래, 나도 알아." 어머니가 말했다. "모두 내 탓이지. 나야 살날이 얼마 안 남았는걸. 그러면 할멈하고 제이슨 둘이서 더 잘 꾸려나갈 테지." 어머니는 울기 시작했다.

"이제, 그만하세요. 또 몸 상하시려구. 위층으로 돌아가세요. 러스터가 도련님을 서재로 데리고 가서 제가 저녁 준비를 마칠 때까지 함께 놀 거예요." 딜시가 말했다.

딜시와 어머니는 나갔다.

"뚝 그쳐. 그치래두. 나머지 손까지 데이고 싶은 모양이군. 아프지도 않으면서. 그쳐 봐." 러스터가 말했다.

"자아, 그만 그치라니까." 딜시가 말했다. 그녀가 내게 슬리퍼를 주었고 나는 울음을 그쳤다. "얘를 서재로 데려가. 울음소리를 또 듣는 날엔, 넌 나한테 맞을 줄 알아." 그녀가 말했다.

우리는 서재로 갔다. 러스터가 불을 켰다. 창문이 캄캄해졌고 벽 위로 어둡고 기다란 공간이 생겼다. 나는 그쪽으로 가서 만져 보았다. 문 같았는데, 문이 아니었다.

내 뒤로 불이 나타나기에 나는 불 쪽에 가서 바닥에 앉았다. 슬리퍼를 쥔 채였다. 불길은 점점 높아졌다. 어머니 의자의 쿠션이 있는 데까지 닿았다.

"울지 마." 러스터가 말했다. "잠깐 동안이라도 그쳐 봐. 여기 내가 불을 지펴 놨는데 보려고도 않고 말이야."

네 이름은 벤지가 됐어. 들었어? 벤지. 벤지라구, 캐디가 말했다.

걔한테 그런 식으로 말하지 말거라. 걔 좀 이리 데려오렴, 하고 어머니가 말했다.

캐디가 내 옆구리를 잡아 들어 올렸다.

일어나, 모…아니, 벤지, 하고 그녀가 말했다.

개를 안아서 오려고 하는 거냐? 손을 잡아 데려와야지. 그만한 생각도 없어? 어머니가 말했다. 난 안고 갈 수 있어요. 캐디가 말했다. "내가 얘를 안고 가게 해 줘, 딜시."

"어디 해 봐요, 꼬마 아씨. 벼룩 한 마리도 못 들 정도잖아요. 얼른 가서 제이슨 나리 말대로 조용히 있어요." 딜시가 말했다.

층계 꼭대기에 불이 켜져 있었다. 아버지가 셔츠 차림으로 서 있었다. 조용히 하라는 듯한 표정이었다. 캐디가 소곤거렸다.

"엄마는 아파요?"

버쉬가 나를 내려놓았고 우리는 어머니 방으로 들어갔다. 그곳엔 불이 피워져 있었다. 불길은 벽을 타고 오르내리고 있었다. 거울 안에 또 하나의 불이 있었다. 병(病)의 냄새가 났다. 어머니 머리 위에 접혀 있는 헝겊에서 풍기는 냄새였다. 어머니 머리카락이 베개 위에 있었다. 불은 거기까지 닿지 않았으나 어머니 손을 비추었고, 손에서 어머니의 반지가 뛰놀고 있었다.

"이리 와서 어머니에게 '안녕히 주무세요' 하고 말해." 캐디가 말했다. 우리는 침대 쪽으로 갔다. 거울 속의 불이 사라졌다. 아버지가 침대에서 몸을 일으켜 나를 안아 올렸고 어머니가 내 머리에 손을 얹었다.

"몇 시예요?" 어머니가 말했다. 어머니의 눈은 감겨 있었다.

"7시 10분 전." 아버지가 말했다.

"얘가 잠자리에 들긴 너무 이르군. 얘는 새벽같이 깰 거예요. 오늘 같은 일이 또 벌어지면 난 정말 못 견뎌요."

"그래요, 그래." 아버지가 말했다. 아버지가 어머니의 얼굴을 매만졌다.

"내가 당신에게 짐이라는 것쯤은 나도 알아요." 어머니가 말했다. "하지만 머잖아 가버리고 말 텐데요. 그러면 당신은 짐을 덜어 홀가분해지겠죠."

"그런 말은 그만둬요." 아버지가 말했다. "얘를 잠깐만 아래층으로 데리고 갈게." 아버지가 나를 안아 올렸다. "가자, 잠깐 아래층으로 내려가자. 쿠엔틴이 공부하는 동안엔 조용히 해야 하니까."

캐디가 가서 어머니 침대에 얼굴을 기댔고 어머니의 손이 불빛 속에서 나타났다. 어머니의 반지가 캐디의 등에서 뛰어다녔다.

엄마는 아프단다. 딜시가 너희를 재워 줄 거야. 쿠엔틴은 어디 있지? 아버지가 말했다.

버쉬가 데리고 갔어요, 하고 딜시가 말했다.

아버지는 서서 우리가 지나가는 것을 지켜보았다. 어머니 방에서 어머니가 말하는 소리가 들렸다. 캐디가 "쉿!" 하고 말했다. 제이슨은 여전히 계단을 오르는 중이었다. 그는 주머니에 손을 넣은 채였다.

"너희 모두 오늘 밤 착하게 굴어야 한다. 그리고 조용히들 해라. 어머니한테 방해가 안 되게 말이야." 아버지가 말했다.

"조용히 할게요." 캐디가 말했다. "제이슨, 넌 반드시 조용히 해야 돼." 우리는 발끝으로 걸었다.

우리는 지붕에서 나는 소리를 들을 수 있었다. 나는 거울 속에서도 불을 볼 수 있었다. 캐디가 나를 다시 안아 올렸다.

"자, 가자. 나중에 불 피운 곳으로 돌아올 수 있으니까. 이젠 그쳐." 그녀가 말했다.

"캔데이스." 어머니가 말했다.

"그쳐, 벤지." 캐디가 말했다. "어머니가 너를 잠깐만 보재, 착하게 굴어야 돼, 그러면 또 올 수 있으니깐."

캐디가 나를 내려놓았다. 그리고 나는 울음을 그쳤다.

"어머니, 얘를 여기 있게 해 주세요. 불 보는 게 끝나면, 어머니가 애한테 말하면 되잖아요."

"캔데이스." 어머니가 말했다. 캐디가 몸을 굽혀 나를 들어 올렸다. 우리는 비틀거렸다. "캔데이스." 어머니가 말했다.

"울지 마. 아직 불을 볼 수 있잖아. 그쳐." 캐디가 말했다.

"걔를 이리 데려온. 네가 안기엔 덩치가 너무 크잖니. 애쓸 것 없어. 허리 다칠라. 우리 집안 여자들은 모두 자세가 바른 걸 자랑해 왔는데. 넌 세탁부처럼 보이고 싶으니?" 어머니가 말했다.

"그렇게 무겁지 않아요. 난 안을 수 있다구요." 캐디가 말했다.

"그래도 네가 걔를 안게 하고 싶진 않아. 다섯 살이잖니. 안 돼. 네 무릎에 올려놓진 마라. 애를 서 있게 해." 어머니가 말했다.

"어머니가 안아 주면 울음을 그칠 거예요." 캐디가 말했다. "그쳐. 곧 저기로 돌아갈 수 있어. 자, 여기 네 쿠션이야, 봐."

"그냥 둬라, 캔데이스." 어머니가 말했다.

"이걸 보게 하면 앤 조용히 할 거예요." 캐디가 말했다. "내가 쿠션을 꺼낼 동안 잠깐만 얘를 붙들어 주세요. 여기 있다, 벤지. 자, 봐."

나는 그것을 보고 울음을 그쳤다.

"얘 비위를 너무 맞춰 주는구나." 어머니가 말했다. "너랑 네 아버지 말이야. 그 대가를 치르는 건 결국 나라는 걸 깨닫지 못하고 있어. 할머니가 제이슨을 그 모양으로 버려 놔서, 그걸 바로잡는 데 2년이나 걸렸는데, 벤저민에게도 그렇게 해 줄 만큼 엄마는 건강하지 못해."

"어머니가 속 썩을 건 없어요. 난 얠 돌보는 걸 좋아하거든요, 안 그래, 벤지?" 캐디가 말했다.

"캔데이스, 그 이름으로 부르지 말래두. 네 아버지가 널 우스꽝스런 별명으로 부르길 고집했을 때, 이미 상황은 충분히 나빠졌어. 난 애까지 그런 이름으로 부르게 하진 않을 거다. 별명은 저속하단다. 서민들이나 쓰는 거야. 벤저민." 어머니가 말했다.

"날 좀 보렴."

"벤저민." 어머니가 손으로 내 얼굴을 잡고 자기 쪽으로 돌렸다. "벤저민. 저 쿠션 가져가거라, 캔데이스." 어머니가 말했다.

"얘가 울 텐데요." 캐디가 말했다.

"내 말대로 쿠션을 가져가라니까. 얘도 말 듣는 법을 배워야 해." 어머니가 말했다.

쿠션이 가버렸다.

"울지 마, 벤지." 캐디가 말했다.

"넌 저기 가서 앉거라." 어머니가 말했다. "벤저민." 어머니는 내 얼굴을 잡아 자기 쪽을 보게 했다.

"울음은 그치고. 그치라니까." 어머니가 말했다.

그러나 나는 그치지 않았는데 어머니가 두 팔로 나를 붙들고 울기 시작해 나도 울었다. 그러자 쿠션이 돌아왔고, 캐디는 그것을 어머니 머리 위로 들고 있었다. 그녀가 어머니를 의자에 앉히자, 어머니는 그 붉고 노란 쿠션에 기대 울었다.

"어머니, 울지 마세요." 캐디가 말했다. "위층에 가서 누우세요. 편안히 누워서 쉬세요. 제가 딜시를 불러올게요." 캐디가 나를 불 쪽으로 끌고 갔다. 나는 빛나고 매끄러운 형체를 보았다. 나는 불이 타는 소리와 지붕에서 나는 소리를 들을 수 있었다.

아버지가 나를 안아 올렸다. 아버지는 비 냄새를 풍겼다.

"그래, 벤지, 오늘 착하게 굴었니?" 아버지가 말했다.

캐디와 제이슨이 거울 속에서 싸우고 있었다.

"얘, 캐디야." 아버지가 말했다.

그들이 싸웠다. 제이슨이 울기 시작했다.

"캐디." 아버지가 말했다. 제이슨은 울고 있었다. 제이슨은 이제 싸우지 않았지만 거울 속에서 캐디가 날뛰는 것을 볼 수 있었다. 아버지가 날 내려놓고 거울 속으로 들어가더니 함께 다투었다. 아버지가 캐디를 들어 올렸다. 그녀가 몸부림쳤다. 제이슨은 울면서 바닥에 누워 있었다. 그는 손에 가위를 쥐고 있었다. 아버지가 캐디를 붙들었다.

"제이슨이 벤지 인형을 모두 잘라버렸어요. 난 쟤 배를 갈라버릴 테야." 캐디가 말했다.

"캔데이스." 아버지가 말했다.

"가르고 말겠어. 가를 거라구!" 그녀가 발버둥쳤다. 아버지가 그녀를 붙잡았다. 그녀가 제이슨을 걷어찼다. 그는 구석으로 굴러가 거울에서 사라졌다. 아버지가 캐디를 불가로 데리고 왔다. 모두 거울 밖으로 나가고 없었다. 불길만 그 안에 있을 뿐이었다. 불은 마치 문 속에 있는 듯 보였다.

"그만두지 못하겠니? 그래 너는 방에 계신 어머니를 병나게 하고 싶으냐?" 아버지가 말했다.

캐디가 발악을 멈췄다. "제이슨이 모, 아니 벤지에게 내가 만들어 준 인형을 모조리 잘랐다구요. 일부러 그런 비열한 짓을 했단 말예요." 캐디가 말했다.

"그렇지 않아." 제이슨이 말했다. 그는 울면서 일어나 앉았다. "난 그게 벤지 건 줄 몰랐다구. 단지 낡은 종잇조각인 줄 알았어."

"몰랐을 리 없어. 다 알면서 일부러 그런 거야." 캐디가 말했다.

"그만두거라, 제이슨." 아버지가 말했다.

"내일 내가 몇 개 더 만들어 줄게. 우리 잔뜩 만들자. 이것 봐, 너 쿠션도 보이지?" 캐디가 말했다.

제이슨이 들어왔다.

내가 줄곧 그치라고 하는데두, 하고 러스터가 말했다.

도대체 무슨 일이야, 하고 제이슨이 말했다.

"자신을 괴롭히는 거라니까요. 종일 쟤가 하는 짓이죠." 러스터가 말했다.

"어째서 쟤를 내버려 두지 않는 거야? 조용히 하게 못할 거면 부엌으로 데려가야지. 우리 나머지 사람들은 어머니처럼 방에 틀어박혀 지내지 못하니까." 제이슨이 말했다.

"할머니가 저녁 준비 끝날 때까진 녀석을 부엌 밖으로 데려가라고 했어요." 러스터가 말했다.

"그럼 같이 놀아 주고 떠들지 못하게 해." 제이슨이 말했다. "종일 일하고 나서 정신병원 같은 집에 와야 한단 말야?" 그는 신문을 펴 들고 읽었다.

너는 불하고 거울이랑 방석을 볼 수 있어 이젠 쿠션을 보려고 저녁 식사 때까지 기다릴 필요가 없어, 하고 캐디가 말했다. 우리는 지붕에서 나는 소릴 들을 수 있었다. 제이슨이 벽 저편에서 큰 소리로 우는 것도 들을 수 있었다.

"오셨군요, 제이슨 도련님. 러스터, 넌 걔를 가만히 내버려 둬라. 알겠지?" 딜시가 말했다.

"네." 러스터가 말했다.

"쿠엔틴은? 저녁 준비가 거의 다 됐는데?" 딜시가 말했다.

"난 모르죠. 보지도 못했는걸요." 러스터가 말했다.

딜시가 나갔다. "쿠엔틴." 그녀가 복도에서 말했다. "쿠엔틴, 저녁 준비 다 됐어요."

우리에겐 지붕에서 나는 소리가 들렸다. 쿠엔틴에게서도 비 냄새가 났다.

제이슨이 뭘 어쨌는데, 하고 그가 말했다.

벤지 인형을 죄 잘라버렸어. 캐디가 말했다.

어머니가 벤지라고 부르지 말랬잖아, 하고 쿠엔틴이 말했다. 그는 우리 곁 카펫 위에 앉았다. 비 좀 안 내렸음 좋겠네. 아무것도 할 수 없잖아, 그가 말했다.

오늘 싸웠지, 그렇지? 캐디가 말했다.

별 거 아니었어, 하고 쿠엔틴이 말했다.

말해도 돼. 아버지도 곧 알게 될 거야. 캐디가 말했다.

상관없어. 비가 내리지 않았으면, 하고 쿠엔틴이 말했다.

"딜시가 저녁 다 됐다고 말하지 않았어?" 쿠엔틴이 말했다.

"네, 그랬어요." 러스터가 말했다. 제이슨이 쿠엔틴을 보았다. 그리고 다시 신문을 읽었다. 쿠엔틴이 들어왔다. "거의 다 됐다는 데요." 러스터가 말했다. 쿠엔틴은 어머니의 의자에 털썩 내려 앉았다.

"제이슨 도련님." 러스터가 말했다.

"왜?" 제이슨이 말했다.

"25센트만 주세요." 러스터가 말했다.

"뭣 하게?" 제이슨이 말했다.

"오늘 밤 서커스 구경 가려구요." 러스터가 말했다.

"딜시가 프로니한테 25센트 얻어 준 줄 알았는데." 제이슨이 말했다.

"그랬죠. 그걸 잃어버렸어요. 저랑 벤지가 종일 그걸 찾아다녔 거든요. 벤지한테 물어보세요." 러스터가 말했다.

"그럼 재한테 빌리지 그래?" 제이슨이 말했다. "난 나대로 할 일이 있어." 그는 신문을 읽었다. 쿠엔틴은 불을 보았다. 불빛이 그녀의 눈과 입에 비쳤다. 그녀의 입이 붉었다.

"저 녀석을 그쪽에서 떼어 놓으려 했다구요." 러스터가 말했다.

"닥쳐!" 쿠엔틴이 말했다. 제이슨이 그녀를 보았다.

"네가 그 서커스 놈하고 있는 게 또 내 눈에 띄면 내가 어쩐다 고 했지?" 그가 말했다. 쿠엔틴은 불을 보고 있었다. "내 말 들었 어?" 제이슨이 말했다.

"들었어요. 그럼 왜 삼촌 하고 싶은 대로 안 하죠?" 쿠엔틴이 말했다.

"겁나지 않는 게로군." 제이슨이 말했다.

"걱정 안 해요." 쿠엔틴이 말했다. 제이슨은 다시 신문을 읽 었다.

지붕에서 소리가 들렸다. 아버지가 몸을 앞으로 숙이고 쿠엔틴을 보 았다.

그래, 누가 이겼니? 아버지가 말했다.

"아무도요. 우릴 말렸는걸요. 선생님들이요." 쿠엔틴이 말했다.

"상대가 누구였는데? 말해 봐." 아버지가 말했다.

"괜찮아요. 저만큼이나 큰 놈이었으니까요." 쿠엔틴이 말했다.

"그래. 다행이구나. 싸운 이유를 말해 보겠니?" 아버지가 말했다.

"아무것도 아니었어요. 녀석이 자기가 여선생님 책상에 개구리 넣어 둔다 해도 선생님은 감히 자길 때리지는 못할 거라고 했거든요." 쿠엔틴이 말했다.

"오오. 여자라. 그리고 어떻게 됐지?" 아버지가 말했다.

"예. 그래요. 그담에 내가 녀석을 때렸다고 할 수 있죠." 쿠엔틴이 말했다.

우리는 지붕에서 나는 소리와 불 타는 소리, 문 밖에서 훌쩍대는 소리를 들을 수 있었다.

"그놈은 11월에 어디서 개구리를 잡을 생각이었을까?" 아버지가 말했다.

"저야 모르죠." 쿠엔틴이 말했다.

우리에겐 그 소리가 들렸다.

"제이슨." 아버지가 말했다. 제이슨의 울음소리가 들렸다.

"제이슨, 이리 들어오고 그만 그쳐라." 아버지가 말했다.

지붕에서 나는 소리와 불 타는 소리와 제이슨이 훌쩍대는 소리가 들렸다. "그만 울거라. 너 또 매 맞고 싶으냐?" 아버지가 말했다. 아버지가 제이슨을 들어 올려 아버지 옆 의자에 앉혔다. 제이슨이 훌쩍거렸다. 우리는 불이 타는 소리와 지붕에서 나는 소리를 들을 수 있었다. 제이슨이 조금 더 큰 소리로 훌쩍거렸다.

"한 번만 더 울었단 봐라." 아버지가 말했다. 우리는 불과 지붕 소리를 들을 수 있었다.

좋아요. 모두들 저녁 식사 하러 오세요, 하고 딜시가 말했다.

버쉬는 비 냄새를 풍겼다. 개 냄새도 났다. 우리는 불이 타오르는 소리와 지붕 소리를 들을 수 있었다.

캐디가 빨리 걷는 소리가 들렸다. 아버지와 어머니가 문을 보았다. 캐디가 빨리 걸어 지나갔다. 그녀는 돌아보지 않았다. 그녀는 빠르게 걸었다.

"캔데이스." 어머니가 말했다. 캐디가 걸음을 멈췄다.

"네, 어머니." 그녀가 말했다.

"그만 해요, 캐롤라인." 아버지가 말했다.

"이리 온." 어머니가 말했다.

캐디가 문으로 다가가 아버지와 어머니를 보며 섰다. 그녀의 시선이 내게로 날아왔다 가버렸다. 나는 울기 시작했다. 울음소리가 높아졌고 나는 일어났다. 캐디가 들어와 나를 보며 벽을 등지고 섰다. 나는 울면서 그녀에게로 갔다. 그리고 그녀는 벽에 기대어 몸을 움츠렸다. 나는 그녀의 눈을 보았고, 더 크게 울며 그녀의 옷을 잡아당겼다. 그녀는 손을 내밀었지만 나는 그녀의 옷을 잡아당겼다. 그녀의 시선이 달아났다.

버쉬가 말했다. 네 이름은 이제 벤저민이래. 어떻게 그렇게 됐는지 알아? 모두들 네 잇몸을 푸르게 만들려는 거야(미국 남부에서는 잇몸이 푸른 흑인을 악마로 보는 전설이 있다―편집자) 엄마한테 들은 얘긴데, 옛날에 네 할

아버지가 검둥이 한 놈의 이름을 바꿔 주었는데, 그놈이 목사가 됐다지 뭐야. 그리고 사람들이 그놈을 봤을 때 잇몸이 푸르더래. 전엔 그렇지 않았다잖아. 그리고 집안 여자가 보름달 뜬 밤 놈의 눈을 봤는데, 잇몸이 푸른 애가 태어났고 말야. 어느 저녁, 열두 놈이나 되는 잇몸 푸른 애들이 그놈 집 주변을 뛰어다녔는데, 놈이 돌아오지 않았다는 거야. 주머니쥐 사냥꾼들이 놈을 숲 속에서 발견했는데, 깨끗이 먹혀버렸더래. 누가 놈을 잡아먹었겠어? 그 푸른 잇몸 애들이 그런 거야.

우리는 복도에 있었다. 캐디가 여전히 나를 보고 있었다.

그녀는 손을 입에 대고 있었고, 나는 그녀의 눈을 보고는 울었다. 우리는 층계로 올라갔다. 그녀가 다시 멈춰 서더니 벽에 기대 나를 보았고 나는 울었다. 그녀가 움직였고 나는 울면서 따라갔다. 그리고 그녀는 나를 보며 벽에 기대 몸을 움츠렸다. 그녀가 자기 방으로 통하는 문을 열었으나 나는 그녀의 옷을 잡아당겼고 우리는 욕실로 갔다. 그리고 그녀는 나를 보며 문에 기대 섰다. 그녀가 팔을 둘러 얼굴을 가렸다. 나는 울면서 그녀를 밀었다.

개한테 무슨 짓을 하는 거야? 어째서 개를 가만히 두지 못하는 거야, 하고 제이슨이 말했다.

난 손도 안 댔다구요. 이 녀석은 종일 이러고 있는걸요, 매를 맞아야 한다구요, 러스터가 말했다.

잭슨으로 보내야 돼. 누가 이런 집에서 살아갈 수 있담, 하고 쿠엔틴이 말했다.

이 집이 싫거든 넌 나가도 좋아, 아가씨. 제이슨이 말했다.

그럴 거예요. 걱정 마세요, 하고 쿠엔틴이 말했다.

"뒤로 좀 움직여 봐. 나 다리 좀 말리게." 버쉬가 말했다. 그는 나를 뒤로 약간 밀쳤다. "울기 시작했담 봐. 불은 계속 볼 수 있잖아. 너는 불만 쳐다보고 있으면 되지. 나처럼 비 오는 날에 밖에 나갈 필요도 없고 말야. 좋은 팔자로 태어났는데도 자신은 그걸 모르지." 그가 불 앞에 등을 대고 누웠다.

"넌 왜 이름이 벤저민이 됐는지 알아? 네 엄만 네가 자랑스럽댄다. 우리 엄마가 그랬어." 버쉬가 말했다.

"거기 가만히 있어. 다리 좀 말리게. 안 그럼 내가 어쩔지 알지? 껍데기를 벗겨버릴 줄 알아." 버쉬가 말했다.

우리는 불이 타는 소리, 지붕에서 나는 소리, 버쉬의 소리를 들을 수 있었다.

버쉬가 급히 일어나 다리를 뒤로 홱 당겼다. "괜찮다, 버쉬." 아버지가 말했다.

"오늘 밤은 내가 애 밥을 먹일래요. 버쉬가 먹여 줄 땐 가끔 울거든요." 캐디가 말했다.

"이 쟁반을 들고 올라가. 그리고 서둘러 돌아와서 벤지를 먹여 주렴." 딜시가 말했다.

"캐디가 밥을 먹여 줬으면 싶지 않아?" 캐디가 말했다.

저 사람은 왜 저 낡고 더러운 슬리퍼를 식탁에 올려놓는 거지? 어째서 부엌에서 밥을 먹이지 않는 거야? 돼지하고 밥을 먹는 기분이야, 하고 쿠엔틴이 말했다.

우리가 식사하는 방식이 맘에 안 들면 식탁에 안 오면 될 거 아니야, 제이슨이 말했다.

로스커스 몸에서 김이 피어올랐다. 그는 난로 앞에 앉아 있었다. 오븐이 열려 있었고, 로스커스는 그 안에 발을 넣고 있었다. 그릇에서 김이 피어올랐다. 캐디가 내 입으로 스푼을 살며시 넣었다. 그릇 안쪽에 검은 얼룩이 하나 있었다.

자, 얘는 이제 널 더 이상 성가시게 하지 않을 거다, 하고 딜시가 말했다.

음식이 얼룩 아래로 내려갔다. 곧 그릇은 텅 비었다. 그릇이 치워졌다. "애 오늘 밤 배고팠나봐." 캐디가 말했다. 그릇이 되돌아왔다. 나는 그 얼룩을 볼 수 없었다. 잠시 후 얼룩이 보였다. "오늘 밤 정말 배가 고팠구나. 얼마나 많이 먹었는지 좀 봐." 캐디가 말했다.

맞아, 그를 보내야 돼. 당신들 모두 날 감시하라고 그를 보내니까. 난 이 집이 싫어. 난 나갈 거라구, 하고 쿠엔틴이 말했다.

"비가 밤새 내리겠는걸." 로스커스가 말했다.

넌 진작부터 도망치고 있었지만, 식사 시간이 되도 돌아오지 못할 정도밖엔 도망 못 가, 제이슨이 말했다.

거짓말인가 두고 봐요, 하고 쿠엔틴이 말했다.

"그러면 난 뭘 해야 될지 모르겠는걸. 지금도 엉덩이가 아파서 꼼짝도 못할 지경인데, 저녁 내내 저놈의 계단을 오르내리고 있으니." 딜시가 말했다.

오, 난 놀라지 않는다구. 네가 무슨 짓을 하든 난 놀라지 않는단 말이야, 제이슨이 말했다.

쿠엔틴이 냅킨을 식탁에 던졌다.

그쯤 해 둬요, 제이슨 도련님, 하고 딜시가 말했다. 그녀가 가서 쿠엔틴을 안았다. 앉아요. 저이는 부끄러운 줄 알아야 해요. 아씨 잘못도 아닌데 야단을 치니, 하고 딜시가 말했다.

"마님은 또 언짢으신가?" 로스커스가 말했다.

"입 좀 다물어요." 딜시가 말했다.

쿠엔틴이 딜시를 밀쳤다. 그녀는 제이슨을 보았다. 그녀의 입이 붉었다. 그녀가 물이 든 유리잔을 들고 제이슨을 보며 팔을 뒤로 돌렸다. 딜시가 그 팔을 잡았다. 두 사람이 싸웠다. 유리잔이 식탁 위에서 깨졌고, 물이 흘렀다. 쿠엔틴이 달리고 있었다.

"어머니가 또 아프셔." 캐디가 말했다.

"그래요. 이런 날씨에는 누구라도 병이 나죠. 도련님은 언제 밥을 다 먹을 건가?" 딜시가 말했다.

빌어먹을 두고 보라지! 쿠엔틴이 말했다. 우리는 그녀가 계단을 달려 올라가는 소리를 들을 수 있었다. 우리는 서재로 갔다.

캐디가 나에게 쿠션을 건넸고 나는 쿠션과 거울, 불을 볼 수 있었다.

"쿠엔틴이 공부하는 동안엔 조용히 해야 한다." 아버지가 말했다. "제이슨, 넌 뭘하고 있니?"

"아무것두요." 제이슨이 말했다.

"그럼 이리 와서 이걸 좀 하면 어때?" 아버지가 말했다.

제이슨이 구석에서 나왔다.

"뭘 씹는 거니?" 아버지가 말했다.

"아무것두요." 제이슨이 말했다.

"걘 또 종일 씹고 있어요." 캐디가 말했다.

"이리 오너라, 제이슨." 아버지가 말했다.

제이슨이 불 속에 뭔가를 던졌다. 그것은 검게 변하면서 쉿 소리를 내며 펴졌다. 그리고 잿빛이 되더니 사라져버렸다. 캐디와 아버지, 제이슨이 어머니 의자에 앉아 있었다. 제이슨의 눈은 툭 튀어나온 채 감겨 있었고, 입은 맛을 보는 양 움직였다. 캐디의 머리는 아버지 어깨에 놓여 있었다. 그녀의 머리칼은 불꽃 같았고, 그녀의 눈 속엔 작은 불꽃 얼룩이 비치고 있었다. 내가 그리로 가자 아버지는 나도 의자에 앉혔다. 캐디가 나를 잡았다. 그녀에게 나무 냄새가 났다.

그녀에게서 나무 냄새가 났다. 구석은 어두웠지만 내게는 창문이 보였다. 나는 슬리퍼를 들고 거기 쭈그려 앉아 있었다. 내게는 보이지 않았어도 내 손은 볼 수 있었다. 밤이 되어 가는 소리를 들었다. 내 손은 슬리퍼를 보았지만 나는 내 모습을 볼 수 없었다. 하지만 내 두 손은 슬리퍼를 볼 수 있었고 나는 어두워지는 소릴 들으며 거기 쭈그리고 앉아 있었다.

여기 있었구나, 하고 러스터가 말했다. 내가 뭘 갖고 있는지 좀 봐. 그가 내게 그것을 보였다. 이걸 내가 어디서 얻었게? 쿠엔틴 아가씨가 내게 준 거야. 그들이 날 밖에 둘 수 없단 걸 난 알거든. 넌 이런 데서 뭘 하는 거야. 난 네가 빠져나간 줄 알았지. 이런 빈 방에 숨어 중얼거리고 화내고 안 해도 오늘 넌 실컷 울고불고 했잖아. 자, 자러 가는 거야. 그래야 서커스 시작하기 전에 내가 갈 수 있거든. 오늘 밤 내내 너하고 놀아 줄 순 없다구. 저 나팔이 첫 음을 내는 즉시 난 가버릴 줄 알아.

우리는 우리 방으로 가지 않았다.

"여긴 우리가 홍역을 앓는 곳이야. 오늘 밤 왜 여기서 자야 하는 거지?" 캐디가 말했다.

"어디서 자건 상관없지." 딜시가 말했다. 그녀는 문을 닫고 앉아 내 옷을 벗기기 시작했다. 제이슨이 울기 시작했다. "쉿." 딜시가 말했다.

"난 할머니하고 잘래." 제이슨이 말했다.

"할머닌 아프셔. 할머니가 나으면 넌 함께 잘 수 있어. 그렇지, 딜시?" 캐디가 말했다.

"자, 그만 조용히." 딜시가 말했다. 제이슨이 그쳤다.

"잠옷 여기 있어. 다른 것들 모두. 이거 이사하는 것 같은데." 캐디가 말했다.

"그럼 모두 그걸 입어요. 아씬 제이슨 단추를 끌러 주고." 딜시가 말했다.

캐디가 제이슨의 옷 단추를 끌렀다. 그가 울기 시작했다.

"매 맞고 싶은 거야?" 딜시가 말했다. 제이슨이 울음을 그쳤다.

쿠엔틴, 하고 어머니가 복도에서 불렀다.

왜요, 쿠엔틴이 벽 너머에서 대답했다. 우리는 어머니가 문 잠그는 소리를 들었다. 어머니가 문 안으로 모습을 드러냈고, 방에 들어와 침대로 몸을 굽히고는 내 이마에 입을 맞추었다.

앨 재우고 나면 딜시한테 가서 내가 온수통을 써도 괜찮은지 물어보거라. 혹 여의치 않으면 온수통 없이 있겠다고 전해. 난 단지 쓸 수 있는지 여부만 알고 싶다고 해, 하고 어머니가 말했다.

네. 자, 어서 바지를 벗어, 러스터가 말했다.

쿠엔틴과 버쉬가 들어왔다. 쿠엔틴이 얼굴을 돌려버렸다. "오빠 뭣 땜에 우는 거야?" 캐디가 말했다.

"조용히." 딜시가 말했다. "자, 모두들 옷을 벗어요. 버쉬, 넌 집에 가도 된다."

나는 옷을 벗고 나를 보았다. 나는 울기 시작했다. 그쳐. 골프 치는 사람들 찾아봐야 아무 소용도 없어. 가버린걸 뭐. 자꾸 이러면 다신 네 생일을 차려 주지 않을 거야, 러스터가 말했다. 그가 나에게 가운을 입혔다. 나는 울음을 그쳤고 러스터는 창 쪽으로 머리를 향한 채 섰다. 그가 창가로 가 밖을 내다봤다. 그가 돌아오더니 내 팔을 잡았다. 보라구. 쿠엔틴 아씨야. 자, 조용히 해, 하고 그가 말했다. 우리는 창가로 가서 내다보았다. 쿠엔틴 방 창문에서 나타난 그림자가 나무를 타고 내려갔다. 우리는 나무가 흔들리는 것을 지켜보았다. 흔들림이 나무 아래쪽으로 내려갔다. 그리고 그림자가 나타났고 그것이 풀밭을 가로질러 사라지는 것을 목격했다. 곧 그 모습을 볼 수 없었다. 어서 움직여. 지금 저 소리야. 나팔 소리 들려? 내가 가는 동안 넌 저 침대에 있는 거야, 러스터가 말했다.

침대는 두 개였다. 쿠엔틴은 그중 하나로 들어갔다. 그는 벽 쪽으로 얼굴을 돌렸다. 딜시가 제이슨을 그 곁에 눕혔다. 캐디는 옷을 벗었다.

"그 속바지 좀 보라구요. 엄마한테 들키지 않은 게 다행이지 뭐야." 딜시가 말했다.

"내가 벌써 일렀는걸 뭐." 제이슨이 말했다.

"내 그럴 줄 알았지." 딜시가 말했다.

"그래서 네가 뭘 얻었는지 좀 보자, 이 고자질쟁이." 캐디가 말했다.

"내가 뭘 얻었느냐고?" 제이슨이 말했다.

"왜 잠옷을 안 입고 있어요?" 딜시가 말했다. 그녀가 가서 캐디가 보디스(코르셋 위에 입는 여성 의복의 하나. 가슴과 허리둘레가 꼭 맞게 되어 있음—편집자)와 속바지 벗는 걸 거들었다. "자기 몸을 좀 보라구요." 딜시가 말했다. 그녀는 속바지를 뭉쳐 들고 캐디의 엉덩이를 문질러 닦았다. "때가 몸에 들러붙었어. 하지만 오늘 밤은 목욕을 못해요. 이것 좀 봐." 그녀가 캐디에게 잠옷을 입혔고 캐디는 침대로 올라갔다. 딜시는 문 쪽으로 가서 불에 손을 대고 섰다. "이젠 모두 조용히 하는 거예요, 알았죠?" 그녀가 말했다.

"응. 오늘 밤엔 어머닌 오시지 않아. 그러니 모두 계속 내 말을 들어야 해." 캐디가 말했다.

"그래, 그럼 이제 자요." 딜시가 말했다.

"어머니는 아파. 어머니랑 할머니 둘 다 아파." 캐디가 말했다.

"쉿. 어서 자요." 딜시가 말했다.

문만 빼고 방이 검게 변했다. 곧 문도 검게 변했다. 캐디가 내게 손을 올려놓으며 "쉿, 모리." 하고 말했다. 그래서 나는 가만히 있었다. 우리는 우리가 내는 소리를 들을 수 있었다. 우리는 어둠이 내는 소리를 들을 수 있었다.

어둠이 사라지고, 아버지가 우리를 보고 있었다. 쿠엔틴과 제이슨을 본 다음 캐디에게 다가가 입맞춤 하고 내 머리에 손을 얹었다.

"어머니가 많이 아파요?" 캐디가 말했다.

"아니. 네가 모리를 잘 봐 줄 거지?" 아버지가 말했다.

"네." 캐디가 말했다.

아버지는 문으로 가서 다시 우리를 보았다. 곧 어둠이 돌아왔고, 아버지는 검은 모습으로 문 앞에 서 있었다. 다시 문이 검게 변했다. 캐디가 나를 안았고 나는 우리가 내는 소리와 어둠, 내가 냄새 맡을 수 있는 뭔가가 내는 소리를 들을 수 있었다. 그리고 창문이 보였는데, 나무가 윙윙거리고 있었다. 어둠은 언제나처럼 부드럽고 빛나는 형체로 변하기 시작했다. 캐디가 나는 자고 있었어, 라고 말할 때조차도.

1910년 6월 2일

    이제 이야기는 18년 전으로 거슬러올라가 쿠엔틴의 시점으로 전개된다. 쿠엔틴은 벤지의 형으로 총명한 이상주의자였다. 콤슨 가는 그를 하버드에 진학시키고자 벤지 소유의 목장까지 팔아버린다. 하지만 하버드에 들어간 열일곱 쿠엔틴은 예민한 감수성, 비관론적 사고로 인해 어둠침침한 기숙사에서 좀처럼 마음의 안정을 얻지 못한다.

창틀 그림자가 커튼에 비친 것은 7시와 8시 사이였는데, 나는 회중시계 소리를 들으며 또 시간을 딱 맞추었다. 시계는 할아버지의 것으로, 내게 주실 때 아버지는 이렇게 말씀하셨다. 쿠엔틴, 네게 모든 희망과 욕망의 무덤을 건네마. 네가 모든 인간 경험의 불합리를 줄여 볼 심산으로 이걸 사용하리라는 건 꽤나 참기 힘든 일일 거다. 아버지나 아버지의 아버지 대에 그랬던 것보다 더 잘 네 욕구에 부응하리라고는 볼 수 없기 때문이란다. 시간을 기억하라고 이걸 네게 주는 게 아니다. 오히려 때로는 잠시 네가 시간을 잊고, 시간을 정복하고자 애쓰며 생을 보내버리지 않았으면 하는 마음에서 주는 거다. 시간과 싸워 이긴 일은 없기 때문이지. 그런 싸움은 일어난 적도 없어. 전장(戰場)은 인간에게 단지 그들의 어리석음과 절망을 보여 줄 뿐이고, 승리란 철학자와 바보들의 환상

이거든.

시계는 셔츠 칼라 상자에 기대 세워져 있었고, 나는 그 소리에 귀를 기울이며 누워 있었다. 다시 말해 소리를 듣고 있었다. 나로서는 회중시계나 탁상시계에 신중히 귀 기울이는 사람이 있다고는 생각지 않는다. 그럴 필요는 없다. 오랫동안 그 소리를 망각할 수 있다. 그리고 순간의 찰칵 소리로 우리는 마음속에서 듣지도 못했던 길고도 차츰 사라져 가는 시간의 행렬을 끊임없이 만들어 낼 수 있다. 아버지 말씀처럼 길고도 외로운 빛 속으로 예수님이 걸어 들어가는 모습을 보는 것과 같을 것이다. 그리고 어린 여동생의 죽음이라 말했던, 여동생을 가져 본 일이 없는 선량한 성 프란체스코의 모습도.

벽을 통해 나는 슈리브의 침대 스프링 소리를, 이어 그의 슬리퍼가 바닥에 끌리는 소리를 들었다. 나는 일어나 화장대로 가서 슬그머니 손을 뻗어 시계를 만졌고, 그것을 엎어 놓고는 침대로 돌아왔다. 그러나 창틀 그림자는 여전히 그 자리에 머물러 있었다. 나는 거의 몇 시 몇 분까지도 말할 수 있었으므로 그림자에 등을 돌려야 했지만, 그들의 전성기 때 동물들의 뒤통수에 달려 있었다던 눈의 존재를 느끼며 뒤통수가 근질근질해졌다. 장차 너를 후회하게 만드는 것은 언제나 네 몸에 익은 쓸모없는 버릇들이지. 아버지는 그렇게 말씀하셨다. 예수는 십자가에 못 박히지 않았어. 그는 작은 톱니바퀴가 째깍거리는 소리에 1분 1분 사라져 없어진 거야. 그런 예수에게도 누이 같은 건 없었지.

창틀의 그림자가 보이지 않는 것을 알게 되자마자 나는 몇 시인지 궁금해지기 시작했다. 독단적인 문자반 위에서 두 기계손이 만드는 위치를 주시하며 끊임없이 사색에 빠지는 것은 정신 작용의 징후라고 아버지는 말씀하셨다. 땀이 나는 것과 같은 배설 작용이라고 하셨다. 그리고 나는 옳은 말씀이라고 말했다. 궁금하다. 계속해서 몇 시일까 궁금해진다.

흐린 날이었다면 나는 아버지가 말씀하신 쓸데없는 습관에 대해 생각하며 창문을 볼 수 있을 것이다. 이렇게 좋은 날씨가 계속되면 뉴런던의 그들에겐 잘된 일이라는 생각도 한다. 그렇지 않을 리가 있는가? 신부(新婦)들의 달에, 에덴동산을 울리는 목소리는 그녀는 거울 속에서 에워싸인 향기 속에서 달려 나갔다. 장미. 장미꽃. 제이슨 리치몬드 콤슨 부부가 결혼을 발표함.

장미. 말채나무나 박주가리처럼 순결하지 않다. 저는 근친상간을 범했습니다, 아버지. 나는 말했다. 장미. 교활하고도 차분한 것. 하버드에서 1년을 수학했더라도 보트 경주를 보지 않는다면, 등록금을 돌려받을 수 있을 것이다. 그 돈을 제이슨에게 주자. 1년간 하버드에서 공부할 기회를 주는 거다.

슈리브가 칼라를 달면서 문께에 서 있었다. 그의 안경이 마치 세수할 때 얼굴과 함께 씻은 양, 장밋빛으로 반짝였다.

"오전 수업 빠지는 거야?"

"그렇게 늦었어?"

그가 자신의 회중시계를 보았다. "2분 후엔 종이 울려."

"그렇게 늦은 줄은 몰랐어." 그는 입 모양을 만들면서 여전히 시계를 보고 있었다. "난 서둘러야겠군. 이제 더는 빼먹을 수 없으니까. 학장이 지난주에 주의를 주더군." 그는 시계를 도로 주머니에 넣었다. 나는 입을 다물었다.

"빨리 바지를 걸치고 달려가는 게 좋겠어." 그가 말했다. 그가 방을 나갔다.

나는 일어나 벽 너머 그가 내는 소리에 귀를 기울이며 돌아다녔다. 그는 거실로 들어가 문을 향하고 있었다.

"아직 준비가 덜 됐어?"

"그래. 먼저 가. 나도 늦지 않게 갈게."

그가 나갔다. 문이 닫혔다. 복도 저편으로 가는 그의 발소리가 들렸다. 내겐 다시 시계 소리가 들렸다. 나는 돌아다니는 걸 멈추고 창으로 가서 커튼을 한쪽으로 젖히고 예배당으로 달려가는 이들을 바라보았다. 코트 소매를 들어 올리며 분투하는 한결같은 모습들, 똑같은 책, 홍수에 떠내려가는 파편처럼 넘치듯 펄럭이는 칼라, 그리고 스포드를. 그는 슈리브를 자신의 남편이라 칭했다. 저런 놈은 내버려 둬, 하고 슈리브는 말했다. 저 녀석이 더러운 매춘부들 꽁무니를 쫓아다니건 말건 우린 알 바 아니지. 남부에선 동정을 지키는 게 부끄러운 일이다. 소년이건 어른이건 마찬가지야. 그들은 거짓말을 하지. 왜냐하면 여자 쪽에서는 별 의미가 없으니까, 하고 아버지는 말했다. 처녀성을 발명한 건 여자가 아닌 남자라고도 하셨다. 그것은 죽음과 같다고. 다른 이들을 남겨 둔 채 떠나는 상태일 뿐이라고. 그래서 내가 순결을 믿는 것은 중요하지 않다고 하자, 아버지는 단지 처녀성 문제뿐 아니라 어떤 것에서든 믿는다는 것은 매우 슬픈 일이라고 하셨다. 순결하지 않은 쪽이 어째서 여자가 아닌 내가 될 수 없느냐고 묻자, 아버지는 그러니까 역시 슬픈 게 아니겠느냐며, 그것과 바꿀 만한 가치가 있는 것은 없다고 대꾸하셨다. 그리고 슈리브는 스포드가 더러운 창녀들 꽁무니나 쫓아다니는 녀석일 거라고 했다. 그리고 나는, 누이동생을 가져 본 적 있냐고 물었다. 가져 본 적 있어? 있느냐고?

무리 한가운데에 선 스포드는 낙엽으로 가득한 길 위의 자라처럼 보였다. 귀 언저리까지 올라온 칼라를 달고 습관처럼 서두르는 기색 없는 걸음을 옮기고 있었다. 그는 사우스캐롤라이나 출신으로 졸업반이다. 그는 클럽의 자랑거리였는데, 결코 예배당에 달려가거나, 정각에 도착한 일이 없으며, 4년간 결석한 적도, 예배든 첫 강의 시간이든 셔츠를 입고 양말을 신은 채 출석한 적도 없다는 사실 때문이었다. 10시 즈음 해서 그는 톰슨 씨 가게에 나타나 커피 두 잔을 주문하고, 자리에 앉아 주머니에서 양말을 꺼내고는 신발을 벗고 커피가 식을 동안 양말을 신는다. 정오 무렵이면 다른 사람들처럼 칼라를 단 셔츠를 입은 그를 볼 수 있다. 다른 학생들이 달려가며 그를 앞질러도 그는 결코 걸음을 재촉하는 법이 없었다. 잠시 후 안뜰은 텅 비었다.

참새 한 마리가 햇살을 비껴 날아와 창문 돌출부에 앉더니 내

쪽으로 고개를 쫑긋 세웠다. 동그란 눈이 반짝였다. 참새는 처음
엔 한쪽 눈으로 나를 보다가 몸을 홱 틀고는 반대쪽 눈으로 바꾸
었는데, 제 목구멍을 세상 어느 맥박보다도 빠르게 움직이고 있었
다. 시각을 알리는 소리가 들리기 시작했다. 참새는 눈 바꾸기를
멈추고 저도 나와 마찬가지로 종소리를 듣는 것처럼 같은 눈으로
소리가 그칠 때까지 계속해서 나를 바라보았다. 그리고 앉아 있던
자리를 박차고 날아가버렸다.

  소리의 마지막 울림이 멎기까지는 약간의 시간이 걸렸다. 울림
은 오랫동안 공중에 머물러 있어 들린다기보다는 느껴지는 것 같
았다. 이제껏 울린 모든 종들이 사그라드는 긴 광선 속에서 여전
히 소리를 내고 있는 것처럼, 예수와 성 프란체스코가 그들의 누
이에 대한 이야기를 나누고 있는 것처럼. 죽어도 단지 지옥으로
가는 것뿐이라면, 그게 전부라면. 그것으로 끝이기 때문이다. 사
물이 그 자체로서 끝을 맺는다면. 그곳엔 나와 그녀만 있게 되겠
지. 우리가 너무도 끔찍한 짓을 한 나머지 사람들이 우리 둘만 남
겨 둔 채 지옥을 떠나게 된다면. 나는 근친상간을 저질렀어요 아버지
달튼 에임즈가 아니라 나라구요 그리고 그가 달튼 에임즈 탓으로 돌
렸을 때. 달튼 에임즈. 달튼 에임즈. 그가 내 손에 권총을 쥐어 줬
을 때 나는 쏘지 않았다. 내가 쏘지 않은 것은 그런 이유에서다.
쐈더라면 그는 지옥에 가게 됐을지도 모른다. 그녀도 그리고 나
도. 달튼 에임즈. 달튼 에임즈. 달튼 에임즈. 우리가 끔찍한 일을
저지를 수 있었다면. 그것도 슬픈 일이지. 사람은 그렇게 끔찍한

일은 하지 못해, 사람은 정말 끔찍한 짓은 결코 할 수 없어. 사람은 오늘 끔찍했던 일을 내일은 기억조차 하지 못하지, 하고 아버지는 말씀하셨다. 내가 인간은 모든 것을 피할 수 있다고 하자, 아버지는 넌 그럴 수 있느냐고 하셨다. 나는 아래를 보며 잠음을 내는 내 뼈들과 바람 같은, 바람의 지붕과 같은 깊은 물을 볼 것이다. 긴 시간이 흐른 뒤 사람들은 외딴 곳의 아무도 밟은 적 없는 모래 위에서 내 뼈조차 구분할 수 없게 된다. 마침내 심판의 날이 오고 하나님이 일어나라고 말하면, 다리미만이 둥둥 떠오르겠지. 그 무엇—종교, 긍지, 그 밖의 어떤 것—도 우리를 돕지 못한다는 사실을 깨닫는 것은 그때가 아니다. 그때는 우리가 어떤 도움도 필요로 하지 않음을 인식할 때인 것이다. 달튼 에임즈. 달튼 에임즈. 달튼 에임즈. 내가 그의 어머니가 될 수 있다면 벗은 몸을 일으켜 세워 누우면서, 웃으며, 내 손으로 그의 아버지를 끌어안고, 말을 삼가면서, 보고, 그가 살기 전에 죽는 것을 지켜볼 수 있다면. 일순간 그녀는 문께에 서 있었다

나는 화장대로 가서 엎어진 그대로 시계를 집어 들었다. 시계 유리를 화장대 모서리에 대고 가볍게 치고는 유리 조각들을 손으로 모아 재떨이에 집어넣었다. 시곗바늘도 비틀어 떼어 재떨이에 넣었다. 시계가 여전히 똑딱거렸다. 시계를 앞으로 돌려 보니, 그 뒤에서 작은 톱니바퀴가 움직이는 빈 문자반이 있을 뿐이었다. 갈릴리를 걷는 예수와 거짓말을 하지 않는 워싱턴. 아버지는 세인트루이스 박람회에서 제이슨에게 줄 시계 장식품을 갖고 돌아왔는

데, 그것은 아주 작은 오페라글라스로 눈 한쪽으로 들여다보면 마천루며, 거미줄 모양 회전 관람차, 나이아가라 폭포 따위를 볼 수 있었다. 문자반 위에 붉은 얼룩이 하나 있었다. 그것을 보자 내 엄지손가락이 욱신거리기 시작했다. 나는 시계를 내려놓고 슈리브 방으로 들어가 요오드팅크를 찾아 들고 베인 곳에 발랐다. 그리고 수건으로 나머지 유리를 시계 가장자리에서 말끔히 떼어냈다.

나는 속옷 두 벌과 양말, 셔츠, 칼라와 넥타이를 꺼내 트렁크에 넣었다. 새 양복과 낡은 양복, 구두 두 켤레, 모자 두 개와 책을 제외한 모든 것을 그 속에 집어넣었다. 책은 거실로 가져가 탁자 위에 쌓았는데, 집에서 가져온 것과 빌린 것이 있었다. 아버지는 말씀하셨다 예전에 신사는 그가 가진 책으로 알려지는 법이었지 지금은 그가 돌려주지 않는 책으로 알게 돼 트렁크를 잠그고 주소와 이름을 적었다. 15분을 알리는 종이 울렸다. 나는 하던 일을 멈추고 종소리가 멎을 때까지 귀를 기울였다.

나는 목욕을 하고 면도를 끝냈다. 물에 닿은 손가락이 약간 쓰라리기에 요오드팅크를 다시 발라 주었다. 새 양복을 입고 시계를 차고 다른 양복과 장신구, 면도기와 솔을 손가방에 챙겨 넣은 다음, 트렁크 열쇠를 종이에 싸서 봉투에 넣고 아버지 집 주소를 썼다. 그리고 짧은 편지 두 통을 쓰고는 봉했다.

그림자가 현관 입구를 완전히 떠난 것은 아니었다. 나는 그림자가 이동하는 모습을 지켜보며 문 안쪽에 멈춰 서 있었다. 그것은 문 안쪽으로 슬금슬금 기어가고 그림자를 그 안으로 몰아넣으며 거의 눈에 띄게 움직였다. 내가 그 소리를 들었을 때 그녀는 이미 달리고 있었다. 그것이 무엇인지 알기도 전에 거울 속에서 그녀는 달리고 있었다. 그 속도에 그녀의 옷자락이 팔 위로 감겨 올라가더니 그녀는 구름처럼 거울 밖으로 달아났다. 긴 반짝임 속에서 소용돌이 치는 그녀의 베일, 부서질 듯한 뒤꿈치, 한쪽 손으로 어깨쯤에서 옷자락을 빠르게 부여잡은 채 거울 밖으로 달려 나가는, 장미 냄새, 에덴동산을 울리던 목소리. 그리고 그녀가 현관을 가로질렀고, 내게는 그녀의 신발 뒤축이 내는 소리가 들리지 않았다. 달빛 속에서 구름처럼 떠다니는 베일 그림자가 풀밭을 가로지르며 울부짖음 속으로 달려든다. 그녀는 결혼식을 단단히 쥐고, 그녀의 옷으로부터 달아나 울부짖음 속으로 달려갔다. 티피가 밤이슬 속에 뒹굴며 사르사 주 만세를 외치고, 벤지가 상자 아래에서 큰 소리로 울어대는 곳으로. 아버지는 흐르는 가슴 위에 V자 모양의 은으로 된 흉갑을 걸쳤다

슈리브가 말했다.

"수업에 들어오지 않았더라…… 결혼식 아니면 철야라도 있는 거야?"

"갈 수가 없었어." 내가 말했다.

"그렇게 치장하고서는 안 될 말이지. 어떻게 된 거야? 오늘이 일요일인 줄 아는 거야?"

"한번쯤 새 옷을 입는다고 경찰이 잡아가지는 않아." 내가 말했다.

"나는 광장의 학생들 생각을 하던 중이었어. 그들은 네가 하버드에 간다고 생각할 거야. 넌 자부심이 대단해진 나머지 수업을 듣지 않기로 한 거야?"

"난 먼저 식사를 해야겠어." 그림자는 현관을 떠나고 없었다. 내 그림자를 되찾고자 햇빛 속으로 발을 내디뎠다. 나는 그림자 바로 앞에서 계단을 내려갔다. 30분 종이 울렸다. 곧 종소리가 그쳤고 사그라들었다.

디콘은 우체국에도 없었다. 나는 봉투 두 개에 우표를 붙이고 아버지께 보낼 편지는 우체통에, 슈리브에게 보내는 것은 주머니에 넣었다. 그러고 나니 지난번에 디콘을 만난 장소가 떠올랐다. 그 날은 전쟁기념일이었다. 그는 공화국군 제복 차림으로 행렬 한가운데에 있었다. 어느 모퉁이에서든 충분히 기다린다면 어떤 행렬이 지나가든 그 속에서 그를 찾을 수 있었다. 그 전엔 콜럼버스였든가 가리발디, 아니면 누군가의 탄생을 기념하던 날이었다. 그는 도로 청소부 무리에 있었는데, 실크 해트를 쓴 채 2인치짜리 이탈리아 국기를 들고 빗자루와 삽들 틈에서 시가를 피우고 있었다. 그러나 지난번에는 공화국군 복장이어서 그걸 본 슈리브가 이런 말을 했다.

"저것 좀 봐. 네 할아버지가 저 불쌍한 검둥이 영감한테 한 짓을 보란 말야."

"그래. 이젠 날마다 행렬에 섞여 행진이나 하면서 시간을 보낼 수 있게 됐지. 우리 할아버지가 아니었더라면 백인들처럼 일을 해야만 했을걸." 내가 말했다.

디콘은 어디에도 없었다. 나는 일하는 검둥이조차 내가 필요할 때 찾지 못할 수도 있다는 사실은 미처 몰랐다. 호강과는 거리가 먼 생활을 하는 쪽은 말할 것도 없고 말이다. 차 한 대가 지나갔다. 나는 읍내로 나가 파커 씨 식당에서 훌륭한 아침을 먹었다. 식사 도중에 시계가 정각을 알리는 소리를 들었다. 그러나 그 때 나는 시간을 망각하는 데는 적어도 한 시간은 걸리리라 예상했다. 시간의 기계적 진보 속으로 들어가는 데 역사보다도 오랜 시간이 걸렸으므로.

식사를 마치고 나는 시가를 하나 샀다. 50센트짜리가 최고급품이라고 소녀가 말하기에 그걸 하나 사서 불을 붙이고는 거리로 나갔다. 나는 거리에 서서 두어 모금 빨고 담배를 손에 든 채 모퉁이 쪽으로 향했다. 보석상 쇼윈도 앞을 지났다. 그러나 시간으로 눈길을 돌렸다. 모퉁이에서 구두닦이 두 명이 나를 붙들고는 양쪽에서 찌르레기마냥 새된 소리로 목이 쉬어라 떠들어댔다. 나는 한 사람에겐 들고 있던 시가를, 다른 사람에겐 5센트를 주었다. 그제야 두 사람은 나를 놔 주었다. 시가를 받은 쪽이 그걸 5센트에 팔려 하고 있었다.

하늘 높이 걸린 시계가 하나 있었다. 나는 우리가 어떤 일을 하는 게 내키지 않는 때에, 우리 몸은, 다소 무심하게 어떻게 우리를 속여 그 일을 하게 만드는 것일까 생각했다. 나는 목 뒤 근육이 당기는 것을 느낄 수 있었고, 주머니 속의 시계가 째깍거리는 소리를 들었으며, 잠시 후엔 주머니 속 시계 소리만 남겨 놓은 채 다른 모든 소리를 차단시켜버렸다. 나는 온 길을 되돌아가 조금 전 그 쇼윈도까지 갔다. 한 사내가 쇼윈도 뒤 테이블에서 일하고 있었다. 그는 머리가 벗겨지는 중이었다. 그의 한쪽 눈에 안경이 걸려 있었는데, 금속 튜브를 나사로 죄어 그의 얼굴에 맞게 만든 것이었다. 나는 안으로 들어갔다.

내부는 9월의 풀밭을 덮은 귀뚜라미들처럼 째각거리는 소리로 가득 차 있었다. 나는 사내의 머리 위 벽에 걸린 큰 괘종시계 소리를 들을 수 있었다. 그가 눈을 들었다. 안경 너머로 보이는 눈은 길고 흐릿하고 덤빌 듯한 태세였다. 나는 내 시계를 꺼내 그에게 건넸다.

"시계를 망가뜨렸는데요."

그는 시계를 손에 놓은 채 뒤집어 보았다. "네. 그렇군요. 밟은 게 분명하군요."

"네, 맞습니다. 화장대에서 떨어뜨렸는데, 어두운 탓에 밟고 말았습니다. 그래도 여전히 돌아가고 있어요."

그는 시계 뒷면을 열어 눈을 가늘게 뜨고 그 안을 들여다보았다. "괜찮아 뵈는군요. 그렇지만 완전히 살펴보기 전엔 뭐라 말할 수 없습니다. 오후에 자세히 점검해 보지요."

"나중에 다시 가져오겠습니다. 실례가 안 된다면 쇼윈도의 시계들 중에 정확한 시계가 있는지 알려 주실 수 있습니까?"

사내는 손바닥에 내 시계를 놓고 흐릿하지만 덤빌 듯한 눈으로 나를 올려다보았다.

"친구 한 명하고 내기를 했거든요. 그리고 오늘 아침 안경을 잃어버려서." 나는 설명했다.

"저런, 뭐, 좋습니다." 하고 사내가 말했다. 그는 시계를 내려놓고 걸상에서 반쯤 일어나 칸막이 너머를 보았다. 그리고 벽 위쪽으로 슬쩍 눈길을 주었다. "지금이 열두……"

"그런 건 상관없습니다. 그중 어느 시계가 맞는지만 알려 주시면 됩니다." 나는 말했다.

사내가 다시 나를 보았다. 그는 도로 의자에 앉아 안경을 다시 이마 위로 밀어 올렸다. 그의 눈 주위에 둥근 자국이 붉게 남아 있었는데, 그 자국이 없어지자 그의 얼굴 전체가 벌거벗은 듯 느껴졌다.

"오늘 무슨 행사가 있는 건가요? 보트 경기는 내주까진 없겠고, 그렇죠?" 그가 말했다.

"그래요. 이건 단지 개인적인 행사죠. 생일이거든요. 그런데 어느 게 맞나요?"

"없는데요. 아직 조정이 안 된 것들이라서. 행여 하나 사려고 하는 거라면……"

"아뇨, 회중시계는 필요 없습니다. 저희 기숙사 거실에 괘종시계가 있는걸요. 필요해지면 이걸 고쳐 쓰면 되고요." 나는 손을 내밀었다.

"지금 두고 가는 게 좋겠습니다."

"나중에 다시 가져오죠." 그가 시계를 내주었다. 나는 시계를 주머니에 넣었다. 다른 시계 소리에 묻혀 내 시계 소리를 들을 수 없었다.

"폐가 많았습니다. 시간을 너무 뺏은 게 아니었으면 합니다."

"괜찮습니다. 언제든 좋으실 때 가져오십시오. 그리고 오늘의 축하 행사는 보트 경주에서 이길 때까지 미뤄 두는 게 좋겠군요."

"네, 저도 그렇게 생각합니다."

나는 똑딱거리는 시계 소리를 등진 채 문을 닫고 나왔다. 쇼윈도를 돌아보았다. 사내가 칸막이 너머에서 나를 지켜보고 있었다. 쇼윈도에는 열두어 개쯤 되는 시계가 놓여 있었는데, 저마다 다른 시각을 가리키며, 바늘도 없는 내 시계와 마찬가지로 독단적이고도 양립 불가능한 확신에 차 있었다. 서로를 부정하는 것이다. 아무도 볼 수 없고, 본다한들 아무것도 가르쳐 주지 못하는 시계였지만, 나는 주머니 속에서 똑딱거리는 시계 소리를 들을 수 있었다.

그래서 그걸 가지기로 다짐했다. 시계는 시간을 죽이는 것이라고 아버지가 말씀하셨기 때문이다. 시간은 작은 톱니바퀴로 기록이 반복되는 동안은 죽은 것이며, 시계가 멈출 때에야 비로소 살아나는 것이라고 하셨다. 시곗바늘은 바람 속으로 돌진하는 갈매기처럼 무기력한 각을 이루며 수평에서 살짝 비껴난 채 뻗어 있었다. 검둥이들 말처럼 초승달이 물을 품은 것과 같이 내가 유감스러워했던 모든 걸 안은 채 말이다. 보석상은 작업대에 몸을 구부리고 다시 작업하고 있었다. 튜브가 그의 얼굴을 지나갔다. 그는 가운데 가르마를 타고 있었다. 갈라진 부위는 물이 빠진 12월의 늪지마냥 머리가 벗겨진 부위로 달려 올라간 상태였다.

길 건너편에 철물점이 보였다. 나는 다리미가 파운드 단위로 팔린다는 사실을 몰랐다.

"재단사용을 원하실지도 모르겠네요. 그건 10파운드짜립니다." 하고 점원이 말했다. 다리미들은 내가 생각했던 것보다는 컸다. 그래서 6파운드짜리 작은 걸로 두 개를 샀는데, 포장한 한 켤레 구두처럼 보이리라는 생각에서였다. 둘을 합치니 꽤 무거웠는데, 나는 다시 인간 경험의 불합리에 대해 아버지가 어떻게 말씀하셨는지, 어떻게 내가 하버드에 지원할 유일한 기회를 가진 듯 보였는지를 생각했다. 아마도 내년까지는 필요하리라. 충분히 배우려면 대학에서 2년은 걸릴 거라고 생각했다.

공중에 들린 다리미는 충분히 무겁게 느껴졌다. 전차가 오기에 올라 탔다. 앞에 붙은 행선지를 보지 않았다. 차 안은 만원이었는데, 대부분 신문을 읽고 있는 부유해 뵈는 사람들이었다. 검둥이 옆 자리가 유일한 빈 좌석이었다. 그는 중산모를 쓰고 광을 낸 구두를 신고 불 꺼진 시가 토막을 든 채였다. 남부 사람은 항상 검둥이를 의식해야만 한다는 생각을 하던 때가 있었다. 북부 사람들이 남부인에게서 기대하는 바도 그렇다고 생각했다. 처음 동부에 왔을 때 그들은 검둥이가 아니라 유색 인종이라고 생각할 것을 명심하자고 스스로에게 줄곧 주지시켰다. 흑인들 틈에 던져지는 일이 일어나지 않았다면, 흑인이든 백인이든 모든 사람을 다루는 최선의 방법은 그들이 스스로를 간주하는 방식을 따르고 그다음 그냥 내버려 두면 된다는 것을 배우기까지 많은 시간을 허비하고 문제를 겪었으리라. 검둥이란 사람이라기보다는 행동 양식, 즉 더불어 살아가는 백인에 대한 일종의 표면적 반사물이라는 사실을 깨달은 것도 그때였다.

그러나 처음에 나는 내 주위에 검둥이들이 많던 시절을 그리워해야 한다고 생각했다. 북부 사람들이 내가 그럴 거라 여긴다고 생각했기 때문인데, 버지니아에서의 그 아침까지 내가 로스커스와 딜시, 나머지 검둥이들을 정말로 보고 싶어 했음을 나는 몰랐다. 내가 잠에서 깨어 차양을 올리고 밖을 내다봤을 때 기차가 멈추었다. 차는 건널목을 가로막고 있었는데, 두 개의 흰 울타리가 언덕을 내려와 뿔이 남긴 잔해의 일부분처럼 바깥쪽과 아래쪽으로 물을 뿜었고, 노새를 탄 검둥이 한 놈이 기차가 움직이기를 기다리면서 굳어 딱딱해진 바퀴자국 한가운데 멈춰 서 있었다. 그가 얼마나 그러고 있었는지는 알 수 없었으나 노새 위에 가랑이를 벌리고 앉은 그의 머리는 담요 조각에 싸인 채 울타리, 도로와 더불어 만들어졌거나 아니면 언덕과 함께 언덕에 직접 조각해 넣은 듯한 형상으로, 그대, 다시 고향에 돌아왔도다, 라고 적힌 간판이 세워진 듯싶었다. 그에게는 안장이 없었고 발은 거의 땅에 닿을 정도의 높이에 매달려 있었다. 노새는 토끼처럼 보였다. 나는 창문을 올렸다.

"이봐, 창문으로 던져 줄까?" 내가 말했다.

"에에?" 하며 그가 내 쪽을 보더니 담요를 풀어 귀를 내놓았다.

"크리스마스 선물이야!" 내가 말했다.

"그리 갑죠, 도련님. 도련님이 절 먼저 찾으셨으니, 그렇습죠?"

"이번만은 용서해 주지." 나는 작은 해먹에서 바지를 끌어 내려 25센트 동전을 하나 꺼냈다. "하지만 다음엔 주의하라구. 신년 이틀 뒤 이리로 지나갈 텐데, 그땐 조심해." 나는 25센트를 창밖으로 던졌다. "산타클로스 본인에게도 선물을 사주라구."

"예, 고맙습니다." 그가 말했다. 그는 노새에서 내려 동전을 줍더니 다리에 문질러 닦았다. "고맙구먼요, 도련님. 고맙습니다요." 기차가 움직이기 시작했다. 나는 창밖의 찬 공기 속으로 몸을 내밀어 뒤를 돌아보았다. 그는 조금 전 그 자리, 여윈 토끼 얼굴을 한 노새 옆에 서 있었는데, 사람도 노새도 초라하니 꼼짝도 않은 채 참을성 있게 서 있었다. 기차는 짧고 육중한 폭발음을 내뿜는 엔진과 더불어 커브를 돌았다. 추레하고 무한한 인내와 활기 없는 평온함을 품은 그들이 시야에서 조금씩 사라져 갔다.

그런 기질은 아이 같은 준비된 무능력과 모순된 확실성이 혼합된 것으로, 터무니없게도 그것이 사랑하는 흑인들을 돌보고 보호하며, 끊임없이 그들을 약탈하고 너무도 노골적이라 되려 속임수라 불리기도 어려운 중용으로 책임과 의무를 면하게 만드는 것이기도 했다. 신사가 공정한 대결을 통해 그를 꺾은 누구에게든 느끼기 마련인 승리자에 대한 그런 솔직하고도 자발적인 경애로써,

한편으로는 나로선 잊어버린, 할아버지 할머니가 예측 불가능한 다루기 힘든 아이들을 대할 때와 같은, 백인의 변덕에 대한 맹목적이고도 지치지 않는 관용으로 도둑질 아니면 법을 어기는 가운데 취해진 것이리라. 그리고 그날 온종일, 기차가, 움직임은 엔진의 배기 가스와 신음하는 바퀴가 내는 괴로워하는 소리일 뿐인, 덤벼드는 골짜기와 바위턱을 굽이쳐 돌고 끝없이 이어지는 산들이 우중충한 하늘 속으로 사라져 가는 동안, 나는 고향을 생각했다. 쓸쓸한 역과 진흙탕, 검둥이들을, 장난감 원숭이와 수레를 끌고 자루에 든 사탕과 불꽃놀이 폭죽을 가지고 광장 주위로 어슬렁어슬렁 모여드는 시골 사람들을 떠올렸다. 그리고 종이 울릴 때 학교에서 그랬던 것과 같은 동요가 내 안쪽에서 이는 기분이었다.

시계가 3시를 치기 전까지는 세는 일을 시작하지 않았다. 3시를 알리면 나는 헤아리기 시작했는데, 60까지 세고 손가락을 하나 꼽고, 꼽아지기를 기다리는 나머지 열네 개 손가락을 생각하면서, 그것이 열셋 혹은 열둘이 되고, 여덟, 일곱으로 줄어 가면, 나는 주변의 침묵과 눈도 깜박이지 않고 나를 주목하는 것을 갑작스레 알아차리고는, "네, 선생님?" 하고 말하는 것이다. 그러면 로라 선생님이 묻는다. "네 이름은 쿠엔틴이지, 맞니?" 하고. 그리고 보다 더한 침묵과 잔인한 주시, 침묵 속으로 잡아당겨지는 손을 느낀다. "헨리, 미시시피 강을 발견한 사람이 누군지 쿠엔틴에게 말해 주련?" 아이들의 관심은 나로부터 멀어지고, 잠시 후 나는 뒤처졌을까 걱정하며 빨리 세면서 손가락을 하나 꼽고는, 너무 빠른 건 아닌지 걱정하며 속도를 늦추다가 이내 우려하며 다시 빠르게 세는 것이었다. 결국 종소리와 더불어 일을 완수하는 일은 결코 없어, 해방돼 급해진 발은 벌써부터 움직이며 닳아버린 바닥에서 대지를 느끼고, 유리창 같은 한낮이 빛과 맞부딪치고 날카로운 일격을 가하면, 여전히 앉은 채로도 내 마음은 동요했다. 앉은 채로 움직인다. 내 기관은 너를 향해 움직였다. 순간 그녀가 문께에 서 있었다. 벤지. 소리치고 있다. 벤저민. 나의 아이, 나이 먹은. 소리지른다. 캐디! 캐디!

난 달아나겠어. 그가 울기 시작했고 그녀가 가서 그를 어루만졌다. 그쳐. 난 가지 않을 거야. 울지 마. 그가 그쳤다. 딜시.

걔는 마음만 먹으면 네가 하는 말을 눈치 챈다구. 귀를 기울이거나 말하는 것도 필요 없어.

사람들이 지어 준 새 이름도 눈치 챌 수 있을까? 불운은?

운 따위 걔가 걱정할 게 뭐야? 걔한텐 아무 상관도 없는데.

운에 도움을 주려는 게 아니면 이름은 뭣 때문에 고치는 거지?

전차가 정차했다 출발했고 다시 멈춰 섰다. 나는 창문 밑을 지나는, 아직 볕에 바래지 않는 새 밀짚모자 아래의 사람들 정수리를 지켜보았다. 이제 전차 안에는 장바구니를 든 여자들이 있었고, 작업복 차림 남자들이 광을 낸 구두를 신고 칼라를 단 사람들 수를 넘어서기 시작하는 중이었다.

검둥이가 내 무릎을 건드렸다. "죄송합니다." 그가 말했다. 나는 다리 방향을 바꾸어 그가 지나가도록 했다. 전차는 횅한 담장

옆을 지나고 있었고, 덜걱거리는 소리는 차 안으로 되돌아와 무릎 위에 장바구니를 올려놓은 여자들에게로, 끈으로 고정시킨 파이프를 든 때 탄 모자를 쓴 한 남자에게 가 닿았다. 나는 물 냄새를 맡을 수 있었고, 벽의 갈라진 틈새로 반짝이는 물과 두 개의 돛대, 돛대 사이에 걸린 보이지 않는 철사 위에 앉은 듯 공중에서 꼼짝도 않는 갈매기 한 마리를 보았다. 나는 손을 올려 코트 안으로 집어넣고는 써 둔 편지를 만져 보았다. 전차가 멈추자 나는 내렸다.

다리는 범선 한 척을 통과시키기 위해 열려 있었다. 배는 끌려가고 있었는데, 예인선이 긴 연기를 뿜어내며 배 뒷전을 따라 조금씩 미는 중이었건만, 배는 드러나지 않는 방식으로 저 혼자서 움직이는 듯 보였다. 허리까지 벗은 사내가 갑판 끝에서 밧줄을 감아 내리는 중이었다. 그의 몸은 엽연초 색으로 그을려 있었다. 정수리가 뚫린 밀짚모자를 쓴 다른 사내가 키 앞에 있었다. 배는 백주에 출몰하는 유령마냥 돛을 달지 않은 채 이동하며 다리를 지나갔는데, 갈매기 세 마리가 보이지 않는 전선에 올라 앉은 장난감 새처럼 배 고물 위를 맴돌았다.

다리가 닫히자 나는 반대편으로 건너가 보트 창고 위 난간에 기댔다. 부잔교(浮棧橋)에는 인적이 없었고 창고 문은 닫힌 채였다. 선원들은 요즘 오후 늦게부터 노를 저으므로 쉬는 시간인 것이다. 다리의 그림자, 층을 이룬 난간, 수면에 기대 납작해진 내 그림자는 내가 너무도 쉽게 속여버린 탓에 내게서 떨어지려 하지 않았다. 그림자는 적어도 50피트는 되었다. 내게 그림자가 익사할 때까지 그것을 붙든 채 물 속으로 가라앉혀버릴 뭔가가 있었다면, 물 위에 떠 있는 것은 포장지에 싸인 한 켤레의 구두와 같은 꾸러미 그림자일 것이다. 검둥이들은 익사한 사람의 그림자는 언제나 물속에서 그 자신을 지켜본다고 했다. 내 그림자는 마치 숨을 쉬는 양 깜빡이며 반짝였고, 부잔교 역시 숨 쉬듯 천천히 움직였으며, 반쯤 잠긴 파편들은 바다로, 동굴로, 바다 동굴로 흘러갔다. 수위(水位) 변화는 곧 무엇의 그 무엇. 모든 인간 체험의 무의미함, 재단사용 다리미 하나보다 무게가 더 나가는 6파운드짜리 다리미 두 개. 죄 많은 쓰레기라고 딜시는 말할 테지. 벤지는 할머니가 죽었을 때 알고 있었다. 그는 울었다. 그는 냄새로 안다. 그는 냄새로 알아.

예인선이 하류에서 돌아왔다. 긴 회전 롤러 안에서 물이 잘려나가며, 그 운행으로 인해 마침내 부잔교가 요동쳤다. 부잔교는 풍덩 소리와 문이 닫힐 때 나는 귀에 거슬리는 소음을 만들며 회전 롤러 위로 기울어졌다. 그러자 작은 배를 멘 두 명의 사내가 나타났다. 그들은 보트를 물에 띄웠고 잠시 후 블랜드가 노 두 개를 들고 왔다. 그는 플란넬로 된 옷을 입었는데, 회색 재킷에 뻣뻣한 밀짚모자를 쓰고 있었다. 그 아니면 그의 어머니가 옥스퍼드 학생들이 플란넬 옷에 뻣뻣한 모자를 쓰고 노를 젓는다는 기사를 어디선가 읽은 것이다. 그래서 어느 이른 3월, 부모님이 제럴드에게 2인승 보트를 사주자, 그는 플란넬 옷에 뻣뻣한 모자 차림으로 강으로 온 것이다. 보트 창고 사람들이 경관을 부르겠다고 위협했으나 어쨌든 그는 떠났다. 그의 어머니는 극지방 탐험가처럼 모피 옷을 걸치고 빌린 차를 타고 내려와, 시속 25마일의 바람이 부는, 더러운 양 같은 부빙(浮氷)이 잇달아 흘러가는 강에서 그를 배웅했다. 그때부터 나는 하나님은 신사이며 운동하는 사람이자, 켄터키 사람이기도 하다고 믿게 되었다. 그가 노를 저어 나가자 그의 어머니는 한 바퀴 빙 돌아 다시 강으로 내려오더니 느린 속도로 차를 몰면서 그와 나란히 달렸다. 그들은 사람들이 그들이 서로 아는 사이인지 아닌지 판단할 수 없을 정도로, 서로를 보려 하지 않는 왕과 여왕처럼, 각자의 코스에서 한 쌍의 행성마냥 나란히, 매사추세츠를 가로질렀다고들 했다.

그는 배에 올라 노를 저었다. 이제는 꽤 잘 저었다. 그래야만 하기도 했다. 그의 어머니는 그가 노 젓는 걸 포기하고, 학급의 다른 학생들이 하지 못하는 것이나 하려 들지 않는 뭔가 다른 일을 하도록 만들려 했으나, 그때만큼은 그가 고집을 부렸다고 했다. 그의 어머니가 제럴드의 말이며 검둥이들, 그의 여자들 얘기를 우리에게 들려주는 동안, 노란 고수머리에 보랏빛 눈동자와 속눈썹, 뉴욕식으로 차려 입은 그가 귀공자답게 지루함을 드러내는 태도로 앉아 있는 것을 고집이라 부를 수 있다면 그렇다는 얘기지만. 그녀가 제럴드를 캠브리지로 데려갔을 때, 켄터키 주의 남편들과 아버지들은 몹시도 기뻤했을 게 틀림없다. 그녀는 읍내에 아파트를 하나 갖고 있었고 제럴드도 학교 기숙사 방 말고도 읍내에 아파트가 하나 있었다. 그녀는 제럴드가 나와 교제하는 것을 허락했는데, 메이슨과 딕슨 이남(펜실베니아 주 남쪽 경계선으로 자유 주와 노예 주의 분계선 구실을 했음—편집자)에서 태어난 내게는 적어도 노블레스 오블리주에 대한 어쭙잖은 분별력이 있었기 때문이다. 그리고 출신지가 그녀의 조건을 최소한도로 충족시키는 사람에게도 교제는 허용되었다. 적어도 용서하거나 너그러이 봐 주었다. 그러나 어느 날 그녀가 예배당에서 나오는 스포드와 만난 이후론, 스포드는 그녀가 지체 높은 여자일 리가 없다면서 그런 여자라면 늦은 밤 그런 시간에 외출할 리가 없다 했는데, 그녀는 그녀대로 현재 영국 공작가 이름을 포함한 다섯 개의 이름을 가진 스포드를 용인할 수 없었다. 나는 그녀가 메인골트니 모티머 따위의 몇몇 걸맞지 않는 가문 사람들이 별장지기 딸과 관계한 일이 있다고 믿음으로써 스스로를 달랬다고 확신했다. 그녀 스스로 생각해 냈건 아니건 꽤나 있을 법한 일이었다. 스포드는 세계 제일의 놈팽이라서 어떤 제약도 어떤 속임수도 소용이 없는 인물이기 때문이다.

보트는 이제 작은 점 정도로 보였다. 일정한 간격을 두고 반짝거리며 태양을 잡아채는 노와 더불어 선체는 저 스스로 빛나고 있는 듯했다. 누이를 가져 본 일이 있어? 아니. 하지만 여자들은 모두 음란한걸. 누이를 가져 본 일이 있느냐구? 일순간 그녀는, 음란한 여자가 되었다. 아니, 그렇지 않아. 순간 그녀는 문께에 서 있었지 달튼 에임즈. 달튼 셔츠(당시 미국 남부에서 유행한 셔츠 이름—편집자). 이제껏 나는 그게 카키색, 군복 같은 카키색이라고 생각했는데, 두툼한 중

국제 비단 아니면 최상급 플란넬인 것을 알게 되었다. 옷이 그의 얼굴을 무척이나 갈색으로, 그의 눈을 무척 푸르게 만든 까닭이었다. 달튼 에임즈. 곧 품위를 잃어버린 이름. 연극 도구, 송진과 기름을 먹인 종이에 불과한, 그리고 만져 보면. 오오, 석면(石綿)이 아닌가. 청동이라고는 할 수 없지. 하지만 그녀는 그를 집에서 만나려 하지 않았다.

캐디 역시 여자라구, 알아? 그녀 역시 여자다운 이유에서 뭔가를 해야 하는 거야.

캐디, 어째서 넌 그를 집에 데려오려 하지 않니? 왜 검둥이 여자들이 목초지며 개울, 어두운 숲에서 하듯 캄캄한 숲에 숨어 미친 듯이 날뛰어야만 하지?

그리고 잠시 후 나는 얼마간 시계 소리를 듣고 있었다. 난간에 닿은 코트를 통해 편지가 부스럭대는 걸 느꼈으며, 난간에 기대어 내 그림자를 바라보며 내가 어떻게 이 그림자를 속였던가를 생각했다. 나는 난간을 따라 움직였다. 내 옷 역시 컴컴하게 보여, 나는 손을 닦았다. 그림자를 바라보며 어떻게 내가 저걸 속였던가를 떠올리면서. 나는 선창의 그림자 속으로 걸어 들어갔다. 그리고 동쪽으로 향했다.

하버드 하버드에 가 있는 내 아들 하버드 그녀가 색색 리본을 달고 야외 모임에서 만난 저 여드름 난 소년. 강아지 새끼마냥 휘파람으로 그녀를 불러내려 애쓰며 울타리를 따라 살금살금 걸었지. 가족들은 그를 속여 식당으로 들어가게 할 수 없었으므로, 어머니는 그녀가 혼자일 때 그와 마주치면 그녀가 꼼짝 못할 어떤 마력을 그가 지녔다고 믿었다. 허나 어떤 불량배라도 매 한가지일 터. 벤지는 창문 아래 상자 곁에서 소리지르며 누워 있었다 단춧구멍에 꽃을 꽂고 리무진을 타고 올 수 있다면. 하버드. 쿠엔틴, 이 사람이 허버트 씨야. 얘가 하버드에 다니는 내 아들입니다. 허버트 씨는 훌륭한 형이 될 게다. 벌써 제이슨에게 은행 일자리 하나를 약속해 주었단다

방문판매원처럼 기운이 넘치고 셀룰로이드처럼 얄팍한 사람. 흰 치아가 얼굴을 가득 채운 듯한 인상이나 미소를 짓고 있지는 않다. 나는 저기서 그에 대해 들었지. 이를 모조리 드러냈다 해도 웃는 것은 아니다. 네가 운전하려고?

쿠엔틴, 어서 타.

네가 운전하겠다고?

이건 얘 차란다. 네 여동생이 마을에서 처음으로 자동차를 갖게 된 게 자랑스럽지 않니? 허버트 씨의 선물이란다. 루이스가 매일 아침 얘한테 운전을 가르치지. 너, 내 편지 받지 못했니 제이슨 리치몬드 콤슨 부부는 그들의 딸 캔데이스와 시드니 허버트 헤드와의 결혼식을 1910년 4월 25일 미시시피 주 제퍼슨에서 열겠다고 알립니다. 8월 1일 이후에는 인디애나 주 사우스 벤드 XX가(街) XX번지에 안주(安住). 넌 그거 열어 보지 않을 참이야, 하고 슈리브가 말했다. 사흘 동안. 수차례. 제이슨 리치몬드 콤슨 부부 젊은 로친바르(월터 스콧의 서사시 『마미온』의 등장인물. 자신의 연인이 다른 남자와 결혼식을 올리기 직전 연인을 말에 태워 구출함―옮긴이)는 서부를 떠난 게 좀 많이 일렀

어, 안 그래?

나는 남부 출신이야. 너 재미있는걸.

응 그래 나도 이 나라 어딘가에 그런 데가 있다고 알고 있어.

너, 재미있다구, 그렇게 생각 안 해? 서커스단에 들어가는 게 좋겠어.

난 들어갔었어. 거기서 코끼리 벼룩에 물을 주다가 눈을 다쳤잖아. 세 번이나 이 고장 계집애들은. 넌 걔들에 대해 아는 게 없지, 그렇지. 그건 그렇고 바이런도 결코 만족스런 상대를 찾지 못했거든, 다행이지 뭐야. 하지만 안경 쓴 사람은 때리지 마라. 봉투 안 열어 볼 거야? 그것은 네 귀퉁이에 초를 밝혀 둔 탁자 위에 놓여 있으며, 때 탄 분홍색 양말 대님으로 묶은 봉투 위에는 두 송이 조화가 놓였다. 안경 쓴 사람을 때려서는 안 돼.

가엾은 시골 사람들. 여태껏 자동차를 보지도 못했잖아. 많은 사람들이 경적을 울려 보고 싶을걸. 캔데이스가 그렇게 하면 그녀는 나를 보려 하지 않았다 그들은 길을 벗어나고 말겠지. 나를 보려 하지 않았다 네 아버지는 한 사람이라도 다치게 할까 싶어 자동차를 좋아하지 않는 거야. 하지만 너희 아버지도 이젠 자동차 한 대쯤은 있어야 해 허버트, 당신이 이걸 가지고 온 게 유감스럽군요. 마음에 들어버렸거든요. 물론 마차가 있기는 하지만 내가 외출하려 할 때면 남편은 검둥이들에게 뭘 시키는 중이죠. 그걸 방해하면 내 목은 무사하지 못할 거예요. 로스커스는 내가 언제고 부려도 된다고 하지만 그게 무슨 뜻인지 난 잘 안답니다. 인간이 단지

138

양심을 만족시키기 위해 얼마나 자주 약속을 하는지 말이에요. 허버트 씨 당신도 내 어린 딸을 그렇게 다룰 작정인가요? 하지만 난 당신이 그렇지 않을걸 알아요. 당신은 벌써 우리 모두를 응석받이로 만들었어요. 쿠엔틴, 제이슨이 고등학교를 마치는 대로 허버트가 그의 은행으로 데려갈 거라는 걸 내가 편지에 썼지. 제이슨은 훌륭한 은행가가 될 거야. 너희들 중 유일하게 현실 감각이 있는 애거든. 그 점에선 나한테 고마워해야 돼. 걔는 외가 쪽을 닮았으니까. 다른 애들은 모두 콤슨 집안을 빼다박았지. 제이슨은 밀가루를 공급했다. 그와 패터슨네 애들이 뒤편 현관에서 연을 만들어 개당 5센트에 팔았다. 제이슨은 회계 담당이었다.

이 전차 안엔 검둥이 없었고 아직 바래지 않은 밀짚모자들이 차창 아래로 흘러갔다. 하버드로 간다. 집에선 벤지의 목장을 팔았다. 그는 큰 소리로 울면서 창 아래 땅바닥에 누웠다. 벤지의 목장을 팔면 쿠엔틴은 하버드에 갈 수 있을 것이다. 네 형제의. 네 동생의.

자동차를 한 대 사요. 얼마나 편리한지 몰라요. 그렇게 생각하지 않아요, 쿠엔틴. 난 만나자마자 그를 쿠엔틴이라 불렀어요. 캔데이스에게서 얘기를 많이 들었거든요.

그렇게 못할 이유가 뭐예요. 난 내 아들들과 친구 이상으로 가까워졌으면 하는데요. 그래, 캔데이스와 쿠엔틴은 친구 이상이네요. 아버지 난 죄를 지었어요 형제자매가 없다니 유감이군요. 누이가 없다 누이가 없다 누이가 없다 그래도 쿠엔틴에게 그런 걸 묻진 말아요. 내가 식사하러 내려갈 수 있을 만큼 건강할 때면 그애와 남편은 둘 다 다소 모욕적이라고 느낄 거예요. 지금 나는 기운을 내고 있지만, 모든 게 마무리되고 당신이 딸을 데려가고 나면 몸져 눕게 될 거예요. 내 여동생은 없다. 내가 어머니께 말할 수 있다면. 어머니

제가 하려던 대로 캔데이스를 데리고 가지 않고 대신 어머니를 모셔간다 해도 콤슨 씨는 그 차를 따라잡지 못할 겁니다.

어머니, 허버트 씨, 캔데이스, 너 저 말 들었니. 그녀는 나를 보려 하지 않았다 부드러우나 고집 센 턱을 하고 뒤돌아보려 들지 않는 당신이 질투할 필요는 없어요. 허버트 씨는 나이 든 여자를 기쁘게 해 주려는 것뿐이니까요. 그런 말을 믿을 수는 없는 거죠.

당치도 않습니다. 어머님은 아가씨처럼 보이는걸요. 당신은 아가씨처럼 양 볼도 발그레하시고. 캔데이스보다 훨씬 젊어 보이세요. 책망하는 듯 눈물 어린 얼굴 장뇌(樟腦)와 눈물 냄새 황혼이 깃든 문 너머에서 끊임없이 나직이 이어지는 흐느끼는 목소리 인동덩굴이 뿜어내는 황혼 빛 냄새. 빈 트렁크를 다락방 층계로 가져 내려오니 프렌치릭(인디애나 주에 있는 휴양지 — 옮긴이)의 관 같은 소리를 냈다. 솔트릭(동물들이 소금을 핥으러 가는 장소 — 옮긴이)에선 죽음을 볼 수 없었다

바랜 모자와 모자가 아닌 것. 3년 후면 나는 모자를 쓸 수 없다. 쓸 수 없었다. 벌써 과거가 되었다. 그 후에도 모자는 있을까? 왜냐하면 나는 없고 하버드도 그때는 없을 것이므로. 가장 좋은 생각은 말라 죽은 담쟁이덩굴마냥 낡은 벽돌에 붙어 있다고 아버지가 말씀하신 곳. 그때는 하버드는 없다. 어쨌거나 내게는 없는 존

재다. 다시. 전보다 더 슬픈 것이다. 다시. 무엇보다 슬픈 것이다. 다시. 그 밖에 또.

스포드가 셔츠를 입고 있었다. 그때쯤엔 그래야 한다. 내가 속여 물속에 넣어버린 그림자를 깜빡 잊고 다시 본다면, 나는 스며들지 않는 내 그림자를 다시 짓밟아야 하리라. 하지만 누이가 없다면. 나는 그런 짓을 하지 않았을 테지. 난 내 딸이 감시받게 하지 않겠어 나는 그렇게 하지는 않았을 것이다.

당신이 아이들에게 줄곧 나나 내 바람에 대해 존중할 필요가 없다고 가르치는데 어떻게 내가 애들을 단속할 수 있겠어요 당신이 내 친정을 얕잡아본다는 거 알아요 하지만 그게 내 아이들 내가 걱정하는 자식들에게 어머니의 말 따위 귀 기울일 필요가 없다고 가르칠 이유가 될까요 나는 단단한 구두 뒤축으로 내 그림자 안의 뼈들을 콘크리트 속에 짓밟아 넣으면서 시계 소리를 들었으며, 코트 위로 편지들을 만져보았다.

난 당신이 됐든 쿠엔틴이든 다른 누구에게든 내 딸을 감시하게 하진 않을 거예요 그애가 무슨 짓을 했다고 당신이 어떤 생각을 하든 말이죠

적어도 당신은 그애를 지켜볼 만한 이유가 있다는 덴 동의하지 않았나요

그런 짓을 하고 싶지 않았다 그런 짓을 하고 싶진 않았다. 당신이 그렇게 하고 싶진 않았다는 걸 알아요 나는 그렇게 모질게 말할 생각은 아니었지만 여자끼리는 서로를 존중하는 법이 없으니 말이지

하지만 어머니는 어째서 내 그림자를 밟았을 때 종이 울리기 시

작했는데, 그건 15분 종이었다. 디콘은 어디에도 보이지 않았다. 내가 그런 짓을 하리라고 할 수 있으리라고 생각했을까

어머니는 의도한 게 아니었다 여자들이 일을 처리하는 방식인 거다 그 건 어머니가 캐디를 사랑하기 때문이지

가로등이 언덕을 내려갔다가 읍내 방향으로 올라가려 했다 나는 내 그림자의 배 위를 거닐었다. 나는 그림자 너머까지 손을 뻗을 수 있었다. 여름의 신경을 긁는 어둠과 8월의 가로등 너머 내 등 뒤에서 아 버지의 존재를 느끼며 아버지와 나는 여자들을 서로에게서 그들 자 신들에게서 보호한다. 우리 집 여자들을 여자들이란 그렇다 그들은 사람의 지식을 익히지 않았다 우리 남자들이 있는 건 그 때문이다 여자 들은 단지 이따금 수확을 거두는 실질적인 의심을 한가득 안고 태어난다 그리고 대개는 옳다 그들은 악에 끌리고 악에 부족한 것이 무엇이든 보 충하려 들며 우리가 잠결에 이불을 끌어 올리듯 본능적으로 그들 주변으 로 악을 끌어당기며 악이 실재하건 아니건 제 목적을 달성할 때까지 악 을 향한 마음을 배양하는 것을 좋아한다 디콘이 신입생 두 사람 사이 에 끼어 오고 있었다. 아직 행렬에 끼어 있던 기분을 떨쳐내지 못 한 채였다. 내게 거수 경례를, 그것도 고급 장교나 할 법한 식으로 건넸기 때문이다.

"잠시 봤으면 하는데." 내가 걸음을 멈추며 말했다.

"절 말인가요? 좋아요. 그럼 조만간 또 보자고, 친구들." 그가 멈춰 서서 돌아보고 말했다. "얘기 즐거웠다구." 그건 여지없는 디 콘이었다. 태어나면서부터 심리학자란 얘기가 있다. 사람들 말로

그는 40년 동안 개학일에 기차를 놓쳐 본 일이 없으며, 첫눈에 남부 사람을 골라낼 수 있다고 했다. 그는 결코 틀린 적이 없으며 말하는 걸 한번 듣고 출신 주(州)를 맞힐 수 있었다. 그에게는 기차를 맞으러 나갈 때 입는 정해진 옷이 있었는데, 일종의 『톰 아저씨의 오두막집』식 차림으로 여기저기 덧댄 옷이었다.

"예, 맞습니다. 이쪽으로 오세요, 도련님. 여기면 되겠구먼요." 하며 그는 가방을 받아든다. "어이, 이봐. 이리 와서 이 가방을 받아." 산더미 같은 짐이 움직이며 다가오더니 15세가량 되는 백인 소년이 그 속에서 모습을 드러냈다. 디콘은 소년의 짐 위에 가방 하나를 또 얹고는 쫓아 보냈다. "그걸 떨어뜨리면 안 돼. 됐습니다, 도련님. 이 늙은 검둥이한테 방 번호나 알려 주십쇼. 그럼 도착하실 때까지 깨끗이 해 놓을 테니까요."

그때부터 상대방이 자신의 말에 완전히 따를 때까지 그는 줄곧 방 안팎을 들락거리며 도처에서 떠들어댔는데, 그의 옷차림이 나아짐에 따라 태도도 차츰 북부식으로 변해 갔지만, 마침내 상대방을 쥐어짜 겨우 상대방이 그의 속셈을 알게 될 때쯤엔, 그는 상대방을 쿠엔틴이니 뭐니 되는 대로 부르며, 다음에 만날 때면 그는 입다 버린 브룩스(Brooks Brothers 1818년 설립된 미국에서 가장 오래된 남성복 체인―옮긴이) 정장을 걸치고 모자엔 프린스턴 클럽 모표를 달고 있는 것이다. 나는 모자에 두른 띠가 어떤 것이었는지 잊었지만, 아무튼 누군가 그에게 준 것으로, 그는 그것이 링컨이 사용한 견장의 일부라고 굳게 믿으며 기뻐했다. 몇 해 전 그가 어디선가 와서 처음으로 대학 부근에 나타났을 때, 누군가가 그를 두고 신학교 출신이라는 소문을 퍼뜨렸다. 그리고 그게 무슨 뜻인지 알게 된 그는 아주 기뻐하며 자기 입으로 소문을 옮기기 시작했고 끝내는 자신이 정말 그렇다고 믿어버린 게 틀림없다. 어쨌거나 재학 시절의 두서 없는 일화들을 길게 늘어놓으며, 그는 작고한 교수들, 떠나고 없는 교수들을 세례명으로, 그것도 대개는 틀린 이름으로 부르면서 자못 친근하게 이야기하는 것이었다. 하지만 그는 순진하고 외로운 무수한 신입생들에게는 인도자이자 친구였으므로, 그가 약간의 속임수나 위선을 꾀했다 하더라도 다른 사람들보다 하늘의 미움을 더 받으리라 생각되지는 않는다.

"사나흘 안 보이던데," 하며 그는 여전히 군대식 태도로 나를 응시하며 말했다. "아프기라도 했나요?"

"아니, 난 잘 지냈어. 공부하고 있었겠지. 헌데 난 영감을 봤어."

"정말인갑쇼?"

"저번 행렬에서."

"오, 그때요. 예, 거기 있었습죠. 아시다시피 난 그런 거 별 관심없는데요, 친구놈들이 내가 참여하길 원하는 거예요, 참전용사들 말입죠. 여자들도 나이든 참전용사들 모두가 나왔음 하거든요. 그래서 청에 못 이겨 하는 거죠."

"그리고 그 이탈리아인 축제일에도 봤어." 내가 말했다. "그 때는 여성 기독교 금주 연맹WCTU의 청을 들어주느라 참가한 것이로군."

"그거요? 그 때는 사위 때문이었어요. 그놈이 시에서 주는 일을 구하고 있거든요. 도로 청소부 말이에요. 그래 난 녀석한테 빗자루만 있으면 된다고 했습죠. 청소용이 아니라 그 위에서 잘 수 있게 말이죠. 정말 날 봤구만요, 그래요?"

"그래, 두 번 다."

"아니, 제복 차림일 때 말예요. 저 어떻든가요?"

"그럴듯하던걸. 누구보다도 낫더군. 디콘 당신을 장군으로 모셔야 할 정도였어."

그가 내 팔을 살며시 만졌다. 야위고 부드러운 검둥이의 손이었다. "이건 우리끼리만 하는 얘긴데요. 우리 한식구나 다름없으니간 도련님한테 얘기하는 건 상관없거든요." 그는 내 쪽으로 약간 몸을 굽히고는, 눈은 딴 곳을 향한 채 빠르게 말했다. "오늘 마침 실마리를 잡았어요. 내년까지만 기다려 봐요. 그냥 기다리는 거예요. 그러면 내가 어디로 행진하는지 알게 되는 거죠. 그걸 어떻게 정리하는 중인지 도련님께 말할 필요는 없겠네요. 그저 기다렸다가 확인하라고밖에 말 못하겠구먼요." 그는 이제 나를 보더니 내 어깨를 가볍게 두드리고는 당황해 몸을 흔들다가 내게 고개를 끄덕여 보였다. "예, 맞구만요. 3년 전에 민주당으로 돌아선 게 헛일이 아녔어요. 사위놈은 시에 고용되고 나는… 그래요. 민주당으로 돌아선 것만으로 그놈이 일을 얻게 된다면…… 그리고 나도 말이죠. 아무튼 새해 이틀 전부터 도련님은 모퉁이에 서 있다가 보기만 하믄 된다 이거죠."

"암, 그래야지. 영감이라면 자격이 있어. 그건 그렇고……" 나는 주머니에서 편지를 꺼냈다. "이걸 내일 내 방으로 가져와서 슈리브에게 전해 줘. 그럼 그가 영감한테 뭘 줄 거야. 그렇지만 내일까진 안 돼."

그는 편지를 받아 들고 유심히 살폈다. "봉투가 붙어 있는 뎁쇼."

"그래, 안쪽에 써 있어. 내일까지는 안 된다구."

"흠." 그가 내뱉었다. 그는 입을 오므린 채 봉투를 보았다. "내게 줄 게 있다고 그랬습죠?"

"그래, 영감한테 선물을 할까 해."

이제 그는 나를 보고 있었는데, 그의 검은 손에 들린 봉투가 햇빛 속에서 하얗게 보였다. 그의 눈은 부드러웠고 홍채가 보이지 않는 갈색이었는데, 그가 보여 주는 백인들의 허튼 소리 같은 제복과 술책, 하버드식 태도 뒤에서, 돌연 나는 머뭇거리며, 조심스레, 똑똑히 말을 못하는 채로 슬픈 얼굴로 나를 쳐다보는 로스커스를 보았다. "이 늙은 검둥이를 놀리는 건 아니겠죠?"

"그렇지 않다는 걸 알면서. 이제껏 남부 사람이 영감을 놀린 일 있어?"

"도련님 말이 옳아요. 남부 사람들 좋은 사람들입죠. 하지만 같이 살지는 못하죠."

"살려고 해 보기나 했어?" 내가 말했다. 로스커스가 사라져버렸다. 다시 한 번 오랫동안 세상 사람들 눈에 보이려고 스스로 단

146

련해 온 디콘의 과장스럽고 겉치레에 치중한 그러나 그렇게 천박하지는 않은 모습이 드러났다.

"원하는 대로 해드립죠."

"내일까진 안 돼, 알지?"

"그럼요," 그가 말했다. "여부가 있겠어요. 그럼……"

"그리고……" 내가 말했다. 그가 나를 내려다보았다. 다정하고 진심이 담긴 시선이었다. 갑자기 나는 손을 내밀었고 우리는 악수를 했는데, 그는 시(市)가 준 일과 군대식 행렬에 대한 화려한 꿈에서 나와 진지하게 손을 흔들었다. "당신은 좋은 사람이야, 디콘. 난 말이지…… 당신은 여기저기서 젊은 사람들을 많이 도왔잖아."

"나는 모든 이들을 올바르게 상대하려고 했죠. 난 사소한 사회적 차별 같은 건 하지 않아요. 내게 한 사람은 그저 한 사람일 뿐이죠. 어디서 만나건 간에 말예요."

"난 영감이 지금까지 해 온 대로 계속해서 많은 친구를 만들었으면 해."

"젊은 친구들 말하는 거죠. 난 그치들과 잘 지내죠. 녀석들 역시 날 잊지 않거든요." 그가 봉투를 흔들며 대꾸했다. 그는 편지를 주머니에 넣고 상의 단추를 채우고는 "그렇고 말고요." 하고 말했다. "난 좋은 친구들을 사귀어 왔습죠."

종이 다시 울리기 시작했다. 30분 종이었다. 나는 내 그림자의 배 위에 서서 가늘고 여전히 어린 잎들 틈 속에서, 햇살과 더불어 일정한 간격을 두고 고요하게 울리는 종소리에 귀를 기울였다. 일정한 간격으로 평화롭고 차분히 울리는 종소리에는 언제나 가을의 정서가 묻어 나는데, 신부(新婦)의 달이라는 6월에도 그러했다. 창 아래 땅 위에 누워 소리치며 울고 있는 그는 그녀를 한번 보고 알아차렸다. 계집아이들의 입으로부터. 가로등 종소리가 그쳤다. 나는 내 그림자를 보도 속으로 밟아 넣으며 우체국으로 되돌아갔다. 언덕을 내려가서는 마치 벽에 층층이 걸린 등불처럼 읍내 쪽으로 올라간다 아버지가 말씀하시길, 어머니는 결점을 통해 사람을 사랑하기 때문에 캐디를 사랑하는 거라고 하셨다. 불 앞에서 두 다리를 벌리고 있는 모리 삼촌은 크리스마스 축배를 들기 위해 한쪽 손을 길게 뻗어야 했다. 제이슨은 달려가다, 주머니에 두 손을 넣은 채로 넘어져 버쉬가 일으켜 세울 때까지 날개 묶인 닭처럼 누워 있었다. 어째서 달릴 때 손을 밖으로 내놓지 않는 거야 그러면 일어설 수 있는데 요람 속에서 머리를 흔든다 뒤통수를 바짝 붙이고 비벼대 머리를 흔든다. 캐디는 모리 삼촌이 일을 하지 않는 건 어릴 적 요람에서 머리를 흔든 탓이라고 제이슨과 버쉬에게 말했다.

슈리브가 어정거리며 심히 진지한 모습으로 보도를 걸어 오고 있었다. 그의 안경이 작은 물웅덩이마냥 흩날리는 나뭇잎 밑에서 반짝였다.

"몇 가지 적은 메모를 디콘한테 줬어. 오후엔 내가 없을지 모르니까. 내일까진 디콘한테 아무것도 주지 마. 알았지?"

"알았어." 그가 나를 보았다. "말해 봐. 오늘 무슨 일이야? 옷을 쫙 빼입은 데다 아내의 순사(殉死)를 알리는 듯 돌아다니고 있으니 말야. 오늘 아침 심리학 수업은 들었어?"

"아무것도 안 해. 내일까진."

"들고 있는 건 뭐야?"

"아무것도 아냐. 밑창을 간 구두 한 켤레야. 내일까진 디콘에게 아무것도 주지 마라. 알았지?"

"그래, 알았어. 그건 그렇고, 오늘 아침 탁자에 있던 편지 가져갔냐?"

"아니."

"거기 있을 거야. 세미라미스에게서 온 거야. 운전수가 10시 전에 가져왔던데."

"알았어. 나중에 볼게. 헌데 그 여자 무슨 일일까."

"또 밴드 연주회겠지 뭐. 탐프티 타타 제럴드 와아. '쿠엔틴, 북을 더 크게 치라구'라면서 말야. 정말이지, 내가 신사가 아닌 게 얼마나 다행인지 모르겠어." 그는 책을 소중히 다루면서, 약간은 엉성하지만 한껏 집중한 태도로 걸어갔다. 가로등 너는 그렇게 생각해 우리 조상 중 주지사가 한 분 있었고 장군은 세 분이었는데 어머니 집안은 그렇지 않기 때문에

산 자는 어느 누구든 죽은 자보다 낫지만 어떤 살거나 죽은 자도 다른 살거나 죽은 자보다 훨씬 나은 건 아니다 그러나 어머니 마음속에서는 결정이 나 있었다. 다 끝난 것이다. 끝났다. 우리는 모두 더럽혀졌다 너는 죄와 도덕을 혼동하고 있지만 여자들은 그러지 않지

네 어머니는 도덕은 생각하면서도 그것이 죄악인지 아닌지는 꽤 넘치 않아 그녀는 겪어 본 일이 없거든

제이슨 난 가야겠어요 당신이 다른 애들을 돌봐 주세요 나는 제이슨만 데리고 우릴 아는 이가 없는 데로 갈 거예요 그러면 그 애는 자라서 이 모든 걸 잊어버릴 기회를 얻게 되겠죠 다른 애들은 날 사랑하지 않아요 걔들은 콤슨 가 특유의 이기심과 헛된 자부심에 휘둘려 결코 뭔가를 사랑해 본 일이 없죠 오직 제이슨만이 내가 그런 걱정 없이 마음을 쏟을 수 있는 아이에요

말도 안 되는 소리, 제이슨 얘기는 모두 옳아요 나는 당신이 나아지는 대로 당신과 캐디 둘이서 프렌치릭에 가면 어떨까 생각하고 있었는데

그리고 당신과 검둥이들 말고는 아무도 없는 이 집에 제이슨을 남겨 두고 말이죠

그래야 캐디가 그 사내를 잊을 테고, 그러면 소문은 모조리 사라질 테니 말이오 솔트릭에서는 죽음을 볼 수 없다

어쩌면 그애 남편감을 찾을 수 있을지도 모르죠 솔트릭에선 죽음을 볼 수 없다

전차가 와서 멈추었다. 30분 종이 여전히 울리고 있었다. 나는 전차에 올랐고 전차는 30분 종소리를 지우며 다시 움직였다. 아니다. 45분 종이다. 어쨌거나 10분은 남아 있으리라. 하버드를 떠날 시간이 네 어머니 꿈이야 그걸 위해 벤지 땅을 팔았어

내가 뭘 어쨌기에 이런 애들이 태어난 거지 벤저민만으로도 충

분히 벌을 받았는데 이제 어미인 나를 조금도 생각하지 않는 딸이라니 그애 때문에 고민도 했고 꿈도 꾸었고 계획도 세웠고 희생도 했는데 나는 고난의 시기를 겪었는데 그 아인 태어난 이래 한 번도 이기심을 버리고 내 걱정을 한 적이 없죠 이따금 그앨 보면서 내가 낳은 아이인가 생각하곤 해요 제이슨은 달라요 그앤 내가 처음으로 팔에 안은 이래 슬픔을 준 일이 없거든요 그 때 난 알았죠 이 애는 내게 기쁨이자 구원이 되리라는 걸 나는 내가 지은 죄가 무엇이건 간에 그에 대한 벌은 벤저민으로 충분하다고 생각했어요 벤저민은 내가 자존심을 버리고 자신이 나보다 지체가 높다고 생각하는 남자와 결혼을 한 데 대한 벌이라고 생각했죠 그러니 불평은 하지 않아요 난 그애를 누구보다도 사랑해 줬죠 그게 내 의무라고 믿었기 때문에요 늘 제이슨에게 마음이 이끌리긴 했지만 지금의 내가 받은 고통이 충분하지 않았다는 걸 알아요 이제 내 죄뿐 아니라 당신의 죄에 대해서도 속죄해야 한다는 걸 안다구요 당신은 무슨 짓을 한 거죠 고귀하고 대단한 가문 사람들이 내게 무슨 죄를 물으려는 거예요 하지만 당신은 애들 편을 들겠죠 당신은 언제나 가문을 위한 변명을 준비해 두니까요 오직 제이슨만이 잘못을 저지를 수 있죠 그애는 콤슨보다 배스콤 쪽이니까요 반면 당신의 딸이자 내 어린 딸 귀여운 딸인 그애는 그보다 나을 것도 없지 않나요 어렸을 때 나는 불행했었죠 고작 배스콤 가 정도의 집안에서 태어났으니 난 여자에게는 숙녀가 되거나 못 되거나 이 두 가지 길뿐 그 중간은 없다고 배웠어요 그애를 낳아 팔에 안았을 땐 저렇게 되리라고는 꿈에도 생각한 일이 없죠 당신은 모르나요 난 그애의 눈을 보고 알 수 있다는 걸 당신은 걔가 당신한테 털어놓는다고 생각할지도 모르겠군요 하지만 말이죠 그앤 얘기하지 않아요 그 아인 숨기는 게 있죠 당신은 그앨 몰라요 난 걔가 한 짓을 알고 있어요 그리고 난 당신이 알게 되기 전에 죽겠다고 생각하는 거죠 정말 그래요 제이슨을 나무라겠다면 그렇게 해요 제이슨에게 그 아일 지켜보라고 한 나를 고발해요 범죄라도 되는 양 말이에요 당신 딸은 할 수 있을 거예요 당신이 제이슨을 사랑하지 않는다는 거 그애의 결점을 믿고 싶어 한다는 것쯤 나도 알아요 당신은 결코 그렇다고 하지 않겠죠 모리에게 그랬듯 그애를 비웃는 거예요

당신은 당신 자식들이 벌써 그런 것보다 더 나를 괴롭게 만들진 못해요 나는 곧 죽을 테고 제이슨은 이런 상황에서 사랑해 줄 이도 방패가 돼 줄 이 하나 없이 남겨지겠지요 나는 매일 그앨 보면서 콤슨 가의 피가 결국 이 아이에게서도 나타나는 걸 확인하게 될까봐 두려워하죠 당신이 뭐라고 부르는진 모르지만 누군가를 만나러 몰래 집을 빠져나가는 제 누이와 함께 있으니까요 당신은 그 사내를 본 적이 있나요 어떤 사내인지 내가 알아보는 걸 허락하겠어요 날 위한 게 아니에요 난 그를 보는 걸 견디지 못할 거예요 허나 그건 당신을 위해서죠 당신을 보호하려는 거예요 누가 나쁜 피에 대항할 수 있겠어요 내가 알아보려는 걸 당신은 허락하지 않겠지요 우린 손을 모은 채 방관하는 거라구요 그앤 당

신 이름을 더럽히는 데 그치지 않고 당신 자식들이 들이마시는 공기까지 오염시키는데 말이죠 제이슨 날 보내 줘요 난 견딜 수가 없어요 제이슨은 내게 주고 다른 애들은 당신이 맡아 줘요 그애들은 제이슨과 같은 내 혈육이 아니에요 나와 아무 상관없는 타인이나 다름없어요 난 걔들이 두려워요 제이슨을 데리고 우리를 모르는 곳으로 갈 수 있어요 나는 무릎을 꿇고 제이슨이 이 저주를 벗어나도록 사죄를 구하며 다른 애들이 있었다는 걸 잊으려 할 거예요

그게 45분 종이었더라도 10분 이상은 지나지 않았다. 막 전차 한 대가 떠났고 사람들은 벌써 다음 차를 기다리고 있었다. 나는 물어보았는데, 남자는 당신이 타려는 건 시외 전차인 듯 보이므로 정오 전에 떠날지 아닐지는 알 수 없다고 했다. 아닌 게 아니라 먼저 온 것은 시내 전차였다. 나는 전차에 올랐다. 정오가 느껴진다. 지하에 있는 광부들도 그러할까 궁금해진다. 사이렌이 필요한 건 그 때문이다. 땀 흘려 일하는 사람들 때문인 거다. 그런 노동에서 멀어지면 사이렌 소리는 들리지 않을 것이기에 그리고 8분 후엔 딸과 멀어져 보스턴쯤에 있을 게 틀림없지. 한 명의 인간은 그가 지닌 불운의 총체라고 아버지는 말했다. 언젠가 그 불운이란 놈이 나가 떨어지리라고 생각할지 모르지만, 그때쯤엔 시간이 내 불운이 된다는 것이다. 갈매기 한 마리가 허공을 가르며 걸려 있는 보이지 않는 전선 위에 앉았다. 사람은 자기 실패의 상징을 영원 속으로 가져간다. 그 때 갈매기 날개가 더 크게 보였다 아버지는 하

프를 연주할 수 있는 사람뿐이라고 했다.

전차가 멈출 때마다 나는 내 시계 소리를 들었으나, 어쩌다 한 번씩이었다. 사람들은 이미 식사 중이었다 누가 연주하려 할까 먹는 일 네 안에서 이루어지는 먹는다는 작업 공간 너무 많은 공간 그리고 혼동된 시간 위장이 정오라 말하고 뇌는 먹을 시간이 됐다고 한다 좋아 헌데 몇 시나 된 거지 아무 상관없지. 사람들이 내리고 있었다. 이제 전차는 그리 자주 정차하지 않았다. 식사 시간이라 전차는 비어버렸다.

그리고 정오가 지났다. 나는 차에서 내려 내 그림자 위에 섰고 얼마 후 전차가 와서 그걸 타고 시외 전차 정거장으로 되돌아갔다. 떠날 준비를 끝낸 전차 한 대가 있었고, 내가 창가 자리를 발견했을 때 전차는 출발했다. 그리고 나는 전차가 다소 기진맥진한 채 탁한 조류가 흐르는 평지로, 나무들 속으로 들어가는 모습에 주의를 기울였다. 이따금 나는 강을 보며 이런 날씨가 계속되면 뉴런던에 있는 그들에겐 얼마나 잘된 일일까 하고 생각하고 제럴드의 보트가 반짝이는 오전 햇살을 따라 진지하게 올라가는 모습을 떠올렸다. 그 늙은 여인은 아침 10시 전부터 내게 편지를 보내면서 뭘 바라는 것인지 궁금해 하기도 했다. 내가 찍혀 있는 제럴드의 사진은 뭐가 있나 달튼 에임즈 오, 석면(石綿) 쿠엔틴이 쏘았다 사진 배경에 말이야. 여자들이 있는 사진은 소중하지. 여자들은 정말 그의 목소리는 숨 쉬는 수다쟁이 목소리보다 늘 높았다 악에 이끌리지, 그러니 하나도 믿을 수 없어 하지만 몇몇 남자들은 너무 순진

154

해서 그들 자신을 보호하지 못하지. 별반 예쁘지 않은 여자들. 일종의 혈연적 의무감으로 노블레스 오블리주를 안기는 단지 얼굴만 알 뿐인 먼 친척과 가족 친구들. 그리고 그녀는 거기에 앉아 사람들 면전에서 제럴드가 집안 사람들 모두의 얼굴을 갖추어야 하는 게 얼마나 창피한 일인지 우리에게 늘어놓는데, 남자에겐 그런 게 필요 없으며, 그 편이 더 잘 살 수 있기 때문이라는 것이었다. 하지만 여자라면 외모 없이는 손해라고 했다. 우리들에게 제럴드의 여자들에 대해 말한다 쿠엔틴이 허버트를 쐈다 그는 캐디 방바닥을 뚫고 자신의 대변자를 쏘았다 거만하게 시인한다는 투였다. "얘가 열일곱이던 무렵 언젠가 내가 말했죠, 네 입을 봐라. 정말 낭패로구나. 여자 얼굴에나 어울릴 입이잖니, 하고요. 여러분 상상해 보세요 황혼을 타고 사과나무 향기에 기대는 커튼 자락 황혼에 기대는 그녀의 머리 머리 뒤 그녀의 팔은 기모노 소매를 하고 에덴동산을 울리는 목소리 코는 사과 위로 보이는 침대에 놓인 옷들의 냄새를 맡고 얘가 뭐라고 대꾸했을 것 같아요? 단지 열일곱이었는걸요. 얘가 그랬죠, 어머니 정말 그렇던데요, 라고요." 그리고 그는 당당한 자세를 하고 앉아 속눈썹 사이로 거기 있는 여자들 두셋을 주시하는 것이다. 여자들은 그 속눈썹을 잡아채며 제비처럼 신나게 떠들었다. 슈리브는 자신은 줄곧 벤지와 아버지를 돌봐 줄 거야?

너는 벤지나 아버지 얘긴 하지 않을수록 좋아 네가 언제 그들을 신경 쓰기라도 한 적 있어 캐디

약속해 줘

그 두 사람 걱정을 넌 할 필요 없어 넌 아무 걱정 말고 나가는 거야

약속해 줘 난 아파 약속해 줘야 한다구 그런 농담을 만든 게 누군지 궁금해 했다고 했다. 허나 그때 그는 블랜드 부인이 나이에 비해 놀랍도록 젊어 보인다고 생각했으며 조만간 제럴드가 공작부인을 유혹할 수 있도록 그를 가꾸는 중이라고 말했다. 그녀는 슈리브를 뚱뚱한 캐나다 청년이라 불렀고 내게 의논도 않고 두 차례나 내 룸메이트를 바꾸었다. 한 번은 내가 이사 나가도록, 또 한 번은

그는 황혼 속에서 문을 열었다. 그의 얼굴이 호박파이처럼 보였다.

"난 진심으로 작별 인사를 하겠어. 잔혹한 운명이 우릴 갈라 놓은 건지도 모르지만 난 결코 다른 사람은 사랑하지 않겠어, 절대로."

"무슨 얘길 하는 거야?"

"나는 8야드짜리 살구빛 비단 속의 잔인한 운명, 무게로 치면 갤리선 노에 한 명보다 무거운 쇠붙이와 남부연방 말기에 상대해 주는 이 없이 이곳저곳 헤매던 고독한 주인이자 식민지 우두머리에 대해 말하는 거야." 그러고 나서 그는 블랜드 부인이 그를 이사시키려고 어떻게 학생주임을 찾았으며 학생주임은 슈리브와 상의하는 게 먼저라며 어떤 식으로 완고하게 나왔던가에 대해 들려주었다. 부인은 학생주임에게 당장 슈리브를 부르러 사람을 보내 결판을 짓자고 제안했으나, 그는 그러지 않겠노라 했고, 결국 부

인은 슈리브에게 예의를 갖추지 않게 된 거라는 얘기였다. "여성에 대해 절대 나쁘게 말하지 않는다는 게 내 철칙이지만 말야," 하고 슈리브가 말을 이었다. "저 여자는 이 아메리카에서도 캐나다에도 숙녀보다는 천박한 여자들이나 하는 짓을 더 많이 한다구." 이제 인편으로 전달된 탁자 위의 편지를 보고 있는데, 난초 향을 풍기는 채색된 명령인 그것은, 내가 편지가 거기 있다는 걸 알지 못한 채 거의 그 창문 밑을 지나쳐버린 걸 그녀가 안다면 경애하는 부인 저는 아직까지 부인의 전언을 받을 기회가 없었습니다만 오늘 아니면 어제, 내일이든 아무 때든 양해해 주실 것을 미리 부탁하는 바입니다 제가 기억하는 바에 따르면 다음 얘기는 어떻게 제럴드가 검둥이 하인을 아래층으로 던졌는가 하는 것과 또 그 검둥이가 주인 제럴드 곁에 있으려고 신학교 입학이 허락되기를 어떻게 애원했는가 그리고 제럴드가 자유롭게 놓아 주자 그 검둥이 놈이 눈에 눈물을 머금은 채 마차 옆에서 역까지 줄곧 달려가던 모습이리라 여겨지거든요 저 제재소 주인이 엽총을 들고 부엌 문 쪽에 나타나자 제럴드가 내려가 총을 두 동강 내 돌려주고 비단 손수건으로 손을 닦은 뒤 그 손수건을 난로에 던져 넣었다는 얘기를 듣는 날까지 기다릴 생각입니다 여태 단 두 번밖에 듣지 못했으니까요

XX을 통해서 그를 쏘았다 난 당신이 이리 들어오는 걸 봤어요 그래서 기회를 노리며 따라온 거죠 알고 지낼 수도 있겠다 싶어서요 시가 피우겠어요

고맙지만 담배를 안 피웁니다

내가 다니던 시절과 달라진 게 없어야 하는데 불 좀 붙여도 괜찮겠습니까

그러시죠

고맙습니다 들은 얘기가 많아요 당신 어머니께선 내가 저 칸막이 뒤에 성냥을 두더라도 상관 않으실 듯한데 캔데이스는 프렌치 릭에서 줄곧 당신 얘길 했어요 아주 많이요 난 좀 질투를 하게 됐죠 이 쿠엔틴이란 남자는 어떤 사람일까 자문하다가 어쨌거나 어떻게 생겨 먹은 놈인지 얼굴을 봐야겠다 싶었죠 캔데이스를 보자마자 크게 한방 먹은 기분이었기 때문이에요 당신한테 이런 말 하는 거 난 신경 쓰이지 않아요 이제껏 내게 없었던 일이었어요 줄곧 자기 오빠 얘기만 하다니 당신이 이 세상의 유일한 남자라거나 남편이었다면 그녀는 더 이상 당신 얘길 할 수 없을지도 모르죠 생각을 바꾸지 않을 건가요 담배 한 대 피우지 그래요

저는 담배 안 피웁니다

그렇다면 강요하진 않겠지만 이건 꽤 고급 담배거든요 백 개비를 도매 가격으로 25달러에 샀답니다 하바나에 친구가 있거든요 그래 하버드도 변한 게 많지 싶은데요 한번 가 보겠다 계속 별러 왔지만 10년 동안 부지런히 일하느라 결코 짬이 나지 않더군요 은행을 빠져나올 수가 없었죠 학교 다닐 땐 친구들의 버릇 따위가 재학생에게 중요하다 싶은 것들을 바꿔 놓기도 하죠 그곳 얘길 좀 해 봐요

당신이 분명히 하고 싶은 게 그거라면 난 아버지나 어머니에게 말할 생각은 없어요

말하지 않는다구요 하지 않아 아 그 일 당신이 말하는 게 바로 그 일이로군 난 당신이 말하건 말건 조금도 개의치 않아요 그저 운이 나빴던 거고 경찰이 관여할 문제도 아니니까요 내가 처음도 마지막도 아닐 거요 단순히 재수가 없었던 거지 당신이라면 운이 좋았을지도 모를 일이지만

당신은 거짓말을 하고 있군

진정하시오 난 당신이 하고 싶지 않은 얘기는 아무것도 말하라고 하지 않을 거요 기분 상하게 하려던 건 아닙니다 물론 당신 같은 젊은 친구에겐 그런 종류의 일이 무척이나 심각하게 여겨졌을 수도 있지만 5년 후엔 그렇지도 않을 거요

나로선 모르겠습니다만 속임수는 결국 속임수일 뿐이지 않은가요 하버드에서도 뭐 다르게 배우리라고 생각되진 않아요

우리가 배우들보다 낫군요 당신은 연극을 만들었어야 했는데 그래요 당신이 옳아요 부모님에게 얘기할 필요 없지요 과거는 흘려 보냅시다 이런 사소한 일로 당신과 내가 실랑이할 이유도 없지 쿠엔틴 난 당신이 마음에 들어요 당신의 얼굴이 마음에 들어요 당신은 이곳의 시골뜨기들이랑은 다르죠 우리가 이런 식으로 뜻이 잘 맞게 돼 기쁘군요 당신 어머니에게 제이슨을 위해 손을 써 보겠다고 약속한 바 있는데 당신 역시 돕고 싶군요 제이슨 정도면 이런 데서도 괜찮을 성싶지만 당신 같은 젊은이는 이런 시

골 구석에선 별 수가 없을 겁니다

고맙습니다만 당신은 제이슨에게 신경을 쓰는 게 나아요 당신한테는 나보다 알맞은 인물이거든요

그 일은 미안하게 됐소 나는 더 나은 걸 내게 가르쳐 줄 당신 어머니 같은 분이 안 계셨거든 당신 어머니가 알면 괜히 속만 상할 거요 정말 당신이 옳아 그런 쓸데없는 얘긴 할 것도 없어요 물론 캔데이스한테도

나는 어머니와 아버지를 말한 거예요

이것 봐요 날 좀 보라구 당신은 얼마나 더 나랑 상대할 생각인 거요

당신이 학교에서 싸우는 것도 배웠다면 난 길게 끌지 않겠어요 내가 얼마나 견뎌내는지 한번 시험해 보시죠

이런 맹랑한 친구를 봤나 뭘 확인하겠단 거요

시험해 보시라니까요

이런 시가를 깜빡했군 이 순간 벽난로 선반에서 불에 탄 자국을 발견하면 자네 어머닌 뭐라고 하실까 이봐요 쿠엔틴 우린 후회할 짓을 하려는 거예요 난 당신이 좋다구요 보자마자 맘에 들었어 난 당신이 어떤 사람이건 간에 빌어먹게 괜찮은 친구임에 틀림없다고 생각했죠 캔데이스가 그렇게나 당신을 좋아하지 않았다 해도 말이죠 들어 봐요 내가 세상을 겪은 지 이제 10년이 됐죠 요즘 같아선 세상만사가 그다지 중요하게 생각되지 않아요 당신도 알게 될 거요 자아 우리 이 문젤 함께 고민해 보죠 전통 있는 하

버드 동문으로서 말예요 내가 짐작할 수 있는 거라면 지금의 그 곳을 알지 못한다는 거겠지만 젊은 친구들한텐 세상에서 가장 좋은 곳이지요 내 아들들도 거기 보낼 작정이에요 나보다 나은 기회를 갖도록 말이죠 잠깐만 아직 가지 말아요 우리 이 문제를 좀 더 얘기해 봅시다 젊은이들은 이런 생각들을 하는 모양인데 나는 찬성하는 입장입니다 그들에게 유익하죠 학교에 다닐 땐 그런 생각으로 인격이 형성되고 학교 전통을 위해서도 좋지요 하지만 사회에 나가면 할 수 있는 최선의 방법으로 자신의 몫을 쟁취해야 할 겁니다 다른 사람들도 그렇게 한다는 걸 알게 될 거요 이쯤에서 그만하죠 우리 악수하고 당신 어머니를 생각해서라도 과거는 과거로 묻어 둡시다 어머니 건강을 생각해야죠 자 손을 줘요 이런 막 수도원을 나온 것 같군요 흠 하나 없어 심지어 주름 하나 보이지 않는군 보라구요

당신 돈이랑 다 싸들고 지옥에나 가버려

그러지 말고 이리 와요 나도 이제 한식구라구요 젊은이들 사정은 내 잘 알지 혼자만의 일들이 많으니까 그걸 아버지더러 내게 하는 건 언제나 제법 힘든 일이죠 난 알죠 나도 거길 다녔으니까 그렇게 오래전 일도 아니고 말예요 허나 난 결혼하려는 참이니 이젠 전부 끝났죠 자아 어리석게 굴지 마요 터놓고 얘기할 기회가 생기면 저 읍내에 있는 어린 과부 얘길 들려주고 싶군요

나도 그 이야기는 들었어요 빌어먹을 돈은 넣어 두시죠

빌리는 거라고 하면 되죠 잠시만 눈을 감으면 50달러가 생긴

다구요

내 일에 상관 마요 그보다도 벽난로 위의 시가나 치우라고 하고 싶군요

그럼 그만두죠 당신이 얻는 걸 생각해 보라구요 구제 못할 바보가 아니라면 말예요 내가 어떤 미숙한 갈라하드(아더왕 전설에 나오는 기사로, 용맹함과 순수함으로 특징지워진다. 인용문의 성격에 따라 여자 경험이 전무한 남자의 은유로서 사용되기도 한다―편집자)라도 어쩌지 못할 만큼 그들을 단단히 사로잡았다는 걸 봐 왔잖아요 당신 어머니는 당신에 대해 들려줬어요 생각으로 부푼 머리에 대해서 오 들어와요 들어와 쿠엔틴과 하버드 얘길 하며 낯을 익히고 있었소 날 찾았소 여자는 남편 곁을 떠나지 못하지 그렇지 않소

잠깐만 자릴 비켜 줄래요 허버트 나 쿠엔틴하고 얘기를 해야겠어요

들어와요 들어와 우리 모두 같이 얘기하면서 친해지는 겁니다 내가 막 쿠엔틴한테

허버트 잠깐만 나가 있어요

그래 좋소 서로 한 번 더 보겠다는 게로군

벽난로에서 시가를 치우는 게 좋겠다고 했죠

늘 그렇듯 당신이 옳지 그럼 난 산책이나 하겠소 집안 사람들이 그럴 수 있는 동안엔 이래라저래라 하게 내버려 둬요 쿠엔틴 모레 이후부터는 그건 남편을 기쁘게 하는 일이 되니까요 안 그래 내 사랑 우리에게 키스해 줘요

오 그런 건 모레를 위해 아껴 두시죠

그 때가 되면 이자가 붙죠 쿠엔틴이 아무 짓도 못하게 해요 끝이 없는 사람이거든 아 그런데 내가 쿠엔틴에게 그 남자 앵무새랑 앵무새에게 무슨 일이 일어났던가 하는 얘길 해 줬던가 슬픈 얘기 하나가 그걸 떠올리게 만드는구만 그럼 잘 생각해 봐요 바이바이 신문 만화 면에서 봅시다

그럼

그럼

지금 뭐 하는 거야

아무것도

오빠 내 일을 또 방해하고 있다구 작년 여름 일로 충분치 않아 캐디 너 열이 있어 너는 아프다구 어떻게 아프지

그냥 아파. 부탁할 수가 없어.

…을 통해 그의 대변자를 쏘았다

그 건달놈은 아니지 캐디

때때로 강은 사물들 너머에서 반짝였다. 정오 그리고 그 이후를 가로지르는 일종의 와락 덤벼드는 반짝임. 지금부터는 좋아, 그가 신의 면전에서 당당하게 상류를 향해 노 저어 갔던 곳을 지나치긴 했지만 이편이 나아. 신들에게 말이지. 매사추세츠 보스턴에선 신 역시 하층민일 테니까. 아니면 단지 남편이 아닐지도. 젖은 노가 빛나는 눈짓과 여자들 손바닥 속에서 그와 더불어 반짝거린다. 아첨꾼. 남편이 아니라면 아첨꾼이지. 그는 신을 무시하

겠지. 그 건달놈은 아니지, 캐디 강이 갑작스레 휘어지며 멀리서 반짝였다.

난 아파 오빠 약속해 줘야 할 거야

아프다니 어떻게 아프다는 거야

그냥 아프다구 누구한테도 부탁할 수가 없어 약속해 줄 거지

그들을 돌봐 줄 누군가가 필요하다면 그건 너 때문이지 어디가 어떻게 아프다는 거야 창문 아래에서 역을 향해 떠나는 차 소리를 들을 수 있었다. 8시 10분 기차를 타러 가는 거다. 사촌들을 도로 데려오려고. 머리들. 머리에서 머리로 스스로를 강하게 만드는 것 그러나 이발사는 아니다. 미장원 아가씨들. 한번은 집에 순종 말이 있었다. 그래 마구간에, 하지만 안장이 있는 것이었다. 쿠엔틴은 캐디의 방바닥을 통해 들리는 그들의 목소리를 모조리 쏘았다

전차가 정차했다. 나는 내 그림자 한가운데에 내려섰다. 전차 궤도와 교차하는 길이 하나 있었다. 나무 차양 밑에서 한 노인이 종이봉투에서 무엇인가 꺼내 먹는 중이었고, 이내 전차 소리도 들리지 않게 되었다. 길은 나무들 사이로 이어졌는데, 아마도 그늘이 많을 것이나, 6월의 뉴잉글랜드에서 보는 잎들은 고향에서 4월에 보던 것들보다 무성하지 못했다. 굴뚝이 하나 보였다. 나는 내 그림자를 먼지 속에 밟아 넣으며 굴뚝에서 등을 돌렸다. 내 안에 뭔가 끔찍한 존재가 있어 때때로 밤이 되면 나는 이를 드러낸 채 내게 싱글거리는 그것을 볼 수 있지 그들의 얼굴에서 내게 싱글거리는 그들에게서 그 존재를 볼 수 있다구 이젠 사라졌고 난 아파

캐디

내게 손대지 마 약속만 해 주면 돼

네가 아프다면 결혼 같은 거 못해

아니 할 수 있어 그럼 나아질 거야 아무 문제 없을 거야 그애를 잭슨
으로 보내지 못하게 해 약속해 줄 거지

약속하겠어 캐디 캐디

내게 손대지 마 손대지 말라구

그건 어떻게 생겼지 캐디

뭐 말야

네게 이를 드러낸 채 싱글거리던 거 그들 사이로 보이던 거 말야

굴뚝이 여전히 보였다. 강이 바다 쪽으로 평화로운 동굴을 향
해 상처를 치유하고 있는 곳일는지도. 잔잔히 요동치다가 하나님
이 일어나라고 하면 다리미만이 떠오르겠지. 버쉬와 내가 온종일
사냥을 할 적에 점심거릴 가져가지 않아 12시면 나는 배가 고팠
다. 1시쯤까지 버티면 일순간 배고픔을 잊어버리기도 해 더 이상
허기가 느껴지지 않았다. 가로등이 언덕을 내려가는 그 때 자동차가
언덕을 내려가는 소리가 들렸다. 의자 팔걸이가 내 이마 아래에서 평평하
고 차갑고 매끈하게 느껴지며 의자의 형체를 만들어 가고 사과나무가 내
머리카락 위 에덴의 옷자락 위로 기대 있음을 코로 알게 되고 넌 열이
있어 난 어제 느꼈다구 난로 옆에 있는 것 같아.

내게 손대지 마.

캐디 아프면 넌 결혼 못해. 저런 건달놈하고.

난 누구하고든 결혼해야 해. 그 때 그들이 내게 틀림없이 뼈가 다시 부러질 거라고 했다

마침내 굴뚝이 보이지 않게 되었다. 길은 담 옆으로 뻗어 갔다. 벽 쪽으로 몸을 기울인 나무들이 햇빛을 뿌렸다. 담장의 돌은 차가웠다. 곁에서 걸으니 냉기를 느낄 수 있었다. 오직 우리 고장만이 여기와 달랐다. 단지 걷기만 해도 느껴지는 뭔가가 있었다. 주린 배를 채우는 것과 같은 일종의 고요하면서도 격렬한 풍요랄까 주변에 넘쳐흐르지만, 변변치 못한 돌 하나하나까지 품어 젖을 먹이는 것은 아니다. 그것은 나무들 사이에 고루 돌아갈 만큼의 푸르름만을 임시변통으로 놓아 두고 저 먼 창공까지 닿도록 심하게 터무니없는 계획을 세우지 않는 것과 비슷하다 하겠다. 뼈는 다시 부러질 게 틀림없으며 내 안에서 뼈가 아아 아아 아아 하고 말하기 시작하고 나는 땀을 흘리게 될 거라고 말했다. 내가 걱정할 게 뭐람 나는 다리가 부러지는 게 어떤 건지 알고 있는데 그와 꼭 같아 아무것도 아냐 단지 좀 더 집 안에 머물러야 한다는 것 그뿐이라구 그리고 내 턱 근육이 마비되어 가고 땀을 흘리며 입은 잠시만 기다려 기다려라고 말하면서 이 안쪽에서 아아 아아 아아 하는 소리를 내는 거지 아버지는 저 망할 놈의 말 망할 놈의 말 하고 외쳐. 잠깐만 그건 내 잘못이야. 그는 아침마다 바구니를 들고 울타리를 따라서 부엌으로 왔다 울타리를 따라 막대기를 질질 끌면서 매일 아침 나는 창 쪽으로 나를 끌어내 던진다 모든 걸 그리고 석탄덩이 하나를 들고 숨어 그를 기다렸다 딜시가 말했다 넌 또 다치고 싶어 다리가 부러진 지 며칠 되지도 않았는데 정신을 못 차리는 게야. 기다려

난 곧 익숙해질 거야 조금만 기다려 나는 곧

소리조차도 이런 공기 속에서는 통하지 않는 듯싶었다. 오랜 기간 소리를 실어 나르는 데 공기가 지쳐버린 양 말이다. 어둠 속에서는 어쨌거나 개 짖는 소리가 기차 소리보다 멀리까지 나아가는 법이다. 그리고 몇몇 사람들의 소리도. 이를 테면 검둥이들이 내는 소리 같은. 루이스 해처는 뿔피리를 가지고 다니면서도 결코 사용한 일이 없었고 낡은 랜턴 역시 그러했다. 내가 물었다.

"루이스, 저 랜턴을 마지막으로 닦은 게 언제야?"

"얼마 전이에요. 그때 홍수가 나서 사람들이 떠내려 간 일 기억나요? 바로 그날에 닦았습죠. 할멈이랑 나랑 그날 밤 불 앞에 앉아 있었는데, 할멈이 물었어요, 루이스, 물이 여기까지 들이닥치면 어떡할 거야, 라구요. 그래서 내가 대답했죠, 그럴 수도 있겠군. 저 등을 청소해 두는 게 좋겠어, 라고 말예요. 그래서 그날 밤 등을 닦았어요."

"그 홍수는 펜실베니아에서 있었던 일인걸." 내가 말했다. "그게 이 멀리까지 내려올 순 없었을 텐데."

"그건 나리 생각이죠," 루이스가 말했다. "그래도 물은 펜실베니아에서건 제퍼슨에서건 같은 높이까지 올라온다고 생각해요. 큰 홍수도 여기까진 미치지 않는다고 말하는 사람들이 나무 기둥을 타고 떠내려가는 법이라구요."

"그날 밤 너하고 마사가 밖으로 나간 거야?"

"그랬죠. 저 등을 닦고 나하고 마사하고 그날 밤 묘지 뒤 언덕에 앉아 있었죠. 더 높은 곳을 알았다면 거기 올라갔을 거예요."

"그리고 그 후론 저걸 닦지 않았고."

"쓰지도 않는 걸 뭐 하러 닦아 놔요?"

"그 말은 다음 홍수가 날 때까지란 뜻이야?"

"저게 지난번 홍수에서 우릴 구해 줬거든요."

"오, 이것 봐, 루이스 할아범," 내가 말했다.

"그렇다는데두요. 나리는 나리 식으로 하쇼. 난 내 식대로 할 테니. 홍수를 피하기 위해 내가 해야 할 일이라면 이 등을 닦는 것 뿐이라는 걸 놓고 난 아무하고도 말다툼하기 싫으니까."

"루이스 아저씬 보이기만 하면 등불을 들고서 뭘 잡거나 하진 않을 텐데." 버쉬가 말했다.

"난 사람들이 네 아비 머리에 기름을 발라 서캐를 잡던 시절부터 이 고장에서 주머니쥐를 사냥했단다." 루이스가 말했다. "산 채로 잡기도 하고 말이야."

"그건 정말이야." 버쉬가 말했다. "아저씬 이 고장 누구보다도 많은 주머니쥐를 잡았을 게 분명해."

"그렇다니까요." 루이스가 말했다. "나한테 주머니쥐를 보는 재능이 있거든요. 난 우는 소리 내는 놈을 한 놈도 보지 못했죠. 쉬, 놈이 저기 간다. 어서 가, 개들아." 그리고 우리가 마른 풀 속에 앉아 있으니, 풀은 숨죽여 기다리는 우리와, 대지와 바람 없는 10월의 나직한 호흡과 더불어 조용히 속삭였고 랜턴에서 나는 고약한 냄새는 여린 공기를 더럽혔으며, 개들의 짖는 소리와 사라져

가는 루이스의 메아리를 들을 수 있었다. 루이스는 결코 소리를 높이는 법이 없었지만, 고요한 밤이면 우리 집 현관에서도 그 소리를 들을 수 있었다. 개들을 불러들이는 그의 목소리는 그가 어깨에 메고 다니면서도 결코 사용하지 않는 뿔피리 소리와 꼭 같았지만, 더 맑고, 더 부드러워, 그 목소리는 흡사 어둠과 정적의 한 부분인 양 그 속에서 뱅뱅 돌아 나왔다가 다시 굴러 들어갔다. 후우우우. 후우우우. 후우우우우우우우우우우. 누군가와는 결혼해야 해

남자가 여럿이었잖아 캐디

그렇게 많이는 몰라 아빠와 벤지를 돌봐 줄 거지

누구 아이인지 모르는 게로군 그럼 남자도 알고 있어

나한테 손대지 마 벤지랑 아빠를 돌봐 줄 거지

다리까지 오기 전에는 강이라는 느낌이 들었다. 회색 돌로 된 다리였는데, 이끼로 뒤덮인 채 습기로 얼룩진 자리에는 버섯이 자라나 있었다. 다리 아래 물은 그늘 속에서 맑고 고요하게 흘러갔고, 뱅뱅 돌아가는 서서히 자취를 감추는 하늘의 소용돌이를 배경으로 돌 언저리에서 속닥거리며 혀를 차댔다. 캐디 저런 놈하고

난 누구하고든 결혼을 해야 돼 버쉬가 내게 자신을 불구로 만든 한 남자 얘기를 들려주었다. 남자는 숲으로 들어가 도랑에 앉아 면도칼로 잘라냈다. 부러진 면도칼로 자르고 잘린 사지를 어깨 너머로 던지는 동작이 반복되자 그의 등 뒤로 구부러지지 않은 피의 실타래가 휙 뻗어 나갔다. 허나 그렇지 않다. 그렇지 않아 그걸 가진 게 아닌 거야. 한 번도 가져 본 일이 없는 거다 그때 나는 오

그건 그건 중국어야 난 중국어 몰라 하고 말할 수 있었을 뿐이다. 아버지는 내가 동정이기 때문에 그렇다고 하셨다. 모르겠니? 동정인 여자는 결코 없단다. 순수함이란 소극적인 상태를 말하지. 따라서 자연에 반(反)하는 거야. 캐디가 아니라 자연이 너를 괴롭히고 있어 그건 단지 말(言)에 불과해요 하고 나는 말했다. 동정도 마찬가지란다 하고 아버지가 말했다. 그리고 내가 말했다 아버진 모른다구요. 아버지는 알 수가 없어요. 그러자 아니 알 수 있어라고 아버지가 말했다. 비극은 중고품이라는 걸 깨닫게 되는 즉시 말이야.

다리 그림자가 내려앉은 곳에서 나는 깊은 데까지 볼 수 있었지만, 바닥까지는 아니었다. 나뭇잎을 물속에 오랫동안 두면 이윽고 잎의 조직은 사라지고 가냘픈 섬유질만 남아 잠을 자는 듯 물결을 따라 잔잔히 흔들릴 것이다. 섬유들은 과거 얼마나 단단히 결합되었었건, 얼마나 줄기 가까이에 붙어 있었건, 이제는 서로에게 닿지 않는다. 어쩌면 하나님이 일어나라고 할 때 깊은 고요와 잠에서 깨어나 눈을 들어 영광을 볼 것이다. 그리고 얼마 뒤엔 다리미도 떠오를 테지. 나는 다리가 끝나는 지점 아래에다 다리미를 감추고 돌아와 난간에 몸을 기댔다.

나는 밑바닥은 볼 수 없었으나, 눈이 지치기 전까지 물이 출렁대는 깊은 데는 볼 수 있었다. 그 때 그림자 하나가 물의 흐름을 거스르며 나아가는 굵은 화살처럼 매달려 있는 것을 보았다. 하루살이가 수면 바로 위 다리 그림자 속을 들락거리며 스쳐 지나갔다.

바로 저 너머가 지옥이라면 우리 두 사람은 죽기보다는 순결한 불길에 휩싸이겠지. 그러면 네겐 나만이 남는 거야 그때는 나뿐이야 우리 둘은 순결한 불길 저편 손가락질과 공포 한가운데에 있게 되는 거야 화살이 움직임 없이 늘어났다. 빠른 소용돌이 속에서 송어가 땅콩을 주워 올리는 코끼리의 거인다운 섬세함을 닮은 동작으로 수면 밑에서 파리에 입술을 갖다 댔다. 엷어져 가는 소용돌이가 하류로 흘러가자 나는 다시 화살을 보았는데, 그 끝을 물의 흐름에 박아 넣고 그 움직임을 따라 우아하게 너울거렸다. 하루살이들이 그 위를 비껴가며 공중에서 맴돌았다. 그땐 너하고 나만이 순결한 불길에 둘러싸인 채 손가락질과 공포 한가운데에 있게 되는 거야

송어가 너울대는 그림자들 틈에서 움직이지 않고 우아하게 있었다. 낚싯대를 든 사내아이 셋이 다리 위로 왔고 우리는 난간에 기대어 송어를 내려다보았다. 소년들은 그 물고기를 알고 있었다. 이웃이었던 거다.

"저 송어를 잡으려고 사람들은 25년을 애썼어요. 보스턴의 한 상점에서 누구든 저놈을 낚는 사람에게 25달러짜리 낚싯대를 주겠다고 한대요."

"그럼, 너희들 모두 저놈을 잡지 그러니? 25달러짜리 낚싯대가 탐나지 않아?"

"갖고 싶죠." 그들이 말했다. 아이들은 난간에 기대어 그 송어를 내려다보았다. "난 갖고 싶어 죽겠어." 한 소년이 말했다.

"난 낚싯대 같은 건 없어도 돼." 다른 소년이 말했다. "그 대신

돈을 받겠어."

"아마도 그렇게는 안 하려들걸." 첫 번째 아이가 대꾸했다. "분명 낚싯대를 가져가라고 할 거야."

"그럼 그걸 팔지 뭐."

"팔더라도 25달러는 못 받을 거야."

"그럼 받을 만큼 받지 뭐. 난 이 낚싯대로도 25달러짜리로 잡는 것만큼 많이 낚을 수 있으니까." 그리고 소년들은 25달러로 무엇을 할지에 대해 이야기했다. 그들 모두 동시에 입을 열었고 고집스럽고 모순되며 안달 난 그 목소리는 사람들이 그들의 욕망을 말로 표현할 때 그렇듯 비현실적인 것을 가능한 것으로 그리고 가능성을 명백한 사실로 만들었다.

"난 말이랑 마차를 살래." 두 번째 소년이 말했다.

"그래, 너라면 그럴 테지." 다른 애들이 대꾸했다.

"정말 살 거라니깐. 난 그걸 25달러에 파는 곳을 알아. 파는 사람도 말이야."

"그게 누군데?"

"누구든 괜찮지. 난 25달러에 살 수 있는걸."

"그래," 다른 아이들이 말했다. "쟤 그런 거 몰라. 그저 말뿐이라구."

"너희들 정말 그렇게 생각해?" 그 소년이 말했다. 다른 두 아이가 계속해 그 소년을 놀려댔으나, 소년은 더는 아무 말이 없었다. 그는 난간에 기대 이미 잡아 판 돈을 써버린 송어를 내려다보았는데, 다른 두 아이의 목소리에서 돌연 신랄함과 싸우려 드는 어조가 사라져버렸다. 그들 역시 그 소년이 송어를 잡아 말과 마차를 샀다고 여기는 듯, 무언의 우월성을 가장함으로써 무엇이든 납득한다는 식의 어른스러움을 드러내려는 모습이었다. 짐작건대 말로써 자신과 서로를 대하는 사람들도 침묵 속에 지혜가 깃든다는 생각만큼은 일치되는 게 아닐까. 잠시 동안 나는 두 아이가 그 소년에 맞서 말과 마차를 빼앗을 몇 가지 방법을 재빨리 궁리하는 중이라는 느낌을 받았다.

"그런 작대기로 25달러는 어림없지." 첫 번째 소년이 입을 열었다. "네가 받지 못한다는 데 뭐든 걸겠어."

"쟤는 아직 송어를 잡지도 않았는걸." 갑작스레 세 번째 소년이 말하자 둘은 함께 외쳤다.

"그래, 그 사람 이름이 뭐지? 말할 수 있으면 해 봐. 그런 사람은 없다구."

"조용히 좀 해." 두 번째 소년이 말했다. "저것 봐, 그놈이 또 온다." 소년들은 움직임 없이 한결같은 모습으로 난간에 기댔고, 그들의 낚싯대 역시 일제히 햇빛을 받으며 다소 불안하게 비스듬히 세워져 있었다. 송어는 서두르는 기색 없이 떠올랐고, 그림자가 흔들리며 커지더니, 다시 작은 소용돌이를 만들며 천천히 하류 쪽으로 멀어져 갔다.

"이런." 첫 번째 소년이 중얼거렸다.

"더 이상 송어 잡을 생각일랑 말자," 그가 말했다. "그냥 보스턴 사람들이 와서 잡는 거 구경이나 하는 거야."

"이 강엔 저놈 한 마리뿐이니?"

"네. 저놈이 다른 놈들을 죄 쫓아냈거든요. 이 부근에서 낚시하기 제일 좋은 덴, 저 아래 소용돌이에요."

"아냐, 그렇지 않아." 두 번째 아이가 말했다. "비젤로우 제분소 쪽이 곱절은 낫다구." 그리고 아이들은 어느 쪽이 최상의 낚시터인지를 놓고 잠시간 언쟁을 벌이고는 그 송어가 다시 올라오는 것과 일그러진 소용돌이 속으로 하늘 일부가 빨려들어가는 모습을 보려고 돌연 언쟁을 멈추었다. 나는 여기서 제일 가까운 동네까지 거리가 얼마나 되냐고 물었다. 아이들이 대답했다.

"하지만 제일 가까운 전찻길은 저쪽이에요." 두 번째 소년이 길 뒤쪽을 가리키며 말했다. "어딜 가는데요?"

"아무 데도. 그냥 걷는 것뿐이야."

"아저씨 대학에서 왔죠?"

"응. 저 마을엔 공장이 있니?"

"공장이요?" 그들이 나를 보았다.

"아뇨," 두 번째 소년이 말했다. "거긴 없어요." 그들은 내 옷을 보았다. "일자릴 찾는 거예요?"

"비젤로우 제분소는 어떨까?" 세 번째 소년이 말했다. "거기도 공장이잖아."

"그게 공장이라고? 이 아저씬 제대로 된 공장을 말하는 거야."

"사이렌이 울리는 곳 말이야." 내가 말했다. "아직 1시 사이렌을 어디서도 못 들었거든."

"아, 그래요." 두 번째 아이가 말을 받았다. "유니테리언 교회 첨탑에 시계가 있으니 그걸 보면 시간을 알 수 있어요. 그 줄에 시계가 달린 게 아닌가요?"

"아침에 내가 망가뜨렸거든." 나는 아이들에게 내 시계를 보여주었다. 그들은 진지하게 시계를 살펴보았다.

"아직 돌아가는데요. 이런 시계는 얼마나 해요?" 두 번째 소년이 물었다.

"선물로 받은 거야." 내가 말했다. "내가 고등학교 졸업할 때 아버지가 주셨지."

"아저씬 캐나다 사람이에요?" 세 번째 아이가 말했다. 머리카락이 붉은 아이였다.

"캐나다 사람이냐고?"

"캐나다 사람들 말투는 아니야." 두 번째 아이였다. "그 사람들 말하는 거 들어 봤거든. 이 아저씬 민스트럴쇼(19세기 중후반 미국에서 유행한 코미디 쇼로 백인이 얼굴을 검게 칠한 채 흑인풍 노래와 춤을 선보였다—편집자) 사람들이 하듯 말하는걸."

"너 말야, 넌 무섭지도 않아? 이 아저씨가 널 때릴 수도 있다구." 세 번째 소년이 말했다.

"날 때린다구?"

"네가 아저씨더러 흑인들처럼 말한다고 했잖아."

"아아, 입 다물어." 두 번째 아이였다. "아저씨, 저 언덕을 넘어

가면 첨탑이 보일 거예요."

나는 아이들에게 고맙다고 했다. "그럼 행운을 빌게. 저 밑의 늙은 친구는 잡지 않도록 해. 녀석은 자유롭게 살 자격이 있으니까 말이야."

"아무도 그 물고긴 잡지 못해요." 첫 번째 소년이 말했다. 아이들은 난간에 기대 강물을 내려다보았는데, 그들의 낚싯대가 태양을 비껴가는 세 가닥 노란 불빛처럼 보였다. 나는 다시 내 그림자를 얼룩덜룩한 나무 그늘 속으로 밟아 넣으며 그 위를 걸어갔다. 길이 강에서 멀어지며 높아지더니 구부러졌다. 언덕을 넘은 길은 구부러지며 내려가, 눈과 마음을 고요한 초록색 터널 밑까지 데려갔으며, 나무 위로 정사각형 돔과 시계의 둥근 문자반이 눈에 들어왔으나 아직도 충분히 멀리 있었다. 나는 길섶에 앉았다. 풀은 발목 높이로 무수히 자라나 있었다. 길에 드리워진 그림자들은 마치 스텐실로, 햇빛을 연필 삼아 기울여 그곳에 박아 놓은 것처럼 미동도 하지 않았다. 들리는 것은 기차 소리뿐으로, 잠시 후 긴 소리를 남기며 나무들 너머로 사라졌는데, 그 때 나는 내 시계와 멀어져 가는 기차 소리를 들을 수 있었다. 소리는 마치 또 다른 달 아니면 또 다른 여름 어디쯤을 지나 공중을 맴도는 갈매기 아래로 돌진해 모든 것을 뛰어넘는 것처럼 여겨졌다. 제럴드만은 예외다. 그는 일종의 위엄을 지니고, 정오를 가로질러 고독 속에 노를 저으며, 정오에서 막 빠져나와 노를 저으며, 신에 가까운 사람인 양 길게 빛나는 공기 위로, 흐리멍덩한 무한 속으로 올라가리라.

그와 갈매기뿐인 곳으로, 갈매기는 소름끼치게도 꼼짝 않고, 그는 얼마간 타성인 듯 보이는 꾸준하고 정연한 태도로 노를 젓는다. 그리고 세계는 태양 아래 그들의 그림자 밑에서 보잘것없이 보이리라. 캐디 저 건달놈이라니 저 건달놈이라니 캐디

아이들의 목소리가 언덕을 넘어서 들려왔고, 세 개의 가느다란 낚싯대는 퍼져 나가는 균형 잡힌 세 가닥 불처럼 느껴졌다. 아이들은 지나가며 나를 보았지만, 걸음은 늦추지 않았다.

"그런데 어떻게 된 거지, 그 송어를 볼 수가 없는걸." 하고 내가 말했다.

"우린 녀석을 잡으려 하지 않은걸요." 첫 번째 아이가 말했다. "아저씨도 그건 못 잡아요."

"저기 시계가 있어요." 두 번째 아이가 손가락으로 가리키며 말했다. "조금만 가까이 가면 시간을 볼 수 있어요."

"그래, 알았다." 나는 일어섰다. "모두들 읍내로 가는 거니?"

"우리는 소용돌이로 황어 잡으러 가요." 첫 번째 아이가 말했다.

"소용돌이에선 아무것도 못 잡는다구." 두 번째 아이였다.

"넌 방앗간 쪽으로 가고 싶은 모양이지만, 애들이 물장난 치고 첨벙거려서 물고기가 죄다 달아났다구."

"소용돌이에선 잡히는 게 없을걸."

"어쨌든 가지 않으면 어디에서건 아무것도 못 잡겠지." 세 번째 아이가 말했다.

"난 네가 왜 계속 소용돌이 얘기만 하는지 모르겠어." 두 번째 소년이었다. "거기선 아무것도 잡히지 않는데."

"꼭 갈 필요 없어. 넌 내가 하자는 대로 하지 않아도 돼." 첫 번째 소년이 대꾸했다.

"방앗간에 가서 수영하는 거 어때?" 세 번째 소년이 제안했다.

"난 소용돌이로 가서 낚시할 거야. 너흰 좋을 대로 해." 첫 번째 소년이 말했다.

"소용돌이에서 물고길 잡았단 얘길 들은 게 얼마나 됐지?" 하고 두 번째 아이가 세 번째 아이에게 말했다.

"방앗간으로 가서 수영이나 하자." 세 번째 소년이 말했다. 돔 지붕이 나무 저편으로 가라앉으며 차츰 모습을 감추었으나, 시계의 둥근 문자반은 아직은 보일 만큼 멀리 있었다. 우리는 얼룩덜룩한 그늘 속을 걸었다. 곧 분홍색과 흰색으로 물든 과수원에 도착했다. 그곳은 꿀벌로 가득했다. 소리로 이미 알 수 있었다.

"방앗간에 가서 수영하자." 세 번째 소년이 말했다. 과수원 옆으로 샛길이 나 있었다. 세 번째 소년이 걸음을 늦추다가 멈춰 섰다. 첫 번째 소년은 계속 걸었는데, 낚싯대를 따라 햇살의 작은 조각들이 미끄러지며 그의 어깨를 넘어 셔츠 뒷부분에까지 이르렀다. "자, 어서." 세 번째 아이가 말했다. 두 번째 소년 역시 걸음을 멈추었다. 어째서 누군가 하고 결혼하지 않으면 안 되지 캐디

그걸 내가 말하길 바라는 거야 내가 그걸 얘기하면 그런 일이 생기지 않을 거라고 생각해

"방앗간 위로 올라가자. 자, 어서." 하고 그가 말했다.

첫 번째 아이는 계속 걸어갔다. 그의 맨발은 소리 없이 나뭇잎보다도 부드럽게 옅은 먼지에 내려앉았다. 과수원의 벌들은 바람이 이는 소리 비슷한 걸 냈는데, 점점 커지는 상태가 지속되는 마법에라도 걸린 소리였다. 샛길은 담을 따라 이어지고, 활처럼 휘더니, 꽃과 함께 부서지며 나무들 속으로 자취를 감추었다. 햇빛이 드문드문하나 강하게 비스듬히 그 위로 떨어졌다. 노랑나비들이 태양에서 떨어져 나온 조각마냥 그늘 속을 나풀거리며 날아다녔다.

"뭣 땜에 소용돌이에 가려는 거야?" 둘째 소년이 말했다. "하고 싶으면 방앗간에서도 낚시할 수 있잖아."

"가게 내버려 둬." 세 번째 소년이 말했다. 둘은 첫 번째 소년의 뒷모습을 바라보았다. 햇살이 노란 개미가 기어가는 듯 낚싯대를 따라 반짝이면서, 걸어가는 그의 어깨를 가로지르며 조각이 되어 미끄러졌다.

"케니," 두 번째 소년이 말했다. 그걸 아버지한테 말할 테지 안 그래 내가 말할까 내가 나 자신의 아버지야 생식력을 갖추었지 나는 아버지를 발명했고 창조해냈어 그걸 아버지에게 말해 그래야 그렇게 되지 않지 아버진 내가 그러지 않았다고 할 거야 그리고 나도 너도 인간이란 자신의 창조를 사랑하기 때문에

"자아, 가자. 다들 벌써 가 있어." 세 번째 소년이 말했다. 두 아이는 첫 번째 아이를 눈으로 쫓았다. 그들이 갑자기 말했다.

"여어, 그럼 가라구, 응석받이야. 수영하러 갔다가 머리가 젖으면 호되게 얻어맞는 모양이야." 그들은 샛길로 들어서서 계속 걸었고, 노랑나비들은 그늘을 따라 아이들 주변에서 비스듬히 날아다녔다.

다른 길은 없기 때문이지 뭔가 다른 방법이 있다고 믿지만 그건 아닐 거야 그리고 난 오빠는 불의조차 결코 오빠 스스로 그러하다고 믿는 것만큼 가치 있지 않다는 걸 알게 될 거야 그는 내 쪽은 보지도 않았는데, 옆에서 보기에 턱은 고정시킨 채, 찢어진 모자 밑에서 머리를 약간 돌리고 있었다.

"왜 쟤들하고 수영하러 가지 않니?" 내가 물었다. 저 건달놈이라니 캐디

그에게 싸움을 걸려고 했어 그런 거야

거짓말쟁이에 불한당이라구 캐디 트럼프에서 속임수를 썼고 그 때문에 클럽에서 쫓겨났고 사교계에서 배척당하고 중간고사에서 부정행위하다 걸려 퇴학당했다구

그래서 그게 어떻다는 거야 난 그 사람하고 트럼프 칠 생각은 없는데

"넌 수영보다 낚시가 좋으냐?" 내가 말했다. 벌이 내는 소리는 잦아들긴 했으나 지속되고 있었는데, 소리가 침묵 속으로 가라앉는 대신, 물이 불어나듯 그저 침묵이 우리 사이에서 덩치를 불리고 있는 듯했다. 길은 다시 구부러졌고 하얀 집들과 더불어 그늘진 잔디밭 사이로 난 거리로 이어졌다. 캐디 그 건달놈이라니 날 위해서가 아니라 벤지와 아버지를 생각해 봐

그 밖에 내가 생각할 게 뭐가 있지 그 밖에 내가 뭘 생각했어야 하는데 그 소년이 거리를 벗어났다. 그는 뒤를 돌아보지 않은 채 말뚝박힌 울타리를 기어 올라 잔디밭을 가로지르고는 나무 밑으로 갔다. 그리고 낚싯대를 내려놓은 뒤 나무 틈새로 올라가 앉았다. 길을 등진 채였는데, 그의 흰 셔츠 위로 떨어지던 얼룩덜룩한 햇살은 마침내 그 움직임을 멈추었다. 그 밖에 뭘 생각했겠어 난 울 수조차 없어 나는 작년에 죽었다구 내가 그랬다고 얘기했지 하지만 난 그때 내가 의도하려던 걸 몰랐어 내가 무슨 얘길하고 있는지 몰랐다구 고향에서도 8월 말이면 며칠은 이렇다. 공기는 이처럼 희박하고 살을에는 듯하며, 그 안에 무엇인가 구슬프고 향수를 자극하는 친근한 기운이 깃들어 있다. 인간은 점층적 경험의 총체라고 아버지는 말했다. 자기가 지닌 것의 합(合)이라고. 불순한 성질의 문제는 따분하게도 불변의 무(無)에 이르게 되며, 이는 곧 혼란과 욕망의 교착 상태라고 했다. 그렇지만 이제 난 내가 죽은 걸 알아 그렇다구

그러면 내 말을 들어야 해 우리는 도망갈 수 있어 너 벤지 나랑 셋이서 아무도 우리를 모르는 곳으로 흰 말이 끄는 마차가 지나가며, 엷은 먼지 속에서 따각따각 소리를 냈다. 거미줄 같은 바퀴는 힘없이 무미건조하게 땅과 맞부딪치며, 물결이 이는 나뭇잎 숲 밑을 지나 언덕을 올랐다. 느릅나무 아니다 엘룸 엘룸이다(느릅나무는 영어로 'elm'인데, 이것을 그 남부식 표현 'ellum[엘룸]'과 대비시킨 언어유희로 보인다—편집자).

무슨 돈으로 오빠 학비를 댄다고 생각해 목장을 판 돈이라구 그래서

오빠가 하버드에 갈 수 있었어 모르겠어 오빠는 공부를 끝내야 한다구 졸업을 못하면 벤지에겐 아무것도 남는 게 없어

목장을 팔다니 소년의 흰 상의가 갈라진 틈에서, 명멸하는 그늘 속에서 미동도 하지 않았다. 마차 바퀴는 거미줄 같았다. 축 처진 마차 밑에서 말발굽은 수를 놓는 여인의 손놀림처럼 재빠르게 움직였는데, 쳇바퀴 위에 놓인 물체가 재빠르게 시야에서 사라지듯 전진하지 않고 사라져 갔다. 길은 다시 구부러졌다. 나는 흰 돔 지붕과 우둔하게 시간을 주장하는 둥근 시계 문자반을 볼 수 있었다. 목장을 팔았어

술을 끊지 않으면 1년 안에 돌아가신다는데 아버지는 술을 끊지 않을 거야 나 때문에 지난여름 이래 술을 끊지 못했지 그러면 벤지는 잭슨으로 보내질 테고 난 울 수 없어 울 수조차 없다구 한순간 그녀가 문께에 서 있었고 다음 순간 벤지가 그녀의 옷을 잡아당기며 울었다 그 목소리가 물결처럼 벽 사이에서 이리저리 부딪쳤고 벽에 기대 몸을 움츠린 그녀는 점점 작아져 갔다 하얀 얼굴 위 그녀의 두 눈은 얼굴에 박힌 엄지손가락처럼 푹 꺼져 있었다 그가 그녀를 방 밖으로 밀어낼 때까지 그의 목소리는 벽 여기저기를 두드려댔는데 그것은 마치 목소리가 자체의 추진력을 갖고 있어 스스로 그치게 두지 않겠다는 듯 정적 속에는 자신을 위한 자리가 없다는 듯 우는 소리였다

종이 딸랑거렸다. 그것은 높고 맑고 작은 소리로 문 위의 정연한 어둠 속에서, 단 한 번 울렸다. 흡사 한차례 맑고 작게 울리도록 사전에 측정해 조절된 듯 여겨졌는데, 그러면 종이 닳지 않을

테고 복귀되는 데까지 너무 긴 침묵이 필요하지 않을 것이기 때문이다. 문이 막 굽기에 들어간 따스한 빵 냄새 너머로 열리자, 장난감 곰 같은 눈에 에나멜 가죽 같은 머리를 양갈래로 땋아 늘인 작고 지저분한 아이가 눈에 들어왔다.

"안녕." 달콤하고 따스한 텅 빈 방에서 아이의 얼굴은 커피를 넣은 한 컵의 우유처럼 보였다. "여기 아무도 없니?" 하지만 아이는 다른 문이 열리고 부인이 들어올 때까지 나를 쳐다볼 뿐이었다. 바삭바삭한 형체들이 유리 뒤에서 열을 맞추고 있는 카운터 위로 그 부인의 말끔한 회색 빛 얼굴이, 말끔한 회색 두개골 위로 숱이 적은 머리를 단단히 잡아 맨 머리가, 산뜻한 회색 테 안경이 떠올랐다. 철사 위에 놓인 물건처럼, 상점의 현금 상자처럼 다가왔다. 그녀는 사서처럼 보였다. 질서정연한 먼지 낀 선반 사이에서, 현실과 이별한 지 오래인, 조용히 생기를 잃어 가는 그 무엇이라고나 할까, 마치 불의가 행해지는 것을 보는 공기의 숨결처럼 말이다.

"이걸로 두 개 주십시오."

여인은 카운터 밑에서 사각형으로 자른 신문지를 꺼내 카운터 위에 놓고 롤빵 두 개를 꺼내 올렸다. 계집애는 숨 죽인 채 눈도 깜박이지 않고 롤빵을 응시했는데, 그 눈은 흡사 연한 커피를 담은 잔 속에서 유대인의 땅과 이탈리아 이주민의 고향에서 미동 않고 떠 있는 두 개의 건포도라 할 만했다. 시선은 빵을, 회색의 말끔한 손을, 멍든 마디 하나가 바닥에 닿은 왼손 집게손가락에 낀 폭이 넓은 금반지를 향해 있었다.

"직접 빵을 구우십니까?"

"네?" 여자가 말했다. 단지 그렇게. 네? 무대 위에서처럼. "5센트입니다. 더 사실 게 있나요?"

"아니요. 전 없습니다. 이 숙녀분이 뭔가 필요한 게 있나 봅니다." 여자는 진열장 너머를 볼 만큼 키가 크지 않았기에 카운터 끝으로 걸어가, 그 꼬마 계집애를 보았다.

"당신이 데려온 아인가요?"

"아닙니다. 들어와 보니 있더군요."

"요 꼬맹이." 여자가 말했다. 그녀는 카운터를 돌아 나왔으나, 계집애에게 손대지 않았다. "주머니 속에 뭘 넣은 거 아니니?"

"애한텐 주머니가 없는데요." 내가 말했다. "앤 아무 짓도 않고 있었습니다. 부인이 나오길 기다리면서 여기 서 있었을 뿐이에요."

"그럼 어째서 저 종이 울리지 않았지?" 그녀가 나를 노려보았다. 이제 그녀에게 필요한 건 한다발의 회초리였다. 그녀 등 뒤로 2×2=5라 적힌 흑판이 보였다. "얘가 치마 안에 뭔가 감춘다면 아무도 알 수 없지. 너 말이야, 너 어떻게 들어왔니?"

소녀는 말이 없었다. 아이는 부인을 보고, 검은 시선을 내쪽으로 던졌다가 다시 부인에게로 가져갔다. "저기 와 있는 외국인들 애인가, 어떻게 종도 울리지 않고 들어왔을까?" 여자가 말했다.

184

"제가 문을 열었을 때 같이 들어왔어요." 내가 말했다. "우리 둘이 들어올 때 종이 한 번 울린 거죠. 어쨌거나 애 손이 닿을 만한 게 없는데요. 더구나 얘가 그런 짓을 하리라 생각되진 않습니다. 그렇지, 아가씨?" 소녀는 무엇인가 숨기고 있는 듯 생각에 잠긴 얼굴로 나를 보았다. "너 뭘 갖고 싶니? 빵이야?"

소녀가 주먹을 내밀었다. 손가락을 펴니, 땀이 밴 더러운 5센트짜리 동전이 나왔다. 젖은 흙이 아이의 살갗을 타고 물결을 이루고 있었다. 동전은 축축하고 따뜻했다. 나는 희미한 금속성 냄새를 맡을 수 있었다.

"5센트짜리 빵이 있습니까, 부인?"

여자가 카운터 밑에서 사각형 신문지 조각을 꺼내 카운터 위에 놓고 빵을 하나 쌌다. 나는 소녀의 동전과 동전 하나를 더 꺼내 카운터에 놓았다. "롤빵도 하나 더 주십시오."

그녀가 진열대에서 롤빵을 하나 꺼냈다. "그 꾸러미를 줘 보세요." 그녀가 말했다. 내가 꾸러미를 건네자 여자는 포장을 벗겨 세 번째 롤빵을 그 안에 넣고 다시 쌌다. 그리고 동전을 집어 올리고는 앞치마에서 잔돈을 찾아 내게 주었다. 나는 그걸 소녀에게 건넸다. 동전으로 다가가는 소녀의 손가락은 축축하고 뜨거웠으며, 벌레처럼 보였다.

"그 롤빵을 애한테 줄 건가요?" 여자가 물었다.

"네." 내가 말했다. "부인이 만드는 빵 냄새는 제게와 마찬가지로 이 아이한테도 좋을 테니까요."

나는 두 개의 꾸러미를 집어 들고는 소녀에게 빵을 주었는데,
카운터의 철회색 빛 여자는 그런 우리를 냉정하게 바라보았다.
"잠깐만요." 그녀가 말했다. 여자가 뒤쪽으로 걸어갔다. 문이 다
시 열렸다 닫혔다. 소녀는 더러운 원피스 위로 빵을 안은 채, 나를
응시했다.

"이름이 뭐니?" 내가 물었다. 아이는 내게서 눈길을 거두었는
데, 여전히 움직임이 없었다. 숨조차 쉬지 않는 듯했다. 여자가 돌
아왔다. 손에 우스꽝스런 모양을 한 것들을 든 채였다. 그녀는 그
게 마치 죽은 애완용 쥐라도 되는 양 들고 왔다.

"이거," 그녀가 말했다. 아이가 여자를 보았다. "이거 가져가
렴." 소녀에게 손에 든 걸 내밀며 여자가 말했다. "단지 모양이 좀
이상한 것뿐이야. 맛은 조금도 다를 게 없을 거다. 어서 받아. 난
종일 이러고 있을 순 없어." 아이는 여자를 쳐다보며 빵을 받았다.
여자가 앞치마에 손을 닦았다. "저 종을 고쳐야겠는걸." 여자가 말
했다. 그녀는 문으로 가더니 문을 홱 열어 젖혔다. 작은 종이 한차
례 울렸는데, 희미하고 맑은 보이지 않는 소리였다. 우리는 문 쪽
으로 걸음을 옮겼고 여자는 뒤쪽을 보고 있었다.

"케이크 감사합니다." 내가 말했다.

"저기 와 있는 외국인들일 거예요." 그녀는 종이 울린 어두운
곳을 올려다보며 말했다. "내 젊은 분에게 충고하는데, 그 사람들
하고는 엮이지 않도록 해요."

"그러죠. 자, 가자." 내가 말했다. 우리는 가게를 나왔다. "감사

합니다, 부인."

여자는 문을 흔들다가 다시 홱 열었는데, 종은 단 한 번 작은 음을 내는 데 그쳤다. "외국인들이요." 그녀가 종을 올려다보며 말했다.

우리는 걸어갔다. "그런데 아이스크림 좀 먹는 거 어떨까?" 내가 말했다. 소녀는 울퉁불퉁한 케이크를 먹는 중이었다. "아이스크림 좋아하니?" 소녀는 오물거리면서 검고 고요한 시선으로 나를 보았다. "그럼 가 볼까."

우리는 약국에 들어가 아이스크림을 먹었다(과거 미국의 약국에서는 약품 말고도 일용 잡화, 담배, 문구, 소다수, 커피 등의 음료도 팔았다—옮긴이). 소녀는 빵을 내려놓으려 하지 않았다. "빵을 내려놓지 그러니, 그러면 먹기가 더 쉬워지잖아?" 나는 빵을 받아 주려 손을 내밀며 말했다. 그러나 소녀는 빵을 붙든 채, 땅콩볼이라도 먹는 양 아이스크림을 씹고 있었다. 먹다 둔 케이크는 테이블 위에 있었다. 소녀는 계속 아이스크림을 먹고는, 다시 케이크를 게걸스레 먹었다. 그 와중에도 눈은 진열장 쪽을 보고 있었다. 내 몫의 아이스크림을 다 먹자 우리는 밖으로 나왔다.

"네가 사는 곳은 어느 길로 가니?" 내가 말했다.

마차 한 대가 왔다. 흰 말이 끌던 그 마차였다. 뚱뚱한 사람은 의사 피바디 선생뿐이다. 3백 파운드는 나가 보인다. 박사를 태운 마차는 오르막길 가장자리에 매달려 있다. 아이들이다. 오르막을 매달려 오르는 것보다 걷는 게 훨씬 쉬울 텐데. 아직 의사한테 안 가

봤어 의사 만나 봤냐구 캐디

필요 없어 지금 난 물어볼 수 없어 나중에 다 괜찮아 질 거야 아무렇
지 않을 거야

아버지가 말했다. 여자들이란 매우 미묘하고 불가사의한 존재
거든. 균형을 이룬 두 개의 달(月) 사이에서 주기적으로 생성되는
오물이 섬세한 평형 상태를 이루고 있는 것이지. 달은, 아버지 말
에 따르면, 추수철 달처럼 둥글고 노란 달은 여자의 엉덩이와 넓
적다리였다. 바깥쪽 그 바깥쪽은 그러나 언제나. 노랗다. 걸어서
노랗게 된 발바닥처럼. 그리고 어떤 남자는 알게 된다. 모든 신비
스럽고도 절박한 것들이 숨겨져 있음을. 그들의 그런 내면을 통해
접촉을 기다리는 외면적인 온화함이 형성된다. 정액이 가득 찬 축
늘어진 얇은 콘돔처럼 떠 가는 익사한 물건 같은 흐르는 부패물
이 인동덩굴 향기에 온갖 것들을 뒤섞어 놓는다.

"빵은 집에 가져가는 게 좋아, 그렇지?"

소녀가 나를 보았다. 아이는 조용하게 꾸준히 씹었으며, 일정
한 간격으로 작게 부푼 것이 목 아래쪽으로 부드럽게 내려갔다.
나는 내 꾸러미를 열고 아이에게 줄 롤빵을 하나 꺼냈다. "그럼,
잘 가." 내가 말했다.

나는 계속 걸었다. 그러다 뒤를 돌아보았다. 소녀가 내 뒤에 있
었다. "이 길 아래쪽에 사니?" 아이는 아무 말이 없었다. 내 옆에
서, 즉 내 팔꿈치 밑에서, 먹으면서 걸었다. 우리는 마냥 걸었다.
길은 조용했으며, 부근에서 인기척이라곤 거의 느껴지지 않았다

인동덩굴 향기에 온갖 냄새를 섞어 놓는다 그녀는 내게 말했을 것이다 황혼 녘 그녀의 방 문이 쾅 닫히는 소리를 들으며 벤지가 저녁밥 달라고 우는 소리를 들으며 계단에 앉아 있게 할 게 아니라 아래층으로 내려왔어야 했을 것이다 그러자 인동덩굴에 온갖 냄새가 뒤섞이고 우리는 모퉁이에 다다랐다.

"자, 나는 이 길로 내려가야 해서. 그럼 안녕." 내가 말했다. 소녀도 걸음을 멈추었다. 나머지 케이크를 삼키고는 내가 길을 건너는 모습을 지켜보며 롤빵을 먹기 시작했다. "잘 가라." 내가 말했다. 나는 큰길로 접어들어 계속 걸었는데, 다음 모퉁이에 이르러 걸음을 멈추었다.

"너희 집은 어느 길로 가니?" 내가 말했다. "이쪽이야?" 나는 거리 아래쪽을 가리켰다. 소녀는 나를 바라보고만 있었다. "저쪽 너머에 살아? 넌 역 가까이 사는 것 같은데, 기차들 있는 데 말야, 그러니?" 소녀는 나를 바라볼 뿐이었다. 조용히 비밀이라도 있는 듯 빵을 씹으면서. 거리 양쪽이 텅 비어 있었다. 말없는 잔디밭과 나무들 사이에 있는 깨끗한 집들이 보이는 전부였다. 지나온 뒤쪽을 빼면 아무도 없었다. 우리는 돌아서서 되돌아갔다. 상점 앞 의자에 사내 둘이 앉아 있었다.

"이 소녀를 아시는 분 없나요? 절 따라왔다고 볼 수 있는데, 어디 사는지 알 수가 없군요."

그들은 내게서 시선을 거두고 소녀 쪽을 보았다.

"새로 이사온 이탈리아인 가족의 아이가 틀림없어요." 한 사람이 말했다. 그는 색이 바랜 프록코트를 입고 있었다. "얠 전에도 본 적 있어요. 얘, 이름이 뭐냐?" 소녀는 까만 눈으로 잠시 그들을 보았는데, 여전히 턱을 움직이고 있었다. 소녀는 씹는 걸 멈추지 않고 삼켰다.

"어쩌면 영어를 못하는 모양이죠." 다른 남자가 말했다.

"빵을 사 오라고 보냈던데요." 내가 말했다. "뭔가 할 줄 아는 말은 있을 게 분명해요."

"네 아버지 이름이 뭐냐?" 먼젓번 사내가 말했다. "피트? 조? 말해 봐. 존이냐?" 소녀는 롤빵을 한 입 또 베어 물었다.

"얠 어쩌면 좋죠? 절 따라다니기만 하니 말입니다. 보스턴으로 돌아가야 하는데." 내가 말했다.

"대학에서 왔소?"

"네, 그렇습니다. 그러니 돌아가지 않으면 안 됩니다."

"그럼 길 저 위로 가서 앤스한테 맡기는 게 좋을 거요. 앤스는 보트 대여업자네 있을 겁니다. 그 사람이 보안관이에요."

"그러는 게 좋겠군요." 내가 말했다. "얠 어떻게 하기는 해야 하니까요. 고맙습니다. 자, 가자."

우리는 그늘진 쪽에서 거리 위쪽으로 걸었는데, 부서진 건물 전면(前面)의 그림자가 길 건너까지 천천히 덮고 있었다. 이윽고 보트 대여소에 도착했다. 보안관은 거기 없었다. 폭이 넓고 낮은 문에 기대어 둔 의자에 한 남자가 앉아 있었다. 암모니아 냄새를 풍기는 어둡고 선선한 바람이 열을 맞춰 늘어선 구획들 사이로 불어 나왔다. 그 남자가 우체국에 가 보라고 했다. 그 역시 소녀를 알지 못했다.

"그 외국인들 아이일 거요. 난 그네들을 분간을 못하겠거든. 그 사람들이 사는 선로 저편으로 데려가 보는 게 좋겠수다. 누군가는 자기 애라고 나설지도 모르지."

우리는 우체국으로 갔다. 거리를 되돌아간 곳에 있었다. 프록코트를 입은 사내가 신문을 펼치는 중이었다.

"앤스는 막 차를 몰고 읍내로 갔어요." 남자가 말했다. "당신, 역을 지나 아래로 가 보는 게 좋겠어요. 강가 그 사람들 사는 델 걸어 다니면, 누군가 그앨 아는 사람이 나타날 겁니다."

"그래야 할 것 같군요." 내가 말했다. "자, 가자." 소녀는 마지막 롤빵 조각을 입 안으로 밀어 넣고 삼켰다. "하나 더 먹을래?" 내가 물었다. 아이는 오물거리며 나를 보았는데, 검은 눈은 깜박이지 않았으나 호의가 담겨 있었다. 나는 롤빵을 두 개 더 꺼내 하나는 소녀에게 주고 하나는 내가 먹었다. 한 남자에게 역이 어딘지 묻자 길을 알려 주었다. "자, 어서 가자."

역에 도착해 선로를 건너니, 강이 나왔다. 다리 하나가 걸쳐져 있었고, 조악한 구조의 집들이 늘어선 거리가 강을 따라 이어지다 강을 등졌다. 꾀죄죄한 거리였으나 이질적이고도 생기가 느껴지는 분위기였다. 크게 벌어진 울타리와 부서진 팻말로 에워싸인 풀이 무성한 땅 한가운데에 한쪽이 기울어진 구식 마차 한 대와 풍파에 시달린 집 한 채가 자리하고 있었다. 집 위층 창문으로 강렬

한 분홍색 옷가지가 걸린 게 보였다.

"너희 집이랑 닮지 않았어?" 내가 말했다. 소녀는 롤빵 너머로 나를 보았다. "이쪽 건?" 내가 가리키며 물었다. 소녀는 빵을 우물 우물 씹을 뿐이었지만, 나는 그 태도에서, 열성적이진 않아도 긍정적인 무언의 동의를 읽어낸 듯한 느낌을 받았다. "이 집이야?" 내가 말했다. "그럼, 어서 가자." 나는 부서진 대문으로 들어갔다. 그리고 소녀를 돌아보고는, "여기?" 하고 물었다. "이 집이 너희 집 같아?"

소녀는 나를 보며, 축축한 반달 모양 빵을 갉아 먹으며 빠르게 머리를 끄덕였다. 우리는 안으로 더 들어갔다. 막 돋아난 거친 풀잎으로 덮인, 부서진 포석을 아무렇게나 깔아 놓은 보도가 부서진 현관 계단으로 이어졌다. 집 주위에 움직이는 것이라곤 전혀 없었고, 창에 내어 걸린 분홍색 옷은 바람이 불지 않아 축 늘어져 있었다. 사기 손잡이가 달린 초인종이 6피트쯤 되는 철사 줄에 매달려 있었는데, 나는 당기는 걸 그만두고 문을 두드렸다. 아이는 우물거리는 입 안에 빵껍질 가장자리까지 넣은 참이었다.

한 여자가 문을 열었다. 그녀는 나를 보고는 소녀에게 이탈리아어로 빠르게 말했는데, 점차 상승되는 어조로 시작해 말을 멈추더니 질문으로 끝을 맺었다. 여자가 다시 소녀에게 말을 했으나, 아이는 빵껍질 끝 너머로 여자를 보면서 더러운 손으로 그걸 입 안에 밀어 넣는 게 고작이었다.

"이 아이가 여기 산다고 했습니다." 내가 말했다. "얘를 읍내에서 만났습니다. 이게 댁에서 부탁한 빵인가요?"

"영어 할 줄 몰라요." 여자가 말했다. 그녀가 다시 소녀에게 말했다. 소녀는 그저 여자를 바라볼 뿐이었다.

"여기 사는 게 아닌가요?" 내가 물었다. 먼저 소녀를 가리킨 다음, 여자를, 그리고 문을 가리켰다. 여자가 고개를 흔들었다. 그리고 매우 빠르게 말했다. 그녀는 현관 끝으로 오더니 뭔가 말하면서 길 저편을 가리켜 보였다.

나 역시 머리를 세게 끄덕였다. "길을 알려 주시겠어요?" 내가 말했다. 나는 그녀의 팔을 잡고는 길을 향해 다른 손을 흔들었다. 여자가 손으로 가리키면서 빠르게 말했다. "안내해 주세요"라고 말하며, 나는 그녀를 계단 아래로 이끌려 했다.

"씨, 씨(이탈리아어로 '네'를 의미한다—옮긴이)." 하고 말하며, 여자는 망설이면서 무엇이건 내게 알려 주려 했다. 내가 다시 고개를 끄덕여 보였다.

"고마워요, 고맙습니다. 고마워요." 나는 층계를 내려가 대문을 향해 걸음을 옮겼다. 달리는 건 아니었으나 꽤 빠른 걸음이었다. 문 앞에 다다라 멈춰 서서 나는 잠깐 소녀를 바라보았다. 이제 빵껍질은 없어졌으며, 아이는 특유의 호감을 담은 까만 눈동자로 나를 보았다. 여자는 현관 계단에 서서 우리를 지켜보고 있었다.

"자, 그럼 갈까. 빠르든 늦든 집을 제대로 찾아야 하거든." 내가 말했다.

소녀는 내 팔꿈치 바로 밑에서 걸음을 옮겼다. 우리는 계속 걸었다. 집들은 모두 텅 비어 있는 듯했다. 생명체라고는 눈에 들어오지 않았다. 텅 빈 집들에 깃든 것은 일종의 숨가쁨이었다. 그렇지만 모조리 비어 있을 리는 없었다. 느닷없이 벽을 잘라낼 수 있다면 제각각인 방들을 보게 되겠지. 부인, 따님을 데려, 혹 괜찮으시면. 아니오. 부인, 오 제발, 댁의 따님입니다. 아이는 바로 내 팔꿈치 밑에서 걸었다. 단단히 땋은 머리가 반짝거렸다. 곧 마지막 집이 모습을 드러냈고, 길은 담 너머 내 시야 밖으로 방향을 틀어 강을 따라 이어졌다. 머리에 두른 숄을 턱 밑에서 움켜쥔 여자가 부서진 대문에서 나오는 중이었다. 구부러진 길이 이어졌으며, 인기척은 없었다. 나는 동전을 하나 꺼내 소녀에게 건넸다. 25센트짜리였다. "잘 있어." 하고 나는 말했다. 그리고 나는 뛰었다.

나는 돌아보지 않고 빠르게 달렸다. 길의 방향이 바뀌기 직전에 나는 돌아보았다. 아이는 길에 서 있었다. 때 묻은 작은 원피스 위로 빵 덩이를 안은 조그만 형체가 가만히 검은 눈을 깜박이지도 않은 채. 나는 계속해 달렸다.

길에서 갈라져 나온 샛길 하나가 나타났다. 그 길로 들어선 나는 잠시 뒤 빠른 걸음으로 속도를 늦추었다. 샛길은 건물 부지 뒤쪽에서 뻗어 나갔는데, 화려하고 놀랍도록 다양한 색의 옷가지들이 줄에 널린 칠이 안 된 집들과, 가지치기도 안 되고 잡초로 숨막힐 지경인, 분홍과 흰색으로 덮이고 햇살과 벌들이 속닥거리는, 열을 맞춰 서 있는 과수(果樹)들 틈에서 조용히 스러져 가는 뒤편이 허물어진 헛간이 보였다. 나는 돌아보았다. 샛길 초입엔 아무도 없었다. 나는 걷는 속도를 좀 더 늦추었는데, 그림자도 내게 보조를 맞추었다. 그림자 머리가 울타리를 완전히 가린 잡초들 사이로 끌려 나왔다.

샛길은 빗장이 질러진 대문으로 되돌아갔는데, 새로 자란 잔디 위로 사람들이 지나간 자리만 남았을 뿐, 잔디로는 이어지지 않았다. 나는 대문을 기어 올라 식림지(植林地)로 들어가 가로지른 뒤 또 다른 담을 만났다. 그리고 그 담을 따라갔는데, 이제 그림자는 내 뒤에 있었다. 고향 같았으면 인동덩굴이 있을 자리에 포도나무와 담쟁이덩굴이 자라고 있었다. 비가 내릴 때면 어두컴컴한 데서 올라오고 올라와, 인동덩굴에 온갖 냄새를 뒤섞이게 했지, 그러지 않으면 충분치 않다는 듯, 충분히 참을 수 없는 정도가 되지 않는다는 듯이. 넌 어째서 그에게 키스를 허락했지

그 사람에게 하라고 하지 않았어 난 그에게 날 지켜보라고 했어 내가 미쳐 가는 걸 말이야 어떻게 생각해? 내 붉은 손자국이 그녀의 뺨 위로 떠올랐다 손바닥 세례로 등불이라도 밝힌 양 그녀의 눈은 빛을 더해 갔다

키스 때문에 때린 게 아냐 열다섯 살짜리 소녀의 팔꿈치란 말이지 아버지는 말했다 목에 생선가시라도 걸린 것처럼 삼키는구나 무슨 일인 게냐 테이블 저편의 캐디는 나를 보지 않았다 내가 때린 건 읍내의 몇몇 돼먹지 못한 풋내기처럼 되어 가고 있기 때문이었어 넌 그렇게 되겠지 안그래 이제 네가 바보 죽어버려라고 말할 차례이지 싶은데 나의 붉은 손

자국이 그녀의 뺨에 나타났다 그녀의 머리를 엇갈려 자란 저 풀줄기에 문지르는 걸 어떻게 생각해 따끔거리는 살에다 그녀의 머리를 문지르는 거야 바보 죽어버리라고 해 말하라구

아무튼 난 나탈리 따위의 더러운 계집애랑 키스하지 않았어 담이 그늘 속에 들어가고, 뒤이어 내 그림자가 들어갔다. 나는 다시 그림자를 속여 넘겼다. 강이 길을 따라 구부러진다는 사실을 잊고 있었다. 나는 담을 기어 올랐다. 그러자 내가 뛰어내리는 걸 지켜보는 소녀가 있었다. 원피스 위로 빵 덩이를 든 채였다.

나는 잡초 위에 섰고 우리는 잠시 서로를 바라보았다.

"어째서 이쪽에 산다고 말하지 않았지?" 빵이 조금씩 종이 봉투를 뚫고 나오는 중이었는데, 벌써부터 새 봉투가 필요했다. "그럼 너희 집을 말해 봐." 나탈리 같은 더러운 애랑은 안 한다구. 비가 내리고 있었다 우리는 지붕 위로 떨어지는 빗소리를 들을 수 있었고, 축사의 무척이나 감미로운 공허를 가르며 한숨 지었다.

여기야? 그녀를 만지면서 물었다

거기 아냐

거기? 빗줄기가 거세진 않았으나 우리에겐 지붕의 빗소리만 들릴 뿐이었는데 그것이 나의 피이거나 그녀의 피라면

그녀가 사다리 아래로 날 밀고는 달아났어 나를 떠났어 캐디가 그런 거야

네가 다친 데가 저기냐 캐디가 도망칠 때 말이야 저기였어

오 소녀는 내 팔꿈치 바로 밑에서 걸었다. 아이의 에나멜 가죽

같은 정수리가 눈에 들어왔다. 빵은 신문지와 부대끼며 틈으로 비어져 나오고 있었다.

"어서 집에 가지 않으면 그 빵 못쓰게 된다. 그러면 엄마가 뭐라고 하시겠니?" 나는 널 들어 올릴 수 있다고 장담해

넌 못해, 난 아주 무겁거든

캐디가 가버렸니 집으로 간 거야 우리 집에선 축사를 볼 수 없다구 축사를 보려고 애쓴 적 있어

캐디 잘못이야 걔가 날 밀고 도망쳤으니까

난 널 들어 올릴 수 있어 내가 어떻게 하는지 보라구

오오 그녀의 피 아니면 나의 피가, 오오 우리는 엷은 먼지 위를 걸었고, 태양광선이 나무들 속으로 비스듬히 떨어지는 엷은 먼지 속에서 우리의 발은 고무처럼 소리를 내지 않았다. 나는 강물이 비밀스런 그늘 속을 빠르고 잔잔하게 흘러가는 것을 다시 느낄 수 있었다.

"넌 참 먼 데 사는구나, 안 그래. 혼자서 이렇게 먼 읍내로 나오다니 장한걸." 이건 앉은 채로 춤추는 것과 같지 앉아서 춤을 춰 본 적 있어? 우리에겐 빗소리와, 시렁 안의 쥐 소리, 말이 없어 텅 빈 마구간 소리가 들렸다 춤을 출 때는 어떤 식으로 안지 이렇게 안는 거야

오오

난 줄곧 이런 식으로 안았는데 넌 내가 힘이 세지 않다고 생각했지 안 그래

오오 오오 오오 오오

이런 식으로 안는다구 내 말은 내가 말한 걸 들었어 내가 말한

오오 오오 오오

길은 고요하고 비어 있는 채로 계속되었다. 해는 점점 더 기울 어 갔다. 진홍색 헝겊 조각으로 묶은 소녀의 뻣뻣한 땋은 머리 끝 이 튀어 올랐다. 빵 꾸러미 한 귀퉁이가 소녀의 걸음에 맞추어 팔 락거리다 빵이 조금 빠져나왔다. 나는 걸음을 멈추었다.

"자, 한번 보자. 이 길 저 끝에 사는 거야? 거의 1마일을 걷는 동안 집 한 채를 못 봤으니 말이야."

소녀는 까맣고 비밀스런 호의를 담은 눈으로 나를 보았다.

"대관절 어디 사는 거냐? 읍내 저 뒤쪽에 사는 거 아니니?"

띄엄띄엄 이어지는 드물게 내리비치는 햇빛 너머 숲 어딘가에 새가 있는 모양이었다.

"아빠가 걱정하실 거야. 빵을 갖고 집으로 곧장 오지 않았다고 매 맞을 거란 생각 안 들어?"

모습은 보이지 않았으나 새가 다시 울었다. 의미가 없으면서도 심오한, 높낮이가 없는 소리가, 칼로 쳐낸 듯 그쳤다가 다시 들려 왔다. 어딘가 비밀스런 곳으로 빠르고 평온하게 흘러가는 강물에 대한 감각이랄까, 본 것도 들은 것도 아닌데, 느껴졌다.

"오, 이런. 얘야." 종이가 절반쯤 축 늘어져 있었다.

"그건 이제 별 소용이 없겠다." 나는 포장지를 찢어 길가에 버 렸다. "가자, 읍내로 되돌아가야겠다. 강을 따라 가자."

우리는 길을 벗어났다. 이끼 틈새로 희끄무레한 작은 꽃이 자

라 있었다. 보이지도 않는 물이 느껴졌다. 난 이렇게 안아 버릇했어 내 말은 늘 이렇게 안는다구 그녀는 엉덩이에 손을 얹은 채 우리를 보며 문께에 서 있었다

네가 날 밀었잖아 네 잘못이라구 난 다치기까지 했고 말야

우리는 앉은 채로 춤을 추고 있었다 캐디는 앉아서 춤을 못 출 게 분명해

그만 해 그만 하라구

난 그저 네 등에 붙은 걸 떨어내는 것뿐이야

네 더러운 손을 내게서 치우란 말이야 네 잘못이야 네가 날 떠밀었어 난 너한테 화났다구

내가 알게 뭐야 그녀가 우리를 보았다 화를 내든 맘대로 하라구 그녀가 가버렸다 사람들의 외침과 물 튀기는 소리가 들리기 시작했다 갈색 육체가 한순간 반짝한 것을 보았다

맘대로 화 내라구. 내 셔츠가 젖어 갔다. 그리고 내 머리도. 지붕 너머로 요란한 소리를 들으며 이제 나는 빗속에서 정원을 가로지르는 나탈리를 볼 수 있었다. 젖어버려 네가 폐렴이나 걸리면 좋겠어 집으로 가라구 이런 뚱보 같으니. 나는 있는 힘껏 돼지 구덩이로 뛰어들었다. 악취를 풍기는 진흙이 내 허리까지 노랗게 물들였다. 나는 넘어져 그 안에서 뒹굴 때까지 줄창 돌진했다 "수영하는 소리 들리지? 난 별로 하고픈 마음은 들지 않지만." 내게 시간이 있다면. 시간이 있을 때. 내 회중시계 소리가 들렸다. 진흙탕이 비보다는 따뜻했지만 냄새는 지독했다. 그녀가 등을 돌렸기에 나는 그녀 앞으로 돌아갔다. 내가 뭘 하는지 알겠어?

그녀가 등을 돌렸고 나는 그녀 앞으로 돌아갔다. 비는 진흙탕 속으로 슬며시 기어 들어와 옷 밑으로 그녀의 보디스를 드러나게 만들었다 끔찍한 냄새가 났다. 그게 내가 하고 있던 일이야. 그녀를 안고 있었지. 그녀가 등을 돌렸고 나는 그녀 앞으로 돌아갔다. 나는 그녀를 안고 있었어 그랬다구.

뭘 하든 내 알 바 아니야

알 바 아니라고 알 바 아니라 내가 그렇지 않게 만들어 주지 상관하게 만들 거야. 그녀는 내 손을 뿌리쳤고 나는 한쪽 손으로 그녀에게 진흙을 발랐다 그녀의 젖은 손이 후려치는 걸 느끼지 못한 채 내 다리에 묻은 진흙을 닦아 돌아서는 몹시 젖은 그녀의 몸에 발랐다 내 얼굴로 다가드는 그녀의 손가락이 내는 소리를 들었지만 비가 입술에 달콤하게 느껴지기 시작했을 때조차 나는 그걸 느낄 수 없었다

머리와 어깨를 물 밖으로 내민 아이들이 우리를 먼저 보았다. 아이들은 크게 소리쳤고 그중 한 아이가 엉거주춤 몸을 일으켜 갑작스레 모습을 드러냈다. 아이들은 비버처럼 보였는데, 물은 소리치는 그들의 턱 언저리에서 찰싹찰싹 소리를 냈다.

"그 계집앨 저리 데려가요! 어쩌자고 계집애 따윌 여기 데려온 거예요? 저리 가요!"

"얘는 너희를 방해하지 않을 거야. 우린 그저 잠깐만 너희를 보려는 것뿐이야."

아이들이 물속에 쭈그려 앉았다. 그들의 머리가 우리를 주시하며 덤불 속으로 모여들었다 흩어지며 우리 쪽으로 돌진해 왔다.

그들은 손으로 물을 끼얹었다. 우리는 재빨리 자리를 피했다.

"이봐, 얘들아. 얘는 아무 짓도 안 한다니까."

"저리 가버려, 하버드 대학생!" 이 말은 저 뒤편 다리에서 말과 마차를 생각했던, 두 번째 소년에게서 나왔다. "친구들, 저들에게 물을 끼얹자! 나가서 물속으로 넣어버리자. 계집애 따윈 무섭지 않다구." 다른 아이가 말했다.

"물을 끼얹어! 물 끼얹어!" 아이들은 물을 끼얹으며 우리에게 돌진했다. 우리는 뒤로 물러났다. "가버려!" 그들이 외쳤다. "가버리라구!"

우리는 달아났다. 그들은 둑 바로 밑에 떼지어 모여, 빛나는 물 위에서 반들반들한 머리를 한 줄로 늘어 세웠다. 우리는 계속 걸었다. "저긴 우리가 낄 데가 아냐, 그렇지?" 태양은 이끼 위로 기울어지며 여기저기를 고르게 비추었다. "안됐지만, 넌 여자애니까." 이끼 틈새로 작은 꽃들이 자라 있었다. 여태껏 본 꽃보다 작은 꽃이었다. "넌 여자애잖아. 어쩔 수 없어." 강을 따라 구부러지는 오솔길이 하나 나왔다. 곧 강물은 다시 고요해졌고, 어둡고 조용하게 빨리 흘러갔다. "계집애일 뿐이거든. 딱하게도 말야." 우리는 헐떡이며 젖은 풀 위에 누웠다. 비가 차가운 탄환처럼 내 등을 때렸다. 이젠 상관이 있겠지 그렇지 그렇잖아

오 이런 꼴이라니 정말 엉망이로군 일어나. 비를 맞은 이마 부위가 욱신거리기 시작했고 내 손은 빗속에서 분홍빛을 잃어버리고 붉게 변했다. 아프니

물론 아프지 어떻게 생각해

눈알을 뽑아버릴 생각이었지 이런 우리한테선 고약한 냄새가 나는 게 분명해 냇물에서 씻어내는 게 좋겠어 "다시 읍내로 돌아왔어. 넌 이제 집에 가야 돼. 난 학교로 돌아가야 하고. 봐, 이렇게나 늦었어. 이제 집에 돌아가, 알겠지?" 그러나 소녀는 까맣고, 비밀스런, 친근한 눈빛으로 나를 보는 게 전부였다. 반쯤 드러난 빵은 품 안에 꼭 안은 채로. "빵이 젖었는걸. 뒤로 잘 물러선 줄 알았는데." 나는 손수건을 꺼내 빵을 닦으려 했지만 껍질이 떨어져 나오기 시작하기에 손을 거두었다. "그냥 저절로 마르게 둬야겠군. 이렇게 안고 가." 아이는 내 말대로 빵을 고쳐 안았다. 빵은 쥐가 파먹은 꼴을 하고 있었다. 그리고 물은 웅크려 앉은 등 위로 점점 차 오르고 질척대는 진흙탕에선 고약한 냄새가 나고 뜨거운 난로 위에 떨어진 기름처럼 타닥타닥 소리를 내는 표면에는 곰보 자국 같은 구멍이 뚫리고 있었다. 내가 말했잖아 널 그렇게 만들겠다고

오빠가 뭘 하든 조금도 관심없어

그 때 달려오는 소리가 들리기에 멈춰 서서 뒤를 돌아보니, 뛰어오는 한 남자가 있었다. 가로 무늬 그림자가 남자의 다리 위에 휙 걸쳐져 있었다.

"저 사람 서두르고 있는걸, 우리도……" 그 순간 나는 막대기를 붙들고 힘겹게 달리는 나이든 남자와 허리 위로는 모두 벗은 채 바지를 들고 달리는 소년을 보았다.

"줄리오다." 하는 소녀의 말에 내가 그의 이탈리아인다운 얼굴

과 눈을 확인한 순간 소년이 내게 달려들었다. 우리는 쓰러졌다. 소년은 양손으로 내 얼굴을 가격하며 무슨 말인가 하면서 나를 물려는 듯했는데, 마침 사람들이 그를 잡아 끌어 붙들자, 그는 헐떡거리며 몸부림치면서 고래고래 소리쳤고 곧 사람들에게 팔을 붙들렸다. 그러자 그는 나를 발로 차려 했으나 결국엔 뒤로 질질 끌려갔다. 소녀는 양팔로 빵을 안은 채 엉엉 울어댔다. 반라의 소년이 바지를 붙들고 돌진하며 껑충껑충 뛰는 동안 누군가 나를 일으켰는데, 그 때 또 다른 벌거벗은 형체가 조용한 모퉁이를 돌아 달려가다 중간쯤에서 방향을 바꾸어 숲 속으로 들어가는 것을 보았다. 그 뒤엔 널빤지마냥 뻣뻣한 옷 몇 벌이 매달려 있었다. 줄리오는 여전히 날뛰고 있었다. 나를 일으켜 세운 사람이 "자아, 가만 있어. 넌 잡혔으니까." 하고 말했다. 그는 상의 없이 조끼만 입고 있었는데 그 위에 방패 모양 금속 휘장을 달고 있었다. 한쪽 손엔 광을 낸 옹이 진 막대기가 들려 있었다.

"당신이 앤스죠, 그렇죠?" 내가 말했다. "당신을 찾고 있었어요. 무슨 일이 벌어진 겁니까?"

"경고하는데 당신이 하는 말은 무엇이건 당신에게 불리하게 적용될 거요." 그가 말했다. "당신을 체포하겠소."

"저놈을 죽여버리겠어." 줄리오가 말했다. 몸부림치는 그를 두 남자가 붙들었다. 소녀는 빵을 안은 채 여전히 울고 있었다. "넌, 내 여동생을 훔쳤어. 이것 좀 놓으라구요." 줄리오가 말했다.

"여동생을 훔쳐? 어째서 내가……." 내가 말했다.

"조용히 하시지." 앤스가 말했다. "그런 애긴 판사 앞에서나 하쇼."

"저 사람 여동생을 훔쳤다구요?" 내가 말했다. 줄리오는 사내들을 뿌리치고 다시 내게 달려들었다. 그러나 보안관이 그를 붙들었고 둘은 옥신각신했는데, 다른 두 사내가 그의 팔을 움직이지 못하게 다시 붙들자 진정되었다. 앤스는 헐떡이며 그를 놓았다.

"이 외국인놈." 그가 말했다. "너도 폭행구타 혐의로 체포해야겠다." 그리고 다시 내 쪽으로 몸을 돌렸다. "순순히 따라올 텐가, 아니면 수갑을 채울까?"

"순순히 따라가죠." 내가 말했다. "어쨌든 누굴 찾을 수만 있으면…… 뭔가 할 수 있으면 되니까요…… 누이를 훔쳤다니, 저 사람 누이를……."

"내 경고했잖소," 앤스가 말했다. "저 친군 당신을 강간 미수로 고소하려는 거라구. 어이 이봐, 저 계집애 좀 그치게 해."

"오, 이런." 내가 말했다. 나는 웃음을 터뜨렸다. 모르타르를 바른 듯한 머리에 동그란 눈을 한 소년 둘이 덤불에서 모습을 드러냈다. 어깨와 소매까지 젖어버린 셔츠 단추를 채우고 있었다. 나는 웃음을 그치려 했으나, 그칠 수 없었다.

"저 사람 좀 보라구요, 앤스. 미친 게 분명해요."

"그만 웃어야 되는데, 곧 멈출 거예요. 전에도 이렇게 아하하." 나는 웃으며 말했다. "좀 앉을게요." 나는 사람들이 지켜보는 가운데 앉았다. 소녀는 당황한 얼굴로 쥐가 갉아먹은 듯한 빵을 든 채였으며, 강물은 빠르고 평온하게 길 아래로 흘러갔다. 잠시 후 나는 웃음을 그쳤다. 그러나 내 목은 마치 배가 텅 빈 뒤에도 구역질이 일 듯 웃음을 멈추려는 내 노력을 허투루 만들었다.

"이봐, 그쳐. 꾹 참으라구." 앤스가 말했다.

"네." 나는 목에 힘을 주고 말했다. 노랑나비가 햇살에서 떨어져 나온 조각처럼 날아왔다. 잠시 후엔 목에 힘을 줄 필요가 없어졌다. 나는 일어났다. "이젠 됐습니다. 어느 쪽으로 가면 됩니까?"

우리는 오솔길을 따라 걸었다. 줄리오를 지키고 선 두 사내와 소녀, 소년들이 뒤편 어디쯤에 있는 걸 느꼈다. 길은 강을 따라가다 다리에 이르렀다. 다리를 건너고 철로를 가로지르는 동안, 사람들이 우리를 보려고 문께로 나왔고 어디선가 더 많은 소년들이 나타나 큰길로 접어들 무렵에 우리는 꽤 볼 만한 행렬을 이루었다. 약국 앞에 큰 자동차가 한 대가 서 있었는데, 블랜드 부인이 소리칠 때까지 나는 차에 탄 사람들을 알아보지 못했다.

"어머, 쿠엔틴! 쿠엔틴 콤슨!" 그제야 나는 제럴드와 목을 뒤로 젖힌 채 뒷좌석에 앉은 스포드를 보았다. 슈리브도 있었다. 두 여자는 모르는 얼굴이었다.

"쿠엔틴 콤슨!" 블랜드 부인이 말했다.

"안녕하세요," 나는 모자를 들어 올리며 말했다. "저 체포당했어요. 죄송하지만 전갈을 받지 못했습니다. 슈리브가 말씀드리던가요?"

"체포되다니?" 슈리브가 말했다. "잠깐 실례할게요." 그는 몸을 일으키고 사람들 발을 넘어 차에서 내렸다. 그는 내 플란넬 바지를 꼭 맞게 입고 있었다. 그 바지를 잊고 있었던 걸 나는 모르고 있었다. 블랜드 부인의 턱이 몇 겹이었는지도. 가장 예쁜 아가씨가 제럴드와 함께 앞좌석에 앉아 있있다. 그들은 일종의 조심스런 공포심을 안고 베일 안에서 나를 주시했다. "누가 체포된 거야? 어찌 된 거요, 보안관?" 슈리브가 말했다.

"제럴드, 이 사람들 보내버리려무나. 차에 타요, 쿠엔틴." 블랜드 부인이 말했다.

제럴드가 내렸다. 스포드는 움직이지 않았다.

"이 친구가 무슨 짓을 했습니까, 닭장이라도 털었나요?" 제럴드가 말했다.

"말 조심하쇼." 앤스가 말했다. "아는 사람이요?"

"그러믄요." 슈리브가 말했다. "그런데 이보세요……"

"그럼 치안판사한테 같이 갑시다. 법 집행을 방해하지 말고. 자, 갑시다." 그가 내 팔을 흔들었다.

"그럼, 안녕히들. 모두 만나서 반가웠어요. 동행 못해 미안하군요." 내가 말했다.

"애, 제럴드." 블랜드 부인이 입을 열었다.

"잠깐만요, 경관님." 제럴드가 말했다.

"경고하는데, 자네는 지금 법을 집행하는 경관을 방해하고 있네." 앤스가 말했다. "할 말이 있거든 치안판사 앞에 가서 하쇼. 범인의 증인이 되란 말이오." 우리는 계속 걸음을 옮겼다. 앤스와 내가 이끄는 제법 볼 만한 행렬이었다. 사람들이 경위를 설명하는 소리와 이것저것 묻는 스포드의 목소리가 들렸다. 그 때 줄리오가 이탈리아어로 거칠게 뭔가 말해 돌아봤더니 친근하고도 알 수 없는 시선으로 나를 보는 소녀가 서 있었다.

"집으로 가." 줄리오가 소녀에게 소리쳤다. "흠씬 두들겨 맞을 줄 알아."

우리는 거리를 내려가다 조그마한 잔디밭으로 들어갔는데, 거리 안쪽으로 들어간 곳에 가장자리를 흰색으로 칠한 단층 벽돌 건물이 있었다. 돌이 깔린 길을 걸어 문 앞에 이르렀을 때, 앤스는 우리를 제외한 모두를 멈춰 서게 하고는 문밖에 있게 했다. 우리는 케케묵은 담배 냄새가 나는 살풍경한 방 안으로 들어갔다. 목재 테두리 한가운데에 모래를 채운 철판 난로가 하나 보였고, 벽에는 빛 바랜 지도와 지저분한 관내 지도가 붙어 있었다. 여기저기 긁힌 탁자 뒤에서 철회색 머리를 지나칠 정도로 빗어 넘긴 한 남자가 금속테 너머로 우리를 뜯어보았다.

"체포했군그래, 앤스?" 남자가 말했다.

"체포했습니다, 판사님."

그는 먼지 쌓인 큼직한 장부를 펴서 자기 앞으로 당겨 놓고는, 더러운 펜을 석탄가루 같은 게 가득한 잉크병에 집어넣었다.

"잠깐만요, 판사님." 슈리브가 말했다.

"범인 이름은?" 판사가 물었다. 나는 이름을 말했다. 그는 참기 어려울 정도로 신중하게 펜을 굴려 천천히 이름을 적어 넣었다.

"저기요, 판사님. 이 친구는 우리가 아는 사람입니다. 우리는⋯⋯." 슈리브가 말했다.

"법정에선 질서를 지키시오." 앤스가 말했다.

"잠자코 있어, 맘대로 하게 둬 봐. 어차피 계속할 테니까." 스포드가 말했다.

"나이는?" 판사가 말했다. 나는 나이를 댔다. 입으로 내용을 읊조리며 그는 그대로 써 넣었다. "직업은?" 나는 대답했다. "하버드 대학생이라고?" 그가 말했다. 안경 너머로 보려고 그는 목을 약간 구부린 채 나를 올려다보았다. 눈처럼 맑고 냉랭한 눈이었다. "그래, 어린애를 이런 데로 유괴해 와선, 어쩔 셈이었지?"

"사람들이 돈 거라구요, 판사님. 이 친구가 유괴했다느니 하는 소릴 들을 필요는⋯⋯." 슈리브가 말했다.

줄리오가 거칠게 다가서며 말했다. "미쳤다구? 내가 그놈을 잡은 거 몰라? 내 눈으로 똑똑히 봤다구."

"당신은 거짓말쟁이오. 당신은 절대⋯⋯." 슈리브가 말했다.

"정숙, 정숙." 앤스가 목청을 높였다.

"모두들 조용히 하시오." 판사가 말했다. "조용히들 있지 않으면 내보내도록 해요, 앤스." 모두 입을 다물었다. 이제 판사는 슈리브 쪽을 보았고 스포드에게로 시선을 옮겼다가 마지막으로 제럴드를 보았다. "자넨 이 젊은이를 아는가?" 그가 스포드에게 물었다.

"네, 판사님." 스포드가 말했다. "이 친군 저쪽 학교에 다니는 아무것도 모르는 시골뜨깁니다. 남을 해치는 일 따윈 하지 못합니다. 저 보안관님도 곧 실수란 걸 알게 될 겁니다. 이 친구 아버지는 조합교회 목사입니다."

"흠, 자네 정확히 무얼 하고 있었나?" 판사가 물었다. 나는 대답했고, 그는 차갑고 엷은 색 눈으로 나를 주시했다. "앤스, 어떤가?"

"가능한 일입니다만, 저 외국인들이." 앤스가 말했다.

"나는 미국인이라구. 서류도 있어요." 줄리오가 말했다.

"소녀는 어디 있나?"

"이 사람이 집으로 보냈습니다." 앤스가 대답했다.

"겁에 질리거나 이상한 점이 있진 않았는가?"

"줄리오가 이 범인한테 달려들 때까지는 아무렇지 않았습니다. 두 사람은 읍내 방향으로 강가 오솔길을 걷고 있었을 뿐입니다. 수영하던 애들이 이들이 가는 방향을 알려 주었습니다."

"이건 실수입니다, 판사님." 스포드가 말했다. "어린애들과 개들은 늘 그런 식으로 친굴 따라다닙니다. 이 친구도 어쩔 수 없는 일입니다."

"흠." 하고 내뱉고는 판사는 잠시 창밖을 내다보았다. 우리는 그를 지켜보았다. 나는 줄리오가 자기 몸을 긁는 소리를 들을 수 있었다. 판사는 뒤돌아보았다.

"자네는 소녀가 아무 해를 입지 않은 걸 인정하지, 안 그런가?"

"지금은 다친 데가 없죠." 줄리오가 부루퉁한 얼굴로 대답했다.

"소녀를 찾느라 일하는 도중에 나왔나?"

"그러믄요, 일하는 중간에 나와서 달렸죠. 죽어라 뛰었어요. 이쪽저쪽을 살피다가 이 사람이 동생한테 뭘 줘서, 동생이 그걸 먹는 걸 봤다는 사람을 만났죠. 동생이 이 사람과 같이 갔다고."

"흠. 그렇다면 자네는 줄리오가 일을 못한 만큼의 손해를 입혔다고 생각되는데." 판사가 말했다.

"그렇군요, 얼마면 될까요, 판사님?" 내가 말했다.

"1달러면 되겠지."

나는 줄리오에게 1달러를 건넸다.

"이걸로 된 거라면, 이 친구는 풀려나는 거겠지요, 판사님?" 스포드가 말했다.

판사는 스포드는 보지 않고 물었다. "앤스, 자넨 이 친구를 얼마나 쫓아갔나?"

"적어도 2마일은 됩니다. 이 사람을 잡기까지 얼추 두 시간쯤 걸렸어요."

"흠." 판사는 잠시 생각에 잠겼다. 우리는 그를, 그의 움직임 없는 정수리를, 코에 낮게 걸린 안경을 응시했다. 창문으로 들어온 노란 형체가 천천히 바닥을 가로질러 벽에 이른 뒤, 벽을 타고 올라갔다. 먼지가 곡선을 그리며 움직이다 비스듬히 기울어졌다. "6달러."

"6달러라뇨? 뭣 때문입니까?" 슈리브가 말했다.

"6달러." 판사가 말했다. 그는 슈리브를 잠시 보더니, 다시 시선을 내 쪽으로 돌렸다.

"저기요, 판사님." 슈리브가 말했다.

"그만 해." 스포드가 말했다. "그냥 줘버리고, 어서 여길 나가자구. 숙녀분들이 기다리고 있단 말이야. 6달러 있어?"

"응." 내가 말했다. 나는 그에게 6달러를 건넸다.

"사건을 기각한다." 판사가 말했다.

"영수증 받아 둬." 슈리브가 말했다. "서명한 벌금 영수증 챙겨두라구."

판사가 슈리브를 조용히 바라보았다. "이상 사건은 기각되었음." 그는 목청을 돋우지 않았다.

"빌어먹을……." 슈리브가 말했다.

"자, 가자." 스포드가 그의 팔을 잡고서 말했다. "안녕히 계십시오, 판사님. 신세 많이 졌습니다." 문을 나서자 줄리오가 다시거세게 소리쳤으나 이내 조용해졌다. 스포드가 다소 냉랭한 장난기 섞인 갈색 눈으로 나를 보았다. "이봐, 친구. 지금부터는 계집애를 쫓아다니려건 보스턴에서 하라구."

"이런 멍청이를 봤나." 슈리브가 말했다. "도대체 무슨 생각인 거야? 이런 데서 어슬렁대고 망할 이탈리아놈들이랑 상대하다니."

"자, 어서 가자. 숙녀분들 인내심도 바닥났을 거야." 스포드가 말했다.

블랜드 부인이 아가씨들과 얘기하고 있었다. 홈즈 양과 데인저필드 양은 부인의 얘기를 듣다 말고, 미묘하고도 기묘한 공포를 담은 표정으로 다시 나를 보았는데, 희고 작은 코 위로 베일을 걸어 올린 채 눈만이 베일 밑으로 신비하게 피신해 있었다.

"쿠엔틴 콤슨." 블랜드 부인이 말했다. "어머니가 아시면 뭐라고 하실까? 젊은 사람이 곤경에 빠지는 거야 자연스런 일이지만, 걷다가 시골 보안관한테 체포되다니. 저 사람들 쿠엔틴이 무슨 짓을 했다고 생각한 거니, 제럴드?"

"아무 일도 아니었어요." 제럴드가 말했다.

"말도 안 돼. 대체 어찌된 일이죠, 스포드?"

"이 친구가 그 지저분한 여자애를 유괴하려 했는데, 때마침 잡혔다는군요." 스포드가 말했다.

"가당치도 않은 소리." 하고 블랜드 부인은 말했지만, 그 목소리는 바람이 잦아들듯 가라앉았다. 부인은 잠깐 동안 나를 빤히 보았고, 처녀들은 부드럽게 일치된 소리로 숨을 들이쉬었다. "싱겁기 짝이 없구나. 무지한 하류 계급 북부인들이나 할 법한 일이야. 차에 타요, 쿠엔틴." 블랜드 부인이 기세 좋게 말했다.

슈리브와 나는 두 개의 작은 접이식 의자에 앉았다. 제럴드가 크랭크를 돌려 엔진을 걸고 올라 타자 우리는 출발했다.

"자아 쿠엔틴, 어쩌다 이런 어처구니없는 일이 벌어진 건지 얘기해 봐요." 블랜드 부인이 말했다. 내가 자초지종을 이야기하자, 슈리브는 좁은 좌석에서 몸을 웅크리며 분개했고, 스포드는 데인저필드 양 옆에서 다시 고개를 뒤로 젖힌 자세를 취했다.

"여기서 우스운 점은 쿠엔틴이 내내 우리를 속였다는 거야." 스포드가 말했다. "줄곧 우리는 쿠엔틴을 누구나 안심하고 딸을 맡길 수 있는 모범 청년이라 생각해 왔잖아. 보안관이 못된 짓을 하는 이 친구 앞에 나타나기 전까지 말이야."

"그쯤 해 둬요, 스포드." 블랜드 부인이 말했다. 우리는 거리를 지나 다리를 건넜고, 창문에 분홍색 옷이 걸린 집을 지나갔다. "그건 내 편지를 읽지 않아서예요. 왜 편지를 가지러 오지 않았죠? 맥켄지 씨가 편지 얘길 했다는데."

"예, 들었어요. 가지러 갈 생각이었지만 방에 돌아가지 않았거든요."

"맥켄지 씨가 없었더라면 우린 거기서 얼마나 기다렸을지 몰라요. 쿠엔틴이 돌아오지 않았다고 맥켄지 씨가 알려 줬고, 그러면 자리가 하나 남게 되니까 함께 가자고 청했죠. 어쨌거나 동행하게 돼서 기뻐요, 맥켄지 씨." 슈리브는 아무 말이 없었다. 팔짱을 낀 채 제럴드 모자 너머를 똑바로 응시할 뿐이었다. 그것은 잉글랜드에서 자동차를 몰 때 쓰는 모자였다. 블랜드 부인이 그렇게 말했다. 우리가 그 집을 지나고, 다시 세 채의 집을 지나 또 다른 집 마당에 이르렀을 때 아까 그 소녀가 대문 옆에 있는 걸 보았다. 소녀에겐 이제 빵이 없었으며, 석탄가루로 줄을 그어 놓은 듯한 얼굴을 하고 있었다. 나는 손을 흔들었지만 소녀에게선 답이 없었다.

지나가는 차를 따라 천천히 머리를 돌려 깜빡이지 않는 눈으로 우리를 쫓을 뿐이었다. 곧 담 옆을 지나게 되자 그림자 역시 담을 따라 달렸으며, 얼마 후 길가에 뒹구는 찢어진 신문 조각을 지나쳐 가자, 나는 다시 웃음이 터져 나왔다. 나는 목 안쪽에서 웃음을 느낄 수 있었고, 오후의 해가 기울어 가는 나무들에게서 시선을 거두고, 오후와 새, 헤엄치는 소년들에 대해 생각했다. 그러나 여전히 웃음을 그칠 수 없었는데, 그 때 나는 억지로 그치려 애쓰면, 울게 될지도 모른다는 걸 알았다. 그리고 내가 동정남이 될 수 없다는 데 대해 내가 어떻게 생각했었는지를 생각했다. 저렇게도 많은 아가씨들이 그늘 속을 거닐고 부드러운 음성으로 속삭이며 그늘진 곳에 머무르는데, 말소리가 이어지고, 향기와 보이지 않아도 느낄 수 있는 시선들과 더불어 말이다. 그러나 동정을 지키는 게 그렇게 단순하다면 그건 아무것도 아니게 될 텐데, 그게 아무것도 아니라면 나는 대체 누구였던가, 그 때 블랜드 부인의 말이 들렸다. "쿠엔틴? 쿠엔틴이 어디 아픈가요, 맥켄지 씨?" 그러자 슈리브의 두툼한 손이 내 무릎을 만졌고 스포드가 말하기 시작해 나는 웃음을 그치려던 노력을 거두었다.

"혹 그 바구니가 쿠엔틴에게 방해가 된다면, 멕켄지 씨, 그걸 당신 쪽으로 옮겨 주세요. 포도주를 한 바구니 가져왔거든요. 젊은 신사들은 포도주를 마셔야 한다고 생각하니까요. 비록 나의 아버지, 즉 제럴드 할아버지께선" 그렇게 해 본 적 있어 이제껏 그래 본 적 있고 회색 빛 어둠 속 작은 등불 하나 그녀의 손은

"손에 넣을 수만 있으면 마시지요. 안 그래, 슈리브?" 스포드가

말했다. 양 무릎을 붙들고 얼굴은 하늘을 바라보는데 그녀의 얼굴과 목으로 인동덩굴 냄새가

"맥주도 그렇지." 슈리브가 말했다. 그의 손이 내 무릎에 다시 와 닿았다. 나는 또 무릎을 움직였다. 라일락 빛 물감을 엷게 칠한 듯 그에 대해 이야기한다

"넌 신사가 아냐." 스포드가 말했다. 우리 둘 사이로 그를 데려온다 그녀의 형체가 어둠에 묻히는 게 아니라 희미해질 때까지

"그래, 난 신사가 아냐. 난 캐나다인이지." 하고 슈리브가 말했다. 그 남자 얘기를 한다. 노의 날개가 그의 궤적을 쫓아가며 반짝인다 잉글랜드에서 자동차 주행용으로 만든 모자가 반짝인다 모든 시간이 그 아래로 돌진한다 그들 둘은 제삼자 속으로 영원히 자취를 감춘다 그는 군(軍)에 있던 시절 사람들을 죽였다

"전 캐나다를 흠모해요." 데인저필드 양이 말했다. "멋진 나라라고 생각하죠."

"너, 향수를 마셔 본 적 있어?" 스포드가 말했다. 그는 한 손으로 자신의 어깨에 그녀를 올려놓고 그녀와 함께 달릴 수 있었다 달린다 달린다

"아니." 슈리브가 말했다. 등이 두 개인 짐승이 달린다 그녀의 모습이 반짝이는 노 속에서 희미해졌다 에우불레우스(그리스 신화에 나오는 인물로 이름은 '훌륭한 조언자'란 뜻을 지닌다. 아테네에 전하는 이야기에 따르면 에우불레우스와 그 형제 트립톨레모스는 대지의 여신 데메테르의 딸 페르세포네가 저승의 신 하데스에게 납치당하는 광경을 목격하고 딸을 찾아 헤매는 데메

테르에게 이를 알려 주는데, 그 보상으로 여신에게서 농사 짓는 법을 전수받았다고 한다 ― 편집자)의 돼지가 교미하며 달아나고 있었고 몇이나 있었어 캐디

"나도 그래." 스포드가 말했다. 그렇게 많이는 몰라 내 안에 뭔가 끔찍한 게 있어 내 안에 말야 아버지 저는 죄를 지었습니다 그런 짓을 한 적 있어 우린 하지 않았어 우린 그런 짓 안 했어 우리가 그렇게 했니

"그리고 제럴드 할아버지는 늘 아침 식사 전에 여전히 이슬을 머금고 있는 박하를 따 오셨죠. 심지어 월키 영감도 거기에 손대지 못하게 하셨지요. 제럴드, 너 기억나니? 그러고는 손수 그걸 모아서 직접 줄렙 주(민트 줄렙을 의미하는 듯. 버번 위스키를 베이스로 박하 잎을 첨가해 만드는 알코올 음료. 미국 남부 지방에서 탄생했다 ― 편집자)를 만드셨답니다. 아버님은 줄렙 주에 관해서는 노처녀마냥 별난 구석이 있었는데, 당신의 머릿속 제조법에 맞춰 모든 걸 가늠하셨어요. 그 제조법을 알려 준 사람이 딱 한 명 있었는데, 그것도" 우리는 했다구 어떻게 그걸 모를 수 있지 네가 기다리기만 하면 그게 어땠는지 내가 말해 주겠어 그건 범죄라 할 수 있지 우리는 끔찍한 죄를 저지른 거야 숨길 수는 없어 넌 감춰진다고 생각하지만 말야 하지만 들어 봐 가엾은 쿠엔틴 오빠는 결코 그런 짓을 하지 않았어 안 그래 그럼 그게 어땠는지 들려줄게 아버지한테 말하겠어 그래야 한다구 네가 아버지를 사랑하기 때문이야 그러면 우리는 손가락질과 공포 순결한 화염 한가운데로 도망쳐야만 해 난 우리가 그런 짓을 했다고 네 입으로 말하게 하겠어 난 너보다 강하거든 난 우리가 한 일을 네가 알게 만들 거야 넌

216

다른 남자들인 줄 알지만 그건 나였다구 자 들어 봐 나는 내내 너를 속여 왔어 그건 나였어 내가 집 안에 있었다고 생각했지 그 빌어먹을 인동덩굴 냄새가 나는 집 안에 말이야 그네며 삼나무며 비밀스런 동요 따위를 생각하지 않으려 애쓰면서 문을 걸어 잠근 채 숨을 쉬고 있었다고 야생의 숨결을 들이키면서 말이야 그래 그래 그렇지 "결코 스스로 포도주를 마시게 되지 않았지만 늘 말씀하셨죠. 네가 읽은 무슨 책이었던가, 제럴드의 조정용 옷을 둔 데 있던 거였나, 한 바구니의 포도주는 신사들의 소풍엔 꼭 필요하다고 말이에요." 그 남자들 사랑했니 캐디 그들을 사랑했냐고 그 사람들이 날 만졌을 때 난 죽어버린 거야

　한순간 그녀는 거기 서 있었고 다음 순간 그는 소리를 지르며 그녀의 옷을 잡아당겼다 두 사람은 복도로 나가 층계를 올랐는데 그는 소리를 지르고 그녀를 밀고 위층에 가서는 욕실 문 앞에 멈춰 섰다 그녀는 문에 등을 기댄 채 팔로 얼굴을 가렸고 그는 소리치며 그녀를 욕실 안으로 밀어 넣으려 했다 저녁 식사를 하러 그녀가 들어왔을 때, 티피가 그에게 밥을 먹이고 있었다 그녀가 어루만져 줄 때까지 그는 처음엔 훌쩍이는 정도로 시작했으나 곧 소리를 높였고 그녀는 궁지에 몰린 쥐 같은 눈을 하고 서 있었다 나는 회색 빛 어둠 속을 달리고 있었다 비와 온갖 꽃 냄새가 풍겼고 축축하고 후텁지근한 바람이 일었다 귀뚜라미가 풀 속에서 톱을 켜는 소리를 내고 있었는데 내 발이 닿는 곳마다 작은 무음(無音)지대가 만들어졌다 팬시가 울타리 너머에서 나를 물끄러미 바라보았다 빨랫줄에 걸린 누빔이불마냥 얼룩덜룩했다 나는 그 망할

놈의 검둥이가 먹이 주는 걸 또 잊은 모양이라고 생각했다 나는 거울을 스쳐가는 바람처럼 귀뚜라미가 소리를 죽인 진공 속에서 언덕을 내리 달렸다 그녀는 모래톱에 머리를 누인 채 물속에 누워 있었고 엉덩이께에서 물이 출렁였다 물속이 주변보다 약간 밝았는데 반쯤 젖은 스커트가 커다란 물결을 만들며 어디로도 향하지 않은 채 제자리에서 거듭 일어났다 사그라드는 강물의 움직임에 맞추어 그녀의 옆구리에서 펄럭였다 나는 강둑에 서 있었다 강물 틈새로 인동덩굴 냄새를 맡을 수 있었다 공기는 인동덩굴과 날개를 비비는 귀뚜라미 소리와 더불어 어떤 물질을 퍼뜨리는 듯했는데 살갗으로 느껴질 정도였다

벤지가 아직도 울고 있니

모르겠는데 글쎄 모르겠어

불쌍한 벤지

나는 강둑에 앉았다 풀이 좀 축축해서 내 신발이 젖은 걸 알았다.

물에서 나와 너 정신 나갔어

그러나 그녀는 꼼짝하지 않았다 그녀의 얼굴이 머리카락을 경계로 뿌연 모래로부터 희뿌옇게 떠올라 있었다

나오라구

그녀가 일어나 몸을 일으켰다 스커트가 물을 터는 그녀의 동작에 맞추어 펄럭였다 강둑을 오른 그녀가 옷자락을 펄럭이며 앉았다

왜 물을 짜내지 않는 거야, 감기 들고 싶어?

그래

빨려 들어갔다가 모래톱을 가로지르며 콸콸 흘렀다 어둠 속에서 버드나무들 사이로 얕은 곳을 지나며 강물은 으레 그렇듯 약간의 빛을 머금은 채 헝겊 조각처럼 물결쳤다

그 사람은 온 대양을 가로지르며 전 세계를 돌아다녔대

그녀는 젖은 무릎을 끌어안은 채 그 남자 얘기를 했다 그녀의 얼굴이 회색 빛 속에서 뒤로 젖혀졌다 인동덩굴 냄새가 났다 어머니 방과 벤지 방에 불빛이 보였다 티피가 벤지를 재우는 중일 게다

너 그 녀석을 사랑해

그녀가 손을 뻗었다 나는 움직이지 않았다 그 손이 내 팔을 더듬어 내려가더니 내 손을 잡아 그녀의 가슴으로 가져갔다 그녀의 심장이 쿵쾅거렸다

아니 아니야

그럼 그놈이 네게 강요한 거지 네가 그렇게 하도록 만든 거야 녀석을 내버려 둔 거야 녀석이 너보다 강하니까 내일 내가 그놈을 죽여버리겠어 맹세코 죽일 거야 아버진 일이 끝날 때까지 아실 필요 없어 그리고 누구도 알 필요 없는 일이야 우린 내 학비를 찾아가지고서 입학을 취소하는 거야 캐디 넌 그놈을 미워하지 그렇지 그렇잖아

그녀가 내 손을 자기 가슴에 댔다 심장이 쿵쾅거렸다 나는 몸

을 돌려 그녀의 팔을 잡았다

캐디 넌 그놈을 미워하지 그렇지

그녀가 내 손을 목으로 가져갔다 그녀의 심장은 거기에서도 방망이질 치고 있었다 가엾은 쿠엔틴

그녀가 얼굴을 하늘로 향했다 하늘은 낮게 몹시도 낮게 내려앉아 밤의 온갖 냄새와 소리가 늘어진 천막 아래에 있는 양 아래쪽으로 몰려 있는 듯했는데 인동덩굴 냄새는 특히나 그랬다 그것은 내 숨 속으로 들어왔고 그녀의 얼굴과 목 위에 물감처럼 뿌려졌다 그녀의 생명력이 내 손을 사정 없이 후려쳤다 나는 한쪽 팔로 몸을 지탱하고 있었는데 이윽고 그 팔이 경련을 일으켜 펄떡거리기 시작해 나는 그 짙은 회색 인동덩굴 냄새 속에서 숨을 쉬기 위해 헐떡이지 않을 수 없었다

그래 난 그 사람 미워해 그 사람을 위해 죽을지도 몰라 그를 위해 벌써 죽어버렸어 이런 일이 생길 때마다 그를 위해서 몇 번이고 죽는 거야

손을 들어 올렸을 때 나는 십자로 얽힌 잔가지와 손바닥에서 부식돼 가는 풀을 여전히 느낄 수 있었다

쿠엔틴 가엾게도

그녀는 두 팔에 의지해 몸을 뒤로 기댔고 양손으로 무릎 언저리를 꼭 붙들었다

오빠는 절대 그런 짓 한 적 없어 안 그래

뭘 뭘 했다는 거야

내가 해 온 거 내가 했던 짓 말야

했어 했다구 그것도 여러 번 많은 여자들이랑

그 때 나는 울고 있었다 그녀의 손이 다시 나를 만졌고 나는 그녀의 축축한 블라우스에 기대 울었다 그녀는 등을 대고 눕더니 내 머리 너머로 하늘을 바라보았다 나는 그녀의 홍채 밑에서 흰자위 가장자리를 볼 수 있었다 나는 칼을 뽑아 들었다

할머니가 돌아가시던 날 속바지 차림으로 강물 속에 앉아 있던 거 기억해

응

나는 그녀의 목으로 칼끝을 가져갔다

1초 이상은 걸리지 않을 거야 순식간이지 그다음 내 차례가 되는 거야 내 차례라구

좋아 오빠는 혼자서 할 수 있을 거야

그래 칼날은 충분히 길거든 지금 벤지는 자고 있겠지

그래

눈깜짝 할 새 끝낼 수 있어 아프지 않게 할게

좋아

눈을 감겠어

아냐 그냥 이렇게 해 좀 더 세게 눌러야 할 거야

손으로 만져 봐

그러나 그녀는 움직이지 않았다 그녀의 눈은 내 머리 너머 하늘을 바라보며 크게 열렸다

캐디 속바지가 진흙투성이라고 딜시가 널 야단친 일 기억해

울지 마

난 울지 않아 캐디

이제 그걸 누를 거지

내가 그러길 바라는 거야

그래 누르라니까

손으로 만져 보라니까

울지 마 가여운 쿠엔틴

그러나 나는 그칠 수 없었다 그녀가 내 머리를 자신의 축축하고 단단한 가슴 쪽으로 가져가 안았다 그녀의 심장은 이제 방망이질을 그치고 자리를 잡아 천천히 움직이고 있었다 강물이 어둠 속에서 버드나무 틈새로 콸콸 흘러갔고 인동덩굴 물결은 공중으로 솟아올랐다 내 팔과 어깨가 내 몸 아래에서 뒤틀렸다

뭐야 뭘 하고 있는 거야

그녀의 근육이 수축했다 나는 일어나 앉았다

칼을 떨어뜨렸어

그녀가 일어나 앉았다

몇 시나 됐을까

모르겠는데

그녀는 일어섰다 나는 땅바닥을 더듬었다

난 갈래 그건 그냥 둬

집으로 가는 거야

그녀가 거기 서 있는 게 느껴졌다 그녀의 젖은 옷 냄새를 맡을 수 있었고 거기에서 그녀의 존재를 느꼈다

바로 이 부근 어디일 텐데

내버려 둬 내일 찾아도 되잖아 어서 돌아가자

잠깐이면 돼 곧 찾을 거야

오빤 두려워하고 있어

여기 있어 언제나 여기란 말이야

찾았어 어서 가자

나는 일어나 따라갔다 언덕을 올라가니 우리가 닿기 전에 귀뚜라미들이 울음을 그쳤다

앉아서 뭔가를 떨어뜨리고 그걸 찾느라 주변을 죄 더듬어야 하다니 우스운 일이야

회색 사방이 회색이었다 회색 빛 하늘 속으로 나무들 너머로 이슬이 비껴 올라갔다

망할 놈의 인동덩굴 같으니 이 냄새가 사라지면 좋을 텐데

전엔 좋아했잖아

우리는 고갯마루를 지나 숲으로 향했다 그녀가 내게 심하게 대들다가 조금은 포기해버렸다 개울이 회색 풀밭 위에 난 검은 흉터처럼 보였다 그녀가 다시 내게 대들었다 나를 바라보다가 포기해버렸다 우리는 개울에 다다랐다

이쪽으로 가자

어째서

아직도 낸시 뼈를 볼 수 있는지 살피는 거야 오랫동안 들여다볼 생각을 못했는데 넌 본 적 있어

그것은 덩굴과 가시덤불에 덮여 어둡게 보였다

뼈는 확실히 여기 있었는데 너도 있는지 없는지 모르겠지 그렇지

그만둬 쿠엔틴

가 보자

개울은 좁아져 막히고 말았다 그녀가 숲을 향해 몸을 돌렸다

그만둬 쿠엔틴

캐디

나는 다시 그녀 앞으로 갔다

캐디

그만 하라니까

그녀를 붙들었다

난 너보다 힘이 세다구

그녀는 손가락 하나 까딱하지 않은 채 뻣뻣하게 그러나 조용히 서 있었다

난 싸우지 않을 거야 오빠도 그만두는 게 좋아

캐디 그러지 마 캐디

그런 짓 해 봐야 아무 소용없어 모르겠어 그래 봐야 날 가게 하지 못한다구

인동덩굴 냄새가 이슬처럼 내리고 내렸다 나는 귀뚜라미들이

우리 주위를 빙 둘러싼 채 우릴 지켜보는 소리를 들을 수 있었다 그녀가 뒷걸음질 치며 나를 지나 숲을 향해 걸어갔다

집으로 돌아가 오빠는 올 필요 없어

나는 계속 걸었다

왜 집으로 돌아가지 않는 거야

이런 망할 놈의 인동덩굴들

우리는 울타리에 다다랐다 그녀가 기어서 안으로 들어갔고 나역시 그랬다 내가 몸을 일으켰을 때 그가 숲에서 회색 빛 속에서 우리를 향해 우리 쪽으로 오고 있었다 키가 크고 나무에 바짝 붙어 있어 움직이고 있는데도 가만히 있는 것처럼 보였다 그녀는 그에게로 걸어갔다

이쪽은 쿠엔틴이에요 나는 젖었어요 온통 젖었으니 내키지 않으면 인사하지 않아도 돼요

그들의 그림자가 하나로 겹쳐졌다 그녀가 머리를 들자 그녀의 머리가 그의 머리 위에 있었다 한층 높은 하늘 위에 그들의 두 머리가 놓였다.

싫으면 꼭 인사할 필요는 없어요

머리는 이제 둘이 아니었다. 어둠은 비와 젖은 풀, 나뭇잎 냄새를 머금고 있었다 회색 빛이 비처럼 흩뿌려졌고 인동덩굴 냄새가 축축한 물결을 타고 밀려왔다 나는 그의 어깨에 기댄 그녀의 얼굴을 희미하게나마 볼 수 있었다 그는 한쪽 팔로 그녀를 안은 채였는데 마치 그녀가 어린애만큼 작다는 듯한 태도였다 그가 손을

내밀었다.

　만나서 반가워요

　우리는 악수를 하고는 그 자리에 서 있었다 그녀의 그림자가 그의 그림자를 덮을 만큼 높아져 두 그림자는 하나가 되었다

　이제 어쩔 거야 쿠엔틴

　좀 걸을까 해 숲을 지나 큰길로 나갔다가 읍내를 돌아보고 올 생각이야

　나는 뒤돌아 걷기 시작했다

　그럼 잘 자

　쿠엔틴

　나는 걸음을 멈추었다

　왜 그래

　숲속에서 청개구리들이 공기 중의 비 냄새를 맡고 이동하고 있었다 그 소리는 태엽을 감기 힘든 장난감 주크박스에서 나는 소리 비슷했다 그리고 인동덩굴 냄새가 풍기기 시작했다

　이쪽으로 와

　무슨 일인데 그래

　이리 오라니까 쿠엔틴

　나는 되돌아갔고 그녀가 내 어깨를 만졌다 그녀의 그림자가 아래로 기울었다 그녀 얼굴의 희미한 자취가 그의 높은 그림자에서 떨어져 나와 아래로 기울었다 나는 뒤로 물러났다

　조심해

오빠 집으로 돌아가

난 졸리지 않은걸 산책이나 할 거야

냇가에서 날 기다려 줘

난 산책할 거라구

나도 곧 갈게 기다려달라니까

안 돼 난 숲을 질러서 갈 거야

나는 돌아보지 않았다 청개구리들은 내게는 조금도 신경 쓰지 않고 울어댔다 나무들 속으로 회색 빛이 이끼처럼 쏟아졌으나 여전히 비는 내리지 않을 듯했다 잠시 후 나는 몸을 돌려 숲 가장자리로 돌아갔는데 그곳에 다다르기 무섭게 다시 인동덩굴 냄새가 나기 시작했고 법원 시계 위의 불빛과 하늘에 사각형을 만드는 읍내의 번쩍거림 냇가를 따라 자란 어두운 버드나무 어머니 방 창에 비친 불빛과 벤지 방에 여전히 켜져 있는 불빛을 볼 수 있었다 나는 몸을 굽혀 울타리를 넘고는 목장을 가로질러 달려갔다

나는 귀뚜라미들 틈새로 회색 빛 풀밭 위를 달렸다 인동덩굴 냄새가 차츰 강해졌다 강물 냄새도 났다 곧 나는 회색 인동덩굴 빛깔을 한 강물을 볼 수 있었다 땅에 얼굴을 가까이 댄 채 나는 강둑에 누웠다 이제 인동덩굴 냄새를 맡을 수 없었다 그 냄새를 맡을 수 없게 되었다 그 자리에 누운 채로 흙이 내 옷에 스며드는 것을 느끼며 강물 소리에 귀를 기울였다 잠시 후 내 호흡은 그다지 거칠지 않게 됐는데 그 자리에 누워 생각하기를 얼굴을 움직이지 않는다면 거친 호흡도 인동덩굴 냄새를 맡을 필요도 없으리란 것

이었다 곧 나는 아무런 생각도 하지 않게 되었다 그녀가 강둑을
따라 걸어오더니 걸음을 멈추었다 나는 움직이지 않았다

늦었어 집으로 돌아가

뭐라구

집으로 가라구 늦었다니까

알았어

그녀의 옷자락이 바스락거렸다 나는 움직이지 않았다 바스락
거리는 소리가 그쳤다

내 말대로 집으로 돌아가라니까

내겐 아무 소리도 들리지 않았다

캐디

알았어 네가 바란다면야 그렇게 하지

나는 일어나 앉았다 그녀는 땅바닥에 앉아 있었다 양손을 무릎
께에서 깍지 낀 채로

내 말대로 집으로 가라구

그래 난 뭐든 네가 하라는 대로 할 거야 뭐든 말이야

그녀는 나를 보려고도 하지 않았다 나는 그녀의 어깨를 붙들고
세게 흔들었다

닥쳐

나는 그녀를 흔들었다

닥쳐 닥치라구

그래

그녀가 얼굴을 들었다 그 때 그녀가 날 볼 생각조차 하지 않는 것을 알았다 그녀의 흰자위 가장자리가 보였다

일어나

그녀를 잡아당겼다 그녀는 몸을 가누지 못했다 나는 그녀를 일으켜 세웠다

이제 가자구

집에서 나올 때 벤지가 여전히 울고 있었어

가자니까

우리는 냇물을 건넜다 지붕이 시야로 들어오더니 위층 창문이 나타났다

걘 이제 자고 있어

나는 걸음을 멈추고 대문을 걸어야 했다 그녀는 회색 빛 속을 마냥 걸었다 비 냄새가 났지만 아직은 내릴 기미가 보이지 않았다 인동덩굴 냄새가 정원 울타리 쪽에서 풍겨 나오기 시작했다 그녀가 그림자 속으로 들어갔다 나는 그 발소리를 들을 수 있을 뿐이었다

캐디

나는 계단에서 멈춰 섰다 그녀의 발소리가 들리지 않았다

캐디

그 때 그녀의 발소리를 듣고 그녀를 만졌다 따뜻하지도 차갑지도 않았다 단지 가만히 있을 뿐이었다 그녀의 옷은 여전히 약간 젖은 채였다

지금도 그 사람을 사랑하니

마치 멀리서 들려오는 숨소리처럼 천천히 호흡하고 있을 뿐

캐디 지금도 그 사람을 사랑하느냐고 묻잖아

모르겠어

밖에는 회색의 빛과 고인 물속의 시체 같은 사물의 그림자가
있었다

네가 죽어버렸으면 좋겠어

그래 지금 안으로 들어갈 거지

지금 그놈 생각하고 있지

모르겠어

뭘 생각하고 있는지 말해 말하란 말이야

그만둬 그만두라고 쿠엔틴

넌 닥치란 말이야 닥쳐 내 말 듣는 거야 닥치래두 닥치지 못하
겠어

좋아 그만 하겠어 소란을 피우면 안 되니까

널 죽여버리겠어 들었어

그네 있는 데로 가자 모두들 듣겠어

난 우는 게 아냐 넌 우는 거라고 하겠지만

안 그래 그만 하라니까 벤지를 깨우겠어

넌 집으로 들어가 지금 들어가라구

들어갈게 울지 마 어쨌거나 내가 나빴어 오빠로선 어쩔 수 없
는 일인데

우린 저주를 받은 거야 우리 잘못이 아니라구 우리가 잘못한 걸까

이제 그만 해 가서 자라구

날 설득하진 못해 우린 저주를 받았다니까

마침내 나는 그를 찾았다 막 이발소에 들어가던 참이었다 그가 이편을 건너다봤다 나는 지나가 기다렸다

2, 3일 전부터 당신을 찾고 있었습니다

날 만나길 원했다구요

만날 생각이었습니다

그는 두어 번의 동작으로 담배를 재빨리 말고는 엄지손가락으로 성냥을 그었다

여기선 얘기할 수가 없군요 어디 다른 곳에서 볼까요

당신 방으로 찾아가죠 호텔에 묵고 계신가요

아뇨 그건 좋은 생각이 아니에요 당신 그 뒤편 샛강에 걸린 다리 알죠

네 거기가 좋겠군요

1시로 합시다

그러죠

나는 돌아섰다

고맙습니다

잠깐만

나는 멈춰 서서 뒤를 돌아보았다

그녀는 잘 있습니까

카키색 셔츠를 입은 그는 마치 청동으로 빚어진 듯한 모습이었다

그녀가 내게 부탁하는 거 없었나요

1시에 그리로 가겠습니다

내가 1시에 프린스에게 안장을 얹어 놓으라고 티피에게 이르는 걸 듣고 그녀는 내내 나를 지켜보느라 별로 먹지도 않았다 그녀가 나를 따라 나왔다

뭘 하려는 거야

아무것도 내 맘대로 말도 못 타는 거야

오빠 뭔가를 할 생각이야 뭐야

네 알 바 아냐 창녀 창녀 같으니

티피가 프린스를 곁문으로 끌고 왔다

말은 필요 없겠어 걸어갈 테니까

나는 차도를 따라 내려가 문을 나섰다 샛길로 접어들자 나는 달렸다 다리에 닿기 전에 난간에 기대 있는 그를 보았다 말은 숲속에 매 둔 채였다 그는 어깨 너머로 이쪽을 보더니 곧 돌아섰다 그는 내가 다리까지 가서 멈춰 설 때까지 고개를 들지 않았다 손에 나무껍질 조각을 하나 들고 잘게 찢어서는 난간 너머 물속으로 떨어뜨리고 있었다

당신에게 마을을 떠나라고 말하러 왔습니다

그는 껍질 조각을 신중하게 찢어 물속으로 조심스레 떨어뜨리

고는 떠내려가는 것을 지켜보았다

당신이 마을을 떠나야 한다고 말하는 거예요

그가 나를 보았다

그녀가 당신을 보낸 거요

내가 당신에게 가라고 하는 겁니다 내 아버지도 다른 누구도 아닌 내가 그렇게 말하는 겁니다

잠깐만 멈추고 내 말을 들어 봐요 난 그녀가 잘 지내는지 알고 싶을 뿐이오 당신네 집안 사람들이 그녀를 괴롭히는 건 아닙니까

그런 건 당신이 걱정할 필요가 없는 일입니다

그리고 나는 해가 질 때까지 떠날 시간을 주겠다고 말하는 내 목소리를 들었다

그는 나무껍질을 떼어 강물로 떨어뜨리고는 들고 있던 껍질을 난간에 올려놓은 채 두 번의 재빠른 동작으로 담배를 만 다음 난간 위로 성냥을 굴렸다

내가 떠나지 않으면 어쩌겠소

당신을 죽일 작정입니다 당신에겐 내가 어린애같이 보일지 모르지만 그 때문이라고 생각하진 마세요

그의 콧구멍에서 담배 연기가 두 차례 뿜어져 나와 그의 얼굴을 스쳐 갔다

몇 살이나 됐죠

몸이 떨리기 시작했다 내 두 손은 난간 위에 있었다 내가 손을 감추면 그가 그 이유를 알게 되리라 생각했다

오늘 밤까지 시간을 드리죠

이봐 자네 이름은 뭐지 백치 쪽은 벤지고 그렇지 자네 이름은
쿠엔틴

나는 이름을 말하지 않았다 그걸 말한 건 내 입이었다

해가 질 때까지입니다

쿠엔틴이로군

그가 난간에 대고 담뱃재를 조심스레 비벼 털었다 연필심을 다
듬기라도 하는 양 느리고 조심스러운 동작이었다

내 손의 떨림이 멈추었다

이봐 그렇게 힘들게 생각해 봐야 득 될 게 없네 어린 친구 자네
잘못이 아니니까 내가 아닌 다른 누군가라도 했을 법한 일일세

당신은 여동생을 가져 본 일 있나요 있습니까

없네 하지만 여자들은 모조리 몹쓸 인종이지

나는 그를 때렸다 내 솔직한 손이 충동을 못 이기고 그의 얼굴
을 쳤다 그의 손도 나만큼 재빠르게 움직였다 담배가 난간 너머
로 떨어졌다 나는 다른 손을 휘둘렀으나 이 역시 담배가 강물에
닿기 전에 그에게 붙들렸다 내 두 손목을 그는 한손으로 잡고 있
었다 다른 쪽 손이 상의 밑에서 겨드랑이까지 흔들리는 걸 보았
다 해가 그의 뒤편에서 기울어 갔다 그 너머 어딘가에서 새가 울
고 있었다 새의 울음소리를 배경으로 우리는 서로를 바라보았다
그가 내 손을 놓았다

이걸 보라구

그가 난간에서 나무껍질을 집어 들어 강물로 던졌다 껍질은 수면으로 솟아오르더니 떠내려갔다 권총을 느슨히 쥔 그의 손이 난간에 얹혀 있었다 우리는 잠시 그대로 있었다

자넨 이제 명중시킬 수 없을걸세

그럴 테죠

나무껍질은 계속 떠내려갔다 숲 속은 꽤나 고요했다 나는 다시 새소리를 다음엔 물소리를 들었다 권총이 발사됐다 그는 아무것도 겨냥하지 않았는데 나무껍질이 자취를 감추었다 조각으로 부서져 퍼지며 떠올랐다 그는 부서진 껍질 두 조각을 또 쏘았다 이제 껍질은 1달러짜리 은화만 한 크기가 되었다

이쯤 하면 된 것 같은데

그는 탄창을 열어 총신을 불었다 한 줌의 엷은 연기가 일었다 그는 세 개의 약실을 다시 장전하고는 탄창을 닫았다 그리고 총구를 뒤로 해 내게 건넸다

어째서 날 주는 거죠 난 저걸 맞힐 생각이 없는데

아까 자네가 한 말을 듣고 이게 필요할 듯싶어 말이야 자네에게 이걸 주겠네 이게 뭘 할 수 있는지 자네도 보았잖나

권총을 들고 꺼져버리라구요

그를 때렸다 그에게 손목을 잡히고도 한참을 나는 그를 때리려 애썼다 그러나 여전히 기를 썼으며 그 때 마치 색유리 조각을 통해 그를 보고 있는 듯한 기분이 들었다 내 피가 순환하는 소리를 들었으며 그러자 다시 하늘과 하늘을 배경 삼아 뻗은 나뭇가지들

그 사이로 비스듬하게 내리 비치는 태양을 볼 수 있었다 그는 넘어지지 않게끔 날 붙들고 있었다

자네 날 친 건가

그의 목소리가 내겐 들리지 않았다

뭐라구요

그래 기분이 어떤가

괜찮아요 날 놔 줘요

그가 나를 놓았고 나는 난간에 기댔다

괜찮다고 그랬나

날 내버려 둬요 아무렇지 않아요

무사히 집에 갈 수 있겠나

가요 난 내버려 두고

자넨 걸어가지 않은 편이 낫겠어 내 말을 가져가게

필요 없어요 당신이나 가라구요

도착해서는 안장 머리에 고삐를 걸고 놔 주기만 하면 돼 녀석은 혼자서 마구간에 돌아올 테니까

날 좀 내버려 둬요 당신은 가란 말이야 날 가만 놔 두라고

나는 강물을 바라보며 난간에 기댔다 그가 고삐를 풀어 말을 타고 가는 소리를 들었다 이윽고 물소리밖에 들리지 않게 되었는데 그 때 새소리가 다시 들려왔다 나는 다리를 벗어나 나무에 등을 대고 앉아 머리를 나무에 기댄 채 눈을 감았다 햇살 파편이 그 틈을 뚫고 들어와 내 눈으로 떨어지자 나는 몸을 나무에서 약간

떨어뜨렸다 다시 새소리와 강물 소리가 들리더니 모든 것이 대굴 대굴 굴러 멀어져 가는 듯해 아무것도 느껴지지 않았고 거의 기 분이 좋다고 할 정도가 되었다 요 며칠 낮과 밤을 가리지 않고 어 둠 속에서 피어나는 인동덩굴 냄새가 내 방을 채운 뒤라서일까 그 가 나를 때리지 않았다는 것 그녀를 위해 그 일에 대해 거짓말을 했다는 사실 그리고 내가 계집애마냥 정신을 잃었다는 걸 얼마 후 알게 되었을 때조차 그 방에서 잠을 이루려 애썼는데 하지만 더 이상 상관없는 일이었고 나는 작은 햇살 조각들과 더불어 나무에 기대 앉았다 햇살이 나뭇가지에 달린 노란 나뭇잎처럼 내 얼굴을 어루만졌다 나는 강물 소리에 귀를 기울이며 말이 빠르게 달려오 는 소릴 들을 때까지 아무런 생각도 하지 않았다 눈을 감은 채 거 기 앉아 식식 소리를 내는 모래 위를 급히 달려가는 말발굽 소리 와 달리는 발소리와 그녀가 세차게 손을 흔드는 소리를 들었다

이런 바보 바보 같으니 다쳤잖아

나는 눈을 떴다 그녀의 손이 내 얼굴을 쓰다듬고 있었다

총소리를 들을 때까지 어느 쪽인지 몰랐어 어딘지 몰랐다구 그 사람하고 둘이서 결투를 하려고 집을 몰래 빠져나가리라곤 생각 지 않았어 그 사람이 그럴 줄이야

그녀는 나무에 내 머리를 부딪쳐 가며 양손으로 내 얼굴을 붙 들었다

그만둬 그만두라니까

그녀의 손목을 잡았다

그만 해 그만 하라구

그 사람은 그러지 않을 거라고 알았는데 그러지 않을 줄 알았는데

그녀가 내 머리를 나무에 대고 찧으려 했다

그에게 다시는 내게 말 걸지 말라고 했어 그렇게 말했다구

그녀는 손목을 빼내려 애썼다

이것 좀 놔

그만둬 난 너보다 힘이 세니까 이제 그만 해

놔 줘 그 사람을 붙들고 얘기를 해 봐야겠어 놓으라구 쿠엔틴 제발 놔

돌연 그녀가 버둥거리기를 멈추었다 그녀의 손목이 축 늘어졌다

그래 난 그 사람한테 말할 수 있다구 그를 믿게 만들 수 있어 언제고 믿게 만들 수 있어

캐디

그녀가 프린스를 매 두지 않아 녀석은 마음만 내키면 언제라도 돌아갈 수 있었다

언제라도 그이는 나를 믿게 될 거야

캐디 그를 사랑해

내가 뭘 어쩐다구

그녀가 나를 보았다 모든 게 빠져나간 그녀의 눈은 텅 비어 동상에 박힌 듯 무표정한 채 아무것도 보고 있지 않았고 차분했다

내 목에 손을 대 봐

그녀가 내 손을 잡아 자신의 목에 갖다 댔다

이제 그의 이름을 말해

달튼 에임즈

나는 피가 솟구치는 최초의 동요를 느꼈고 그것은 박차를 가하며 점차 강해졌다

다시 말해 봐

그녀의 얼굴이 숲 쪽을 향했다 해가 기울었고 새가 우는 쪽으로

다시 말해

달튼 에임즈

그녀의 피가 계속해 솟구치며 내 손을 때리고 또 때렸다

그 움직임은 오랫동안 지속됐으나 내 얼굴은 차가웠고 죽은 것 같은 기분이었다. 눈과 손가락을 베인 자리가 다시 쓰라려 왔다. 슈리브가 펌프질 하는 소리가 들렸는데, 곧 그가 대야를 들고 들어왔다. 쪼그라드는 풍선처럼 가장자리가 노란 황혼의 둥근 얼룩이 그 안에서 흔들리고 있었다. 곧 내 얼굴이 비쳤다. 나는 내 얼굴을 보려고 했다.

"피는 멎었어?" 슈리브가 물었다. "그 천을 이리 줘." 그가 내 손에서 천을 가져가려 했다.

"괜찮아. 내가 할 수 있어. 이제 거의 멎은걸." 내가 말했다. 천을 다시 물에 담그자 풍선이 이지러졌다. 물이 피로 물들었다. "깨

끗한 게 있으면 좋겠는데."

"눈에다가는 쇠고기 한 조각을 붙여야겠어." 슈리브가 말했다. "내일이면 퍼렇게 될 거야. 망할 자식 같으니라구."

"내가 녀석한테 상처를 입혔냐?" 나는 손수건을 짜서 조끼에 묻은 피를 닦아내려 했다.

"닦는 걸로는 안 돼. 세탁소에 보내야 할 거야. 이리 와 봐. 이걸 눈에 대고 있어. 왜 대지 않는 거냐." 슈리브가 말했다.

"그래도 조금은 닦이는걸." 내가 대꾸했다. 하지만 별 효과는 없었다. "내 칼라는 어때?"

"모르겠어. 이거나 눈에 대고 있으라구. 자 받아." 슈리브가 말했다.

"괜찮아. 혼자 할 수 있으니까. 그 녀석 다쳤냐?" 내가 물었다.

"녀석을 쳤는지도 모르지. 바로 그 때 난 딴 델 봤거나 눈을 감았거나 한 모양이야. 내가 본 건 녀석이 널 때리는 장면이었거든. 닥치는 대로 치더군. 어쩌자고 넌 녀석하고 주먹다짐을 한 거냐? 이 바보 녀석아 그래, 기분은 어때?"

"괜찮아. 조끼를 닦을 만한 거 뭐 없을까?" 내가 말했다.

"그까짓 옷은 내버려 둬. 그보다 눈은 아프지 않냐?"

"괜찮아." 내가 말했다. 주위의 모든 것이 보랏빛이었으며 고요했고, 풀빛 하늘은 건물 박공 너머에서 황금빛으로 변해 갔다. 바람 한 점 없는 가운데 그 굴뚝에서 올라오는 연기가 깃털 모양을 이루었다. 다시 펌프질 소리가 들렸다. 한 사내가 아래위로 오르내리는 어깨 너머로 우리 쪽을 보면서 물을 긷고 있었다. 한 여자가 문을 지나갔으나 밖을 내다보지는 않았다. 어디선가 암소가 울고 있었다. 슈리브가 말했다.

"자, 옷은 내버려 두고 그 천쪼가리나 눈에 대고 있어. 내가 내일 아침 일순위로 네 옷을 세탁소에 보낼 테니까."

"알았어. 녀석한테 최소한 피도 나게 하지 못했다니, 유감인걸."

"개자식 같으니." 슈리브가 말했다. 스포드가 박공 장식을 단집에서 나왔다. 여자와 얘기하는 중이었을 거다. 그가 안뜰을 건너와 차갑고 조롱이 담긴 눈으로 나를·보았다.

"여어, 친구," 나를 보며 그가 입을 열었다. "재미를 위해 문제를 일으키는 건 말이 안 되지. 유괴에 주먹다짐에, 휴일엔 뭘 할 생각이야? 집에다 불이라도 지를 참이야?"

"난 괜찮은걸. 그보다 블랜드 부인은 어쩌고 있지?" 내가 말했다.

"네가 피를 흘린 걸 두고 제럴드를 다그치는 중이지 뭐. 널 보게 되면 제럴드를 왜 내버려 뒀느냐고 한소리 하겠지. 싸움을 반대하진 않아도 피는 질색하거든. 흘러나오는 피를 잘 막았어야 했는데, 넌 아마 그 때문에 부인한테 점수 좀 깎일 거야. 좀 어때?"

"정말이지 맞는 얘긴걸. 블랜드 가의 일원이 되지 못할 바엔, 그 집안 사람과 간통을 저지르거나 이번처럼 술에 취해 녀석과 싸우는 게 제일이지." 슈리브가 말했다.

"바로 그거야. 하지만 난 쿠엔틴이 취한 줄은 몰랐는걸." 스포드가 말했다.

"취하지 않았어. 그런 너절한 자식을 패 주기 위해 취할 필요까진 없잖겠어?" 슈리브가 말했다.

"그래도, 쿠엔틴이 당한 걸 보니 녀석을 패 주려면 꽤 취할 필요가 있겠던걸. 녀석은 어디서 권투를 배운 거지?"

"매일 읍내에 가서 마이크한테 배우고 있어." 내가 말했다.

"그래? 넌 그걸 알면서도 놈을 친 거야?" 스포드가 말했다.

"모르겠어. 그래, 그랬을지도." 내가 대답했다.

"천을 다시 적셔. 물을 새로 떠 올까?" 슈리브가 말했다.

"이걸로 됐어." 나는 천을 다시 적셔 눈에 갖다 댔다. "조끼를 닦을 만한 게 있으면 좋겠는데." 스포드는 여전히 나를 주시하고 있었다.

"그런데 말이야. 왜 녀석을 때린 거야? 녀석이 무슨 말을 했는데?" 그가 물었다.

"모르겠어. 나도 그 이유를 몰라."

"내가 아는 건 말이지, 네가 갑자기 달려들어서는 이렇게 말한 거야. '누이를 가져 본 일이 있니? 가져 봤어?' 그러자 녀석이 아니라고 했고 네가 녀석을 때린 거지. 네가 놈을 줄곧 보고 있었던 건 눈치 챘지만, 넌 사람들 얘길 흘려듣는 것처럼 보였거든. 녀석에게 달려들어 누이를 가져 보았느냐고 묻기 전까진 말이지."

"녀석은 언제나처럼 허풍을 떠는 중이었어." 슈리브가 말했다.

"여자들 얘기였지. 왜 알잖아. 여자들 앞에서 늘 하는 식으로 말이야. 여자들은 녀석이 말하는 게 뭔지 정확히 모르게 되지. 그 잘난 빈정거림과 거짓말, 말도 안 되는 갖가지 너저분한 얘기들 알잖아. 애틀랜틱시티의 한 댄스홀에서 만나기로 한 웬 창녀 얘기였지. 여자를 세워 놓고는 호텔로 가서 자버렸는데, 여자를 부두에서 기다리게 할 걸 미안해 하면서 어떻게 누워 있었던가, 여자가 원하는 걸 줄 녀석 없이 말이야. 육체의 아름다움이니 그 쓸쓸한 결말 따위를 늘어놓으며 등을 대고 눕는 일 말곤 할 수 있는 게 없는 여자들이 그걸 가졌으니 얼마나 고달픈 일인가에 대해 얘기하고 있었지. 리다가 덤불 속에 숨어 백조를 찾으며 훌쩍이더라는 거야. 봐, 개자식이라구. 내가 녀석을 패 주려고 했어. 빌어먹을 포도주 바구니를 움켜쥐는 데 그쳤지. 그게 내 바구니였다면 해치웠을 거야."

"오 이런," 스포드가 말했다. "여성을 위한 투사로군. 넌 말이야, 찬탄과 더불어 공포를 불러일으켰다구." 그가 나를 보았다. 차갑고 조소 어린 시선이었다. "빌어먹게도 좋았지."

"유감스럽게도 난 그를 때렸어." 내가 말했다. "돌아가서 사과하기엔 꼴이 너무 엉망인가?"

"뭐, 사과를 해? 그런 놈들은 지옥에나 가라고 해. 우리 읍내로 나가자." 슈리브가 말했다.

"돌아가야 해. 그래야 그들도 쿠엔틴이 신사답게 싸운다는 걸 알게 될 거 아냐." 스포드가 말했다. "내 말은 신사답게 맞을 줄 안다는 뜻이야."

"이 꼴로? 피로 범벅이 된 옷을 입고 말야?" 슈리브가 말했다.

"뭘, 괜찮아. 잘 알잖아." 스포드가 말했다.

"속옷 차림으로 돌아다닐 순 없다구." 슈리브가 말했다. "아직 졸업반도 아닌데 말야. 자, 읍내로 가자."

"넌 갈 필요 없어. 피크닉이나 하러 가." 내가 말했다.

"그런 패거리 따위 알 게 뭐야? 자, 같이 가자." 슈리브가 말했다.

"저들한테 뭐라고 하지? 너랑 쿠엔틴 역시 싸웠다고 할까?" 스포드가 말했다.

"아무 말도 하지 마." 슈리브가 말했다. "블랜드 부인한테 일몰을 기점으로 선택권은 소멸됐다고 해. 가자, 쿠엔틴. 난 저 여자한테 제일 가까운 전차역을 물어볼게."

"아냐. 난 읍내로 돌아가지 않겠어." 내가 말했다. 슈리브가 멈춰 서서 나를 보았다. 돌아서는 그의 귀에 걸린 안경이 작고 노란 달처럼 보였다.

"뭘 어쩌려고?"

"아직은 읍내로 돌아가지 않겠다고. 넌 소풍 장소로 돌아가라니까. 난 옷을 버려서 가지 않을 거라고 말해 줘."

"이것 봐, 대관절 뭘 어쩌려고 그래?" 그가 말했다.

"아무것도. 난 괜찮아. 넌 스포드와 돌아가. 내일 보자구." 나는 안뜰을 가로질러 길 쪽을 향했다.

"역이 어딘진 알고 있어?" 슈리브가 물었다.

"찾게 되겠지. 모두 내일 보자구. 블랜드 부인한텐 일정을 망쳐 미안하다고 전해 줘." 두 사람은 나를 지켜보며 서 있었다. 나는 그 집을 돌아갔다. 돌을 깐 오솔길이 한길로 이어졌다. 그 양쪽에 장미가 자라 있었다. 나는 대문을 지나 한길로 들어섰다. 길은 언덕을 내려가 숲을 향해 나 있었는데, 길가에서 자동차를 겨우 눈으로 확인할 수 있었다. 나는 언덕을 올랐다. 올라갈수록 불빛이 늘어나더니 고갯마루에 닿기 전 전차 소리가 들렸다. 황혼 저 너머 먼 곳에서 들려오는 소리였다. 나는 멈춰 서서 귀를 기울였다. 이제 더 이상은 차를 알아보기 어려웠지만, 슈리브가 건물 앞 길에 선 채로 언덕을 올려다보는 모습은 눈에 들어왔다. 그의 등 뒤로 노란 불빛이 그 건물 지붕에 칠한 페인트처럼 퍼져 있었다. 나는 손을 들어 보인 뒤 전차 소리에 신경을 쓰면서 언덕을 넘었다. 곧 집은 보이지 않게 되었으며 초록의 틈새 노란 불빛 속에 서서 차츰 높아져 가는 전차 소리를 들었다. 소리가 잦아들기 시작해 완전히 사라져버릴 때까지. 나는 소리가 다시 들릴 때까지 기다렸다. 이윽고 나는 걸음을 옮겼다.

언덕을 내려갈수록 불빛은 차츰 줄어들었는데, 동시에 그것은 빛의 질이 변한 게 아닌, 변하고 가라앉는 것은 불빛이 아닌 내 쪽이라고 느꼈다. 숲으로 뻗은 길일지라도 거기엔 신문을 읽을 수 있을 정도의 밝음이 있었다. 샛길에 닿았다. 나는 그쪽으로 방향을 틀었다. 한길보다 좁고 어두웠지만 시내 전차 정거장—나무판을 두른 오두막에 불과했지만— 에 나섰을 때에도 불빛은 여전히 변함이 없었다. 샛길을 지난 뒤라 그런지 더 밝아진 듯도 했다. 밤새 샛길을 걷다가 다시 아침을 맞은 기분이었다. 이윽고 전차가 왔다. 전차에 오르자 사람들의 시선이 내 눈으로 향하는 걸 느끼며, 나는 왼쪽에서 빈 좌석 하나를 찾아냈다.

전차 안에 불이 켜져 있었으므로, 나는 전차가 나무들 사이를 달리는 동안 창에 비친 내 얼굴과 통로 건너편에 앉은 부러진 깃털 장식이 달린 모자를 쓴 여자 말고는 아무것도 볼 수 없었다. 그러나 나무들 틈새를 빠져나오자 다시 황혼이 시야로 들어왔다. 저무는 해가 지평선 바로 아래에 걸린 채로 정말이지 잠깐 동안 시간이 멈추기라도 한 것처럼 그 밝기에는 변화가 없었다. 그리고 전차는 아까 한 노인이 자루에서 뭔가를 꺼내 먹던 정거장을 지났다. 길은 황혼 아래를 지나 황혼 속으로 이어졌으며, 저 너머에서 평화롭고도 빠르게 흐르는 강물의 존재가 느껴졌다. 전차의 움직임은 계속되었는데, 열린 문으로 끊임없이 들어오는 바람이 마침내 여름과 어둠의 냄새를 전차 안으로 불러들였으나 그 안에 인동덩굴 냄새는 없었다. 인동덩굴 냄새는 온갖 것들 중에서 가장 슬픈 냄새가 아닐까. 나는 많은 냄새를 떠올린다. 등나무도 그중 하나다. 비 오는 날, 어머니가 창가 병상을 떠나 있을 정도로 상태가 크게 나쁘지 않을 때 우리는 그 밑에서 놀곤 했다. 어머니가 누워 계실 때 딜시는 우리에게 낡은 옷을 입혀 빗속으로 내보냈다. 그녀가 보기에 비는 어린애들에겐 결코 해를 입히지 않는 것이기 때문이었다. 그러나 어머니가 일어나 계시면 우리는 어머니가 너무 시끄럽다고 하실 때까지 현관에서 놀다가 밖으로 나가 등나무 줄기 밑에서 노는 것이다.

여기 이 부근이 오늘 아침 내가 마지막으로 강을 본 곳이다. 황혼 저편의 강물이 느껴졌다, 냄새가 났다. 봄에 꽃이 만발하고 비가 내리면 어디서든 그 냄새가 풍기는데, 다른 때는 그 정도까지는 알 수가 없었지만, 비가 내릴 때면 냄새는 황혼 녘이면 집 안까지 흘러 들어오기 시작했다. 저물 녘 비가 더 내렸던가 그 빛 속에 무엇이 있었거나 했으리라. 냄새는 그쯤 되면 늘 진해졌는데, 나는 침대에 누워 언제쯤 멈추려나 언제쯤 멈추려나 하고 생각했다. 전차 입구를 지나가는 공기 속에서 강물 냄새를 맡았다. 축축하고 지속적인 흐름이었다. 때로는 언제 멈추려나 하고 반복해 중얼거리며 잠들 수도 있었으나, 그때는 인동덩굴 냄새가 방 안에서 뒤범벅이 된 후라, 모든 게 밤과 불안을 상징하게 되고 만다. 나는 잠든 것도 깨어 있는 것도 아닌 채 그저 누워 회색 빛 어스름 속 긴 복도를 내려다보고 있는 듯한 기분이었다. 모든 견고한 사물들이 덧없는 역설이 되어버리고, 내가 행한 모든 것이 내가 괴로워한 모든 것에 그늘을 드리우는 곳, 눈에 보이는 형태를 기묘하고 잘못된 것으로 간주하고, 사물들이 긍정하는 의미를 부인한 채 그 본래의 모습은 상관 않고 비웃는 곳에서 생각했다 나였다 내가 아니었다 누가 아니었나 아닌 것은 누구였나.

나는 황혼 너머로 강이 휘어지는 냄새를 맡을 수 있었고 깨진 거울 조각 같은 물결의 파편 위로 무기력하고 고요하게 빛을 발하는 마지막 빛을 보았다. 곧 물결 너머에서 빛은 엷고 맑은 대기속에서 나비마냥 작게 몸을 떨기 시작하더니 먼 곳에까지 공중에 머물러 있었다. 막내 벤저민. 얼마나 그 거울 앞에 앉아 버릇 했는지. 충돌이 진정되고 잠잠해지고 조정되는 확실한 피난처. 나이든 내 아이 벤저민 애굽에 인질로 보낸 아이. 오 벤저민. 딜시가 말하길 그건 어머니가 그앨 지나치게 자랑스러워한 까닭이라고 했다. 흑인들은 급작스럽고 기민한 작고 검은 흐름과 더불어 백인들의 삶으로 침투해 들어온다. 현미경으로 들여다보는 양 논쟁의 여지없는 진실 안에 잠시 잠깐 백인의 현실을 고립시키는 그런 흐름 말이다. 그 나머지 시간은 웃을 거리가 없는데도 웃는 목소리에 지나지 않으며, 아무 울 이유 없이 흘리는 눈물에 불과하다. 그들은 장례 조문객 수가 홀수냐 짝수냐를 놓고도 내기를 할 것이다. 멤피스에 있는 흑인으로 가득 찬 한 창녀촌 여자들은 종교적 황홀에 빠져 벌거벗은 채 거리로 달려 나갔다. 그중 한 명을 제압하는 데 세 명의 경찰관이 필요했다. 맞습니다 예수여 오 선량한 자 예수님이여 오 선한 이여.

전차가 멈추었다. 사람들의 시선이 내게 닿는 것을 눈으로 느끼며 전차에서 내렸다. 시내 전차가 왔지만 만원이었다. 나는 뒤쪽 승강구에 그대로 있었다.

"앞쪽에 자리가 있습니다." 차장이 말했다. 나는 안을 훑어보았다. 왼편 자리는 없었다.

"전 멀리 가지 않습니다. 여기 그냥 서 있겠습니다." 나는 대답했다.

전차는 강을 건넜다. 다리는 공중에서 천천히 높게 호를 그리며 침묵과 무(無) 사이에 걸려 있었는데, 빛—노랗고 붉고 초록색을 띠는—이 맑은 대기 속에서 흔들렸다. 그 움직임은 반복되었다.

"앞쪽에 가서 자리에 앉는 편이 낫겠는데요." 차장이 말했다.

"곧 내릴 겁니다. 한두 구간 지나서요." 내가 말했다.

우체국에 닿기 전에 나는 내렸다. 모두들 지금쯤 어딘가에 모여앉아 있겠지. 그러나 그 때 나는 회중시계 소리를 들으며 종소리에 귀를 기울이기 시작했다. 그리고 코트를 더듬어 슈리브의 편지를 확인했다. 간간이 끊어지는 느릅나무 그림자가 내 손 위로 흘러갔다. 학교 안뜰로 들어서자 종이 울리기 시작했다. 그 음계가 물웅덩이의 잔물결처럼 밀려와 나를 지나쳐 가는 동안 나는 몇 시 15분 전이지, 라고 중얼거리며 계속해 걸음을 옮겼다. 괜찮잖아. 몇 시 15분 전이든.

우리 방 창문이 어두웠다. 입구는 비어 있었다. 나는 안으로 들어가 왼쪽 벽에 바짝 붙어 걸었다. 그러나 아무도 없었다. 다만 층계만이 그림자 속으로, 그 그림자 위의 가벼운 먼지처럼 슬픈 세대에 걸친 발걸음의 메아리 속으로 휘어져 올라갈 뿐이었다. 내두 발은 먼지처럼 그 안을 걸었다. 다시 가볍게 자리 잡기 위해.

불을 켜기 전에 나는 그 편지를 볼 수 있었다. 편지는 테이블 위의 책에 기대 세워져 있어 쉽게 눈에 띄었다. 슈리브를 내 남편이라 부르고 있었다. 그리고 스포드는 그들이 어딜 좀 가게 돼 늦게까지 돌아오지 않을 거라고, 블랜드 부인은 다른 기사(騎士)가 필요할 것이라고 했다. 나는 슈리브를 만났을는지도 모른다. 하지만 6시가 지났기에 다음 전차를 타려면 한 시간은 기다려야 한다. 나는 회중시계를 꺼내 거짓 시간조차 알릴 수 없게 된 것도 모르고, 똑딱거리는 시계에 귀를 기울였다. 그러고는 문자반을 위로 해서 테이블 위에 놓고, 블랜드 부인의 편지를 집어 들어 두 조각으로 찢어 쓰레기통에 넣고, 상의, 조끼, 칼라며 넥타이, 셔츠를 벗었다. 넥타이 역시 못 쓰게 되어 있었다. 그러나 검둥이놈들은. 검둥이놈들은 핏자국을 보면 예수가 매던 것이라 말할지도 모른다. 나는 슈리브 방에서 휘발유를 찾아내 판판하게 펴질 만한 테이블 위에 조끼를 펼쳐 놓고 휘발유 병을 열었다.

마을 최초의 자동차 계집애 주제에 제이슨이 참지 못하는 게 그거죠 휘발유 냄새는 그의 신경을 긁어 한층 날카로워져요 계집애 주제에 그런다고 누이를 가져 본 적 없다고 하지만 벤저민은 내 안쓰러운 아이 벤저민은 내게 어머니가 계시기만 했다면 난 어머니 어머니 하고 말할 수 있었을 텐데 휘발유가 조끼에 듬뿍 스며들었다. 그래서 핏자국이 여전히 남아 있는 것인지 단지 휘발유 얼룩인지 알 수 없었다. 베인 자리가 다시 쓰라리기 시작했다. 씻으러 가면서 나는 조끼를 의자에 걸어 놓고 전등선을 낮추어 놓았다. 그사이 전구의 열로 얼룩이 마를 수 있게 말이다. 나는 손과 얼굴을 씻었는데, 비누 냄새

속에서도 톡 쏘며 콧구멍을 약간 죄어 오는 그 냄새를 맡을 수 있었다. 나는 가방을 열어 셔츠와 칼라, 넥타이를 꺼내고 피 묻은 것들을 집어넣고는 가방을 닫고 옷을 입었다. 머리를 빗는 동안 30분 종이 울렸다. 그러나 어쨌든 45분까지였다 휙휙 지나가는 어둠 속에서 그 자신의 얼굴만 보이고 부러진 모자 깃털 장식은 보이지 않는다 혹 그들 중 두 사람이 아니 그런 모양으로 두 사람이 같은 날 밤 보스턴에 갈 수는 없다 순간 내 얼굴이 그의 얼굴이 요란스레 덜컹거리는 창 저편으로 지나가고 그 때 어둠 속에서 두 개의 밝은 창문이 굳어진 채 날아가 없어져버린다 나는 단지 그의 얼굴과 나의 얼굴만 본다 아니면 보았는가 아직 작별은 아니다 정거장에서 먹고 있던 노인은 없다 어둠과 정적 속 인기척 없는 길 다리가 고요한 어둠 속에 아치를 그리며 걸려 있고 강물은 평화롭게 부지런히 흘러간다 하지만 작별은 아니다

나는 불을 끄고 침실로 들어갔다. 휘발유 냄새 속을 빠져나왔으나 여전히 냄새가 났다. 창가에 서자 커튼이 어둠 속에서 천천히 움직여 와 누군가 자면서 숨을 쉬는 양 내 얼굴에 닿더니 감촉만을 남기고 다시 어둠 속으로 천천히 물러갔다. 모두 위층으로 올라가버리자 어머니는 장뇌 냄새가 나는 손수건을 입에 댄 채 의자에 앉았다. 아버지는 움직이지 않고 어머니 손을 잡은 채 그 곁에 가만히 앉아 있었고 벤저민이 울어대는 소리는 정적 속에는 그를 위한 자리가 없다는 듯 멀리 사라져 간다 내가 어렸을 때 우리가 갖고 있던 어느 책에 그림이 하나 있었는데, 어두운 곳에 약한 한 줄기 광선이 비쳐 들어 두 얼굴을 비스듬히 비추어 그림자에서 떠오르게 한 그림이었다.

만약 내가 왕(王)이라면 뭘 할지 알아? 그녀는 결코 여왕이나 요정인 적이 없었다. 그녀는 언제나 왕이거나 거인이거나 장군이었다. 난 저길 부수고 열어젖혀 그들을 끌어내고 흠씬 패 주겠어 그 그림은 찢어 져 너덜너덜해졌다. 나는 기뻤다. 나는 그 그림을 떠올리지 않을 수 없었고 그러면 마침내 그 지하감옥은 어머니 그 자체가 되어, 어머니와 아버지가 손을 잡고 희미한 빛 위로 올라가고, 우리는 그 두 사람 아래쪽 어딘가로 한 줄기 빛조차 없는 곳에서 길을 잃 는다. 그러면 그곳으로 인동덩굴 냄새가 흘러 들어왔다. 내가 불 을 끄기 무섭게 잠을 청하면 인동덩굴 냄새는 방 안으로 치달아 밀려 들어와 그 속에서 조금이라도 공기를 더 마시려고 헐떡이다 끝내는 어렸을 때처럼 일어나 손으로 더듬으며 걷게 될 때까지 쌓 이고 쌓였다 손은 눈에는 보이지 않는 문을 마음속으로 그려내고 만지 는 것으로 볼 수 있다 문은 이제 아무것도 아니다 손은 볼 수 있다 내 코 는 휘발유와 테이블 위의 조끼와 문을 볼 수 있었다. 복도는 수세 대에 걸쳐 물을 찾던 모든 발소리가 자취를 감추어 여전히 인기 척이 없었다. 그러나 눈은 보려 하지 않은 채 꽉 다문 이처럼 닫혀 있었 다 정강이와 발목과 무릎의 아픔이 느껴지지 않는 것조차 믿지 않으려고 도 의심하려고도 하지 않고 눈에는 보이지 않는 층계 난간이 길게 뻗어 있는 것도 의심하지 않는다 어머니 아버지 캐디 제이슨 모리가 자고 있 는 어둠 속에서 한 발만 잘못 디디면 문이다 나는 두렵지 않다 다만 어머 니 아버지 캐디 제이슨 모리가 벌써 자고 있으니 나도 빨리 자야겠다 문 문이다 문 그곳 역시 텅 빈 채 파이프와 자기(磁器), 더럽고 조용한 벽, 사색하는 왕좌가 있을 뿐이었다. 나는 유리잔을 잊어버렸으나 나는 손은 차가운 손가락을 눈에 보이지 않는 백조의 목구멍을 볼 수 있고 거기서는 모세의 지팡이도 필요 없으며 가늘고 차가운 목에서 소리가 나지 않도록 잔에 몰래 손을 댔으나 잔은 소리를 내며 차갑게 냉각되고 가득 찬 유리잔은 넘쳐 흘러 유리잔을 냉각시키고 손가락은 잠을 밀어내 목구멍의 긴 침묵 속에 맥 빠진 잠만이 남고 나는 복도로 되돌아가 웅성대는 대군(大軍) 속에서 침묵 속으로 사라진 발소리를 일깨우며 휘발유 냄새 속으로 들어갔다. 거기에는 여전히 회중시계가 어두운 테이블 위에서 미친 듯이 거짓말을 하고 있었다. 그러자 커튼이 어둠 속에서 내 얼굴에 숨을 내뿜었고 그 느낌이 얼굴에 남았다. 아직 15분이 있다. 그리고 곧 나는 존재하지 않을 것이다. 이것이야말로 가장 평화스러운 말이다. 가장 평화로운 말. *Non fui. Sum. Fui. Non sum*(라틴어 표현으로 차례로 '나는 존재하지 않았다, 나는 존재한다, 나는 존재했다, 나는 더 이상 존재하지 않는다'를 뜻한다—편집자). 언젠가 어디에선가 종소리를 들었다. 미시시피 주였던가, 아니면 매사추세츠 주였던가. 나는 존재했었다. 지금은 존재하지 않는다. 매사추세츠 아니면 미시시피였나. 슈리브는 트렁크 속에 병을 하나 가지고 있다. 자네는 그걸 열지 않을 생각인가 제이슨 리치몬드 콤슨 부부는 세 번이나. 사흘이나. 자네는 그걸 열지 않을 겐가 그들의 딸 캔데이스의 결혼을 발표함 그 술은 자네에게 목적과 수단을 혼동하도록 가르치네 나는 존재한다. 마신다. 나는 존재하지 않았다. 벤지의 목장을 파는 거야. 그러면 쿠엔틴은 하버드에 들어갈 수 있을지도 모르고 나는 영원토록 뼈를 갈아 부수게 될지도 모르지. 나는 얼마 안 돼 죽겠지. 1년이었느냐고 캐디가 말했다. 슈리브는 그의 트렁크 안에 병을 하나 가지고 있다. 난 슈리브의 병 같은 건 필요 없어요. 나는 벤지의 목장을 팔았기 때문에 하버드에서 죽을 수 있는 겁니다. 캐디 말마따나 출렁이는 물결에 맞추어 조용히 떨고 있는 바다의 크고 작은 동굴 속에서. 하버드는 그토록 훌륭한 이름이므로. 그런 이름이라면 40에이커는 비싼 값이 아니라고. 훌륭한 죽은 이름. 우리는 벤지의 목장을 그 훌륭한 죽은 이름과 맞바꿀 것이다. 그 이름은 오랫동안 그의 머리에 남아 있을 것이다. 그로선 냄새를 맡을 수 없는 한 귀로 들을 수 없으므로 그녀가 문으로 들어서자마자 그는 울기 시작했다 나는 아버지가 늘 그녀를 꾸짖는 것은 바로 읍내 건달놈 한 놈 때문이라고 줄곧 생각했는데, 마침내 나는 다른 낯선 떠돌이 상인들과 마찬가지로 그에 대해서도 전혀 신경을 쓰지 않았고, 또 그게 군용 와이셔츠인 줄로 알고 있었다. 그런데 돌연 그가 나를 숨은 재난의 근원이라고는 전혀 생각지 않고, 나를 바라보면서 그녀를 생각하고, 마치 색유리 조각 너머로 보듯 그녀를 통해 나를 보고 있었음을 깨달았다. 왜 내 일에 참견하지 아무 소용없는 걸 알잖아 그런 건 어머니와 제이슨에게 맡겼다고 생각했는데

어머니가 제이슨더러 너를 엿보라고 하라시든 나 같으면 그런 짓은 하지 않겠어.

여자들이란 다른 사람들의 도덕 관념에 기댈 뿐이지 그건 어머니가 캐

디를 사랑하기 때문이야 어머니는 아플 때조차 아래층에 머무르며 아버지가 제이슨 앞에서 모리 삼촌을 놀리지 못하게끔 했다. 모리 삼촌은 너무나 가여운 고전주의자라서 눈먼 불멸의 큐피드를 위험에 빠뜨리는 일은 없을 거라고 아버지는 말했다. 삼촌은 제이슨을 심부름꾼으로 골랐어야 했던 것이다. 왜냐하면 제이슨이라면 모리 삼촌 자신이 하는 것 같은 실패밖에는 하지 않았을 것이므로. 즉 남이 삼촌을 때리게 하는 따위의 실수는 하지 않을 것이므로. 패터슨네 소년은 제이슨보다 작았다. 둘은 연 하나를 5센트에 팔았는데, 곧 재정난에 빠졌다. 그러자 제이슨은 패터슨 소년보다 더 작은 아이를 아무튼 아주 작은 애를 짝으로 삼았다. 왜냐하면 티피 말로는 제이슨이 여전히 회계 담당이기 때문이었다. 그러나 아버지는 화덕 안에 발을 넣고 앉아 있는 것밖엔 아무것도 하지 않는 검둥이를 대여섯 놈이나 먹일 수 있는 이상 모리 삼촌이 일할 필요는 없다고 했다. 확실히 아버지는 이따금 모리 삼촌의 의식주를 챙기고 다소간 돈도 빌려줄 수 있었다. 그렇게 함으로써 아버지는 자신의 일족이 하늘에서 태어났다는 믿음을 기분 좋게 보전할 수 있었다. 그러면 어머니는 울면서 아버지가 자신의 집안이 어머니 쪽보다 훌륭하다고 믿고 있어 아이들에게도 그렇게 가르치려고 모리 삼촌을 우롱한다고 하셨다. 어머니는 아버지가 우리에게 가르치던 것, 즉 모든 인간은 톱밥을 가득 채워 넣은 인형일 뿐으로, 그 톱밥은 낡은 인형이 상처 여기저기에서 흘러나온 것을 자신이 버려진 쓰레기통에서 긁어 모은 것이라는 사실을 이해하지 못했으나 그 가르침은 내게는 죽어 있는 게 아니었다. 나는 늘 죽음을 어딘가 할아버지를 닮은 사람으로, 할아버지의 친구로, 할아버지 한 사람의 개인적인 친구로 생각하고 있었다. 마치 우리들이 할아버지 책상을 만질 수 없고 그것이 있는 방에서는 떠들지도 못한다고 생각해 왔듯. 그래서 나는 언제나 할아버지와 죽음을 반드시 어디엔가 함께 있어 노(老)대령 사토리스가 내려와 함께 앉기를 기다리며 삼나무 숲 저편 높은 데서 기다리고 있는 것으로 생각했다. 사토리스 대령은 훨씬 높은 곳에 앉아 먼 곳을 물끄러미 바라보고 있고 할아버지와 죽음은 대령이 그것을 다 보고 내려오기만을 기다리고 있는 것이다. 할아버지는 군복 차림이었고, 우리는 삼나무 저편에서 그들이 나직이 얘기하는 소리를 들을 수 있었다. 그들은 언제나 이야기를 하고 있었으며 할아버지 쪽이 항상 옳았다.

45분 종이 울리기 시작했다. 최초의 울림이 정연하게 조용히 무엇인가 명령하듯 울려퍼지고, 다음 울림을 위해 우물쭈물하는 정적을 텅 비워 놓는다. 그렇다, 만일 사람들이 그렇게 서로를 영원히 바꿀 수 있다면 한순간 활활 타오르다가 차디찬 영원의 어둠 속으로 깨끗이 사라져버릴 수 있다면 모든 삼나무가 벤지가 그토록 싫어했던 향수 같은 날카로운 죽은 냄새를 풍기게 되기까지 그네를 생각하지 않으려 하며 언제까지나 거기 누워 있는 대신에. 숲을 상상하기만 해도 나에겐 은근히 속삭이는 파도 소리가 들리는 것 같고 몹시 흥분한 나신(裸身) 속에서 뜨겁게 울렁이는 피 냄새를 맡을 수 있고 한 쌍씩 풀려난 돼지가 교미를 하며 바다로 돌진하는 게 감은 붉은 눈꺼풀 안에서 보이는 것 같았다. 그리고 아버지와 우리는 좀 더 눈을 뜨고 잠깐이나마 나쁜 일이 행해지는 것을 봐야 하는데 그것은 반드시 나쁜 일은 아니기 때문이라 하기에 나는 용기 있는 자는 그럴 필요조차 없다고 하자, 아버지는 넌 그런 일을 하는 것이 용기라 생각하느냐고 하셨다. 나는 아버지는 그렇게 생각하지 않느냐고 했는데 아버지는 인간이란 누구든 본인의 미덕에 대한 심판자이며 네가 그것을 용감한 행위라 생각하는가 하는 문제는 행위 그 자체보다도 그렇게 생각지 않으면 네가 열중할 수 없는 어떤 행위보다 더 중요하다고 했다. 아버지는 내가 진심이란 걸 믿지 않느냐고 하니, 아버지는 너는 나를 조금이라도 당황하게 만들기엔 지나치게 신중하다, 그렇지 않다면 너는 자신이 근친상간을 범했다고 내게 말하지 않을 수 없게 되는 일은 없었을 것이라 했다. 나는 거짓말을 하는 게 아녜요, 난 거짓말 같은 거 하고 있지 않아요, 하고 말하자 아버지는 너는 인간의 극히 당연한 우행을 공포로까지 확대시켜 그걸 진실이란 것으로 깨끗이 만들려 한다고 말했고 나는 캐디를 이 시끄러운 세상에서 격리시켜 놓으려 했으며 그렇게 세상이 필연적으로 우리 둘을 저버리지 않을 수 없게 만들어 세상의 시끄러움을 마치 전혀 없었던 것처럼 사라져버리게 하고자 했다고 하자 아버지는 너는 캐디에게 그런 짓을 하게 만들려 했냐고 말하고 나는 그렇게 하는 것을 두려워했고 그녀가 그러지 않을까 싶어 두려웠는데 그렇게 되면 그것은 아무 소용도 없어질 것이기 때문이었다고 했다 그렇지만 내가 아버지에게 우리가 그걸 했다고 말할 수 있으면 그건 확실히 그렇게 되고 그러면 다른 사람들에겐 그렇게 되지 못하며 그러면 세상의 소란스러움과는 멀어지게 되리라 생각했다고 말했다 그러자 아버지는 너는 지금도 거짓말을 하고 있진 않지만 너는 자신의 내부에 있는 것을 일반적인 진실의 그 부분에 관해서는 모든 인간의 벤지 같은 애의 얼굴에까지 그늘을 던지는 일련의 자연적 사건과 그 원인과의 인과관계를 여전히 이해하지 못하고 있으며 너는 사물에 끝이 있다고는 생각지 않고 있고 일시적인 마음 상태가 육체 위에서 균형을 유지하게 되고 마음 그 자체와 마음이 완전히 저버리지는 않는 육체 둘 모두 의식하게 되는 이상적인 상태를 생각하고 있어서 너는 죽는 일조차 없으리라 말한다고 했다 내가 그럴지도 모른다고 하자 아버지는 너는 언젠가는 그것이 지금처럼 너를 괴롭히지 않게 된다고 생각하는 걸 견딜 수 없는 거야 만약 그 의미를 알게 되면 너는 그걸 이를테면 얼굴은 전혀 변하지 않는데 하룻밤 사이에 머리카락만 새하얗게 돼버리는 것 같은 하나의 체험으로만 보게 될 거야 이런 조건 아래서 그런 짓은 하지 않겠지 그건 하나의 도박일지도 몰라 그런데 이상하게도 우연으로 잉태된 그리고 그 사람의 호흡이 이미 그에게 불리해지게끔 된 주사위를 던지는 것처럼 인간이란 존재는 결코 마지막 내기엔 모험하지 않는 법이거든 그 사람 자신은 그 마지막 내기에 폭력으로부터 심지어는 어린애도 속이지 못할 속임수에 이르기까지 온갖 수단을 시험하는 일 없이 단호히 맞서야 한다는 걸 미리부터 알고 있지만 어느 날엔가 진저리를 치며 단 한 장의 카드 패에 모든 걸 내맡기고 마는 거야 하지만 누구든 절망이나 회한 사별 등에 처음 타격을 입은 정도로는 그런 짓을 할 리 만무하지 그런 짓은 그 사람이 승산 없는 암담한 노름꾼에겐 절망이든 회한이든 사별이든 그다지 중요치 않다는 것을 깨달았을 때에야 비로소 저지르는 거야 내가 그럴지도 모른다고 하자 아버지가 이렇게 생각하는 것은 괴롭지만 사랑이니 슬픔이니 하는 건 아무 계획 없이 사들인 채권과 같아서 좋건 싫건 만기가 되면 아무 예고 없이 상환되며, 그것은 마침 하나님이 팔고자 내놓은 것과 적당히 뒤바뀌게 될 뿐이며 너는 캐디조차 절망할 가치가 없다는 것을 믿게 될 때까진 그렇게 생각지 않을 거라 하기에 나는 결코 그렇게는 생각지 않을 것이며 내가 뭘 알고 있는지 아는 이는 아무도 없다고 하니, 아버지가 너는 곧장 캠브리지로 떠나는 게 좋겠구나 한 달쯤 메인 주에 가 있어도 되겠지 돈을 요령껏 쓰면 그 정도 여유는 있어 돈을 아껴 쓰는 일은 예수님 이상으로 마음의 상처를 달래 준다는 걸 알아두는 것도 좋은 일이지, 라고 하기에 만일 아버지가 믿는 것을 내가 이해한다고 하면 다음 주나 다음 달에 거기에서 이해할 수 있게 될 거라고 했다 그러자 아버지는 그때 너는 네가 하버드에 가는 건 네가 태어났을 때부터 어머니의 꿈이었다는 것을 그리고 콤슨 집안 사람은 결코 여자를 실망시킨 일이 없다는 것을 상기하게 될 것이라 말했다 나는 그러는 편이 나로서도 집안 식구들을 위해서도 좋을 거라고 했고 아버지는 인간이란 저마다 자신의 미덕의 심판자이나 다른 사람의 행복을 규정할 수 없는 거라고 했다 내가 그럴지도 모른다고 하자 아버지의 말은 모든 말 중에서 가장 슬픈 말이 되고 세상엔 그 외엔 아무것도 없고 그것은 때가 올 때까지는 절망이라할 수 없으며 그것이 그렇다고 말할 수 있기까지는 시간조차 없는

마지막 종이 울렸다. 그리고 울림이 멎자 마침내 어둠은 정적을 되찾았다. 나는 거실로 들어가 불을 켜고 조끼를 입었다. 휘발유 냄새는 이젠 거의 사라져 미미하게 맡을 수 있는 정도였고, 거울엔 얼룩이 비치지 않았다. 어쨌든 내 눈처럼 뚜렷하진 않았다. 나는 상의를 입었다. 슈리브의 편지가 그 안에서 부스럭거렸다. 나는 편지를 꺼내 주소를 살피고 겉주머니에 넣었다. 그다음 회중시계를 슈리브 방으로 가져가 그의 서랍에 넣고, 방으로 돌아와 새 손수건을 들고 문께로 가서 전등 스위치에 손을 얹었다. 그 때 이를 닦지 않은 걸 깨달아 나는 가방을 다시 열지 않을 수 없었다. 나는 칫솔을 찾아내고 슈리브의 치약을 묻혀 방을 나와 이를 닦았다. 나는 물기를 될 수 있는 한 꼭 짜서 칫솔을 가방에 도로 넣고 가방을 닫은 뒤 다시 문 쪽으로 갔다. 불을 끄기 전 혹시 또 뭔가 잊어버린 게 있는가 싶어 둘러보고는 모자를 빼먹은 걸 알게 되었다. 우체국에 들러야 하는데 그러면 틀림없이 학생 몇몇을 만나게 되리라. 그들은 나를 보고 4학년인 양 하버드 광장을 어슬렁

대는 수업을 빼먹은 학생이라 여기겠지. 모자를 솔질하는 것 역시 잊었으나 슈리브에게 솔이 있기에 나는 더 이상 가방을 열 필요가 없었다.

1928년 4월 6일

    제이슨의 시점으로 전개되는 장으로 첫 번째 장 바로 전날로 돌아간다.

    제이슨은 쿠엔틴을 하버드에 보내기 위해 부모님이 자신의 교육에는 소홀했다는 원망을 가슴 깊이 품고 있다. 그러나 그에게 있어 무엇보다 큰 고민거리는 누이 캐디의 사생아 쿠엔틴이다. 학교에 다니는 걸 싫어하는 쿠엔틴은 남자들과 되는 대로 육체관계를 맺는 통제불능인 아가씨이다. 이런 그녀의 방탕한 행실은 거역할 수 없는 운명의 고리를 시사한다.

한 번 몸을 버린 년은 언제까지나 더러운 년이지. 내가 말하려는 건 그거였다. 걔가 학교를 빼먹고 다니는 걸 걱정할 뿐이라면 어머니는 행복한 거라고도 했다. 걔는 위층 자기 방에서 분이나 잔뜩 바르고 앉아 한 접시의 빵과 고기로 배를 채우기 전까지는 의자에서 일어날 생각도 않는 검둥이 여섯 놈이 제 아침을 준비해 주기만 기다릴 게 아니라 일찌감치 부엌에 내려와야 한다고 나는 말했다. 그러자 어머니가 입을 열었다.

"그렇지만 학교 선생들에게 내가 그앨 다루지 못한다고 다룰 힘이 없다고 생각하게 하는 건……"

"하지만," 내가 말했다. "어머닌 사실 못하잖아요? 어머닌 여태까지 한번도 걔를 단속하려 든 적이 없었으니까요. 그런데 벌써 열일곱이나 먹은 애를 이제 와서 단속할 수 있을 리 있겠어요?"

어머니는 잠시 생각했다.

"하지만 학교 선생들에게 그렇게……걔가 성적표를 받은 것도 몰랐다고 여겨져서는, 걔가 작년 가을 학기 초에 금년부터는 성적 표가 없어진다고 내게 말했거든. 그런데 정킨 선생이 전화로 한 번만 더 결석하면 걔가 퇴학당한다는 거야. 그애는 어쩌자고 그러 는 걸까? 넌 종일 읍내에 가 있었으니 걔가 거리를 서성대면 볼 수 있지 않니."

"그야 그렇죠." 내가 말했다. "거리를 건들거리고 쏘다닌다면 만날 수도 있겠지요. 하지만 걔가 사람들 앞에서 할 수 있는 걸 하 려고 학교를 빼먹은 게 아니니까 문제죠."

"그건 무슨 뜻이냐?" 어머니가 물었다.

"별 얘긴 아네요." 내가 말했다. "그저 어머니 질문에 대답한 것뿐이에요." 그러자 어머니는 자신의 살과 피를 나눈 자식이 어 떻게 어머니를 괴롭히느냐며 다시 울기 시작했다.

"어머니가 물어보니까 대답한 거 아닙니까." 내가 말했다.

"아냐, 너를 두고 하는 말이 아니다. 자식들 중 내게 수치가 되 지 않은 건 너뿐이잖니."

"그럴 테죠." 내가 말했다. "저한텐 그럴 만한 겨를이 없었으니 까요. 쿠엔틴 형처럼 하버드에 다닐 짬도, 아버지처럼 죽도록 술 에 취할 시간도 없었으니까요. 전 일을 해야 했거든요. 그렇지만 만일 어머니가 저더러 그앨 따라다니며 무슨 짓을 하는지 살펴보 라 하시면, 지금이라도 가게를 접고 밤에 나가는 일을 구할 수 있어요. 그러면 낮엔 걔를 감시하고 밤엔 벤과 교대할 수 있을 테니까요."

"나도 네게 내가 큰 짐이 되고 있다는 것쯤은 안단다." 어머니가 베개에 머리를 대고 울며 말했다.

"제가 그걸 모를 수야 없죠." 내가 말했다. "그 말을 30년째 듣고 있으니까. 지금은 벤도 알고 있을 거예요. 그보다 이 문제에 대해 걔한텐 제가 얘기할까요?"

"그렇게 하면 조금은 효과가 있을 것 같으냐?" 어머니가 말했다.

"제가 이야기를 시작할 때 어머니가 내려와 끼어들면 아무 소용도 없겠죠." 내가 말했다. "걔를 단속하길 바라신다면 분명히 말씀하시고 어머닌 일절 참견하지 마세요. 제가 뭘 좀 해 볼라치면 어머니가 껴드니 걔가 우릴 우습게 보는 거예요."

"하지만 걔도 내 피와 살을 나눈 아이인걸." 어머니가 말했다.

"그렇지요." 내가 말했다. "저도 지금 그걸 생각하고 있는 거예요. 살 말이에요. 그리고 제 맘대로 할 수 있다면 피란 것도 조금. 어쨌거나 누구든 검둥이같이 굴면 검둥이처럼 다루는 수밖에 없는 거죠."

"하지만 네가 걔한테 화를 낼까봐 걱정이구나." 어머니가 말했다.

"그렇지만," 내가 말했다. "어머니 방식으론 별 수 없었잖아요. 이 문제를 제가 해결하길 바라시는 거예요, 아니에요? 어느 쪽인지 분명히 해 주세요. 전 일하러 가야 하니까요."

"우리 때문에 네가 평생 뼈 빠지게 일해야 한다는 것쯤 나도 안단다." 어머니가 말했다. "내 뜻대로만 됐다면 넌 사무실을 하나 차려 배스콤 사람답게 살았을 텐데. 네 이름이야 그래도 넌 배스콤 사람이니까. 네 아버지만이라도 일찍부터 알아차렸더라면……."

"하지만," 내가 말했다. "아버지도 착각을 할 자격쯤은 있어요. 다른 누구나 그렇듯이. 스미스니 존스니 하는 사람들에게조차 그런 자격은 있으니까요." 어머니는 다시 울기 시작했다.

"돌아가신 아버지를 그렇게 험하게 말하다니."

"알았어요." 내가 말했다. "알았다구요. 맘대로 하세요. 그렇지만 전 어머니 말씀 같은 사무실은 없으니까, 지금 갖고 있는 일터에 나가야 해요. 그럼, 어머니는 저더러 걔한테 뭘 말하란 겁니까?"

"걔한테 네가 화를 낼까 걱정이 돼서." 어머니가 말했다.

"알았어요." 나는 말했다. "그럼 아무 말도 않을게요."

"그렇지만 무슨 수를 내야 돼." 어머니가 말했다.

"걔가 학교를 빼먹고 거리를 쏘다니게 둔다고 생각하거나 그러지 못하게 막지 못한다고 모두들 생각한다면…… 제이슨, 제이슨." 어머니는 말했다. "넌 어쩜, 이런 걱정거리를 내게 안기고 나갈 수 있니."

"자, 자," 내가 말했다. "어머닌 스스로를 아프게 하시는군요.

왜 그앨 온종일 가둬 두거나, 제게 맡겨 걱정을 털어버리지 못하시는 거예요?"

"내 살과 피를 나눈 아이잖니." 어머니는 울며 말했다.

"좋아요. 제가 걔를 맡죠. 자아, 이제 그만 우세요." 내가 대꾸했다.

"그럼, 너무 화내진 말아라." 어머니가 말했다. "그앤 아직 어린애니까, 알았지?"

"네. 화는 내지 않을게요." 나는 문을 닫고 밖으로 나왔다.

"제이슨." 하고 어머니가 불렀으나 대답하지 않았다. 나는 복도를 걸어갔다. "제이슨." 어머니가 문 저편에서 불렀다. 나는 개의치 않고 아래층으로 내려갔다. 식당엔 아무도 없었으나 부엌에서 그녀의 소리가 들렸다. 딜시에게 커피를 한 잔 더 달라고 하고 있었다. 나는 안으로 들어갔다.

"넌 그런 차림으로 학교에 갈 작정인 게로구나?" 내가 말했다. "아니면, 오늘은 쉬는 날이냐?"

"반 잔만 주면 돼, 딜시." 그녀가 말했다. "부탁해."

"안 된대두요." 딜시가 말했다. "끓이지 않겠어요. 아가씨한테 한 잔 이상은 필요가 없어요. 이제 열일곱밖에 안 됐는데, 칼라인 마님이 무슨 말씀을 하시든 난 상관 안 해요. 어서 학교 갈 옷으로 갈아입고 와요. 그래야 제이슨 삼촌하고 읍내로 갈 수 있지. 또 지각할 셈이에요."

"아냐, 얘는 지각 안 해." 내가 말했다. "당장 그걸 고쳐 주겠어." 그녀가 손에 잔을 든 채로 나를 보았다. 그녀는 얼굴로 흘러내린 머리카락을 뒤로 넘겼는데, 그 때 걸치고 있던 화장복이 어깨에서 미끄러져 내려갔다. "그 잔 거기 놓고 이쪽으로 잠깐 오너라." 내가 말했다.

"뭣하러?" 그녀가 말했다.

"아무튼 오라면 와." 내가 말했다. "잔을 설거지대에 놓고 오란 말이야."

"뭘 하려는 거예요, 제이슨 도련님?" 딜시가 말했다.

"넌 할머니나 다른 사람들처럼 나도 간단히 다룰 수 있다고 생각할지 모르지만," 내가 말했다. "그렇게는 안 될걸. 내가 말한 대로 잔을 내려놓을 때까지 10초 여유를 주마."

그녀는 내게서 눈길을 돌려 딜시를 보았다. "몇 시야, 딜시?" 그녀가 물었다. "10초가 지나면 휘파람을 불어요. 반 잔이면 된다니까, 딜시."

나는 그녀의 팔을 잡았다. 그녀가 찻잔을 떨어뜨렸다. 잔이 바닥에 떨어져 깨지고, 그녀는 몸을 약간 뒤로 끌며 내 쪽을 보았으나 팔은 그대로 내게 잡힌 채였다. 딜시가 의자에서 일어났다.

"이봐요, 제이슨 도련님." 그녀가 말했다.

"놔 줘요." 쿠엔틴이 말했다. "안 놓으면 때릴 거야."

"뭐, 때리겠다구?" 내가 말했다. "좋아, 때려 봐." 그녀가 나를 쳤다. 나는 그 손마저 붙잡아 쥐고 삵괭이라도 붙들듯 그녀를 붙들었다. "자, 때려 봐." 내가 말했다. "이래도 때릴 수 있을 것 같아?"

"이봐요, 제이슨 도련님!" 딜시가 말했다. 나는 쿠엔틴을 식당으로 끌고 갔다. 그녀의 화장복이 벗겨져 몸 주위에서 펄럭여 그녀는 거의 알몸에 가까웠다. 딜시가 절뚝거리며 쫓아왔다. 나는 그녀 코앞에서 문을 발로 걸어차 닫아버렸다.

"당신은 여기 들어오지 마." 내가 말했다.

쿠엔틴은 테이블에 기대 옷을 여미고 있었다. 나는 그녀를 쳐다보았다.

"자아," 내가 말했다. "네 얘기 좀 들어 보자, 넌 대관절 무슨 생각으로 학교는 빼먹고 할머니한테 거짓말만 하고, 성적표엔 할머니 서명을 위조해 넣고 해서 할머닐 걱정으로 병나게 만드는 거냐? 도대체 왜 그 따위 짓을 하는 거냐?"

그녀는 대답하지 않았다. 그녀는 화장복을 턱 밑까지 여미며 몸에 감으며 내 쪽을 보았다. 아직 화장할 겨를은 없었던 모양인지 그 얼굴은 마치 총을 닦는 걸레로 광을 낸 듯 빛나고 있었다. 나는 다가가 그녀의 손목을 움켜쥐었다. "도대체 어쩌자는 거냐?" 내가 물었다.

"삼촌이 상관할 일 아니잖아요." 그녀가 말했다. "이 손 놔요."

딜시가 안으로 들어왔다. "이봐요, 제이슨 도련님." 그녀가 말했다.

"말했잖아. 당신은 들어오지 마." 나는 뒤도 돌아보지 않고 말했다. "학교를 빼먹고 어딜 가는지 말해 보란 말이야." 내가 말했다. "넌 읍내엔 가지 않았지? 그랬으면 내가 봤을 텐데. 대관절 누구하고 노는 거냐? 그 망할 뺀질뺀질한 불량배놈하고 숲 속으로 숨어 다니는 거지, 그렇지?"

"삼촌도 망할 놈이야!" 그녀가 말했다. 그녀는 날뛰었지만 나는 꼭 잡고 놓지 않았다. "삼촌도 망할 놈, 늙어빠진 망할 놈이라구!"

"아무튼 두고 보자." 내가 말했다. "니가 늙은 할머니는 놀려줄 수 있어도 지금 널 잡고 있는게 어떤 인간인지 가르쳐 주마." 내가 한 손으로 잡고 있으려니 그녀는 몸부림을 멈추고는 자못 분한 듯 눈을 한껏 홉뜨고 나를 노려보았다.

"어쩌려는 거예요?" 그녀가 물었다.

"허리띨 풀 때까지 기다려 보면 알지. 그럼 내가 보여 줄 테니까." 나는 허리띠를 잡아 빼며 말했다. 그 때 딜시가 내 팔을 잡았다.

"제이슨 도련님." 그녀가 말했다. "이봐요, 제이슨 부끄럽지도 않아요?"

"딜시." 쿠엔틴이 말했다. "딜시."

"내가 못하게 할게요." 딜시가 말했다. "걱정 마세요, 아가씨." 딜시가 내 팔에 매달렸다. 그 때 허리띠가 빠졌으므로 나는 팔을 휘둘러 딜시를 내동댕이쳤다. 그녀가 테이블 쪽으로 굴러갔다. 그녀는 몹시 나이 들어 겨우 움직일 뿐이었다. 그건 아무래도 좋다. 부엌엔 젊은이로선 도저히 입에 넣지 못할 음식을 먹어 치울 사람이 필요하니까. 그녀는 나와 쿠엔틴 사이로 비틀거리며 걸어와 다시 나를 붙들려 했다.

"그럼 나를 때려요." 그녀가 말했다. "누구든 때리지 않고 못 배기겠으면, 날 치라니까."

"내가 못 때릴 줄 알아?" 나는 말했다.

"도련님은 어떤 무자비한 짓이든 할 사람이야." 그녀가 말했다. 그 때 위층에서 어머니가 내는 소리를 들었다. 어머니가 참견하지 않고는 못 견디리란 걸 알고 있었다. 나는 쿠엔틴을 놓아 주었다. 그녀는 비틀거리다 벽에 기대어 화장복을 단단히 여몄다.

"아무튼 좋아." 내가 말했다. "잠깐 쉬기로 하지. 하지만 이제 또 달아날 수 있다고 생각한다면 잘못이야. 나는 늙은 할멈도 아니고 다 죽어 가는 검둥이도 아니니까 말이지. 망할 계집 같으니."

"딜시," 그녀가 말했다. "딜시, 나 엄마가 보고 싶어."

딜시가 그녀에게 다가갔다. "자, 자아," 그녀가 말했다. "내가 여기 있는 동안은 도련님이 아가씨한테 손찌검 하는 일은 없을 거예요." 어머니가 층계를 내려왔다.

"제이슨." 어머니가 말했다. "딜시."

"자아, 이젠," 딜시가 말했다. "내가 절대 삼촌이 못 건드리게 할 테니까." 딜시가 쿠엔틴 몸에 손을 얹었다. 그러자 쿠엔틴이 그 손을 뿌리쳤다.

"빌어먹을 검둥이 할멈 같으니." 쿠엔틴이 말했다. 그녀는 문 쪽으로 달려갔다.

"딜시." 어머니가 층계 위에서 말했다. 쿠엔틴은 어머니 옆을 지나 위층으로 올라갔다. "쿠엔틴," 어머니가 불렀다. "얘, 쿠엔틴." 쿠엔틴은 마냥 달렸다. 그녀가 층계 꼭대기에 다다라 복도를 달려가는 소리가 났다. 뒤이어 문이 쾅 하고 닫혔다.

어머니의 발소리가 멎었다. 이내 다시 다가오는 소리가 들렸다. "딜시." 어머니가 말했다.

"지금 곧 가겠어요. 제이슨은 먼저 가서 자동차를 꺼내고 기다려 줘요." 그녀가 말했다. "그래야 아가씨를 학교에 데려다 주죠."

"딜시가 걱정할 일이 아냐." 내가 말했다. "나는 쟤를 학교에 데리고 가서 꼭 붙어 있게 만들 거야. 일단 시작한 일은 끝장을 보고야 말 테니까."

"제이슨." 어머니가 층계 위에서 불렀다.

"자아, 어서 가요." 딜시가 문 쪽으로 가며 말했다. "어머니마저 건드리고 싶어요? 지금 갑니다, 칼라인 마님."

나는 식당을 나섰다. 두 사람이 층계에서 얘기하는 소리를 들을 수 있었다. "어서 침대로 돌아가세요." 딜시가 말하고 있었다. "아직 일어나실 만큼 낫지 않은 걸 모르시겠어요? 자아, 어서 돌아가세요. 아가씨는 제가 학교에 늦지 않게끔 할 테니까요."

나는 뒷문으로 나가 차고에서 차를 꺼내 집을 한 바퀴 돌아 앞으로 왔다. 그제야 두 사람이 나와 있었다.

"내가 저 타이어를 뒷바퀴에 달아 두라고 했을 텐데." 내가 말했다.

"짬이 없었어요." 러스터가 말했다. "할머니가 부엌일을 마칠 때까지 이 사람을 봐 줄 사람이 있어야죠."

"그렇군." 내가 말했다. "이 녀석을 쫓아다니느라고 부엌 가득 검둥이놈들을 먹여 살리면서도 정작 타이어 하나 가는 건 내가 직접 하지 않으면 안 된단 말이지."

"이 사람을 봐 줄 사람이 없잖아요." 그가 말했다. 그러자 벤이 칭얼거리며 침을 흘리기 시작했다.

"녀석을 뒤뜰로 데리고 가." 내가 말했다. "넌 뭔 생각으로 사람들 눈에 띄는 데로 녀석을 데리고 오는 거야?" 나는 벤이 큰 소리로 울어대기 전에 가게 했다. 일요일에는 특히 곤란하다. 저런 놀고 먹는 인간이나 먹여 살려야 할 여섯 놈의 검둥이가 없는 패들이 저 빌어먹을 들판에 잔뜩 몰려와 굵고 둥근 나프탈렌 같은 공을 치고 있으니 말이다. 그러면 저 녀석은 저 울타리를 따라 이리저리 달리면서, 골프 치는 사람들이 보일 때마다 소리를 지를 테니, 그렇게 되면 그 패거리들은 나에게 골프 요금을 지불하라고 할 것이다. 그러면 어머니와 딜시는 사기로 된 문고리 한두 개와 단장을 팔아야 할 테고, 그걸로 일단 수습이 될진 모르나 어쩌면 내가 밤에 등불을 켜고 그 공을 치며 놀지도 모른다. 그쯤 되면 아마 사람들은 우리 가족 전부를 정신병원이 있는 잭슨으로 보낼는지도 모르지. 그렇게 되면 모두들 올드 홈 위크(성대한 마을 축제로 그날은 마을의 옛 주민들이 돌아와 행사에 참여한다─옮긴이)를 여는

지도 모를 일이야.

나는 차고로 돌아갔다. 타이어가 벽에 세워져 있었으나 내 손으로 이런 걸 달고 싶지 않았다. 나는 차를 후진해 차고를 나와 방향을 돌려 놓았다. 그녀가 차도 옆에 서 있었다.

"네게 책이 하나도 없는 걸 알고 있어. 부질없는 일인지도 모르지만 교과서를 다 어떻게 했는지 알고 싶구나. 물론 내게 그걸 물을 권리는 없지만서도." 내가 말했다. "하지만 지난 9월에 책값으로 11달러 65센트를 지불한 건 바로 나거든."

"어머니 돈으로 사 주는 거잖아요." 그녀가 말했다. "난 삼촌 돈 한 푼도 쓴 적 없어요. 삼촌한테 신세지느니 굶어 죽는 게 낫지."

"그래? 너 그럼 할머니한테 한번 그렇게 말해 봐. 할머니가 뭐라시는지 보자. 넌 줄창 벗고 살지는 않는 듯 보이는데. 하긴 네 얼굴에 바른 게 네가 입은 옷보다도 네 몸을 더 많이 가려 주는 것 같지만."

"이걸 사는 데 삼촌이나 할머니 돈 1센트라도 쓴 줄 알아요?" 그녀가 말했다.

"할머니한테 물어봐." 내가 말했다. "네 어머니가 보내는 수표가 도대체 어떻게 된 건지 물어보란 말야. 너도 할머니가 그 돈 태우는 걸 봤잖아." 그녀는 들은 척도 하지 않았다. 얼굴엔 온통 분이 발려 있었고, 눈은 사냥개처럼 사나웠다.

"이걸 사는 데 삼촌이나 할머니 돈이 1센트라도 들었단 생각이

276

들면 내가 어떻게 할지 알기나 해요?" 그녀는 손을 옷으로 가져가며 말했다.

"그래 어쩔 건데? 술통이라도 쓰고 다니겠단 거냐?"

"난 당장 찢어서 거리에 내던질 거예요." 그녀가 말했다. "믿지 못하겠어요?"

"암 그렇겠지." 내가 말했다. "매번 그러는 걸 뭐."

"두고 봐요. 그러나 안 그러나." 그녀가 말했다. 그리고 옷자락을 두 손으로 움켜쥐고 찢는 시늉을 했다.

"그걸 찢기만 해 봐라." 내가 말했다. "당장에 네가 평생 잊지 못할 만큼 흠씬 두들겨 줄 테니까."

"하는지 안 하는지 보라구요." 그녀가 말했다. 그러자 그녀는 정말 찢으려고, 찢어 벗어던지려 하기 시작했다. 내가 차를 세우고 그녀의 팔을 잡았을 때는 주위에 열 명 남짓한 사람들이 모여 이쪽을 보고 있었다. 한순간 나는 울컥 화가 치밀어 거의 이성을 잃을 뻔했다.

"다시 그 따위 짓 하기만 해. 세상에 태어난 걸 후회하게 만들어 줄 테니." 내가 말했다.

"지금도 그렇게 생각하고 있어요." 그녀가 말했다. 옷을 쥔 손을 놓은 그녀의 눈빛이 다소 이상하게 변했다. 나는 속으로 이 차를 타고 큰길로 나섰을 때 울기만 하면 때려 주겠노라고 생각했다. 너를 기절하게 만들 테다. 그러나 그녀는 울지 않았다. 그녀로서는 다행스런 일이었다. 나는 그녀의 손목을 놓고 차를 몰았다.

다행히 우리는 뒷길로 들어가 광장을 피해 갈 수 있는 골목 가까이에 있었다. 비어드 씨 울타리 안에서는 극단 사람들이 벌써 천막을 치고 있었다. 나는 이미 우리 가게 쇼윈도에 광고를 붙이게 해 준 사례로 얼 씨로부터 입장권 두 장을 받은 터였다. 쿠엔틴은 입술을 깨물며 얼굴을 돌린 채 차에 앉아 있었다. "나, 지금도 후회하고 있어요. 도대체 왜 나 같은 게 태어났는가 하고."

"나는 자기가 태어난 이유를 전혀 깨닫지 못하는 인간을 적어도 한 명 더 알고 있지." 내가 말했다. 나는 한 교사(校舍) 앞에 차를 세웠다. 종이 울리고 있었고, 마지막 학생이 마침 들어가는 중이었다. "어쨌든 이번 한 번은 정각에 왔군." 내가 말했다. "혼자 교실에 들어가 있을래, 아니면 내가 가서 출석하도록 해 줄까?" 그녀는 차에서 내려 문을 쾅 닫았다. "내가 한 말 잊지 마라." 내가 말했다. "당부하는 말이야. 이리저리 뒷골목으로 빠져나가 건달패들하고 돌아다닌다는 소리가 한 번만 더 들렸담 봐라, 가만두지 않을 거니까."

그 말에 그녀가 돌아보았다. "난 몰래 빠져나와 돌아다니지 않아요. 내가 하는 일을 누구든 알게 되도 상관없어요."

"그래서 모두들 알고 있으니까. 이 동네 사람들 누구나 네가 어떤 애인지 다 알고 있다는 거지. 그렇지만 한 번이라도 더 그렇게 하게 두진 않을 거야. 네가 무슨 짓을 하든 나 개인으로선 상관할 바 아니지만. 난 이 고장에선 사회적 지위가 있는 사람이니 우리 가족 중 누군가가 검둥이년같이 돼 가는 걸 내버려 둘 순 없다 이 거야. 알아듣겠냐?"

"내가 알 게 뭐예요." 그녀가 말했다. "나는 어차피 나쁜 년이고 지옥에 갈 거예요. 그래도 상관없어요. 어디든 삼촌이 있는 데만 아니면 지옥이라도 좋아요."

"앞으로 한 번이라도 학교에 가지 않았단 소릴 들으면 정말 지옥에 있는 게 낫겠다 싶을 정도로 혼날 줄 알아." 그녀는 돌아서서 교정을 가로질러 달려갔다. "한 번만이라도 말야. 알겠지?" 나는 말했다. 그러나 그녀는 돌아보지 않았다.

나는 우체국에 가서 우편물을 찾은 다음 가게로 가 차를 세웠다. 안에 들어서자 얼이 나를 보았다. 나는 내가 늦은 데 대해 뭐라고 하는 줄 알았으나, 그는 단지 이렇게 말할 뿐이었다.

"경작기가 도착했네. 좀 할아범이 조립하는 걸 좀 돕도록 하게나."

가게 뒤로 가니, 좀 영감이 한 시간에 나사못 세 개 정도 박는 속도로 나무틀을 떼어내는 중이었다.

"영감도 우리 집에서 일하는 게 좋겠군." 내가 말했다. "이 마을의 무능한 검둥이들은 모두 우리 집 부엌에서 얻어먹으니 영감도 그렇게 해."

"난 토요일 밤에 품삯을 주는 사람 마음에 들게끔 일하는뎁쇼." 그가 말했다. "그런 일을 하다 보면 다른 사람들을 즐겁게 해 줄 시간이 있어야죠." 그는 나사를 하나 조였다.

"요즘 이 고장엔 좀벌레밖엔 힘써 일하는 사람이 없습죠." 그가 말했다.

"영감이 그 경작기에 붙어 있는 좀벌레가 아니라 거 참 다행이군." 내가 말했다. "그러잖으면 경작기를 마련해 영감이 일을 그만두게 하기 전에 과로로 죽게 될 테니까."

"그건 사실입죠." 그가 말했다. "좀벌레란 놈은 고되게 일하죠. 일주일 내내 비가 오건 해가 나건 뜨거운 볕 아래서 일하니까요. 앉아서 수박이 자라는 걸 바라볼 만한 포치도 없고, 토요일도 놈에겐 별 볼 일 없으니까요."

"영감도 토요일이 별 볼 일 없게 될 거야." 내가 말했다. "만일 영감에게 품삯을 주는 게 나라면 말이야. 이제 빨리 그 기계를 틀에서 꺼내 안으로 들여가라구."

나는 우편물 가운데 먼저 캐디의 편지부터 뜯어 수표를 꺼냈다. 제법 여자답군. 엿새나 늦었어. 그러면서도 여자들은 자기들이 사업을 꾸리는 능력이 있다고 남자들이 믿도록 하게끔 애쓴단 말이야. 그 달 1일이 엿새째 온다고 생각하는 사람이 얼마나 오래 사업을 지속할 수 있겠어. 그리고 어머닌 어머니대로 은행에서 보고서가 와도 내가 왜 6일까지 월급을 입금하지 않았는지 알려들지도 않을 거란 말야. 그런 생각은 결코 여자들한텐 떠오르지 않는 법이지.

쿠엔틴의 부활절 드레스에 관해 묻는 내 편지에 답장을 받지 못했어. 무사히 도착한 거야? 쿠엔틴에게 보낸 지난번

두 통의 편지에 대한 회답도 아직 받지 못했어. 그 두 번째 편지에 동봉한 수표는 다른 수표와 함께 현금으로 교환된 걸로 돼 있더라. 쿠엔틴 몸이 안 좋은 거야? 그애 소식을 알려 줘. 그러지 않으면 내가 가서 직접 알아봐야 하겠어. 걔한테 뭐 필요한 게 있으면 내게 알리겠다고 약속했잖아. 이 달 10일 전에 답장을 줬으면 해. 아니 그보다 당장 전보라도 쳐 주면 더 고맙겠어. 내 편지를 쿠엔틴에게 보여 주고 있겠지. 내 눈으로 보는 것처럼 잘 알고 있어. 그애 소식을 이 주소로 전보로 알려 주면 좋겠어.

그 때 얼이 좁을 야단치기 시작했으므로 나는 편지를 집어넣고, 좁의 일을 거들기 위해 그쪽으로 갔다. 이 나라에 필요한 건 백인의 노동력이지. 쓸모도 없는 저런 검둥이들은 두어 해 굶어 봐야 해. 그러면 저희들이 얼마나 편한 일을 하고 있는지 알게 될 테지.

10시 가까이 되어 나는 가게 앞에 나가 보았다. 지방 순회상인이 와 있었다. 10시가 되려면 아직 2, 3분 남았기에 나는 코카콜라나 한 잔 마실 요량으로 그를 이편으로 불렀다. 우리는 추수에 관한 얘기를 시작했다.

"정말 터무니없는 얘기야." 내가 말했다. "목화는 투기꾼들 수확이거든. 놈들은 교묘하게 시세를 조종해 어수룩한 친구들을 속이려고 농민들을 부추겨 잔뜩 수확량을 올리게 하거든. 농부가 그

수확으로 얻는 거라곤 볕에 탄 목과 등의 혹뿐이잖아? 땀 흘려 그
걸 땅에 심는 자는 겨우 살아가는 것 말고는 구리 동전 한 닢도 벌
지 못한다는 걸 알고 있잖아." 내가 말했다. "많이 심으면 거두는
비용도 안 나오고, 조금 심으면 씨 뺄 돈도 안 된단 말이지. 그게
뭣 때문인데? 한 줌도 못 되는 동부의 유대인들 때문인데, 그렇
다고 내가 유대교를 믿는 자들 전부를 얘기하는 건 아냐. 나도
훌륭한 시민이 된 몇몇 유대인을 알고 있지. 자네도 그중 한 사
람이겠지."

"아뇨," 그가 말했다. "난 미국인이오."

"화낼 건 없어." 내가 말했다. "나는 종교라든지 기타 어느 것
에도 구애받지 않고 공평하게 취급하니까. 난 유대인 개개인에 대
해선 아무 감정도 없어. 단지 인종적인 반감을 가진 것뿐이야. 놈
들이 아무것도 생산하지 않는다는 건 인정하겠지. 놈들은 개척자
를 따라 새로운 나라로 가서는 옷을 판단 말이야."

"당신은 아르메니아인 얘길 하는 거군요." 사내가 대꾸했다.
"그렇죠? 개척자한테 새 옷 같은 건 소용이 없지 않겠습니까?"

"화내진 말라구." 내가 말했다. "난 그 사람의 종교를 비난하는
건 아니니까."

"그럴 테죠." 그가 말했다. "난 미국사람이외다. 우리 집안에 프
랑스 피가 다소 섞여 있어 이런 유대인 같은 코를 하고 있는 거요.
하지만 내가 미국인인 건 틀림없수다."

"나도 그렇지." 내가 말했다. "우리들 같은 진짜 미국인은 몇

남지 않았어. 내가 말하고 있는 건 뉴욕 상품 거래소에 앉아서 얼치기 투자자들을 등쳐 먹는 놈들이란 말야."

"옳은 말입니다." 그가 말했다. "하지만 증권이라는 건 가난뱅이에겐 아무 소용도 없지요. 그런 걸 금지하는 법이 있어야겠는데."

"내가 하는 말이 옳다고 생각하나?" 내가 물었다.

"예." 그가 말했다. "말씀대로죠. 오나가나 농부만 죽어나는 거죠."

"나도 내가 옳다는 걸 알고 있지." 내가 말했다. "정말 증권이란 건 그 내막이 어떻게 돌아가는지 정보를 듣기 전엔 사기나 마찬가지지 뭐야. 나도 마침 그 시장에 자리 잡고 있는 몇 놈들과 우연히 교섭하게 되었는데 말야. 그런 자들은 뉴욕에서도 일류 증권업자를 상담역으로 삼고 있는 거야. 나는 어떻게 하나 하면 말이야. 한 번에 절대로 많이 걸지 않거든. 그 녀석들은 말야, 제가 잘 안다고 생각하고 3달러를 가지고 크게 벌려고 하는 놈들을 노리거든. 놈들이 장사를 할 수 있는 건 그 때문이지."

그 때 10시 종이 울렸다. 나는 전신국으로 갔다. 그들이 말한 대로 시세는 좀 올라 있었다. 나는 구석으로 가서 전보를 확인하려고 다시 꺼냈다. 내가 전보를 보는 사이에 또 새 정보가 들어왔다. 2포인트 올라 있었다. 모두들 사들이고 있었다. 모두들 얘기하는 것으로 미루어 알 수 있었다. 모두들 법석대고 있었다. 마치 그들은 한 방향으로밖에 움직이지 않고 있다고 생각하는 것 같았다. 마치 사들이는 것 말고는 어떤 것도 할 수 없도록 금지하는 법률이라도 있는 듯이. 확실히 그동안 유대인들도 살아가긴 해야 했다. 어떤 망할 놈의 외국인이고 신이 정해준 나라에 살지 못하고, 이 나라로 와서 미국인 주머니에서 돈을 우려내고자 한다면, 봉변을 당하는 게 당연하다. 2포인트가 더 올랐다. 도합 4포인트다. 젠장, 놈들은 저쪽에 앉아 빤히 다 알고 있었다. 그런데 만일 내가 놈들에게 예상 통지를 받지 않는다면 뭣 때문에 한 달에 10달러씩이나 놈들에게 주고 있었겠나. 나는 밖으로 나왔다가, 문득 생각이 나서 안으로 돌아가 전보를 쳤다. '모두 무고함. Q로부터 오늘 소식이 있었음.'

"Q라뇨?" 통신사가 물었다.

"그래요." 내가 말했다. "Q라니까. 당신 Q자를 쓰지 못합니까?"

"아닙니다. 확인한 것뿐입니다." 그가 말했다.

"내가 쓴 대로 쳐요. 틀림없는 건 내 보장할 테니." 내가 말했다. "수취인 지불로 보내요."

"뭘 보내고 있소, 제이슨?" 도크 라이트가 내 어깨 너머로 들여다보며 물었다. "그건 매입하겠다는 암호문인가?"

"그렇다고 해 둬." 내가 대꾸했다. "자네들은 자기 판단을 따르면 돼. 자네들은 뉴욕에 있는 놈들보다 시세를 더 잘 알고 있잖나."

"암, 그래야지." 도크가 말했다. "난 금년에 1파운드당 2센트

정도 오르는 저축을 하고 있어."

새로운 정보가 들어왔다. 1포인트 내렸다는 것이다.

"제이슨은 팔려고 내놨어." 홉킨스가 말했다. "저 얼굴 좀 보라구."

"뭘 하든 내 마음이지." 내가 말했다. "자네들은 자네들 판단대로 해. 저 뉴욕의 돈 많은 유대인들도 다른 사람이나 다름없이 살아야 한단 말이야."

나는 가게로 돌아갔다. 얼은 점포 앞에 서서 바쁘게 일하고 있었다. 나는 책상으로 가서 로레인의 편지를 읽었다. '그리운 분이여, 어서 와 줘요. 당신이 마을을 떠나 있으면 어떤 파티도 즐겁지 않아요. 나는 당신이 그리워요.' 정말 그럴 거다. 요전엔 그녀에게 40달러를 주었다. 확실히 그랬다. 나는 여자에게 아무것도 약속하지 않으며, 내가 주려고 하는 것을 미리 알려 주지도 않는다. 여자를 다루려면 그게 제일이다. 상대로 하여금 끊임없이 상상하게 하는 것이다. 그녀들을 놀라게 할 방법이 떠오르지 않으면 턱에 한 방 먹이는 거지.

나는 그 편지를 찢어 타구(唾具 가래침을 뱉는 통을 말함—편집자) 위에서 태워버렸다. 여자의 편지는 한 조각이라도 남겨 두어선 안 되며 내 쪽에서 편지를 보내는 일도 절대 없어야 한다. 로레인은 늘 편지해 달라고 조르지만, 만일 내가 말하는 것을 잊어버린 일이 있으면 내가 다음에 멤피스에 갈 때 알려 줄 것이며, 네가 가끔 내게 흰 봉투로 편지하는 것은 전혀 상관없지만, 혹 내게 전화하려고 하면 너는 더 이상 멤피스에 머물지 못할 거라고 말해 주는 것이다. 멤피스에 가면 나는 여자들에게 인기가 대단한 사람이지만 어떤 여자든 전화를 걸게 두진 않을 거라고 말해 둔다. 이때 40달러를 쥐 가면서 일러둔다. 네가 혹 술에 취해 내게 전화 걸고 싶은 마음이 일면 이 말을 기억하고 수화기를 들기 전열을 세라.

"그건 언제예요?" 그녀가 물었다.

"뭐가 말야?"

"당신이 여기 또 오는 날 말예요."

"곧 알려 주지." 내가 말했다. 그녀가 맥주를 한 병 사려 했으나 내가 만류했다. "돈은 넣어 둬. 그걸로 옷이나 한 벌 사." 나는 하녀에게도 5달러를 주었다. 결국 내가 늘 말하듯 돈 자체에는 아무런 가치가 없다. 단지 돈을 쓰는 방법이 문제다. 돈이란 건 원래 돌고 도는 것인데 왜 그걸 모으려 하는 것일까? 돈을 모으는 것은 일단 돈이 들어오면 내놓지 않는 사람뿐이다. 바로 여기 제퍼슨에도 검둥이들한테 썩어빠진 물건을 팔아 돈을 잔뜩 번 사람이 있는데, 그는 돼지우리만 한 가게 위에 붙은 방에서 자취를 하고 있었다. 4, 5년 전에 그는 병에 걸렸다. 그는 지옥이 두려워져 병상에서 일어나게 되자 교인이 되어 1년에 5천 달러씩이나 내고 중국 선교사가 되었다. 그가 죽어 천국이 어디에도 없다는 걸 알고는 그 때 1년에 5천 달러씩 쓴 걸 생각하면 얼마나 화가 날까, 하고 나는 가끔 생각해 본다. 내가 늘 말하듯, 그 사내는 그런 생활을 계속하다 죽어, 돈을 모아 남겨 두는 편이 나았다.

편지가 완전히 타 없어지고 다른 우편물을 상의 주머니에 넣으려 할 때 갑자기 집에 돌아가기 전 쿠엔틴 앞으로 온 편지를 뜯어 보는 게 좋겠다는 생각이 들었다. 그러나 그 때 공교롭게도 가게 앞쪽에서 얼이 나를 소리쳐 부르기에 나는 편지를 넣고 가게로 나가 붉은 목의 농부가 20센트짜리 멍에끈을 살까 35센트짜리를 살까 하며 15분이나 망설이는 것을 상대해야 했다.

"좋은 걸 사는 게 낫겠죠." 내가 말했다. "값싼 도구를 가지고 어떻게 남을 앞지를 수 있겠습니까?"

"싼 게 아무 쓸모가 없는 거라면, 어째서 파는 겁니까?" 그가 반문했다.

"이게 아주 소용없다고는 하지 않았어요. 단지 저것만큼은 좋지 못하다는 거죠."

"이게 좋지 않은지 어떻게 알죠?" 그가 물었다. "이걸 사용해 본 일이 있소?"

"35센트짜리가 아니니까요. 값이 그러니 저것만 못하다는 걸 아는 거죠."

그는 20센트짜릴 손에 들고 손가락으로 훑어보고는 말했다. "난 이걸 사야겠수다." 나는 싸 주겠다고 했으나, 그는 끈을 둘둘 말아 작업복 주머니에 넣었다. 그리고 담배쌈지를 꺼내어 겨우 그 끈을 풀고는 은화 몇 닢을 흔들어 꺼냈다. 그리고 25센트짜리 동전을 내게 건넸다. "15센트로 점심을 사먹을 수 있죠." 그가 말했다.

"좋도록 하시죠." 내가 말했다. "댁은 수선공이시니까. 그렇지만, 내년에 새 놈을 하나 다시 사게 되더라도 여기 와서 불평은 마세요."

"내년 농사 같은 건 아직 생각도 않고 있소만." 그가 말했다. 겨우 그 사내를 돌려보냈으나, 내가 그 편지를 꺼내려 할 때면 무슨 일이 생기곤 했다. 사람들은 서커스를 구경하러 모두 읍내에 와 있었다. 마을에는 아무런 이익도 되지 않는, 읍사무소의 엉터리 관리들이 저들끼리 나눠 먹는 것 말고는 무엇 하나 남기고 가지 않는 그런 서커스 따위에 돈을 쓰려고 떼를 지어 오다니 한심한 노릇이지. 그러자 얼이 닭장 속의 암탉마냥 왔다갔다 하면서 "네, 부인, 콤슨 군이 알려드릴 겁니다. 제이슨, 이 부인께 우유 젓는 기구랑 5센트쯤 되는 커튼 고리를 보여드리게." 하고 말했다.

정말, 제이슨은 일꾼이야. 아니죠, 저는 대학교라는 혜택을 받은 일이 한 번도 없었으니까. 하버드에서는 수영을 할 줄도 모르는데 밤에 수영하러 가게끔 가르치지만 스와니에서는 물이 무엇인지도 가르쳐 주지 않으니까요. 저를 주립대학에 보냈으면 좋았을 것을. 그러면 아마도 난 흡입기로 자살하는 법을 배웠을 테고, 그러면 벤을 해군에, 아니 적어도 기병대엔 보낼 수 있었을 텐데. 기병대에선 거세된 말이 필요하니까. 후에 캐디가 내게 쿠엔틴을 길러달라고 보냈을 적에도 나는 이렇게 말했지, 그것도 좋지, 내가 일자릴 찾아 멀리 북부까지 가는 대신에 이쪽으로 내가 할 일을 보내 주는 것도. 그러자 어머니가 울음을 터뜨리기에 저는 이 아일 맡는 걸 반대하는 게 아녜요, 어머니가 만족하신다면 일을 그만두고 제가 애를 돌보도록 하지요, 그리고 어머니와 딜시 둘이서 아니면 벤이 밀가루 통을 가득 채워 주길 바란다고 나는 말했다. 벤은 서커스 공연장에라도 보내면 돼요. 그앨 구경하려고 10센트 내는 인간도 분명 어디엔가 있기 마련이거든요. 그러자 어머니는 더욱 목청을 돋우며 이 불쌍하고 불행한 아이라고 거듭 말하기에, 그렇지요, 녀석이 지금 제 키의 한 배 반 이상은 되지 않더라도 제 키가 다 자라면 틀림없이 어머니를 도울 겁니다, 라고 내가 말하자, 어머니는 당신은 곧 돌아가실 테니 그때는 모두가 더 편해질 거라 하시기에, 나는 좋아요, 좋아, 맘대로 생각하세요, 하고 대꾸했다. 얘는 분명 어머니 손녀예요, 어떤 할아버지나 할머니가 확실히 우리 손자야 하고 말하는 것보다 더 분명한 사실이죠. 이건 다만 시간 문제에 지나지 않아요. 하지만 행여 캐디가 한 말을 그대로 믿고 확인하려 들지 않는다면 어머닌 우스운 꼴을 당하게 돼요. 그 무렵부터 어머니는 너는 이름만 콤슨이지 성품은 그렇지 않다는 것이 참으로 감사할 일이다, 이제 이 세상에서 나한테 남아 있는 건 너뿐이니까, 너와 모리뿐인 거야, 하고 말하기 시작했다. 그래서 나는 제가 모리 삼촌 대신이 될 수는 있을 거예요, 하고 대꾸했는데, 그 때 모두들 와서 출발 준비가 다 됐다고 했다. 그러자 어머니는 울음을 그쳤다. 어머니가 베일을 내리자 우리는 아래층으로 갔다. 모리 삼촌은 손수건으로 입을 훔치며 식당에서 나오고 있었다. 모두들 우리에게 길을 터주었다. 어머니와 나는 문으로 나갔는데, 때마침 딜시는 벤과 티피를 뒤뜰로 쫓아내고 있었다. 우리는 층계를 내려가 마차를 탔다. 모리 삼촌은 불쌍한 누님, 불쌍한 누님 하며 거듭 말하고, 중얼거리며, 어머니의 손을 두드렸다. 뭔지 모를 소리를 중얼거리면서.

"상장(喪章)을 달았니?" 어머니가 말했다. "왜 모두 벤저민이 나타나 사람들 앞에서 구경거리가 되기 전에 떠나지 않았을까. 가엾은 것. 아무것도 모른단 말이야. 그앤 느끼지조차 못하니까."

"아무튼," 모리 삼촌이 어머니 손을 두드리며 입 안으로 중얼거리는 소리로 말했다. "그편이 나아요. 때가 올 때까지 사별의 슬픔 같은 건 그애한텐 알려 주지 말자구요."

"여느 여자 같으면 남편을 잃었을 때 위로해 주는 자식들이 있기 마련인데." 어머니가 말했다.

"제이슨과 내가 있잖아요." 삼촌이 말했다.

"정말 무서운 일이야." 어머니가 말했다. "불과 2년도 안 돼 둘씩이나 이런 몹쓸 일을 당하다니."

"자아, 그만하세요." 삼촌이 말했다. 잠시 후 그는 손을 슬며시 입으로 가져가더니 창밖으로 그걸 내버렸다. 그제야 나는 삼촌이 여태껏 냄새를 맡던 게 무엇이었는지 알게 되었다. 정향(丁香) 줄기였다. 아마도 삼촌은 아버지 장례식에서 적어도 그쯤은 할 수 있으리라고 생각했으리라. 혹은 시렁을 아버지로 생각하고 지나치다 부딪혔는지도 모른다. 아버지가 쿠엔틴을 하버드에 보내기 위해 무엇인가 팔지 않으면 안 되었을 때 저 식기 시렁을 팔아 그 돈의 일부로 자신의 한쪽 팔을 쓰지 못하게 하는 '죄는 재킷'을 샀더라면 우리 집안은 훨씬 더 잘 살 수 있었으련만. 나는 내 차례가 오기 전에 콤슨 가문이 망한 것은 어머니 말씀처럼 아버지가 모조리 술을 마셔 없앤 탓이라고 생각한다. 적어도 나는 아버지가 나를 하버드에 보내기 위해 뭘 팔자고 하는 소리는 들어 본 일이 없다.

그런데 삼촌은 어머니 손을 두드리며 불쌍한 누님 어쩌고 하고 있었다. 그날은 26일이었으므로 나흘 후 월말엔 그 감정서를 받은 검은 장갑을 낀 손으로 어머니의 손을 두드릴 것이다. 내가 그 날짜를 기억하는 것은 어느 달 같은 날에 아버지가 그쪽에 가서 쿠엔틴을 집으로 데리고 왔기 때문이다. 그리고 그 때 아버지는 캐디가 있는 곳이며 그 밖에 그녀에 대한 얘기는 하나도 하지 않으려 했기에 어머니가 울면서 말했다. "그래 당신은 허버트를 찾아보려고도 하지 않았어요? 당신은 그 사람에게 아이 양육비를 약간이나마 받을 생각도 하지 않았단 말이죠?"라고. 그러자 아버지는 "난 그런 사내의 돈은 1센트라도 이 아이에게 쓰지 않게 하겠어"라고 말했다. 어머니는 "하지만 그 사람에겐 법률상으로도 부양할 의무가 있어요. 그 사람에겐 아무런 증거도 없으니까요. 만일 당신이…… 이봐요, 제이슨." 하고 말했다. "당신 설마 그런 말을 할 만큼 무분별하진……"

"그만둬요, 캐롤라인." 아버지가 말했다. 그리고 나에게 딜시를 도와 다락에서 낡은 요람을 내오라고 했다. 그래서 내가 말했다.

"그 두 사람은 오늘 밤에야 내가 할 일을 집에 가져다준 셈이군요." 우리 집안 식구들은 줄곧 두 사람이 문제를 깨끗이 해결해 주기를, 그리고 허버트가 캐디와 그대로 살아 주기를 바랐다. 어머니는 늘 캐디도 자신과 쿠엔틴 두 사람이 출세할 기회를 잡은 이상, 나의 출세 기회를 망치지 않을 만큼은 집안 문제를 고려하고 있을 것이라 말했기 때문이다.

"그렇다면 이 아이를 여기 말고 다른 데다 보낸다는 말씀이세요?" 딜시가 물었다. "저 말고 누가 이 앨 기른다는 거죠? 여기 누구 하나라도 제가 기르지 않은 사람이 있는 줄 아세요?"

"그래 더럽게 좋은 일 또 맡게 됐군." 내가 말했다. "어쨌든 이 애 때문에 어머니의 걱정거리가 는 것만은 분명하지." 그리고 우리가 요람을 가지고 내려오자 딜시는 그걸 캐디의 더러운 방에 두려고 했다. 그러자 어머니는 짐작대로 울음을 터뜨렸다.

"울지 마세요, 칼라인 마님." 딜시가 말했다. "애기를 깨우겠어요."

"아이를 거기 둘 생각이야?" 어머니가 말했다. "그런 데서 재워서 나쁜 공기로 애를 더럽히려는 거야? 어미로부터 물려받은 것 때문에라도 기르기가 여간 어렵잖을 텐데."

"그만 해요." 아버지가 말했다. "바보 같은 소리 그만둬요."

"왜 개를 여기서 재우면 안 되죠?" 딜시가 말했다. "애 어머니

292

가 혼자서 잘 수 있을 만큼 자란 뒤부터 내내 매일 밤 제가 재워 준 이 방에서 말예요."

"할멈은 모르고 있어." 어머니가 말했다. "내 딸이 남편한테 버림받은 것을. 아무것도 모르는 불쌍한 아이." 어머니는 쿠엔틴을 들여다보며 말했다. "넌 네가 야기한 불행에 대한 건 결코 모를 테지."

"그만둬요, 캐롤라인." 아버지가 말했다.

"어째서 마님은 제이슨 앞에서 그런 말씀을 하시는 거예요?" 딜시가 말했다.

"난 여태까지 제이슨을 이 더러운 공기 속에서 지키려고 애썼어. 난 이 아기를 지키기 위해 최선을 다해야 해."

"하지만 이 방에 재우는 게 아기한테 왜 해롭단 건지 알고 싶구만요." 딜시가 말했다.

"난 견딜 재간이 없어." 어머니가 말했다. "나도 내가 늙은 애물단지인 줄은 알고 있어. 하지만 계율을 어기면 반드시 벌을 받게 돼."

"바보 같은 소리." 아버지가 말했다. "그럼 요람을 마님 방에 두도록 하게, 딜시."

"바보 같아도 좋아요." 어머니가 말했다. "하지만 아무것도 아이에게 알려선 안 돼요. 딜시는 애가 듣는 데선 절대 애 어미 이름을 말해선 안 돼. 이 애가 자기에게 어미가 있다는 걸 모르고 자랄 수 있다면 그야말로 고마운 일이지."

"바보 같은 소리." 아버지가 말했다.

"난 당신이 애들을 어떻게 기르건 상관하지 않았죠." 어머니가 말했다. "하지만 이제 더 이상은 참을 수 없어요. 우린 오늘 밤 결정해야 해요. 이 아이 듣는 데서 제 어미 이름을 절대 입 밖에 내지 않겠다고 약속하든지 아니면 얘를 내보내든지, 내가 나가버리든지, 결정해야 된다구요. 당신 좋을 대로 하세요."

"그만 하래두." 아버지가 말했다. "당신은 흥분하고 있을 뿐이야. 여기에 들여봐, 딜시."

"주인님도 몸이 좋지 않은 것 같은데요." 딜시가 말했다. "도깨비 같은 얼굴을 하고 계시네요. 좀 주무세요. 제가 토디를 만들어드릴 테니 잠을 청해 보세요. 집을 떠나신 후 하룻밤도 제대로 주무시지 못하신 거예요."

"안 돼." 어머니가 말했다. "의사가 뭐랬는지 알기나 해? 왜 할멈은 저이한테 술을 권하는 거야? 저이한텐 그게 제일 중대한 문제야. 나도 몸이 고달프지만 술로 자신을 망칠 만큼 마음이 약하진 않아."

"쓸데없는 소리." 아버지가 말했다. "의사가 뭘 안다는 거야? 의사란 자들은 자기들이 하지 못하는 걸 남에게 권하는 일로 생계를 유지하는 거라구. 그까짓 것쯤 퇴화된 원숭이라면 누구든 안단 말이지. 의사 다음엔 내 손을 잡아 주기 위해 목사님을 불러올 작정이겠지." 그러자 어머니가 울었고, 아버지는 나가버렸다. 층계를 내려가는 소리가 들리더니, 뒤이어 찬장을 여는 소리가 났다. 잠을 자다 깨서 아버지가 다시 아래층으로 내려가는 소리를 들었다. 어머니는 잠이 들었는지 어쨌는지 모른다. 집 안이 겨우 조용해졌기 때문이다. 아버지 역시 조용히 하려고 애쓰는 듯했다. 왜냐하면 나는 아버지가 내는 소리는 듣지 못했고, 단지 아버지의 잠옷 끝자락과 벗은 발이 찬장 앞에서 움직이는 소리만 들었기 때문이다.

딜시는 요람을 들여놓고 아기 옷을 갈아입혀 그 안에 눕혔다. 아기는 아버지가 집에 데려온 후 한 번도 깨지 않았다.

"얘는 이 요람에는 좀 크구먼." 딜시가 말했다. "자아, 이제 전바로 복도 가까이에 제 잠자릴 깔아 두겠어요. 그래야 마님께서 밤에 일어나실 일이 없죠."

"난 자지 않을 건데 뭐." 어머니가 말했다. "할멈은 집으로 돌아가. 난 괜찮으니까. 난 여생을 이 어린 것을 위해 보내도 좋아. 만일 그것만 막을 수 있다면……"

"이젠 울지 마세요." 딜시가 말했다. "우리가 애길 보살필 테니. 그리고 도련님도 주무세요." 그녀가 나에게 말했다. "내일 학교에 가야 하니까."

그래서 내가 밖으로 나오려는데, 어머니가 뒤에서 불렀다. 그리고 잠시 나를 보고 울었다.

"넌 오직 내 하나의 희망이다." 어머니가 말했다. "매일 밤 너를 주신 하나님께 감사드린단다." 우리가 거기에서 그들을 기다리는 동안 만일 저분마저 가시게 됐을지라도 내게 남아 있는 것

이 쿠엔틴이 아니고 너라는 것에 감사한다고 어머니가 말했다. 네
가 콤슨 가 사람들을 닮지 않아 다행이었어. 이제 내게 남겨진 건
너와 모리뿐이니까. 그래서 내가 말했다. 하지만 난 모리 삼촌 없
이도 혼자 해 나갈 수 있어요. 한편 삼촌은 그 검은 장갑으로 어
머니의 손을 두드리며 엉뚱한 데를 쳐다보며 말하고 있었다. 그는
삽질할 차례가 되자 장갑을 벗었다. 그는 맨 처음 일어선 사람에
게 가까이 갔다. 사람들이 우산을 받치고 서서 간간이 발을 구르
며 발에서 진흙을 떨어내려 하고 있었고 흙이 달라붙은 삽은, 흙
을 뿌릴 때 관 위에 떨어져 쾡한 소리를 내곤 했다. 내가 마차 뒤
로 돌아왔을 때 삼촌이 한 묘비 뒤에서 병을 들고 또 한 모금 마
시는 것을 보았다. 삼촌은 도중에 그만두지 않으리라고 나는 생각
했다. 나 역시 새 양복을 입고 있었지만 차 바퀴엔 아직 그다지 흙
이 묻어 있지 않았기 때문이다. 어머니만이 그걸 알아차리고는 네
가 언제 새 걸 갖게 될지 모르겠다고 하자 모리 삼촌이 말했다.
"자아, 자. 조금도 걱정 마세요. 누님한텐 언제나 의지할 수 있는
내가 있으니까."

그리고 우리들 모두에게도. 언제나 의지할 사람이 있다. 삼촌
에게서 온 네 번째 편지가 그러했다. 그러나 조금도 뜯어 볼 필요
가 없었다. 나도 이런 편지는 쓸 수 있었고 어머니에게 외워서 읽
어 줄 수도 있는 것이다. 다만 안전을 위해 10달러를 보태야 하겠
지만. 허나 다른 한 장의 편지는 달랐다. 나는 캐디가 또 무슨 잔
재주를 부릴 때가 됐다고 느꼈다. 그녀는 맨 처음 일이 있은 뒤로

훨씬 영리해져 있었다. 그녀는 내가 같은 아버지에게서 났지만 다른 부류의 인간이란 걸 진작부터 파악하고 있었기 때문이다. 사람들이 관 뚜껑에까지 흙을 덮자 어머니는 짐작한 대로 울음을 터뜨렸으므로, 모리 삼촌은 어머니와 함께 출발하기로 했다. 넌 다른 사람들하고 같이 오너라, 모두들 기꺼이 널 태워 줄 테니까. 나는 네 어머니를 모시고 가야 해, 라고 삼촌이 말하기에 나는 알았어요, 한 병이 아니라 두 병 가지고 올걸 그랬죠, 하고 말하려다가 장소가 장소임을 고려해 두 사람을 그대로 보냈다. 두 사람은 내가 얼마나 젖을지는 조금도 걱정하지 않았다. 어머니에겐 내가 폐렴에 걸리지나 않을까 걱정할 시간이 앞으로도 무한정 있을 것이기 때문이었다.

그건 그렇고, 나도 그런 걸 생각하면서 사람들이 흙을 던져 넣는 양을 지켜보고 있었는데, 마치 회반죽 따위를 만들듯, 아니면 울타리를 세우듯 아무렇게나 두드리기에 나는 다소 우스운 기분이 밀려들기 시작해 잠깐이나마 주변을 돌아다니고자 마음먹었다. 내가 읍내로 향한다면 사람들이 쫓아와 그중 누군가가 나를 태워 주려 할 것이라 생각하고, 나는 뒤편 검둥이들 묘지로 향했다. 다 다른 삼나무 밑에 있자니, 비가 많이 내리지 않고, 간간이 빗방울이 떨어져 내릴 뿐으로, 나는 거기에서 일을 마치고 돌아가는 사람들을 볼 수 있었다. 잠시 후 모두 가버렸으므로 나는 조금 기다리다 자리를 떴다.

젖은 풀을 피하려면 오솔길을 따라가야 했다. 그 때문에 그녀가 검은 외투를 입고 서서 꽃을 바라보는 곳에 제법 가까워질 때까지 그녀를 보지 못했다. 그녀가 돌아서서 나를 보고 베일을 걷어 올리기 전에, 나는 그게 누구인지 분명히 알아봤다.

"어머나, 제이슨." 그녀가 손을 내밀며 말했다. 우리는 악수를 했다.

"이런 데서 뭘 하는 거야?" 내가 말했다. "난 누나가 다시는 돌아오지 않겠다고 어머니와 약속한 줄로 아는데. 누나도 그 정도 분별력은 있다고 생각했거든."

"그래?" 그녀가 말했다. 그녀는 시선을 다시 꽃으로 가져갔다. 50달러쯤 돼 보이는 비싼 꽃임이 틀림없으리라. 전에 누군가가 쿠엔틴 무덤 위에도 꽃을 한 다발 갖다 둔 일이 있었다. "그렇게 생각했니?" 그녀가 말했다.

"그렇다고 내가 놀란 건 아냐." 내가 말했다. "누난 어쩔 도리가 없는 여자라고 생각하니까. 누나는 아무도 상관하지 않잖아. 누가 어쩌든 조금도 개의치 않으니까."

"알아." 그녀가 말했다. "그 일자릴 말하는 거지?" 그녀는 무덤을 바라보았다. "그 일은 미안하게 됐어, 제이슨."

"물론 그렇겠지." 내가 말했다. "누나도 이젠 꽤 얌전하게 말하는데. 하지만 돌아올 필요는 없었어. 재산 같은 건 이제 남아 있지 않거든. 내 말을 못 믿겠으면 모리 삼촌한테 물어봐."

"난 아무것도 필요 없어." 그녀가 말했다. 그녀는 무덤을 바라보았다. "하지만 왜 내게 알리지 않았지? 난 우연히 신문을 보고 알았어. 뒷면에서 말야. 정말 우연히 말이지."

나는 아무 말도 하지 않았다. 우리는 무덤을 바라보며 거기에 서 있었다. 그러다 우리의 어렸을 적 일들을 이것저것 생각하니 우습기도 하고 어쩐지 화가 나기도 하고, 지금은 빗속에 날 혼자 남겨 두고 집으로 돌아오게 한 행동을 곱씹으며, 언제나 집 주변을 맴도는 모리 삼촌을 생각했다. 내가 입을 열었다.

"아버지가 돌아가시자마자 몰래 돌아오다니, 참. 하지만 누나한테 득 될 건 없을걸. 몰래 기어 들어와 조금이라도 이득을 볼 생각이라면 잘못이야. 지금 끌고 온 말을 타고 가지 않으면 걸어가야 할 거야. 그거 알아? 집에선 누나 이름조차 모른다구. 그 사람이나 쿠엔틴과 함께 저 아래로 갈 게 아니라면 사라지는 게 좋을 거야." 내가 말했다. "그건 알고 있겠지?"

"알고 있어, 제이슨," 그녀는 묘를 보며 말했다. "그앨 잠깐이라도 만나게 해 주면 50달러 줄게."

"50달러를 갖고 있지도 않으면서." 내가 대꾸했다.

"그렇게 해 주겠어?" 그녀는 나를 보지 않은 채 말했다.

"돈을 보여 줘." 내가 말했다. "난 누나가 50달러를 갖고 있다곤 믿지 못하겠어."

나는 그녀 손이 코트 밑에서 움직이는 것을 볼 수 있었다. 이윽고 그녀가 손을 뺐다. 빌어먹을. 돈을 한가득 쥐고 있지 않았더라면. 두세 장의 노란 지폐도 보였다.

"그 사람이 아직도 누나한테 돈을 줘?" 내가 물었다. "얼마나 보내 주지?"

"백 달러 줄게." 그녀가 말했다. "만나게 해 줄래?"

"잠깐 동안만이야." 내가 말했다. "그리고 내가 말한 대로만 해. 천 달러를 준대도 어머니가 알게 만들고 싶진 않으니까."

"그래." 그녀가 말했다. "네 말대로 할게. 잠깐이면 돼. 그것 말고는 아무것도 부탁하지 않을게. 즉시 여길 떠날 거야."

"그럼 나한테 돈을 줘."

"나중에 줄게."

"날 못 믿는 거야?"

"그래. 난 널 알아. 함께 자랐으니까."

"사람을 믿고 안 믿고를 논하기에 누나는 나무랄 데 없는 상대지." 내가 말했다. "그럼, 난 비를 피해야 해서. 그만. 잘 가." 나는 돌아가려 했다.

"제이슨." 그녀가 말했다. 나는 멈춰 섰다.

"뭐야?" 내가 말했다. "빨리 말해. 난 젖고 있으니까."

"좋아." 그녀가 말했다. "여기 있어." 주위엔 아무도 없었다. 나는 돌아가 그 돈을 받았다. 그녀는 여전히 돈을 쥐고 있었다. "만나게 해 주는 거지?" 그녀는 베일 아래로 나를 보며 말했다. "약속하지?"

"돈을 놔." 내가 말했다. "누가 와서 우릴 보면 어떡해?"

그녀가 돈을 놓았다. 나는 그 돈을 주머니에 넣었다. "그렇게 해 줄 거지, 제이슨?" 그녀가 물었다. "달리 방법이 있었으면 네게 부탁 같은 거 하지 않아."

"확실히, 딴 방법은 없어." 내가 말했다. "틀림없이 만나게 해 줄게. 한다고 했잖아, 안 그래? 다만 누난 내가 말하는 대로 하는 거야."

"그럴게." 그녀가 말했다. "하라는 대로 할게." 그래서 나는 그녀에게 기다릴 장소를 일러주고 마차 대여소로 갔다. 나는 걸음을 재촉해 묘지에서 돌아온 사람들이 말을 마차에서 풀어 놓으려는 참에 도착했다. 묘지까지 간 마차삯을 치렀냐고 물으니 아직 못 받았다기에, 나는 콤슨 부인이 잊은 게 있어 다시 빌리고 싶어 한다고 했더니 주인은 잠자코 내게 빌려주었다. 마부는 밍크였다. 나는 그에게 시가 한 개비를 사주고 사람들이 그의 얼굴을 볼 수 없도록 날이 어두워질 때까지 뒷골목을 돌아다녔다. 그러자 밍크가 이제 돌아가야겠다고 하기에 나는 시가 하나를 더 사주고 샛길로 마차를 몰게 해 마당을 가로질러 집으로 갔다. 나는 복도에 서서 위층에서 어머니와 모리 삼촌 목소리가 들리는 것을 확인한 뒤, 부엌으로 들어갔다. 쿠엔틴과 벤이 딜시와 함께 있었다. 나는 어머니가 쿠엔틴을 보잔다고 하고는 그애를 안으로 데려갔다. 그리고 모리 삼촌의 레인코트를 찾아 그녀에게 둘러 준 뒤 그녀를 데리고 샛길로 돌아가 마차에 탔다. 밍크에게 역으로 가라고 했다. 그가 대여소 앞을 지나는 걸 꺼렸기에 우리는 뒷길로 가지 않을 수 없었다. 그리고 길모퉁이 가로등 아래에 서 있는 캐디가 눈에 들어오자, 밍크에게 보도 가까이로 몰라고 하고는, 내가 '달려'라고 말하면 말을 채찍질하라고 일러 뒀다. 그러고는 레인코트를 벗겨 쿠엔틴을 창 쪽으로 내밀었다. 캐디가 쿠엔틴을 보고 앞으로 뛰어나왔다.

"후려갈겨, 밍크!" 내가 말했다. 그러자 밍크는 말을 채찍질했고 마차는 불자동차처럼 캐디를 지나쳐 갔다. "자, 약속대로 저 기차를 타." 내가 말했다. 나는 뒤쪽 창문으로 마차를 쫓아 달려오는 캐디를 볼 수 있었다. "다시 갈겨." 나는 말했다. "집으로 돌아가는 거야." 우리가 모퉁이를 돌았을 때에도 그녀는 여전히 달리고 있었다.

그리고 그날 밤 나는 그 돈을 다시 세 본 뒤 넣어 두었다. 기분이 그리 나쁘진 않았다. 그걸로 정신을 차렸을 거라고 생각했다. 내게서 일자리를 빼앗은 이상 누나도 그 일에서 벗어날 수 없다는 걸 깨달았겠지. 그때 나는 캐디가 약속을 어기고 그 기차를 타지 않을지도 모른다고는 전혀 생각지 않았다. 그 무렵 나는 사람들을 잘 몰랐고 미련하게도 남들 말을 그대로 믿었다. 그런데 이튿날 아침 그녀가 가게로 곧장 걸어 들어온 것이다. 그런 그녀였지만 베일을 쓰고 아무나 하고 얘기하지 않는 정도의 분별은 있었다. 내가 가게에 있었던 걸로 보아 토요일 아침이었다. 그녀는 빠른 걸음으로 내가 있는 안쪽 책상 앞으로 곧장 들어왔다.

"거짓말쟁이, 거짓말쟁이야." 그녀가 말했다.

"누나, 미쳤어?" 내가 말했다. "대체 어쩌려는 거야? 가게로 오다니." 그녀가 입을 열려 했으나, 나는 그걸 막으며 말했다. "내게서 일자릴 하나 빼앗고도 부족해서 이제 이 일마저 못하게 하려는 거야? 할 말이 있거든 어두워진 다음 딴 데서 만나. 대체 할 말이 뭐야? 약속한 대로 다 했잖아. 잠깐 동안 그앨 보여 주겠다고 했어, 안 그래? 그럼 누난 잠깐 보지 않았다는 거야?" 그녀는 그대로 버티고 선 채 나를 보고 있었는데, 분노를 못 이겨 발작이라도 하는 듯 부들부들 떨면서 두 손을 꽉 움켜쥐고 있었다. "난 약속대로 했을 뿐야." 내가 말했다. "거짓말을 한 건 누난걸. 그 기차를 타겠다고 했잖아, 그러지 않았어, 약속했잖아? 그 돈을 도로 찾을 수 있겠거든 가져가 보시지. 그 때 천 달러를 받았더라도 내가 그런 모험을 한 이상 충분한 사례라고 하지 못할 정도야. 그리고 17번 열차가 떠난 뒤에도 누나가 읍내에 있는 걸 내가 보든 그런 소문을 듣게 되면, 어머니와 모리 삼촌한테 이르겠어. 그러니까 그앨 한 번 더 보고 싶으면 얌전히 있는 게 좋아." 그녀는 거기 서서 나를 보며, 겹쳐 쥔 두 손을 비틀었다.

"죄 받을 녀석 같으니라구. 넌 죄 받을 거야." 그녀가 말했다.

"암, 그렇구 말구." 나는 말했다. "그것도 좋지. 내 말 명심해. 17번 열차가 떠난 뒤에도 여기 있으면 이를 테니까."

그녀가 가버린 뒤 나는 기분이 좋아졌다. 누나는 약속한 일자리를 내게서 빼앗기 전에 다시 생각했어야 했다. 그 무렵 나는 어린애였다. 난 뭔가 해 주겠다는 사람들 말을 믿었다. 그 뒤부터 나는 여러 면에서 영리해졌다. 게다가 늘 내가 말하듯 나는 누구의 도움 없이도 살아갈 수 있다. 지금껏 그래 왔듯 혼자 살아갈 수 있는 것이다. 그러자 갑자기 딜시와 모리 삼촌 생각이 났다. 캐디가 언제나 딜시를 얼렁뚱땅 속였던 일과 모리 삼촌이 10달러만 주면 무슨 짓이건 다 하던 일을 떠올렸다. 나는 어머니를 보호하기 위해서라도 이 가게를 떠나지 못하고 있다. 어머닌 늘 만일 자식들 중 하나가 하나님의 부르심을 받아야 한다면, 네가 남은 것은 다행이다, 너라면 의지할 수가 있지, 하고 말한다. 그러면 나는, 저도 알아요 난 어머니 손이 닿지 못할 만큼 가게에서 멀리 떠나진 않을 테니까요, 라고 대꾸했는데, 사실 그대로였다. 아무리 남은 재산이 하찮다 하더라도 누군가는 지켜야 하지 않는가.

집에 돌아오자마자 나는 딜시를 꼼짝 못하게 해 놓았다. 딜시에게 캐디가 문둥병에 걸렸다고 말해 주고는 성경을 꺼내 사람의 살이 썩어 가는 이야기를 읽어 주고, 딜시든 벤이든 쿠엔틴이든 캐디를 보기만 하면 모두 그 병에 걸린다고 말해 두었다. 그래서 모든 것이 잘 처리됐다고 생각했는데, 어느 날 집에 돌아오니 벤이 엉엉 울고 있는 게 아닌가. 한껏 목청을 높여 울어대고 있어 누구도 달래지 못하고 있었다. 그럼 슬리퍼를 가져다주라고 어머니가 말했다. 그러나 딜시는 듣지 못한 척하고 있었다. 어머니가 또 같은 말을 하기에 나는 내가 가지러 가겠다고, 이런 소동은 참을 수 없다고 했다. 늘 말하듯 웬만한 건 모두 참는다. 어차피 대단한 일은 없으니까. 하지만 종일토록 그 빌어먹을 가게에서 일하고 저녁 먹으러 돌아와서도 잠시라도 평화롭고 조용하게 있을 수 없다면 정말 견딜 수 없다. 그래서 내가 가지러 가겠다고 하니, 딜시가 급하게 "제이슨!" 하고 불렀다.

그렇다, 나는 순간 무슨 일이 일어났는지 알아차렸다. 그걸 확인하고자 나는 가서 슬리퍼를 가지고 돌아왔다. 그러자 짐작한 대로 슬리퍼를 본 벤은 우리가 곧 죽이기라도 할 것처럼 악을 쓰기 시작했다. 그래서 나는 딜시를 자백하게 만든 뒤, 어머니에게 말했다. 그러자 어머니를 침대에 눕히지 않으면 안 되었다. 집 안이 좀 조용해진 뒤에 나는 딜시에게 하나님이 얼마나 무서운지 얘기해 주었다. 검둥이에겐 그 이상을 가르칠 수 없을 만큼 많은 걸 이야기했다. 검둥이 하인들에게서 생기는 문제는, 그들이 너무 오랫동안 우리와 있게 되면, 자신이 중요한 존재라는 착각에 빠져 아무 짝에도 쓸모가 없어져버린다는 점이다. 자기들이 집안일을 죄다 하고 있다고 생각하는 것이다.

"가엾은 캐디가 제 자식을 보겠다는데 어째서 안 된다는 거예요?" 딜시가 말했다. "제이슨 주인님이 살아 계셨더라면 이 꼴이 나진 않았을 텐데."

"그렇지만 그 제이슨 나리는 여기 안 계시거든." 하고 내가 말했다. "할멈이 내 말을 조금도 듣지 않는다는 건 알고 있어. 하지만 할멈도 어머니 말대론 하겠지. 어머니를 이런 일로 걱정시켜서 결국엔 어머니도 무덤 속으로 쫓아버리고, 이 집을 형편없는 놈들로 가득 채우겠다는 거지. 그런데 할멈은 뭣 때문에 저 바보한테까지 캐디를 보여 주려고 했어?"

"도련님은 정말 냉정한 사람이에요. 도련님도 인간이라면," 하고 그녀가 말했다. "난 비록 검둥이일 망정 도련님보다 따뜻한 마음씨를 갖게 된 걸 하나님께 감사한다우."

"적어도 난 저 밀가루 통을 채울 만큼은 인간적이지. 그러니 한 번만 더 그런 짓을 하면 저 통의 걸 먹지 못할 줄 알아."

캐디를 다시 만났을 때, 딜시에게 그 따위 짓을 또 시키면 어머니는 딜시를 내보내고 벤은 잭슨으로 보내버리고, 쿠엔틴을 데리고 나가버리겠다고 말해 주었다. 그녀는 나를 잠시 바라보았다. 근처에 가로등이 없어 나는 그녀의 얼굴을 잘 볼 수가 없었다. 그러나 나는 그녀가 나를 유심히 보고 있는 걸 느낄 수 있었다. 우리가 아직 어렸을 때 그녀는 화가 나 견딜 수 없게 되면 어쩔 줄 몰라 하며 윗입술을 바들바들 떨곤 했다. 입술이 떨릴 때마다 그녀의 이가 점점 더 드러났는데, 그러는 동안 그녀는 마치 기둥처럼 꼼짝도 않고, 윗입술만이 점점 윗니 쪽으로 당겨 올라갈 뿐 근육 하나 움직이지 않았다. 그러나 지금 그녀는 아무 말이 없었다. 이렇게 말할 뿐이었다.

"좋아. 얼마를 받고 싶어?"

"글쎄, 마차 창문으로 잠깐 봤을 때 백 달러였으니까." 나는 말했다. 그 뒤로 그녀도 꽤 신중해졌는데, 딱 한 번 은행 보고서를 보여달라고 한 일이 있었다.

"수표 뒷면에 어머니가 서명하는 건 알고 있어." 그녀가 말했다. "하지만 은행 보고서를 보고 싶어. 그 수표들이 어디로 흘러가는지 직접 봐야겠어."

"그런 건 어머니가 하는 일인걸." 나는 말했다. "만약 누나한테 어머니의 개인적인 문제를 캐물을 권리가 있다고 생각한다면, 누나가 그 수표들이 잘못 쓰이고 있다고 생각한다고, 어머니를 믿지 않기 때문에 회계 감사를 하고 싶어 한다고 어머니에게 말해 주겠어."

그녀는 아무 말도 하지 않았고 움직이지도 않았다. 나는 그녀가 작은 소리로 빌어먹을 자식, 망할 자식, 벌 받을 놈 하고 중얼거리는 걸 들었다.

"크게 말하지 그래?" 내가 말했다. "우리가 서로를 어떻게 생각하는지는 비밀이 아니잖아? 누난 돈을 돌려받고 싶은 거지?"

"이봐, 제이슨." 그녀가 말했다. "이번엔 정말 거짓말 말아, 그 애 일 말이야. 이젠 뭘 보여달라고는 하지 않을게. 혹 그걸로 충분하지 않다면 매달 더 보내 주겠어. 그러니 약속해 줘 그애를…… 그애를…… 너도 그쯤은 할 수 있잖아. 그애를 위한 일 말야. 다정하게 대해 줘. 내가 챙길 수 없는 사소한 일들을, 모두가 내게 하지 못하게 하는 걸…… 하지만 넌 하지 않겠지. 네겐 따뜻한 피라곤 한 방울도 없으니까. 하지만 제이슨, 만약 네가 어머닐 설득해 그애를 내게 돌려주도록 해 주면, 너한테 천 달러 줄게."

"누나한테 천 달러가 있을 게 뭐야. 거짓말 하고 있는 거, 다 알아." 내가 말했다.

"아냐, 갖고 있어. 생길 거라구. 그만한 돈은 벌 수 있어."

"누나가 그 돈을 어떻게 구할지 알아." 내가 말했다. "그앨 얻은 것과 같은 방법으로 구하겠지. 그리고 그애가 자라면……" 그때 나는 그녀가 정말 날 치려 한다고 생각했는데, 곧 나는 그녀가 어쩔 생각인지 알 수 없게 되었다. 잠시나마 그녀가 너무 세게 감아 금방이라도 산산이 부서져버릴 듯한 어떤 장난감처럼 보였던 것이다.

"그래, 내 머리가 이상해진 모양이야. 난 제정신이 아니야. 내가 걔를 어떻게 기를 수 있겠어. 그앨 기르다니, 도대체 난 무슨 생각이었던 거지, 제이슨." 그녀가 내 팔을 잡았다. 열이 있는 듯 뜨거운 손이었다. "그앨 잘 돌봐 주겠다고 약속해 줘. 그애도 네 육친이니까, 너하고 살과 피가 이어져 있으니까. 약속해 줘, 제이슨. 넌 아버지와 같은 이름이면서, 아버지였다면 내가 두 번이나 부탁할 필요가 있었을까? 아니 한 번도 필요 없지 않았을까?"

"그건 그렇지." 내가 말했다. "아버진 내게 대단한 걸 남겨 주셨거든. 그래서 누난 내가 뭘 해 주길 바라는 거야? 턱받이랑 장난감차라도 사주라는 거야? 여태 누나한테 이런 말은 하지 않았지만, 난 누나보다 훨씬 더 위험을 무릅쓰고 있다구. 왜냐면 누난 위기에 처하는 일이 없으니까. 그러니 만약 누나가……"

"그래." 그녀는 말하고 나서 웃기 시작했는데, 동시에 참으려고 애썼다. "그래, 난 곤경에 처해 본 적이 없어." 소리가 커지자두 손을 입에 대고 말했다. "아아, 아무것도."

"이봐, 적당히 해!" 내가 말했다.

"참으려고 하는 거야." 그녀가 손으로 입을 누르며 말했다. "오,

이런 맙소사."

"난 가겠어." 내가 말했다. "이런 데 있다 눈에 띄면 좋을 게 없다구. 누나도 이 동네에서 어서 떠나."

"기다려." 그녀가 내 팔을 잡으며 말했다. "이제 멎었어, 다시는 웃지 않을게. 그러니 약속해 줘." 그녀의 두 눈이 마치 내 얼굴에 와 닿는 것처럼 느껴졌다. "약속해 주겠지? 어머니가…… 그 돈을…… 걔한테 뭐 필요한 게 있으면…… 내가 돈과는 별도로 수표를 보내면, 그리고 수표랑 다른 물건을 보내면, 걔한테 전해 주겠어? 어머니한테 말하진 않을 거지? 다른 여자애들과 같은 걸 가질 수 있게끔 해 주겠어?"

"좋아. 누나가 내가 하란 대로 제대로 하기만 하면." 내가 말했다.

그 때 모자를 쓴 얼이 앞쪽으로 와서 말했다. "난 지금부터 로저스 가게에 가서 뭘 좀 먹고 오겠어. 오늘은 도저히 집에 가서 점심 먹을 시간이 없을 거야."

"그럴 시간이 없다니 무슨 말이죠?" 내가 말했다.

"서커스단이 읍내에 와 있거든." 그가 말했다. "그 사람들 오후에도 공연한다니까, 그리고 사람들은 공연에 늦지 않도록 물건 사는 걸 끝낼 테니까. 그러니 로저스네 가게에 얼른 다녀오는 게 좋겠어."

"그것도 좋죠." 내가 말했다. "당신 위가 그걸로 만족한다면야. 당신이 자신을 장사의 노예로 만들겠다는데 내가 이러쿵저러쿵

할 건 없죠."

"자네라면 어떤 장사의 노예도 될 성싶지 않은데." 그가 말했다.

"이 제이슨 콤슨의 사업이라면 얘긴 다르지요." 나는 대꾸했다.

그리고 나는 가게 안쪽으로 돌아가 쿠엔틴 앞으로 온 편지를 뜯었는데, 안에 든 것은 수표가 아닌 우편환이었다. 그러니까, 아무도 믿을 수 없단 말이지. 결국 나는 캐디가 1년에 한두 번 이곳에 나타난다는 사실이 어머니에게 알려질까 두려워하며, 어머니에게 거짓말을 해 가며, 위험을 무릅쓴 게로군. 내 수고에 대한 보답이 바로 이거라니. 나는 그녀가 이 우편환을 쿠엔틴 말고는 누구도 환금 받지 못하도록 우체국에 통고할지도 모른다고 생각했다. 그런 어린애에게 50달러씩이나 주다니. 나는 스물한 살이 되도록 50달러라는 돈은 구경도 하지 못했다. 다른 애들이 매일 오후와 토요일에 온종일 놀 때 나는 이런 상점에서 종일 일하면서도 말이다. 우리 몰래 캐디가 그애한테 돈을 주거나 하면, 누구든 그애를 감독할 수 없게 되는 것이다. 그앤 누나가 자란 집에서 같은 방법으로 자라고 있는 것이다. 난 어머니가 누나보다도 그애가 필요로 하는 걸 더 잘 안다고 생각해, 누난 가정이란 걸 가져 본 일이 없으니까. "그러니 만약 누나가 그애한테 돈을 주고 싶으면, 어머니에게 보내야지, 걔한테 직접 줘서는 안 돼. 만일 내가 2, 3개월마다 한 번씩 이런 모험을 해야 한다면 누난 내가 하라는 대로 해야 돼. 안 그러면 이걸로 끝이야."

그리고 나는 그 비밀 작업을 시작할 준비를 했다. 만약 얼이 자기를 기쁘게 해 주려고 내가 한길을 달려가 그 소화도 안 되는 25센트짜리 음식을 삼키고 오리라고 생각했다면 그는 정말 어수룩한 바보다. 나는 마호가니 책상 위에 다리를 뻗고 앉아 있을 순 없다. 하지만 이 건물 안에서 일하는 걸로 봉급을 받고 있으니 어쩔 수 없는 일이다. 하지만 여기 말고 다른 데서 그럭저럭 문명화된 삶을 살 수 있다면 난 그리로 가겠다. 나는 독립할 수 있는 것이다. 나를 지탱해 줄 누군가의 마호가니 책상 따위 필요가 없는 것이다. 그런 생각을 하며 일을 시작하려 했으나, 다 제쳐 놓고 10센트어치 못 따위를 팔기 위해 달려가지 않으면 안 되었다. 얼은 샌드위치를 급히 먹고 벌써 반쯤 돌아오는 길인지도 모른다. 그런데 그 때 나는 백지수표가 하나도 남아 있지 않은 걸 알았다. 전부터 몇 장 더 얻어 두려고 마음먹고 있었는데, 이젠 너무 늦었다. 그 때 문득 눈을 드니 쿠엔틴이 거기 와 있었다. 뒷문에 있었다. 그녀가 좀 영감에게 내가 있는지 어떤지 묻는 소리가 들렸다. 나는 우편물을 가까스로 서랍에 밀어 넣고 닫았다.

그녀가 책상 쪽으로 왔다. 나는 내 회중시계를 들여다보았다.

"벌써 점심 먹으러 집에 갔다 왔니?" 내가 물었다. "지금 정각 12신데, 방금 종 치는 소리를 들었으니까 넌 집으로 달려갔다 돌아온 게 틀림없어."

"난 점심 먹으러 집에 가진 않아요. 오늘 내게 편지 왔어요?" 그녀가 말했다.

"오기로 돼 있었니? 편지 쓸 줄 아는 애인이라도 생긴 거냐?"

"어머니한테서 말예요. 어머니가 내게 편지 보냈나요?" 그녀는 나를 바라보며 말했다.

"할머니한테 네 엄마가 보낸 건 있다. 하지만 아직 뜯어 보지 않았어. 할머니가 뜯어 보실 때까지 기다려야 해. 할머니가 네게 보여 줄 거야. 내 생각이지만."

"어서요, 제이슨 삼촌." 그녀는 들은 척도 않고 말했다. "나한 테는요, 온 게 있어요?"

"대관절 무슨 일이냐?" 내가 말했다. "넌 지금껏 누구에 대해서건 이토록 안달하는 일이 없었잖아. 엄마가 보내 줄 돈을 기대하는 모양이지?"

"어머니가 말하기를 어머닌…… 제이슨 삼촌 부탁이에요, 편지 왔어요?"

"어쨌든, 넌 오늘 학교엔 갔던 모양이구나. 제발 부탁이니 하는 말을 가르쳐 주는 곳에 말야. 잠깐 기다려, 내 저 손님 좀 상대하는 동안만."

나는 나가서 손님을 맞았다. 그리고 돌아섰을 때 그녀가 책상 뒤에 숨어 보이지 않았다. 나는 뛰어갔다. 그리고 책상 뒤로 가서 서랍에서 급히 빠져나오는 그녀의 손을 겨우 붙들었다. 그녀가 편지를 놓을 때까지 손 마디를 책상에 대고 쳐서 편지를 빼앗았다.

"너 해 보겠단 거야, 그런 거야?"

"그거 이리 줘요. 벌써 뜯어 보고선. 나한테 줘요. 제이슨 삼촌,

부탁이에요. 내 편지라구요. 이름을 봤단 말예요."

"너한텐 멍에끈이나 갖다 주마. 너한테 줄 만한 건 그거야. 내 서류에 손을 대다니."

"그 속에 돈이 들었죠?" 그쪽으로 손을 뻗으며 그녀가 물었다. "엄마가 돈을 보내 준댔어요. 보내 주겠다고 약속했어요. 그러니까 이리 줘요."

"뭣 땜에 돈이 필요한데?" 내가 물었다.

"엄마가 보내 주겠댔어요. 그거 이리 줘요. 어서요, 제이슨 삼촌. 삼촌이 지금 그걸 주면 다시는 아무것도 부탁하지 않을게요."

"좀 기다린다면 주겠어." 나는 편지와 우편환을 꺼내 편지만 그녀에게 건넸다. 그녀는 편지는 거들떠보지도 않고 우편환 쪽으로 손을 뻗었다. "먼저 서명부터 해야지." 내가 말했다.

"얼마짜리죠?"

"편질 읽어 봐. 거기 써 있을 게다."

그녀는 두어 차례 눈길을 던져 빠르게 읽었다.

"써 있지 않은데." 그녀가 눈을 들며 말했다. 그녀는 편지를 바닥에 떨구었다. "얼마짜리 우편환이에요?"

"10달러짜리야." 내가 말했다.

"10달러라구요?" 그녀가 나를 바라보며 말했다.

"너 같은 어린앤 10달러라도 기뻐해야 돼. 그런데 도대체 뭣 땜에 갑자기 돈이 필요하지?"

"10달러?" 그녀는 마치 꿈속에서 중얼거리기라도 하듯 말했다.

"고작 10달러란 말이죠?" 그녀가 돌연 우편환을 움켜쥐려 했다.
"거짓말이야." 그녀가 말했다. "도둑놈! 도둑놈!"

"너 이럴 거야?" 나는 그녀를 붙들고 말했다.

"그거 이리 줘!" 그녀가 말했다. "그건 내 거야, 엄마가 내게 보낸 거라구. 난 그거 볼 테야. 기필코 보겠어."

"보겠다구?" 나는 그녀를 붙들고 말했다. "볼 수 있음 봐."

"보게만 해 줘요, 제이슨 삼촌. 부탁이에요, 다시는 아무것도 달라고 하지 않을게요."

"넌 내가 거짓말한다고 생각하지? 그러니 너한텐 보여 주지 않겠어."

"그렇지만 겨우 10달러라니. 어머니가 말하기를…… 어머닌, 제이슨 삼촌, 제발 어서. 난 돈이 필요해요. 꼭 필요해요. 그거 이리 줘요, 제이슨 삼촌. 그거 주기만 하면 뭐든 할게요."

"뭣 땜에 돈이 필요한지 말해 봐."

"난 그 돈이 있어야 해요." 그녀가 말했다. 눈은 나를 보고 있었다. 그러다 갑자기 그녀는 눈을 움직이지 않고 나를 보던 동작을 멈췄다. 나는 그녀가 거짓말을 하려드는 걸 알았다.

"돈 빌린 게 있어서 그래요. 그걸 갚아야 해요. 오늘 갚아야 한다구요."

"누구한테?" 내가 물었다. 그녀는 두 손을 비틀고 있었다. 나는 그녀가 거짓말을 생각해내는 중임을 간파했다. "또 어느 가게에서 외상으로 뭘 산 거냐?" 내가 물었다. "하지만 그렇담 나한테 말할 것도 없어. 내가 그만큼 얘기해 뒀는데도 이 거리에서 네게 외상으로 뭘 파는 사람이 있다면, 내 머릴 숙이지."

"그 사람은 여자예요." 그녀가 말했다. "여자라니까요. 난 계집애한테 돈을 빌렸어요. 그 돈을 갚아야 해요. 제이슨 삼촌, 그걸 내게 줘요, 부탁이에요. 뭐든 할게요. 나 그거 꼭 필요해요. 엄마가 삼촌한테 돈을 줄 거예요. 삼촌한테 돈을 주라고 엄마한테 편지 하겠어요. 다시는 엄마에게 아무것도 조르지 않겠다고 쓰겠어요. 편지는 보여 줄게요. 부탁이에요, 제이슨 삼촌. 나 그게 꼭 필요해요."

"이 돈으로 뭘 할 작정인지 말해 봐. 그럼 나도 좀 생각해 보지. 말해 보라구." 그녀는 두 손을 옷에 대고 비비며 서 있었다. "좋아, 10달러가 네 성에 차지 않으면, 난 네 할머니한테 가져가면 되지. 그러면 어떻게 될지 너도 알 테지. 물론 네가 돈이 많아 10달러 따윈 필요 없다면……"

그녀는 거기에 서서 마룻바닥을 내려다보며 속으로 뭔가 중얼거리는 듯했다. "엄마는 돈을 얼마 보내 주겠댔어요. 여기로 돈을 보내겠다고 했어요. 그런데 삼촌은 받은 게 없다고 말하잖아요. 엄마가 여기로 많은 돈을 보냈댔는데 날 위한 돈이라고 했는데. 그중 얼마쯤은 나더러 가지랬는데. 삼촌은 받은 게 조금도 없다고 하니."

"그 돈에 대해선 너도 나만큼이나 잘 알고 있잖아." 내가 말했다. "그 수표가 어떻게 되는지 너도 줄곧 봐 왔잖아."

"알아요." 그녀가 마룻바닥을 보며 말했다. "하지만 10달러라니. 10달러라니."

"넌 10달러만 받아도 고맙게 여겨야 해. 자, 여기." 나는 우편환을 책상 위에 뒤집어 놓고 그걸 손으로 누르며 말했다. "여기에 서명해."

"그걸 나에게 보여 주겠어요?" 그녀가 말했다. "단지 보기만 할게요. 거기 얼마라고 적혀 있든 난 10달러보다 더 부탁하진 않을 테니까. 나머지는 삼촌이 가져도 돼요. 난 그저 보고 싶을 뿐이라구요."

"네가 여태까지 한 짓으로 봐서 그렇게는 생각되지 않아. 너도 이것만은 알아 둬야 해. 내가 뭘 하라면, 넌 그걸 꼭 해야 한단 말이야. 자아, 이 줄 위에 서명해."

그녀는 펜을 잡았으나 서명은 하려 들지 않은 채 고개를 숙이고 서 있었다. 손에 쥔 펜이 떨리고 있었다. 그야말로 제 엄마와 같았다. "분해, 분해." 그녀가 말했다.

"그래. 다른 건 몰라도 좋지만 지금 말한 건 명심해야 될 거야. 자, 여기에 서명하고 나가거라."

그녀가 서명했다. "돈은 어디 있죠?" 나는 우편환을 습지로 눌러 준 뒤 주머니에 넣었다. 그리고 그녀에게 10달러를 건넸다.

"그럼 이젠 학교에 가란 말야, 알겠지?" 내가 말했다. 그녀는 대답하지 않았다. 그녀는 지폐를 마치 넝마 조각마냥 구겨 쥐고 앞문으로 나갔는데, 때마침 얼이 들어왔다. 손님 한 명이 함께 들어와 둘은 가게 앞에 멈춰 섰다. 나는 거기 있는 것들을 모두 정리하고 모자를 쓰고는 가게 앞쪽으로 갔다.

"바빴나?" 얼이 물었다.

"뭐 그다지." 내가 말했다. 그는 밖을 내다보았다.

"저쪽에 있는 게 자네 찬가?" 그가 말했다. "점심 먹으러 집으로 가지 않았으면 하는데. 서커스 시작 전에 또 한바탕 손님이 들이닥칠 것 같으니 로저스네서 요기하고 전표는 내 서랍에 넣어 두게나."

"고맙습니다. 하지만 아직은 제 배를 채울 돈쯤은 있거든요."

아마도 이 작자는 내가 다시 이 문으로 들어설 때까지 여기 서서 매 같은 눈초리로 문을 지켜보겠지. 아무렴 어때. 지켜봐야겠다는데. 난 할 수 있는 데까진 하고 있으니까. 나는 백지수표가 동이 나기 전에 얼마쯤 구해 둬야 했다는 걸 깨달았어야 했다. 하지만 이렇게 바쁘게 지내다 보면 누구든 아무것도 기억하지 못할 거다. 집안을 꾸려 가기 위해 이런저런 일을 해야 하는 데다, 백지수표를 찾아 온종일 읍내를 쏘다녀야 할 이런 날에 저 빌어먹을 서커스라니. 더구나 얼이란 놈은 매 같은 눈을 하고 문만 노려보고.

나는 인쇄소에 가서 어떤 친구에게 장난치는 데 쓸 거라고 했으나 거기에도 하나도 없었다. 그런데 거기 있던 사내가 구 오페라하우스 안을 찾아보라고 알려 주었다. 옛날 상농은행이 망했을 때 누군가가 갖가지 서류를 내다 쌓아 놨다는 것이다. 그래서 나는 얼에게 들키지 않게 골목 몇 개를 빠져나와 겨우 시몬스 할아범을 찾아내 열쇠를 받아 들고 극장 있던 데로 가서 주변을 뒤졌다. 결국 나는 세인트루이스 은행 수표장을 하나 찾아냈다. 물론 어머니는 이걸 자세히 살펴보려고 한번은 손에 들고 보겠지. 하지만 이걸로 어떻게든 해 봐야 한다. 이 이상 더 시간을 보낼 순 없으니까.

나는 가게로 돌아왔다. "어머니가 은행에 가져갈 서류를 잊어버려서." 하고 말했다. 나는 가게 안쪽 책상으로 가서 수표를 만들었다. 급히 만들면서 나는 어머니 눈이 점점 나빠지는 건 다행스런 일이야. 집에 그런 창녀가 있으니, 어머니 같은 참을성 있는 기독교도가 있는 건 다행이지, 하고 혼잣말을 했다. 저 계집애가 자라서 뭐가 될지는 어머니도 나만큼 잘 알지 않느냐고 나는 말했다. 하지만 어머니가 단지 아버지를 생각해서 그애를 이 집에 두고 싶다면 좋을 대로 하세요, 하고 말하자 어머니가 울음을 터뜨리며 그애도 어머니의 살과 피를 나눈 애라고 하기에, 나는 알았어요, 좋을 대로 하세요, 어머니가 참을 수 있다면 저도 견뎌낼 수 있겠죠, 하고 대꾸할 수밖에 없었다.

나는 편지를 다시 한 번 접어 넣은 뒤 풀칠하고는 밖으로 나갔다.

"될 수 있는 대로 빨리 돌아오게나." 얼이 말했다.

"그러죠." 내가 말했다. 나는 전신국에 들렀다. 약아빠진 놈들은 모두 거기 있었다.

"자네들 중 백만장자 된 놈은 아직 없나?" 내가 말했다.

"시세가 이 꼴인데 누가 될 수 있겠어." 도크가 말했다.

"도대체 어떻게 되고 있는 거야?" 내가 말했다. 나는 안으로 들어가 보았다. 처음보다 3포인트 떨어져 있었다. "자네들 설마 목화 시세쯤으로 꺾이지 않겠지, 어때?" 하고 내가 물었다. "그러기엔 지나치게 빈틈이 없어서들 말야."

"빈틈이 없기는 개뿔." 도크가 말했다. "12시엔 12포인트나 떨어졌었다구. 난 말끔하게 빈털터리가 됐지."

"12포인트라구? 빌어먹을 어째서 아무도 나한테 알리지 않았지? 자넨 어째서 알려 주지 못한 거야?" 나는 통신사에게 말했다.

"난 들어오는 대로 수신할 뿐입니다." 그가 말했다. "난 장외거래소를 운영하는 게 아니에요."

"자넨 회전이 빠르잖나, 안 그래?" 내가 말했다. "내가 그만큼 돈을 쓰고 있으니. 나한테 전화해 줄 시간쯤은 낼 수 있다고 보는데. 그렇지 않다면 자네의 그 망할 회사는 동부의 유대놈들하고 짜고 있기라도 한 거야?"

그는 아무 말 없었다. 그는 바쁜 척해 보였다.

"자넨 분에 맞지 않게 거만하게 구는군그래." 내가 말했다. "자네가 우선적으로 알아야 할 건 말이야, 자넨 먹고살기 위해 일을 하게 될 거란 거야."

"뭐가 문제야? 자넨 아직 3포인트나 벌고 있는데." 도크가 말했다.

"그래. 만일 팔려고 내놓았다면 말야. 아직 팔겠단 말은 하지 않은 줄로 아는데. 자네들 모두 빈털터리가 됐나?" 내가 말했다.

"난 두 번이나 걸렸댔는데 말이야. 눈치껏 팔고 다른 걸 샀지." 도크가 말했다.

"그래." 하고 I.O. 스노프스가 말했다. "내가 그걸 잡았지. 그런데 어쩌다 한 번 그런 게 내게 걸려들어도 나쁘진 않을 테지."

나는 그 친구들이 저들끼리 1포인트에 5센트씩 사고 파는 것을 내버려 두고 그 자릴 떴다. 그리고 검둥이 한 놈을 붙들어 내 차를 부르러 보내고 길모퉁이에 서서 기다렸다. 얼이 한쪽 눈으로 시계를 노려보며 거리 여기저기를 두리번거리는 모습은 보이지 않았다. 하지만 그건 그 작자가 문께에 없었기 때문이 아니라 여기에선 가게 문이 보이지 않는 까닭이었다. 일주일이나 지난 듯 지루하게 기다리고 있을 즈음 검둥이가 자동차를 몰고 돌아왔다.

"도대체 어딜 갔었나? 검둥이 계집년들에게 자랑하려고 타고 돌아다닌 거야?"

"될 수 있는 대로 곧장 왔는뎁쇼." 그가 말했다. "광장에 짐차가 많아서 한 바퀴 돌아와야 했거든요."

무슨 짓을 하건 검둥이들은 빈틈없는 알리바이를 반드시 만들어낸다. 어쨌건 한번 차를 태워 내보내기만 하면 틀림없이 여봐란 듯이 자랑하며 돌아다니는 것이다. 나는 차를 타고 광장을 돌아갔다. 광장 저편 가게 문께에 서 있는 얼의 모습이 얼핏 보였다.

나는 곧장 부엌으로 가서 딜시에게 빨리 점심을 차리라고 말했다.

"쿠엔틴은 아직 안 왔다우." 그녀가 말했다.

"그게 어쨌단 거야?" 내가 말했다. "다음엔 러스터가 아직 밥 먹을 준비가 안 됐다고 하겠지. 쿠엔틴도 이 집의 식사 시간쯤은 알고 있을 게 아냐. 빨리 차리기나 해."

어머니는 방에 있었다. 나는 어머니에게 편지를 건넸다. 어머니는 봉투를 뜯어 수표를 꺼내고는 손에 든 채 앉아 있었다. 나는 방 한쪽 구석에서 부삽을 가져온 뒤 성냥 하나를 어머니에게 건넸다. "자아, 어서." 내가 말했다. "얼른 태워버려요. 이내 울고 싶어질 테니까요."

어머니는 성냥을 받았지만, 켜지는 않았다. 수표를 들여다보며 앉아 있을 뿐이었다. 짐작대로였다.

"난 태우고 싶지 않다." 어머니가 말했다. "쿠엔틴까지 네게 떠맡기고 너를 더 고생시키는 건……"

"우린 그럭저럭 꾸려나갈 수 있을 거예요. 자아, 어서 없애버리세요."

그러나 어머니는 수표를 손에 쥔 채 그대로 있었다.

"이건 지금까지와는 다른 은행 것이구나. 이제껏 인디애나폴리스 은행에서 발행한 거였는데."

"그래요. 여자들에게 그 정도쯤은 허용되잖아요."

"뭐가 말이냐?"

"두 개의 다른 은행에 예금하는 거 말예요."

"오오," 어머니는 잠시 수표를 바라보았다. "나는 그애가……그애가 부자라는 걸 알게 돼 기쁘지만……하나님도 내가 옳은 일을 하고 있다는 걸 알고 계실 게다."

"자아, 태워버리죠. 어서 즐거움을 끝내야죠."

"즐거움이라고? 언제 내가 그걸……"

"전 또 어머니가 매달 2백 달러를 태우는 걸 즐거움으로 삼는 줄 알았죠." 내가 말했다. "자아, 어서 태우세요. 제가 성냥을 그을까요?"

"나도 요즘에는 그 돈을 써 볼까 생각하고 있다. 내 자식들을 위해서, 이제 자존심도 없단다."

"그래도 어머닌 절대 만족 못하실걸요. 어머니도 그쯤은 알고 계시잖아요. 한번 그렇게 하기로 한 이상 그대로 두는 거예요. 우린 어떻게든 살아갈 수 있으니까요."

"모든 걸 네게 맡기고 있지만, 때때로 이런 짓을 하는 건 당연히 네 것인 것을 네게서 빼앗는 게 아닌가 싶어 걱정스럽단다. 아마도 그 때문에 난 벌을 받게 될 거야. 그러니 네가 원한다면, 난 자존심 따위 다 버리고 돈을 받고 싶구나."

"15년 동안이나 태워 왔는데, 이제 와서 받은들 무슨 소용이에요?" 내가 말했다. "이대로 계속한다면, 어머니는 아무것도 잃는 게 없지만, 이제 와 받기 시작한다면 어머니는 5만 달러를 잃게 되는 셈이에요. 우린 여태까지 어쨌든 그럭저럭 살아 왔잖아요, 아닌가요? 아직 어머니를 양로원에 보낸 적은 없다구요."

"그건 그래." 어머니가 말했다. "우리 배스콤 사람들은 누구에게도 신세를 지지 않으니까. 하물며 타락한 여자한테 도움을 받다니 안 될 말이지."

어머니는 성냥을 그어 수표에 불을 붙이고는 그걸 부삽에 놓았다. 이어서 봉투도 올려놓고 타는 것을 바라보았다.

"넌 내가 어떤 기분인지 모르지. 네가 어미의 심정을 모르는 게 더 고맙단다."

"이 세상엔 누나 같은 여자들은 얼마든지 있어요."

"하지만 그들이 내 딸은 아니잖니. 그러니 나와는 상관이 없지. 죄가 있건 없건 그앨 기꺼이 받아 줄 거야. 내 피와 살을 나눈 자식이니까. 그러는 게 쿠엔틴을 위해서도 좋아."

하긴 그렇게 되면 아무도 쿠엔틴을 건드릴 수 없게 될 테니까요, 라고 말해 주고 싶었다. 하지만 언제나처럼 나는 많은 걸 기대하지 않는다. 단지 나는 두 여자가 집 안에서 싸우고 울고 하지 않는 데서 식사하고 자고 싶은 것이다.

"그리고 너를 위해서도. 나도 네가 그애를 어떻게 생각하는지 안단다."

"그럼 돌아오게 하세요. 전 상관없으니까."

"그건 안 돼. 아버지를 생각하면 그러지 않으면 안 되겠다고 하는 거야."

"허버트에게 버림받았을 때 누나를 집으로 데려오자고 아버지가 어머니를 설득하려 애쓰던 때의 일이 떠올라서요?" 내가 물었다.

"넌 잘 모른다. 나도 네가 내 입장을 더 곤란하게 만들지 않을 걸 알아. 하지만 자식을 위해 고생하는 게 내 일이지. 그쯤은 견딜 수 있어."

"그렇게 함으로써 불필요한 문제를 떠안는 건 아니구요?" 종이가 다 탔다. 나는 그걸 아궁이에 가져가 버렸다. "쓸 수 있는 돈을 태우는 건 부끄럽다는 생각이 들 뿐이에요."

"하지만 내가 살아 있는 동안 우리 애들이 그런 더러운 돈을 받는 걸 보고 싶진 않구나. 차라리 네가 죽어 관에 들어가는 걸 보는 편이 낫지."

"좋을 대로 하세요. 그런데 금방 점심을 먹게 될까요? 그러지 못하면, 그대로 가게로 돌아가야 하거든요. 우린 오늘 꽤 바빠서요." 어머니가 일어났다. "아까 딜시한테 한번 일러뒀지만," 내가 말했다. "할멈은 쿠엔틴이나 러스터나 아님·다른 누굴 기다리는 모양이던걸요. 가만, 제가 부르죠. 가만 계세요." 그러나 어머니가 계단 머리로 가서 딜시를 불렀다.

"쿠엔틴이 아직 안 돌아왔어요." 딜시가 대답했다.

"그럼, 난 돌아가야겠군." 내가 말했다. "읍내에서 샌드위치라도 먹죠, 뭐. 딜시의 규칙을 어그러뜨리고 싶진 않으니까요." 짐작대로 이 말에 어머니는 다시 울음을 터뜨렸고, 딜시는 투덜대며 왔다갔다 하면서 말했다.

"알았어요, 알았어. 할 수 있는 대로 빨리 차려드릴게요."

"난 모두를 기쁘게 해 주려는 건데. 될 수 있는 대로 모든 게 너 편한 대로 되도록 해 주려는 거야." 어머니가 말했다.

"전 불평하지 않잖아요. 안 그래요? 그저 일하러 돌아가야겠다고 한 것 말고 제가 딴 얘기한 거 있어요?"

"그래, 안다. 네가 딴 애들 같은 기회를 갖지 못한 걸 안다. 그래서 그런 조그만 시골가게에서 평생을 보내야 한다는 것도 알아. 난 네가 진학하길 바랐어. 네 아버지가 사업 수완이 있는 건 너뿐이라는 걸 깨닫지 못하리란 걸 알았다. 그리고 다른 모든 게 다 실패해버리자, 나는 그애가 결혼해서, 허버트는…… 약속한 대로……"

"그렇죠 뭐, 그놈도 거짓말을 했던 거예요. 은행도 갖고 있지 않을지도 모르죠. 설사 은행이 있다 해도 미시시피까지 와서 사람을 구하리라곤 생각되지 않아요."

우리는 잠시 묵묵히 식사를 했다. 부엌에서 벤의 목소리가 들렸는데, 러스터가 그의 식사 시중을 들어 주는 중이었다. 줄곧 얘기하지만 우리가 군식구를 먹여야 하고, 어머니가 그 돈을 받지 않으려 할 바엔, 어째서 저놈을 잭슨으로 보내버리지 않는가. 거기에서라면 저와 같은 사람들뿐이니 여기에서보다는 행복하게 지낼 텐데. 이 집안에 자존심 따위가 들어앉을 여유가 없다는 것쯤 하나님도 아는 일이다. 하지만 서른 살이나 된 놈이 검둥이 소년에게 이끌려 마당을 돌아다니며 놀고, 울타리를 따라 이리저리 뛰어다니며 저 너머에서 사람들이 골프를 칠 때마다 소같이 울어대는 꼴을 보고 싶어 하지 않는 것은 그다지 자존심을 필요로 하는 것도 아니잖은가. 애당초 녀석을 잭슨으로 보냈더라면 지금 우리 형편은 훨씬 나았을 텐데 말이다. 어머니는 그 녀석에 대한 의무를 다했어요. 어머니는 어떤 사람에 대한 의무도 다했어요. 보통 사람들이 할 수 있는 것 이상으로 의무를 다했죠. 그러니 그앨 그리 보내고, 우리가 내는 세금만큼의 혜택은 받아야 할 게 아니에요, 하고 나는 말했다. 그러자 어머니는 이렇게 말했다. "난 머잖아 곧 죽을 몸이다. 내가 네게 짐이 되는 것쯤은 알고 있어." 그래서 내가 말했다. "어머니가 그런 말씀을 너무 오랫동안 해 오신 터라 저도 그만 믿기 시작하고 있어요." 하지만 어머니는 돌아가시는 날을 혼자만 알고 계시고 제겐 알려 주지 않는 편이 나아요. 왜냐하면 저는 그날 밤으로 그놈을 17번 열차에 태워 잭슨에 보내 버릴 테니까요, 저는 사람들이 어머니를 데려갈 곳도 알고 있어요, 밀크 가(街)도 허니 가도 아니죠, 하고 나는 말하는 것이다. 그러자 어머니가 울기 시작했기에 나는 알았어요, 알았어, 저도 누구 못지않게 혈육에 대한 자부심을 갖고 있어요, 비록 그들이 어디 출신인지 항상 알지는 못해도, 라고 했다.

우리는 얼마간 식사를 했다. 어머니는 다시금 쿠엔틴을 찾으라며 딜시를 현관으로 보냈다.

"걔는 점심 먹으러 오지 않는대두요." 내가 말했다.

"그애도 그런 짓은 안 한단다." 어머니가 말했다. "그애도 거리를 쏘다니다 식사 시간에 맞춰 집에 돌아오지 않는 걸 내가 허락하지 않는 것쯤은 알고 있어. 잘 찾아봤어, 딜시?"

"그럼 걔가 그러지 못하게 하세요."

"어쩌는 게 좋을까. 너희들 모두가 날 업신여기기만 하니."

"어머니만 방해하지 않으면, 제가 그 계집앨 고분고분하게 만들겠어요. 그 버르장머리를 고치는 데는 하루밖엔 안 걸릴 테니까요."

"넌 그앨 너무 거칠게 다룰 거야. 넌 모리 삼촌 성격을 닮았거든."

그 말에 나는 삼촌에게서 온 편지를 떠올렸다. 나는 편지를 꺼내 어머니에게 건넸다. "어머닌 뜯을 필요도 없어요. 이번엔 돈이 얼마란 걸 은행에서 알려 줄 테니까요."

"이건 네 앞으로 온 거로구나." 어머니가 말했다.

"어서 뜯어 보세요." 어머니는 봉투를 열어 안에 든 걸 읽고는 내게 돌려주었다.

편지는 '내 사랑하는 어린 조카에게' 로 시작되고 있었다.

너도 알면 기뻐하겠지만, 나는 지금 하나의 기회를 살릴 상황에 놓여 있단다. 상세한 얘기는 네게 더욱 명확한 설명을 하고픈 이유로 다음에 보다 더 확실한 방법으로 털어놓을 기회를 맞을 때까지 미뤄 두련다. 왜냐면 지금껏 사업을 해 온 경험으로 은밀한 일은 직접 얘기하는 게 좋고, 그 밖에 증거가 남는 방법으로 말하는 건 극히 삼가야 된다는 것을 배웠기 때문이다. 그러므로 이번 일에 있어 극도로 신중한 내 태도로 말미암아 너도 이것이 얼마나 가치 있는 일인가를 다소나마 짐작할 수 있으리라 본다. 내가 이것을 다각도로 철저히 조사했음은 두 말할 나위도 없으며, 그것이 생애에 다시 없을 천재일우의 기회임을 망설임 없이 말할 수 있다. 그리고 오랫동안 열심히 그것을 향해 노력해 온 목표가 지금에야말로 눈앞에 뚜렷하게 보이는 것이다. 즉 이 목표야말로 내 사업의 최후 결산이며, 이로 인해 나는 명예롭게도 내가 살아남은 유일한 남자 상속자인 배스콤 가를, 내가 늘 네 어머니와 아이들을 포함시켜 온 우리 가문을 그 본래 지위로 회복시킬 수 있을지도 모르는 것이다.

그러나 불행히도 지금의 나는 이 기회를 최대한 이용할 수 있는 처지가 못 된다. 허나 이 자본 문제 해결을 위해 우리 가문 이외의 사람에게 손을 뻗는 행위는 바람직하지 못하기에 오늘 나는 내 최후의 투자액 부족분을 보충하는 데 네 어머니 은행에서 약간의 금액을 끌어내고 싶단다. 그에 대해서는 형식상, 연 8할의 이자로 빌린다는 차용증을 동봉하는 바다. 말할 것 없이 이는 형식에 지나지 않으며, 인간이 끊임없이 농락당하는 불우한 사태에 대비해 네 어머니를 안심시키기 위한 것이란다. 물론 나는 그 돈을 내 돈인 양 맘대로 사용하게 될 것이며, 그러는 한편 내 철저한 조사 결과, 더없이 좋은 물과 더없이 순수하고 맑은 빛의 노다지—

이런 천박한 표현을 용서하려무나—로 판명된 이 기회를 네 어머니가 이용하는 일에는 조금의 무리도 없단다.

이것은 사업가 대 사업가의 은밀한 일임을 이해해다오. 우리도 한번 우리들의 포도밭에서 수확을 거둬야 하지 않겠느냐? 나는 네 어머니의 병약함과, 곱게 자라난 남부 부인들이 사업에 대해 갖게 마련인 두려움과, 그런 여자들이 대화 도중 무의식적으로 그런 문제를 입 밖에 내고 마는 그 사랑스런 습성을 알고 있으므로 이에 관해서는 어머니에겐 아무것도 알리지 말 것을 부탁한다. 아니 절대 말하지도 말도록 충고해 둔다. 그 돈은 이후 은행에 슬쩍 넣어 두는 편이 좋겠다. 내가 여태껏 네 어머니에게서 빌린 소소한 빚과 합쳐서 말이다. 그리고 네 어머니에겐 이에 관해 일절 얘기하지 않는 편이 좋을 줄 안다. 이 거친 물질의 세계에서, 네 어머니를 될 수 있는 한 지키는 일이 우리의 의무가 아니겠느냐.

너의 다정한 삼촌,
모리 L.배스콤

"이걸 어쩔 작정이세요?" 나는 편지를 식탁 저편으로 튕기며 말했다.

"내가 그 사람에게 뭘 주는 걸 네가 탐탁지 않아 하는 거 안다."

"하지만 어머니 돈이니, 어머니가 그걸 새에게 던져 주든 어쩌든 제 알 바 아니죠."

"그 사람은 내 친동생이잖니. 그는 마지막 배스콤이야. 그와 내가 죽고 나면 배스콤은 아무도 없게 되는 거야."

"그런 말은 누군가에겐 너무 심한 말 같은데요." 내가 말했다. "아무튼 좋아요, 괜찮겠죠. 그건 어머니 돈이니 어머니 좋을 대로 처리하세요. 은행에 그 돈을 지불하라고 말해 둘까요?"

"네가 그를 못마땅하게 생각하는 걸 알아. 네가 얼마나 무거운 짐을 지고 있는지 잘 안다. 내가 없어져버리면 훨씬 편해지겠지."

"지금 당장이라도 그럴 마음만 있으면 편해질 수 있어요. 그렇지만, 이 이상 이 문제를 더 얘기하고 싶진 않아요. 어머니가 원하신다면 바보들을 모조리 이 집으로 들이죠, 뭐."

"하지만 걔는 네 동생이잖니. 비록 지금 곤경에 빠져 있어도 말이야."

"어머니의 통장을 가지고 가야겠어요. 저도 오늘 수표를 발행할 생각이니까요."

"그건 얼 씨가 네 봉급을 엿새나 기다리게 해서 그런 거잖니. 그 장사는 정말 잘되는 거냐? 잘되는 장사가 점원한테 봉급을 제때 주지 못하다니, 난 아무래도 이상하구나."

"그 사람 장사는 괜찮아요. 은행처럼 안전한데요, 뭐. 그 사람한테 매달 수금이 끝날 때까지 내 봉급 걱정은 말라고 얘기해 뒀죠. 그래서 가끔 늦어지는 거예요."

"내가 너를 위해 투자한 돈에 대해 네가 조금이라도 손해 보는 걸 나로선 참을 수 없단다." 어머니가 말했다. "간혹 생각하는 건데, 난 얼 씨가 훌륭한 사업가라고는 생각지 않아. 너도 그 사업에 투자하고 있는 이상, 당연히 알려야 하는 부분까지 네게 밝히지 않는 듯 보이거든. 그 사람한테 그걸 한번 말해 볼까 하는데."

"안 돼요. 내버려 두세요. 우리가 상관할 일이 아니니까요."

"그렇지만, 넌 그 가게에 천 달러나 투자했잖아."

"그냥 두시라니까요. 제가 다 감시하고 있으니까요. 제가 어머니의 위임권을 행사하고 있으니 괜찮을 거예요."

"넌 네가 내게 얼마나 위안이 되는지 모르고 있어. 넌 항상 내 긍지이자 기쁨이었지. 그리고 네가 자진해 내게 와서 네 월급을 내 이름으로 은행에 넣겠다고 했을 때, 다른 사람들은 죽어야 했더라도 너를 남겨 주신 하나님께 감사했단다."

"그 사람들도 잘못이 있진 않았어요. 다들 하는 데까지 했는데요, 뭐."

"네가 그렇게 얘기할 땐 네 아버지에 대한 기억이 몹시 쓰라리기 때문이라고 생각한단다." 어머니가 말했다. "무리는 아니라고 생각해. 하지만 네가 그렇게 얘기하는 걸 들으면 나는 가슴이 찢어지는구나."

나는 일어섰다. "혹 우셔야겠으면, 혼자 우세요. 전 가게로 돌아가야겠으니까요. 통장을 가져갈게요."

"내가 가져오마." 어머니가 말했다.

"가만 계세요. 제가 꺼내 갈 테니까요." 나는 위층에 올라가 어머니 책상에서 통장을 꺼내 들고 읍내로 갔다. 먼저 은행에 들러

수표와 우편환과 그 밖에 10달러를 예금하고 전신국으로 갔다. 개장 때보다 1포인트 올라 있었다. 나는 벌써 13포인트나 손해 본 셈이었다. 그건 쿠엔틴이 12시에 가게에 나타나 그 편지로 나를 괴롭혔기 때문이다.

"보고는 언제 들어왔지?" 내가 물었다.

"한 시간 전쯤요." 그가 말했다.

"약 한 시간 전이라구? 도대체 우린 뭣 때문에 자네에게 돈을 내고 있는 거지? 주간 보고나 듣자구? 그런 걸로 뭘 할 수 있겠어? 시장 전체가 홀랑 뒤집혀도 우린 아무것도 모르고 있는데."

"당신 같은 사람이 대단한 일을 할 성싶지 않은데요. 그들은 목화 시세 규약을 바꾸었거든요." 그가 대꾸했다.

"바꿨어? 금시초문인데. 그럼 웨스턴 유니온을 통해 알려와야 하잖아?"

나는 가게로 돌아갔다. 13포인트. 제기랄, 이 망할 놈의 일을 아는 놈들이란 뉴욕 거래소에 앉아 시골 얼치기들이 돈을 받아달라고 애걸하는 걸 바라보고 있는 놈들밖에는 없단 말이야. 그래, 포커에서 콜만 외치는 놈은 자신이 없다는 거야. 그런데 그 사람들한테서 통지를 받지 못할 바에야 뭣하러 돈을 낸단 말인가. 뿐만아니라 그치들은 바로 현장에서 거기서 돌아가는 모든 형편을 죄다 꿰고 있을 것이다. 주머니 속에 든 전보에 손이 닿았다. 놈들은 우리를 속이기 위해서 그 전신국을 이용하고 있다는 걸 기필코 증명해야 한다. 그러면 그들은 공거래를 하는 셈이며, 나도 이 이상으로 망설이진 않을 것이다. 그렇더라도 웨스턴 유니온 같은 크고 돈 많은 회사가 시황(市況)을 때맞춰 알리지 못할 리가 있겠나. 적어도 놈들이 거래를 중지하라는 전보를 보내는 것과 같은 속도로. 하지만 그런 회사가 대중을 걱정할 턱이 있을까. 놈들은 뉴욕에 있는 놈들과 한패니까 말이다. 그것쯤이야 누구든 알 수 있지.

내가 가게에 들어서자 얼은 회중시계를 보았다. 그러나 손님이 돌아갈 때까지 그는 아무 말도 하지 않았다. 손님이 간 뒤에 그가 입을 열었다.

"자네 식사하러 집에 갔었나?"

"치과에 가야 했거든요." 그러고서 나는 어디서 식사를 하든 그가 상관할 바는 아니지만, 오후 내내 그와 함께 가게에 있어야 하겠기에, 이렇게 대답했다. 그리고 그가 턱을 놀려대는 걸 끝낼 때까지 가만히 듣고 있었다. 늘 말하듯 하찮은 시골 상점 주인이 되기 위해서는 마치 5만 달러를 염려하듯 5백 달러를 걱정하는 인간이 되지 않으면 안 되는 거다.

"그러면 그렇다고 얘기했으면 좋았을 게 아닌가. 난 자네가 곧 돌아올 줄 알았단 말이야."

"난 누가 자기 이와 내 걸 바꾸자고만 하면, 언제라도 10달러 웃돈을 주고라도 바꾸고 싶은 마음이에요." 내가 말했다. "우리 점심시간은 한 시간으로 돼 있으니까요. 그러니 혹 내가 하는 게 맘에 들지 않으면 어떻게 해야 좋은지 알잖아요."

"나도 가끔 그걸 생각하지. 자네 어머니만 없었다면 벌써 그렇게 했을지도 몰라. 자네 어머니는 내가 몹시 동정하는 분이거든, 제이슨. 내가 아는 다른 사람들이 분명히 그렇게 말해 주지 않는 건 유감스런 일이지."

"그럼 그 동정인지 뭔지는 소중히 간직해 두세요. 우리 집에 동정이 필요할 땐 미리 알려드릴 테니까요."

"난 그 일에 관해서도 오랫동안 자네를 감싸 왔잖은가, 제이슨." 그가 말했다.

"그래요?" 하고 말하고 나는 그가 계속 말하게 두었다. 내가 그를 가로막기 전까지 그가 무슨 말을 꺼내는가 귀를 기울였다.

"난 저 자동차를 어떻게 구했는가 하는 것도 자네 어머니보다 더 잘 알고 있지."

"그렇게 생각해요, 그래요? 내가 어머니 돈을 훔쳐내 저걸 샀다는 소문은 언제 퍼뜨릴 작정인가요?"

"난 아무 말도 하지 않아. 자네가 어머니에게서 위임권을 받은 것쯤은 알거든. 그리고 자네 어머니가 여전히 우리 가게에 천 달러를 투자 한 줄로 믿고 있는 것도 알고."

"좋아요." 내가 말했다. "당신이 그렇게 잘 알고 있으니, 좀 더 얘기해드리죠. 은행에 가서 12년 동안 매월 초 160달러란 돈을 누구 이름으로 예금했는지 물어봐요."

"누가 뭐라 한댔나. 다음부턴 좀 조심하라는 것뿐일세."

나는 더 이상 얘기하지 않았다. 말해 봐야 아무 소용이 없는 것이다. 상대가 누구든 늘 하는 짓을 하기 시작하면, 그대로 내버려 두는 게 상책일 것이다. 그리고 누군가가 충고하려들면 꽁무니를 빼는 게 제일 좋다. 병든 강아지 돌보듯 끊임없이 신경 써야 할 양심 따위가 내게 없는 건 다행스런 일이다. 만일 내가 장사에만 몰두하고 있는 그로 하여금 8할 이상 이익을 내서는 안 된다고 생각하도록, 그처럼 신경을 쓴다면 어떻게 될까. 그러면 그는 8할 이상 순익을 내면, 폭리 단속법에 걸린다고 생각하겠지. 이런 동네에서, 이 따위 장사에 얽매여 도대체 어떤 미래를 기대한단 말인가. 내가 이 가게를 1년만 맡게 된다면 앞으로 다시 일할 필요가 없게끔 해 줄 텐데. 하지만 그렇게 되면 그는 모든 걸 교회 같은 데 줘버릴지도 모른다. 내 기분을 상하게 하는 게 있다면, 그건 다름 아닌 망할 놈의 위선자다. 자기가 이해하지 못하는 건 뭐든 부정한 것으로 생각하며, 기회만 포착되면 자기에겐 아무 관계도 없는 일을 곧장 제삼자에게 이야기하지 않고는 못 배기는 그런 인간이다. 언제나 말하는 바와 같이, 만일 내가, 내가 잘 모르는 일을 하는 사람은 반드시 부정한 인간이라 생각하는 사람이라면, 당신 같으면 뛰어다니며 알려 봤자 아무 소용없다고 생각하지만 나로선 당연히 알려야 한다고 생각하는 사람들에게 알려 줄 일들을, 가게 뒤에 있는 장부 속에서 어렵지 않게 찾아낼 수 있을 것이다. 그런 사람들이 아마 나보다 훨씬 더 잘 알 수도 있는 일이고, 혹여 그 사람들이 아무것도 모르더라도 그까짓 것은 내 알 바 아닌 것이다. 그러자 얼이 말했다. "우리 가게 장부는 누구에게나 공개하고 있다네. 이 가게에 다소나마 권리가 있는 사람이라면, 또 있다고 생각하는 사람이라면, 누구든 가서 보면 되는 거야."

"물론 당신은 말하지 않을 거예요." 내가 말했다. "당신은 그런 짓을 하면 양심의 가책을 느끼게 될 테니까요. 그러니 어머니를 거기 데려가 맘대로 찾아보게 하면 돼요. 자기 입으론 말하지 말고."

"난 자네 일은 상관하고 싶지 않아." 그가 말했다. "난 자네가 쿠엔틴 같은 기회를 얻지 못한 걸 알고 있어. 하지만 자네 어머니 역시 불운한 인생을 보내지 않았나. 그러니 행여라도 자네 어머니가 와서 왜 자네가 그만두었는가 묻게 되면, 나는 말하지 않을 수 없을 거네. 그 천 달러 때문이 아니라는 건 자네도 알 테지. 그건 장부와 사실이 맞지 않으면 어쩔 도리가 없기 때문이야. 그리고 난 나 자신을 위해서나 다른 어떤 누구를 위해서도, 거짓말은 하고 싶지 않거든."

"그렇군요. 당신의 그 양심은 나보다도 훌륭한 점원이군요. 그 놈은 점심 때 집으로 밥 먹으러 갈 필요도 없으니까요. 하지만 그 놈이 내 식욕에 간섭하는 일은 없었으면 하네요." 그런데 그 지긋지긋한 식구들과 쿠엔틴이든 누구든 조금도 감독하려 들지 않는 어머니가 모두 저 모양인데 내가 어떻게 똑바로 일을 할 수 있겠나. 어머닌 그때도 그 놈팽이들 중 한 놈이 캐디에게 키스하는 걸 우연히 보고, 이튿날 온종일 검은 옷에 베일을 쓰고 집 주변을 돌아다녔고, 아버지에게조차 아무 말 않고 그저 울면서 우리 딸은 죽은 거나 다름없다고 말할 뿐이었던 것이다. 캐디는 그 때 겨우 열다섯 살쯤이었는데 그로부터 겨우 3년 후에 어머니는 말털인지 사포(砂布)로 만든 천인지로 된 상복을 입고 있었다. 그런데 어머니는 쿠엔틴이 읍내에 오는 순회상인들과 거리를 쏘다니며, 놈들이 제퍼슨에 가면 어디서 화끈한 걸 낚을 수 있는지를 새로 온 자들에게 말하고 다니는 걸 저더러 잠자코 보고 있으란 거냐고, 내가 말했다. 내게 자존심 같은 건 별로 없지만 부엌에는 먹여 살릴 검둥이들이 그득하고, 잭슨 주립정신병원의 스타급 신출내기를 훔쳐내고 있으니. 우리 집안 혈통은 주지사나 장군의 혈통인 모양인데, 왕이나 대통령의 혈통이 아니어서 그나마 다행이다. 만일 그랬다면 지금쯤 집안 식구 모두가 저 잭슨 병원에 가서 나비나 쫓아다니고 있었을 테니. 행여 그게 다름 아닌 나 자신이었다면 그야말로 큰일이었을 터, 사생아부터 먼저 그렇게 될 것은 적어도 확실한 거다. 하긴 지금으로선 하나님도 어떻게 될지 알지 못할 테지만.

그리고 얼마 후 밴드 연주를 시작하는 소리가 들리고 사람들이 달려가기 시작했다. 모두 서커스를 구경하러 가는 길이었다. 20센트짜리 멍에끈을 사서 15센트를 절약해 결국 그 돈을, 이 읍내로 들어와 흥행 권리금으로 10달러쯤 지불했을 뿐인 저 북부 패거리들에게 갖다 줘버리는 것이다. 나는 가게 뒤로 나갔다.

"이봐," 하고 내가 말했다. "조심하지 않으면, 그 나사못이 영감 손에 박히게 될걸. 그렇게 되면 난 도끼로 영감 손을 잘라내야 해. 훌륭한 수확을 거둘 수 있도록 경작기를 조립해 놓지 않으면 좀벌레는 뭘 먹고 살라는 거지? 쑥이라도 뜯어 먹으란 거야?"

"저 나팔 소리는 서커스 패거리들이 내는 게 틀림없어요." 좁이 말했다. "그들 중엔 톱을 가지고 연주하는 사람도 있다던데. 마치 밴조 켜듯 한다누만요."

"이것 봐, 저 패들이 여기에 돈을 얼마나 내놓고 가는지 알아? 겨우 10달러 정도뿐이야. 지금쯤 벅 터핀 주머니엔 그 10달러가 들어 있겠군."

"뭣 때문에 벅 나리한테 10달러를 주는뎁쇼?" 그가 물었다.

"여기서 공연할 권리금인 게지. 아무튼 영감 눈으로도 그 패들이 쓸 돈을 가늠할 수 있을걸."

"단지 여기서 공연하게 해 준대서 10달러를 낸단 건가요?"

"그렇지. 그런데 영감은 녀석들이 얼마나 돈을……"

"정말인가요? 놈들이 여기서 공연하는 데 세금을 매긴단 말인가요? 그렇게 하지 않고선 못 본다면, 난 톱 켜는 걸 보는 것에만도 10달러를 내겠어요. 그렇다면 내일 아침엔 25센트 입장료를 내도 여전히 놈들에게 9달러 75센트 빚을 지는 셈이 되겠구먼."

이 모양이니 북부인은 검둥이들의 생활 향상에 대해 우리가 넌더리를 낼 만큼 떠들어대는 것이다. 검둥이들을 향상시킬 테면 시키라구. 경찰견으로 루이스빌 남쪽에서 한 놈도 찾을 수 없을 만큼 놈들을 향상시키란 말이다. 글쎄 이놈은 토요일 밤 그들이 이 동네서 적어도 천 달러는 벌어 간다고 하니 이렇게 말하지 않는가.

"나는 그들에게 돈 내는 게 아깝지 않아요. 나도 25센트쯤은 낼 수 있거든요."

"25센트만 쓰는 게 아냐." 내가 말했다. "10센트나 15센트는 한 상자에 2센트짜리 사탕 따윌 사는 데 쓸 테고, 지금도 영감이 저 악대에 귀를 쫑긋하며 허비하는 시간을 돈으로 따진다면 그건 얼마겠어?"

"맞는 말이네요. 어쨌든 오늘 밤까지 내가 살아 있으면 그들이 여기서 가져갈 돈이 25센트 느는 것만은 확실해요."

"그러니까 영감이 바보란 거야."

"아무럼 어때요. 나도 이 이상 말다툼은 하고 싶지 않네요. 만일 그걸 보러 가는 게 죄라면 죄수들이 죄 검둥이만은 아닐 테니까요."

그런데 바로 그 때 나는 우연히 고개를 들어 골목을 보다가 쿠엔틴을 보게 되었다. 내가 한 걸음 뒤로 물러나 회중시계를 들여다볼 땐 상대 남자가 누구인지 알지 못했다. 꼭 2시 반이었는데, 나 이외의 사람들이 쿠엔틴이 밖에 나오리라 생각하는 시간보다 45분이나 이른 시각이었다. 내가 문 주변을 둘러볼 때 먼저 눈에 들어온 게 사내의 빨간 넥타이였기에, 나는 빨간 넥타이를 매고 다니는 건 도대체 어떤 부류의 인간일까, 하고 생각했다. 그러나 그녀는 문 쪽을 살피며 골목길로 살금살금 빠져나갔기 때문에, 나는 두 사람이 지나가 버릴 때까지 그 사내에 관해서는 아무것도 생각하고 있지 않았다. 나는 그러지 말라고 그렇게 일렀는데도, 그녀가 학교를 빼먹었을 뿐 아니라, 자기를 보고 있지 않으리라 단정하고 우리 가게 바로 앞을 지나갈 만큼 내게 조금의 존경심도 없는 것인가를 생각하고 있었다. 다만 그녀는 문 안을 들여다볼 수는 없었다. 햇빛이 바로 들이비쳐 마치 자동차 헤드라이트를 보려는 것과 같았기 때문이었다. 그래서 나는 문께에 서서 그녀가 지나가는 것을 보고 있었는데, 얼굴은 광대마냥 분칠이 돼 있었고 머리는 기름을 잔뜩 발라 곱슬하게 만든 데다, 옷으로 말하자면, 내 젊었을 때 가요소 가(街)나 빌 가에서조차 여자가 그렇게 다리랑 엉덩이만 가린 옷을 입고 나오면 감옥에 갇힐 게 뻔한 그런 차림이었다. 저런 옷을 입는 것은 지나가는 모든 남자가 손을 뻗어 꽉 붙들어 주길 바라는 마음 때문임이 틀림없다. 그래서 나는 빨간 넥타이를 맨 저 남자는 대관절 어떤 종류의 인간인가 생각했는데, 갑자기 마치 그녀가 가르쳐 주기라도 한 듯 그 사내가 저 서커스 패거리들 중 한 놈이란 걸 알았다. 하지만 나는 웬만한 일은 참을 수 있다. 그렇지 않으면 분명 더 심한 봉변을 당했을 것이다. 그래서 그들이 모퉁이를 돈 다음에야 나는 뛰어나가 뒤를 쫓았다. 이렇게 모자도 쓰지 않고 한낮에 골목 이리저리로 쫓아다니는 것도 어머니의 명예를 위해서인 거다. 늘 말하듯, 만일 저 애의 천성이 저러하다면 그런 애는 어쩔 도리가 없는 거다. 행여 그것이 그녀의 피 때문이라면 그녀를 상대로 어떤 것도 할 수가 없다. 그러니 그녀를 집에서 내보내 저하고 같은 놈들하고 살게 내버려 두는 게 가장 현명한 선택이다.

나는 한길까지 나갔지만 그들의 모습은 보이지 않았다. 나는 모자도 쓰지 않은 채 미치광이와 같은 모습으로 서 있었다. 형제 중한 놈은 미쳤고, 다른 한 놈은 물에 빠져 죽고, 또 다른 하나는 남편에게 쫓겨나 거리를 헤매고 있으니, 나머지 한 놈 역시 미치광이인 게 당연하다고 사람들이 생각해도 이상할 건 없지 않은가. 나는 전부터 사람들이 매 같은 눈초리로, 글쎄 뭐 놀랄 건 없어, 난 벌써부터 그 집 사람들은 미쳤다고 예상했는걸, 하고 말할 기회를 노리고 있다는 걸 잘 알고 있었다. 쿠엔틴을 하버드에 보내려고 땅을 팔고, 야구 시합 때 단 두 번 본 게 전부인 주립대학을 유지하기 위해 노상 세금을 내고, 집 안에서 결코 자기 딸 이름을 부르지 못하게 한 아버지가 얼마 후 읍내로는 가려고조차 하지 않게 돼 온종일 술병을 잡고 앉아 있을 뿐이어서, 나는 아버지의 잠옷자락과 벗은 발을 보면서 술병이 달그락거리는 소리를 들었고, 곧 티피가 아버지 술잔에 술을 따라드려야 하게 됐지. 어머니가 너는 돌아가신 아버지에 대한 기억을 조금도 소중히 여기지 않는다고 하면, 나는 그럴 리가 없잖아요, 전 언제까지나 잊지 않도록 가슴에 꼭 새겨 두고 있어요, 라고 말하지만, 만일 나까지 미치게 되면 내가 어쩔지는 알 수 없는 노릇이다. 난 물을 보기만 해도 기분이 나빠지는 것이다. 난 위스키 한 잔을 마시듯 휘발유를 들이킬 수 있을걸, 하면 로레인은 사람들에게 이 사람은 술을 마실 줄 모르지만, 만일 모두들, 그럼 이 사람이 남자가 아니라고 말한다면, 나는 당신들에게 그걸 알아볼 방법을 가르쳐 주겠노라 말했다. 그녀는 내게 만일 당신이 여기 창녀들 중 누구하고라도 지분 거리는 걸 보기만 하면 내가 어떻게 할지 당신도 알죠, 하고 말했다. 나는 그 계집을 갈겨 줄 테야, 멱살을 잡고 흠씬 갈겨 줄 거니까, 들키기만 하면 말야, 하고 그녀가 말했다. 그래서 나는 내가 술을 마시든 말든 그건 네가 상관할 일이 아냐, 하지만 지금껏 내게 돈이 떨어진 걸 본 일이 있느냐고 물었다. 그리고 네가 원하면 목욕이라도 할 만큼 얼마든지 맥주를 사주겠다고 했다. 왜냐하면 나는 선량하고 정직한 창부에겐 모든 존경을 다하기 때문에, 내 어머니의 건강과 명예를 걸고 내가 여자에게 해 주려는 일에 대해, 여자가 조금도 고마워하지 않게끔 하려고 애쓰기 때문에. 마치 여자의 이름과 내 이름과 어머니의 이름이 이 동네에서 웃음 거리가 되지 않도록 해 온 것과 마찬가지로.

그녀는 잽싸게 어디론가 사라지고 없었다. 내가 쫓아가는 걸 눈 치채자 다른 골목으로 몸을 피해 누가 봐도 어떤 부류의 인간이 저런 빨간 넥타이를 맬까 생각할 게 분명한 그 빨간 넥타이의 단 원과 함께 이 골목에서 저 골목으로 달아나고 있는 것이다. 그런 데 그 때 전보 배달부가 내게 말을 걸어 와 나도 모르는 사이에 그 전보를 받아 들었다. 인수증에 서명할 때까지 그것이 무엇인지도 알지 못했다. 그리고 나는 그게 어떤 정보인지 별 걱정도 하지 않고 봉투를 뜯었다. 아니, 나는 그 내용을 처음부터 알고 있었는지도 모른다. 일어날 수 있는 유일한 일이었다. 더구나 그 수표를 은 행에 넣은 뒤인 지금 같은 때에는.

나는 뉴욕만큼 크지도 않은 도시에서 우리 같은 시골뜨기로부터 돈을 우려내는 사람들이 어쩌면 저렇게나 많을까 신기하게 여겨졌다. 날이면 날마다 죽도록 일해 번 돈을 그런 자들에게 보내고 종이 한 장을 받는 것이다. 20포인트 62로 거래 중지라 적힌 종이를. 우리를 실컷 초조하게 만들어 종이 위에서의 수익을 조금씩 올려놓은 다음 마지막에 쾅 하고 한 방 먹이는 거다. 귀하의 거래는 20.62에서 종료됨. 그걸로도 모자라 주식에 관해 아무것도 모르는 놈이나, 전신국과 공모하고 있는 놈에게 매달 10달러씩 지불하면서 그 돈을 더 빨리 잃는 방법을 가르치는 것이다. 뭐, 좋다. 난 이제 그런 작자들하고는 끝이니까. 녀석들 속임수에 걸리는 것도 이번이 마지막이니까. 어떤 멍청이라도 유대놈들 말을 곧이곧대로 들을 만큼 바보가 아닌 한 그 삼각주 전체가 물에 잠겨 작년처럼 목화가 모조리 떠내려가버리면 시세가 올라가는 것쯤은 안다. 해마다 인간의 농작물이 전부 물에 쓸려가버렸으면. 그리고 워싱턴에 있는 자들에게는 니카라과나 어딘가에 군대를 주둔시키면서 하루 5만 달러를 쓰게 해 두자. 물론 또 홍수가 날 것이다. 그러면 목화 가격은 파운드당 30센트가 될 것이다. 좋아, 한 번이라도 좋으니 놈들을 골탕먹이고 내 돈을 되찾고 싶은 거다. 나는 횡재 따위 원치 않는다. 그런 건 이 작은 마을의 투기꾼들이나 바라는 일이다. 난 그저 빌어먹을 유대놈들이 보장된 내부 정보로 긁어간 내 돈을 되찾고 싶을 뿐이다. 그러면 끝이다. 그 이상 내게서 한 푼이라도 더 우려내려면 내 발에 입을 맞춰야 할 터.

나는 가게로 돌아왔다. 거의 3시 반이 돼 있었다. 뭔가를 하기엔 부족한 시간이었으나 난 그런 데 익숙해진 터였다. 그런 걸 배우러 하버드까지 갈 필요는 없었다. 밴드가 연주를 그쳤다. 사람들은 이제 모두 안에 들어가 있으니 더 이상의 노력은 낭비일 테지. 얼이 물었다.

"전보 배달부 만났나? 조금 전에 이리로 가져왔더군. 난 자네가 뒤쪽 어딘가에 있다고 생각했네."

"네. 전보 받았어요. 오후까지 전하지 않을 순 없죠. 그러기엔 읍내는 너무 좁으니까요. 잠깐 집에 좀 다녀와야겠습니다." 내가 말했다. "감봉할 테면 하세요. 그러고 싶으시다면."

"다녀오게. 지금은 한산하니 나 혼자라도 될 거야. 나쁜 소식은 아니겠지?" 그가 말했다.

"그걸 알고 싶으면 전신국에 가서 물어보세요. 그 작자들은 당신한테 알려 줄 시간이 있겠지만, 난 없거든요."

"그저 좀 물어본 것뿐이네. 부탁할 게 있으면 나한테 해도 된다는 걸 자네 어머니도 알고 계실 텐데."

"어머니도 들으면 고마워하겠죠. 될 수 있는 대로 빨리 돌아오죠."

"천천히 다녀오게. 지금은 혼자도 괜찮으니깐. 어서 가보게."

나는 차를 타고 집으로 갔다. 오늘 아침에 한 번, 낮에 한 번, 그리고 지금 또, 그 계집애를 태우거나, 갤 찾아 온 거리를 쫓아다니거나, 내가 돈을 내고 산 음식을 좀 달라고 식구들에게 부탁해야 했으니 때때로 나는 이 따위 짓은 도대체 해서 뭣 하나 하고 생각한다. 여태까지 해 온 짓을 계속하다간 나는 틀림없이 미쳐버릴 것이다. 그리고 집으로 돌아가자마자 토마토 한 바구니 아니면 뭔가를 사러 차를 몰고 멀리까지 가야 할지도 모르고, 그래서 내 머리가 어깨 위에서 터져버리지 않도록 장뇌 공장 냄새를 풍기는 읍내로 돌아가지 않으면 안 된다. 난 늘 어머니에게 저놈의 아스피린이란 약은 몽상에 시달리는 환자에겐 밀가루와 물을 반죽해 놓은 것과 다름없다고 말했다. 어머니는 진짜 두통이 뭔지 모른다고 나는 말했다. "어머닌 제가 저 염병할 차를 타고 다니는 걸 좋아라 한다고 생각하시죠. 하지만 전 자동차 따위 없어도 상관없어요. 여러 가지 것들 없이 지내는 걸 익혀 왔으니까요. 하지만 만약 어머니가 저 다 부서져 가는 마차를 반쯤 자란 검둥이에게 몰게 해 위험한 일을 당하고 싶다면 그렇게 하세요. 하나님은 벤 같은 인간을 보살펴 주니까요. 하나님도 그런 인간은 어떻게 해 줘야 하는지는 알고 계시니까요. 하지만 난 천 달러나 되는 정교한 기계를 자라다 만 검둥이에게든 어른이 된 검둥이에게든 맡기진 못하겠으니, 차를 한 대 사주는 게 좋겠어요, 어머니는 자동차 타는 걸 좋아하고, 어머니 자신도 그렇다는 걸 알고 계시니까 말이에요.

딜시가 어머니는 집 안에 계시다고 했다. 나는 현관으로 들어가 귀를 기울였으나 아무 소리도 들리지 않았다. 나는 위층으로 올라갔는데, 내가 어머니 방 문을 막 지났을 때 어머니가 나를 불렀다.

"난 그저 거기 있는 게 누군지 알고 싶었을 뿐이란다." 어머
니가 말했다. "혼자서 여기 있으니 소리란 소리는 모조리 들리
는구나."

"어머닌 여기에만 계실 필요 없어요. 다른 여자들처럼 온종일
나다녀도 된다구요. 어머니가 그러고 싶으시다면요." 어머니가 문
께로 왔다.

"난 네가 몸이라도 아픈가 했다. 그렇게 급히 점심을 먹고 갔
으니 말이야."

"다음엔 좀 더 운이 따를 거예요. 그런데 뭣 땜에 그러세요?"

"뭐 잘못된 거라도 있니?"

"그래야 하나요? 제가 오후에 집에 돌아오면 꼭 소동을 일으켜
야 하나요?"

"쿠엔틴은 봤니?"

"걘 학교에 있어요."

"3시가 지났어. 적어도 30분 전에 시계 소릴 들었어. 지금쯤은
집에 와 있어야 하는데."

"돌아와 있어야 한다구요? 하지만 어머니, 어두워지기 전에 걔
가 집에 돌아오는 걸 본 일이 있으세요?"

"걔는 집에 와 있어야 해. 내가 처녀 적에는……"

"어머니에겐 행실을 바르게 하도록 봐 주는 사람이 있었잖아
요. 하지만 걔한텐 없거든요."

"나로선 그애를 어떻게 할 수가 없구나. 애를 쓰고 애를 쓰는데 말이야."

"그리고 어머닌 어찌된 까닭인지 저한텐 그 일을 맡기지 않으니, 그러니 충분히 만족하고 계실 텐데요." 나는 내 방으로 갔다. 열쇠로 문을 열고 손잡이가 돌아갈 때까지 거기 서 있었다. 그 때 어머니가 불렀다.

"제이슨."

"왜 그러세요?"

"뭔가 안 좋은 일이 있는가 보다 생각했을 뿐이야."

"여기선 아니죠. 잘못 짚으셨어요."

"난 너를 괴롭히려던 게 아니란다."

"그 말씀 들으니 안심이네요. 확신이 없었거든요. 제가 또 오해받고 있는가 했죠. 다른 용건 뭐 또 있으세요?"

잠시 후 어머니는 "아니 아무 일도 없다"고 말하고는 가버렸다. 나는 상자를 내려놓고 돈을 세어 본 다음 다시 상자를 감춰 둔 뒤 방을 나와 문을 잠갔다. 장뇌 생각을 했으나 이젠 너무 늦은 듯 싶었다. 다만 한 바퀴 더 돌고픈 마음이었다. 어머니가 문에서 기다리고 있었다.

"읍내에서 사다줬으면 하는 거 있으세요?"

"아니. 네 일에 간섭하고 싶진 않다만 네게 무슨 일이라도 생기면 난 어째야 하는지 모른단다, 제이슨."

"전 괜찮아요. 단지 두통이 있을 뿐이죠."

"아스피린이나 좀 먹었음 싶구나. 네가 자동차 타는 걸 그만두지 않으리란 걸 난 안다."

"자동차랑 두통이 무슨 상관인데요? 자동차가 어떻게 사람에게 두통을 일으키죠?"

"휘발유 냄새를 맡으면 넌 늘 힘들어했잖니. 어려서부터 줄곧 그랬단다. 아스피린이나 좀 먹으면 좋으련만."

"계속 그렇게 생각하세요. 그게 어머니한테 해로울 리는 없을 테니까."

나는 차에 올라타 읍내로 출발했다. 막 큰길로 접어들었을 때 이쪽으로 달려오는 포드 차 한 대가 눈에 들어왔다. 그 차는 느닷없이 멈추었다. 바퀴 미끄러지는 소리를 내고는 차는 빙 돌아 되돌아갔다가 다시 한 바퀴 빙 돌았는데, 대관절 이놈들은 뭘 어쩔 셈인가 싶었을 때, 빨간 넥타이를 보았다. 그리고 창을 통해 뒤를 돌아보는 쿠엔틴의 얼굴을 알아보았다. 차는 방향을 틀어 골목길로 들어갔다. 나는 그 차가 다시 도는 것을 보았으나, 내가 뒷길로 들어서자 그 차는 쏜살같이 달려 자취를 감추었다.

나는 빨간색을 본 것이다. 그녀에게 다 일러둔 뒤였지만, 빨간 넥타이를 알아본 순간 모든 걸 잊고 말았다. 길이 갈라지는 첫 번째 지점에 다다라 멈추지 않으면 안 될 때까지 나는 머리 아픈 것도 생각지 못했다. 그런데 우리가 도로 보수에 돈을 쓰고 또 썼음에도 이 망할 놈의 도로는 마치 물결 모양 양철지붕 위를 달리는 기분을 느끼게 한다. 여기서는 손수레도 도저히 따라잡지 못할 것이다. 나는 내 차를 끔찍이 생각하는 사람이니 저 포드처럼 마구 몰아 부술 마음은 없다. 아마 그 녀석들은 그 차를 훔쳤을지도 모른다. 그러니 차가 어떻게 되든 상관할 게 있겠나. 언제나 말하지만 피는 속이지 못한다. 저런 피를 물려받은 자라면 누구든 뭔 짓이건 저지르리라. 어머니는 그 계집애가 어머니에 대해 어떤 권리를 가지고 있다고 생각하는지 모르지만, 그런 건 이미 다 사라져 버렸다고 나는 말했다. 그러니 이제부턴 어머니 한 사람의 책임이며, 분별 있는 사람이라면 어떻게 해야 한다는 것쯤은 어머니도 알고 계실 거라고 했다. 내 시간의 절반을 빌어먹을 탐정 짓으로 쓰게 될 바엔, 적어도 보수를 주는 데로 가야겠다고.

그렇게 나는 분기점에서 차를 세워야 했다. 그러자 두통을 떠올리게 되었다. 누군가 머릿속에서 망치로 두드리는 듯한 느낌이었다. 저는 어머니가 가능한 한 그 계집애 걱정을 하지 않도록 하려고 노력해 왔어요, 라고 말했다. 저로선 그 계집애가 바라는 대로 빨리 지옥으로 보내는 게 좋다고 봐요. 빠를수록 좋겠죠. 이 마을에 오는 저 떠돌이 장사치나 광대들 말고 누구를 기대할 수 있겠어요. 거리의 저 덜 돼먹은 놈들조차 요즘엔 그 계집앨 상대해 주지 않는 판인데. 어머니는 뭐가 어떻게 돼 가는지 모르고, 제가 듣는 소문은 어머니 귀엔 들어가지 않고, 식구들한테도 말하지 못하게 하시니까요. 어머니 조상들이 보잘것없는 시골 상점을 운영하고, 검둥이들마저 소작지로 거들떠보지 않는 땅을 경작할 적에 우리 조상은 노예를 부렸다구요.

이 고장 사람들은 땅을 일군 적이 있을까. 하나님이 이 지방을 위해 뭔가 해 주신 건 고마운 일이다. 이 고장 사람들은 결코 경작이란 걸 해 본 적 없으니까. 금요일 오후인데도 여기서부터 내 시야로 들어오는 3마일 이내의 땅은 어디건 갈지 않은 그대로였다. 그리고 이 지방에서 일할 수 있는 사내는 죄다 읍내에 서커스 구경이나 하러 가 있는 것이다. 만약 내가 굶어 죽을 지경인 타지 사람이라면 읍내로 들어가는 길을 물어볼 사람이라곤 하나도 없었으니. 그런데 어머니는 내게 아스피린을 먹으라고 하는 것이다. 나는 빵을 먹을 때 식탁에서 먹겠다고 말했다. 어머니는 늘 우리를 위해 당신이 얼마나 희생하는지를 얘기하지만, 그 지긋지긋한 특허약에 드는 돈이면 1년에 새 옷 열 벌은 살 수 있을 거라고 나는 말했다. 내게 필요한 것은 두통을 낫게 하거나 하는 따위의 것이 아니다, 그것은 있으나 없으나 마찬가지다. 내가 저 부엌 그득한 검둥이놈들을 여태까지처럼 먹여 살리고, 이 고장 다른 검둥이놈들과 마찬가지로 서커스 구경을 시켜 주려고 하루 열 시간을 일해야 하는 한. 하지만 저기 있는 검둥이놈은 이미 늦었군. 저놈이 도착할 때쯤이면 서커스는 끝났으리라.

잠시 후 그 검둥이가 내 차로 다가왔다. 혹 두 사람이 탄 포드 한 대가 지나가지 않았느냐는 질문을 겨우 이해시켰더니, 그렇다는 대답이 돌아왔다. 그래서 나는 계속 나아갔다. 마찻길이 갈라진 곳에 이르자 나는 자동차 바큇자국을 볼 수 있었다. 애브 러셀이 자기네 울타리 안에 있는 게 보였으나, 구태여 그에게 물어보지 않고 지나갔다. 그의 헛간이 겨우 시야를 벗어났을 때 문제의 포드를 보았다. 두 사람은 차를 숨기려 하고 있었다. 그녀가 여태까지 해 온 모든 일과 마찬가지로 이번에도 잘 해치울 성싶었다. 언제나 말하듯 난 지나치게 반대하는 게 아니다. 그녀로선 어쩔 수 없는 모양이다. 제 집안 식구가 어떤 분별력이든 가지고 있으리라는 생각조차 하지 않기 때문에 그런 것이다. 내가 언제나 두려워하는 건 거리 한복판이나 광장에 있는 짐차 밑 같은 데서 한 쌍의 개처럼 붙어 있는 저것들한테 달려들게 되면 어쩌나 하는 것이다.

나는 차를 세운 뒤 내렸다. 이제 빙 돌아 경작된 밭을 가로질러야 한다. 읍내를 빠져나온 뒤에 본 갈아 놓은 유일한 밭이었는데, 한 걸음 한 걸음 떼 놓을 때마다 누가 뒤를 따라와 머리를 내려칠 것 같은 느낌이었다. 이 밭만 지나면 적어도 비틀거리며 걷지 않을 평평한 땅이 나오리라 기대하며 걸었는데, 겨우 거길 지나 숲에 들어서니 덤불이 무성했고, 구불구불 돌아서 가야 했던 데다, 이번엔 가시덩굴이 가득한 도랑에 이르렀다. 나는 잠시 도랑을 따라 걸었으나 덩굴은 점점 더 무성해졌다. 얼은 종일토록 집으로 전화해 내가 어디 있는지 알아보았을 테고, 그래서 어머니를 거듭 당황하게 만들었겠지.

겨우 덤불에서 빠져나왔으나 너무 빙빙 돈 탓에 나는 멈춰 서서 자동차가 어디쯤 있을까를 생각하지 않으면 안 되었다. 두 사람이 자동차에서 그리 멀리 가 있을 리는 없다는 걸 알았다. 분명 가장 무성한 덤불이겠다 싶어, 나는 돌아서서 길 쪽으로 힘들여 되돌아갔다. 그러자 나 자신이 어디쯤 와 있는지 알 수 없게 돼 멈춰 선 채 귀를 기울여야 했다. 내 다리는 피를 많이 필요로 하지 않는 듯 피는 몽땅 머리로 올라가, 당장이라도 머리가 터질 듯했고, 햇빛이 내 눈을 바로 비출 만큼 태양은 가라앉고 있었으며, 자꾸 울려대는 귀로는 아무 소리도 들을 수 없었다. 나는 조용히 움직이려 애쓰며 앞으로 나아갔다. 그 때 개 짖는 소리 같은 게 들려 나는 녀석이 내 냄새를 맡으면 이쪽으로 달려올 것을 알았다. 그러면 모든 게 수포로 돌아가고 말리라.

나는 온몸에, 옷과 구두 속에도 들풀 열매와 잔가지, 먼지 따위를 묻혀버렸는데, 문득 보니 옻나무 다발에 손이 닿아 있었다. 하나 이상한 점은 손을 댄 게 어째서 뱀 따위가 아닌 옻나무였을까 하는 것이었다. 나는 굳이 손을 움직이려고도 하지 않았다. 개가 가버리길 기다리며 그 자리에 서 있었다. 그리고 다시 걸어갔다.

이제 자동차가 어디쯤 있는지 알 수 없었다. 나는 내 머리에 대한 것 말고 다른 건 아무것도 생각할 수 없었다. 나는 잠깐 멈춰서서 내가 정말 포드를 보았던가 다시 생각해 보고 싶었으나, 정말 보았건 안 보았건 상관없다고 여겼다. 언제나 하는 말이지만, 그 계집애가 읍내의 바지 입은 놈들 모두하고 낮이건 밤이건 누워 있거나 말거나 내 알 바 아닌 것이다. 누구든 내 생각을 해 주지 않는 인간 따위 내가 걱정해 줄 필요는 없는 것이다. 포드를 그런 데 두어 내 오후 시간을 죄다 써버리게 하고, 이 세상을 살아가기엔 빌어먹게 공정한 얼이 어머니를 가게 뒤로 데려가 장부를 보여 주더라도 조금도 대수롭게 여기지 않을 그런 계집애 따위는. 너도 참견할 일 하나 없이는 천국에서 지옥 같은 시간을 보내게 될 테지만, 네가 그짓을 하는 현장만큼은 내 눈에 띄지 않게 해달란 말이다. 말하지만 난 네 할머니 때문에 눈을 감아 준다만, 한 번이라도 이 동네에서, 내 어머니가 사는 데서 그 현장을 들키기만 해 봐. 머리에 기름을 바른 조무래기 건달놈들은, 제 놈들이 행패를 부리는 줄 알겠지만, 내가 놈들에게 지옥에 대해 한 수 가르쳐 줄 테다, 그리고 너한테도 말이야. 그 녀석에겐, 행여 내 조카하고 숲 속을 뛰어다닐 수 있다고 생각했다면, 나는 그 망할 빨간 넥타이가 지옥으로 가는 빗장을 여는 열쇠라는 걸 깨닫게 해 주마.

태양이 내 눈을 모조리 덮어버리고 머리에는 피가 몰려 조만간 터져버릴 듯하고, 가시덤불에 찔려 괴롭기 짝이 없었지만, 그래도 그럭저럭 두 사람이 다녀간 모래톱 부근 개울로 나오니 자동차를 세워 놓았던 나무가 보였다. 내가 개울을 나와 달리기 시작한 순간 자동차를 출발시키는 소리를 들었다. 차는 경적을 울리며 빠르게 떠나갔다. 그들은 계속해 경적을 울렸는데, 마치 야아, 야아, 야아아아아아라고 말하는 듯했으며 모습은 차츰 사라져 갔다. 자동차가 막 자취를 감춘 순간 나는 길에 다다랐다.

내 차가 있는 곳까지 갔을 때 그들의 모습은 완전히 사라지고 경적만이 울리고 있었다. 그래, 난 그짓에 대한 건 결코 생각지 않고 달리라고만 말하고 있었다. 읍내로 달려가라. 집으로 달려가 어머니에게 내가 그 차를 탄 너를 결코 보지 못했다고 설득하란 말이다. 상대 남자가 누군지 내가 모르고 있다고 어머니로 하여금 믿게 하라고. 개울에서 너를 잡는 데 10피트 모자란 게 아니었다고 어머니가 믿게 만들어. 네가 내내 서 있었다고 믿게 만들라니까.

경적은 계속해 야아아아, 야아아아, 야아아아아아 하고 울리다 차츰 희미해져 갔다. 소리가 그치자 나는 러셀네 축사에서 암소 울음소리를 듣게 되었다. 여전히 나는 생각하지 않았다. 나는 차 문 옆으로 가 문을 열고 발을 들어 올렸다. 차가 도로 경사보다 약간 더 기울어 있다는 생각 따위가 스쳐갔지만 올라타 출발시킬 때까지 난 전혀 알아채지 못했다.

그래, 난 그저 거기 앉아 있을 뿐이었다. 해는 서쪽으로 기우는 중이었고, 읍내까지는 5마일 정도 거리였다. 그들은 타이어를 찌를, 구멍을 낼 만한 배짱은 없었다. 그저 바람만 빼 놓았다. 난 잠깐 동안 거기 서서, 검둥이들로 가득한 부엌을 떠올리고는 그들 중 한 놈도 타이어를 바꿔 끼우고 나사 한두 개를 조일 겨를이 없다고 생각했다. 다소 우스운 것은 그런 계집애라도 펌프를 일부러 가져갈 정도로 앞서가지는 못했다는 점이다. 놈이 바람을 빼는 동안 그 계집애가 그걸 생각한 게 아니라면 말이다. 하지만 아마도 누군가 그걸 빼내어 물총처럼 가지고 놀라고 벤에게 주었을 거다. 우리 집 사람들은 그 녀석이 원한다면 차를 통째로 분해라도 할 사람들이니 말이다. 그리고 딜시는 말하겠지. 도련님 차에는 손대지 않아요. 우리가 뭣 땜에 그런 짓을 하겠수. 그러면 내가 대꾸한다. 할멈은 검둥이지. 운 좋게도 말야. 그렇게 생각하지 않아? 나는 언제든 할멈과 바꾸고 싶어. 그러면 저 쪼그만 계집이 하는 짓을 걱정하지 않아도 되니까.

나는 러셀네까지 걸어 올라갔다. 그에게 펌프가 있었다. 그 녀석들도 여기까진 몰랐군, 하고 생각했다. 여전히 믿을 수 없는 것 하나는 그 계집애가 그렇게 뻔뻔스러웠다는 사실이다. 나는 그 생각을 거듭했다. 이유는 모르지만 나는 여자란 뭣이든 한다는 사실을 납득하지 못하는 듯싶었다. 내가 너를 어떻게 생각하는지, 네가 나를 어떻게 생각하는지는 잠시 잊어버리자구, 나는 생각하고 또 생각했다. 나라면 네게 이런 식으로는 안 할 거야. 네가 내게 이제껏 무슨 짓을 했든 이런 식으로는 안 했을 거야. 내가 말했다시피 피는 어쩔 수 없고 넌 그걸 피할 수 없으니까. 이건 어떤 여덟 살짜리 소년이라도 떠올릴 법한 장난이 아니지, 네 삼촌을 빨간 넥타이를 맨 사내 앞에서 웃음거리로 만들다니. 그놈들은 읍내에 와서 우리를 시골뜨기 무리라 부르고 자신들을 잡아 두기엔 조막만 한 곳이라고 생각하지. 글쎄, 그 녀석은 자기가 얼마나 옳은지 모르는 거야. 그 계집애도 마찬가지고. 그렇게 하는 게 그 계집애가 옳다고 여기는 방식이라면 그앤 언제까지고 그 생각을 밀고 나가는 게 좋을 거야. 그건 나로서도 후련한 일일 테니까.

나는 타이어에 바람을 다 넣고 펌프를 돌려주고는 읍내로 향했다. 약국에 들러 약 하나를 먹고 전신국으로 갔다. 장은 20포인트 21로 마감됐는데, 40포인트가 떨어진 것이었다. 5달러의 40배. 할 수 있다면 그걸로 뭔가를 사라, 그러면 그녀는, 나 그 돈 필요해 요, 정말 꼭 필요하다구요, 라고 말하겠지. 그럼 나는, 안됐지만 넌 다른 사람한테 알아봐야 할 것 같구나, 난 돈이 없거든, 너무 바빠 돈 같은 걸 벌 수가 없어, 하고 말해 주리라.

나는 그냥 그를 바라보았다.

"자네한테 몇 가지 소식을 알려 주지." 내가 말했다. "자네는 내가 목화 시세에 흥미가 있다는 걸 알면 놀랄 거야. 그런 건 생 각도 못했지 어떤가?"

"전 이걸 전해드리려고 최선을 다했습니다. 가게에 두 번이나 들렀고 댁에 전화도 드렸지만, 아무도 당신 있는 델 모르더군요." 그는 서랍을 뒤지고 있었다.

"뭘 전한다는 거지?" 그가 내게 전보 한 통을 건넸다. "몇 시에 온 거지?" 내가 물었다.

"3시 반쯤이에요."

"그런데 지금은 5시 10분이고."

"곧 전해드리려 애썼지만, 당신을 찾을 수가 없었어요."

"그건 내 잘못이 아니지, 안 그런가?" 나는 그 작자들이 이번엔 무슨 거짓말을 하려드나 보려고 전보를 뜯었다. 겨우 한 달에 10 달러 정도를 도둑질하려고 멀리 미시시피까지 와야 했다면 놈들 도 몹시 다급해진 게 틀림없다. 전보엔 '매각하시오' 라고 쓰여 있다. 일반적으로 하락하는 경향으로, 증권시세는 불안정함. 관보에 따르면 놀랄 것 없음.

"이런 전보는 요금이 얼마지?" 내가 물었다.

"이건 그쪽에서 요금을 지불했어요." 그가 대답했다.

"그럼 난 녀석들에게 그만큼 빚을 졌군. 이 정도 일은 나도 벌써 알고 있었어. 수취인 지불로 이걸 보내게." 나는 용지를 집으며 말했다. 나는 사겠다고 적었다. 시장은 막 전환되는 시점에 놓여 있음. 아직 전신국과 연락이 닿지 않은 시골뜨기들을 좀 더 죄기 위한 의도적인 교란임. 놀랄 것 없음. "이걸 수취인 지불로 보내 주게."

그는 전문을 보고는 시계로 눈을 돌렸다. "시장은 벌써 한 시간 전에 마감됐습니다." 그가 말했다.

"좋아. 그것도 내 탓은 아니지. 내가 시장을 만든 게 아니니까. 나는 단지 전신국이란 시장이 어떻게 돌아가는질 끊임없이 알려주는 곳인 줄 알고 주식을 조금 샀을 뿐이야."

"보고는 받는 대로 게시되는 겁니다." 그가 말했다.

"그럴 테지. 헌데 멤피스에선 10초마다 흑판에 게시하고 있거든. 난 오늘 오후 거기서 67마일 이내에 있었다네."

그는 전문을 들여다보았다. "이걸 보내길 원하십니까?" 하고 물었다.

"난 아직 맘이 바뀌지 않았어!" 나는 한 장을 더 쓰고는 요금을 치렀다. "그리고 이것도. 자네가 '산다'란 글자를 제대로 쓸 줄 안다면 말이야."

나는 가게로 돌아갔다. 밴드의 연주 소리가 거리 저편에서 들려왔다. 금지령이란 참 근사하지. 예전에 사람들은 토요일이면 집집마다 구두를 한 켤레만 가져와, 그걸 신고 운송회사에 가서 화물을 받곤 했는데, 지금은 너나 없이 모두 맨발로 서커스 구경을 가고, 상인들만이 흡사 우리 안의 호랑이처럼 문께에 서서 그들이 지나가는 걸 바라보고 있으니. 얼이 말한다.

"별로 중대한 일은 아니었겠지."

"뭐 말인가요?" 그는 회중시계를 들여다보았다. 다음 그는 문가로 가서 재판소의 시계를 보았다. "1달러짜리 시계 하나는 있어야 해요. 매번 엉터리 시간을 알려 준다고 믿는 데 드는 돈이 그 정도면 비싼 것도 아니죠." 내가 말했다.

"뭐?" 그가 말했다.

"아무것도 아닙니다. 제가 자릴 비운 동안 불편을 끼친 건 아니었으면 하네요."

"그렇게 바쁘진 않았네. 모두들 서커스 구경 가서 말이야. 뭐 괜찮아."

"만약 괜찮지 않다면, 뭘 하면 좋은지 아실 테죠."

"내가 괜찮았다 하지 않나."

"네. 그러니까 혹 괜찮지 않을 땐, 어떻게 하면 좋은지 알고 계신 거죠?"

"자넨 여길 그만두고 싶은가?"

"그건 내가 관여할 성질의 문제가 아니죠. 제 바람은 중요치 않죠. 하지만 저를 고용하는 게 저를 보호하는 일이란 생각은 하지 마세요."

"제이슨, 자네는 그럴 마음만 있으면 훌륭한 사업가가 될 수 있다네."

"적어도 난 내 할 일은 다 하고 남의 일은 상관 않고 있을 수 있어요."

"자네는 어째서 날더러 자넬 해고하려 들게끔 만드는지 통 모르겠군. 그만두고 싶으면 언제든 그만둬도 되네. 그래도 우리 사이엔 나쁜 감정은 없을걸세."

"아마 그래서 내가 그만두지 않는지 모르죠. 내 할 일만 하고 있으면 월급은 받으니까 말입니다." 나는 가게 안쪽으로 들어가 물을 마시고 뒷문으로 나갔다. 좁은 결국엔 경작기를 다 조립한 뒤였다. 그곳은 조용해 이내 두통이 좀 가라앉았다. 서커스에서 노래하는 소리가 들리더니, 이어서 밴드가 연주를 시작했다. 그래, 놈들더러 이 동네 25센트와 10센트짜리를 모조리 쓸어가라고 하라지. 그래 봐야 내겐 한 푼의 손해도 없을 테니까. 난 할 수 있는 건 다 해 왔어. 이만한 나이가 되도록 그만둘 때를 모르는 놈은 바보인 거야. 더구나 자기 장사가 아닌 바에야 더욱 그렇지. 그 계집애가 내 딸이었다면 지금쯤 달라졌을 거야. 병자와 백치와 검둥이들을 먹여 살리기 위해 일하지 않으면 안 됐을 테니, 돌아다닐 짬 같은 건 없었을 거거든. 이런 집에 다른 여자를 데려올 염치는 없으니깐. 다른 여자에게 그런 일을 하게 할 만큼 여자를 얕잡아보지 않거든. 나는 남자고 내 혈육이니 그 계집애 일이라면 참기도 하겠지만, 나와 사귀는 여자를 헐뜯는 놈이 있다면 그놈 눈빛을 보고 싶어. 그 따위 말을 하는 건 저 훌륭한 부인들이지. 교회에 나가는 훌륭한 부인들 가운데 로레인의 절반만큼이라도 정직한 여자가 있다면 보고 싶군, 창녀건 아니건 말이야. 내 늘 말하듯, 제가 결혼을 하게 되기라도 하면 어머니는 크게 충격을 받을 거예요, 라고 하자, 어머니는 나는 너를 행복하게 해 주고 싶구나. 우리들 때문에 노예처럼 일하지 않아도 될 너만의 가정을 갖게 하고 싶어, 하고 말했다. 그렇지만 나는 곧 죽는단다. 그러면 너는 아내를 얻을 수 있겠지만 네게 어울리는 여자는 찾지 못할 거야, 라고 하기에, 나는 아니에요, 찾을 수 있어요. 그러면 어머니는 이내 무덤 속에서 나오시겠죠. 어머니가 그러시리란 걸 어머니도 아시죠, 라고 했다. 고맙지만 아내 같은 건 됐어요. 지금 있는 여자들을 돌보기도 벅찬데. 제가 결혼한다면 그 여잔 아마도 마약쟁이거나, 아무튼 그런 종류의 여자일 거예요. 지금 우리 집에 없는 거라곤 그런 인간뿐이니까요.

태양은 감리교회 뒤편으로 저물었고 비둘기들이 첨탑 주위를 이리저리 날고 있었다. 밴드 연주가 그치자 비둘기 울음소리를 들을 수 있었다. 크리스마스가 지난 지 4개월도 안 됐는데, 비둘기는 여느때처럼 많다. 월솔 목사는 지금 저 비둘기로 배를 잔뜩 채우고 있겠지. 그는 설교를 들려주고 습격해 오는 사람들 총에 덤벼들기까지 하는데, 사람들은 그들이 사람을 쏴 죽이고 있다고 생각했을는지 모른다. 그는 지상의 평화와 만물에 대한 사랑을 부르짖으며, 참새 한 마리도 땅 위에 떨어뜨릴 수 없다고 말한다. 그러나 비둘기 수가 얼마나 늘어나든 그로서는 상관없는 일이다. 그에겐 할 일이라곤 하나도 없으므로, 지금이 몇 시건 그와는 무관한 것이다. 그는 세금도 내지 않으며 저 재판소의 시계가 움직이게끔 청소하는 데 매년 자기 돈이 흘러들어가는 것을 걱정할 필요도 없다. 다른 사람들은 청소에 1인당 45달러나 내야 하지만. 갓 부화한 비둘기가 백여 마리나 땅에 있는 것을 셀 수 있었다. 저 비둘기에게도 이 동네를 떠날 정도의 분별력이 있다는 것은 누구나 알고 있을 터. 이 고장에 대해 비둘기와 같은 정도의 유대밖에 갖지 않고 있는 것은 나로선 참 다행한 일이다.

밴드가 다시 높고 빠른 소리를 내기 시작하는 걸 보니, 서커스가 이제 끝나 가는 모양이었다. 이젠 모두들 만족하고 있겠지. 14, 5마일을 달려 집으로 돌아가 어둠 속에서 마구를 풀고 꼴을 먹이고 젖을 짜는 동안 부르고 즐길 수 있을 만큼 충분히 노래를 들었을 게다. 그 후에는 고작해야 축사의 가축들에게 휘파람으로 노래를 불러 주고 농담을 하겠지. 그리고 가축들을 서커스에 데려가지 않아 얼마나 절약이 되었나 따져 보고 하는 것뿐이지. 만약 다섯 아이와 일곱 마리 노새를 가진 놈이라면 가족을 서커스에 데리고 간 데서 25센트를 절약했다고 생각할 것이다. 틀림없이 그럴 거다. 얼이 꾸러미를 두어 개 가지고 돌아왔다.

"여기 또 보낼 게 있는데," 하고 그가 말했다. "좁 영감은 어디 있나?"

"서커스에라도 갔겠죠. 아저씨가 감시하지 않았다면요."

"몰래 빠져나갈 영감이 아닌데. 믿을 수 있는 사람이거든."

"나를 두고 하는 말인가요?" 내가 물었다.

그가 문 쪽으로 가서 밖을 내다보며 밖에서 나는 소리에 귀를 기울였다.

"거, 근사한 밴드로군. 이젠 끝나는 모양이야."

"거기서들 밤을 새울 작정이라면 모르지만요." 내가 대꾸했다. 참새가 울기 시작했는데, 나는 그 소리로 재판소 뜰에 있는 나무로 참새가 모여드는 걸 알았다. 때때로 참새들은 떼를 지어 지붕 꼭대기에 나타나 빙빙 돌다 사라지곤 하였다. 그것들도 내 생각엔, 비둘기나 진배없이 귀찮은 존재들이다. 그놈들 때문에 재판소 뜰에 앉아 있을 수가 없으니 말이다. 앉자마자 씽하고 날아와 달려든다. 바로 머리 한가운데로. 그러나 놈들을 한 발에 5센트짜리 총알로 쏴버리려면 백만장자라야 할 것이다. 광장에 독약을 좀 뿌려 놓는다면 하루 동안 모두 쫓아버릴 수도 있는데. 혹 상인들 중 자기 가축을 광장에 못 나가게 할 수 없는 자가 있다면, 그는 닭 이외의 것을, 쟁기나 양파같이 아무거나 먹지 않는 상품을 팔면 될 것이다. 혹 개를 매 둘 수 없는 사람이 있다면 그는 개를 기르고 싶지 않거나 개를 기를 자격이 없는 자이다. 읍내에 있는 모든 가게가 시골 구멍가게처럼 운영된다면 이 동네는 시골 거리가 돼

버릴 거다.

"서커스가 끝났다고 해서 아저씨한테 득될 건 없을 텐데요. 언제나 그러듯 한밤중까지 집에 닿기 위해 바로 마차에 말을 매고 떠나야 할 테니까요." 내가 말했다.

"어쨌든," 하고 그가 말했다. "모두들 충분히 즐기고 있으니. 가끔 서커스 구경에 돈푼이나 쓰게 해야지. 산골 농부들은 죽도록 일하면서도 몇 푼 벌지 못하니 말야."

"그들이 산골에서 농사 지으라는 법이 어디 있나요, 뭐. 산골 말고 어디서나 다 그렇죠."

"하지만 농부들이 없다면 자네와 나는 지금쯤 어떻게 됐겠나?"

"저는 집에 있겠죠. 얼음 주머니를 머리에 올려놓고 누워 있겠죠."

"자넨 노상 머리가 아픈 게로군. 왜 이를 좀 잘 진찰해 보지 그러나. 오늘 아침 진찰받은 게 아니었나?"

"누구 말이에요?"

"자네 오늘 아침 치과에 갔다고 하지 않았어?"

"근무 시간에는 머리가 아파서는 안 된단 얘긴가요? 그렇습니까?" 구경을 끝낸 사람들이 막 골목을 건너 오는 참이었다.

"저기들 오는군. 난 앞에 나가 있는 게 좋겠지." 그가 나갔다. 정말 이상한 얘기지만 몸이 좀 불편하다고 하면, 어디가 됐든 상관없이 남자는 이를 잘 진찰해 보라고 하며, 여자는 결혼하는 게 좋다고 한다. 뭘 해도 신통치 않은 녀석이 언제나 장사는 이렇게 해야 된다고 가르치려 드는 법이다. 마치 온전한 양말 한 켤레도 없는 대학교수가 10년 이내로 백만 달러를 버는 방법을 가르치는 것과, 남편을 가져 본 적도 없는 여자가 어린애 기르는 법을 가르치는 것과도 같다.

좁 영감이 마차를 끌고 왔다. 잠시 후 그는 채찍꽂이에 고삐 감는 걸 끝냈다.

"어때, 서커스는 재미있었어?" 내가 물었다.

"난 아직 못 가 봤수다. 하지만 오늘 밤엔 꼭 저 천막 안으로 들어가 볼 거요." 그가 대답했다.

"누가 그 말을 곧이 듣겠어. 영감은 3시 이후 죽 나가 있었잖아. 얼 씨가 방금 영감을 찾으러 왔었는데."

"난 내 할 일을 하고 있었어요. 얼 나리도 내가 가 있던 델 알아요."

"영감은 그 사람쯤은 속일 수 있을걸. 일러바치진 않겠어."

"그럼 여기서 내가 속일 수 있는 사람은 그분밖에 없겠는데요. 토요일 밤에 봐도 좋고 안 봐도 좋을 사람을 뭣 땜에 내가 시간을 버려 가며 속이고 다니겠어요? 당신도 속이려고 하지 않아요. 당신은 너무 영리해서 감당이 안 되거든요. 그렇고 말구요." 하고 그는 자못 바쁜 듯 대여섯 개의 작은 꾸러미를 마차에 실으면서 말했다. "당신은 너무 영리해서 나로선 못 당해. 읍내서 당신과 맞설 영리한 사람은 없죠. 당신은 너무 영리해서 자기가 자기를 따라가지 못할 것 같은 사람도 속여버리니까요." 그는 마차에 올라

고삐를 당기며 말했다.

"그게 대관절 누구 얘기야?" 내가 물었다.

"제이슨 콤슨 씨 얘기죠." 그가 말했다. "이랴, 댄!"

바퀴 하나가 당장이라도 빠져나올 것 같았다. 나는 그 바퀴가 빠지기 전에 골목길을 빠져나갈 수 있을지 지켜보고 있었다. 어떤 탈것이든 검둥이한테 맡기면 끝이야. 저 낡아빠진 마차는 이젠 꼴불견이에요. 그래도 어머니는 저 녀석이 일주일에 한 번씩 묘지에 타고 갈 수 있도록 백 년이라도 창고에 세워 두려고 하는군요. 하고 싶지 않은 일을 하지 않으면 안 되는 건 저놈만이 아니에요. 난 저놈을 문명인처럼 저 자동차에 태워 주거나, 그게 싫으면 집에 있게 하겠어요. 녀석은 자기가 어디로 가는지 뭘 타고 있는지 전혀 몰라요. 그런데도 우리는 저놈이 일요일 오후에 탈 수 있게끔 마차와 말을 대기시켜 놓고 있으니.

좁 영감은 바퀴야 빠지건 말건 걸어서 돌아갈 거리가 멀지 않는 한 아랑곳하지 않는다. 검둥이놈들에겐 해가 뜰 때부터 저물 때까지 일해야 할 곳이라곤 밭밖에 없다. 놈들은 부유한 생활이나 편안한 일자리는 얻지 못한다. 한 놈을 백인들과 살게 잠시 동안만 둬 보라지. 그러면 그놈은 죽일 만한 가치도 없어질 테니. 놈들은 우리의 눈앞에서조차 엉뚱한 짓을 하게 되지. 로스커스처럼. 그놈은 한 번의 실수로 어느 날 죽어버렸지만. 검둥이들은 게으름을 피우고 훔치고 점점 건방진 말을 하게 돼, 끝내는 몽둥이 같은 걸로 혼내 주지 않으면 안 되게 되는 것이다. 하지만 그건 얼이 할 일이고 내 알 바 아니다. 그러나 늙은 검둥이가 저 모퉁이를 돌 때마다 금방이라도 부서질 듯한 마차를 타고 다니면서 내가 하는 장사를 선전하지는 말았으면 한다.

햇빛은 이제 하늘 높이 올라가 있어, 가게 안은 어두워지기 시작했다. 나는 가게 앞으로 나갔다. 광장은 한산했다. 얼은 가게 안쪽에서 금고를 닫고 있었다. 그 때 괘종시계가 울리기 시작했다. "자네 뒷문을 잠가 주게나." 하고 그가 말했다. 나는 뒤로 가서 문을 잠그고 돌아왔다. "자네도 오늘 밤 서커스 구경하러 가겠지?" 그가 물었다. "내가 어제 입장권 줬잖나?"

"네. 그거 도로 드릴까요?"

"아냐, 아냐. 자네한테 줬는지 어쨌는지 잊어서 확인해 본 거야. 그걸 쓰지 않고 버릴 이유야 없지."

그는 문을 잠그고 잘 쉬게, 라고 말하고 걸어갔다. 참새들이 여전히 나무에서 짹짹거리고 있었으나, 광장에는 차 몇 대가 있을 뿐 아무도 없이 텅 비어 있었다. 약국 앞에 포드 차가 한 대 있었으나, 나는 거들떠보지도 않았다. 나는 할 만큼 했다고 생각했다. 그녀를 돕고픈 마음에는 변함이 없었지만 할 만큼 했다는 걸 알고 있었다. 러스터에게 운전을 가르쳐, 저희들이 하고만 싶다면 그 계집애를 온종일 쫓아다니게 하고 나는 집에서 벤과 놀 수 있으리라 생각했다.

가게에 들어가 시가를 두어 개 샀다. 만일을 위해 두통약을 더 사 둘까 싶었다. 그리고 거기 있는 사람들과 잠시 동안 서서 얘기했다.

"그런데, 자넨 금년엔 양키스에 돈을 걸었겠지." 맥이 말했다.

"뭣 때문에?" 내가 물었다.

"페넌트 때문이지." 그가 말했다. "그 리그엔 양키스를 꺾을 만한 팀은 없거든."

"없긴 왜 없어. 그 녀석들은 이제 글렀어. 언제까지나 운이 따르는 팀이 있다고 생각하나?" 내가 응수했다.

"난 그걸 행운이라곤 생각지 않아." 맥이 말했다.

"난 그루스란 놈이 끼어 있는 팀엔 걸지 않겠어. 그 팀이 이긴다는 걸 알고 있대두 말이야." 내가 말했다.

"그래?" 맥이 말했다.

"난 두 리그에서 그놈보다 훨씬 나은 선수를 열댓 명은 꼽을 수 있거든." 내가 말했다.

"대관절 루스한테 원한이라도 있는 거야?"

"아무것도 없어. 나는 감정 같은 건 없어. 난 그놈 사진도 보기 싫단 말야." 나는 밖으로 나왔다. 가로등이 켜지기 시작했고, 사람들은 집으로 돌아가고 있었다. 때때로 참새들은 어둠이 완전히 내릴 때까지 결코 가만 있지 않을 때가 있었다. 재판소 주위에 가로등이 켜진 밤에 참새들은 놀라 잠이 깨어 밤새도록 불빛 주위를 날아다니기도 하고, 갈팡질팡하다 불빛 속으로 뛰어들기도 했었다. 2, 3일을 그러던 참새들은 어느 날 아침 모두 사라져버렸다. 그러나 두 달쯤 지나자 모두 돌아온 것이다.

나는 집으로 차를 몰았다. 집 안엔 아직 불이 켜 있지 않았으나, 모두 창밖을 내다보고 있겠지. 그리고 딜시는 부엌에서, 마치 그 돈을 자기가 대기라도 한 양 내가 돌아올 때까지 음식을 식지 않게 둬야 한다는 걸 두고 투덜대고 있을 것이다. 그녀가 지껄이는 걸 듣는 이는 누구나 이 세상에 저녁밥이란 하나밖에 없으며, 바로 그 하나가 딜시가 나를 위해 몇 분 늦게까지 둬야 하는 그 식사라고 생각할 것이다. 어쨌든 단 한 번이라도 좋으니 벤과 그 검둥이가 한우리에 갇힌 곰과 원숭이처럼 대문에 매달려 있는 꼴을 보지 않고 집에 돌아와 봤으면 싶다. 해가 질 때가 되기만 하면 그놈은 축사로 향하는 암소처럼 대문 쪽으로 나와, 문에 매달려 머리를 아래위로 흔들거나 끙끙거리는 것이다. 사람을 벌주려고 갖다 놓은 돼지와 같은 놈이다. 그러나 녀석이 열린 문을 가지고 노는 것 때문에 받은 거세수술을 내가 받았더라면, 나는 결코 다른 사람 얼굴은 보고 싶지 않았으리라. 그 녀석은 저 문에 달라붙어 학교에서 돌아오는 계집애들을 쳐다보며 제가 해 본 적이 없음을 생각해내지도 못하고, 또 이제는 하고 싶어할 수조차 없는 일을 하려 하면서 도대체 무슨 생각을 하는 것일까. 나는 종종 궁금해진다. 사람들이 그놈의 옷을 벗길 때 녀석은 제 몸을 보면 늘 울기 시작하는데, 그 때 그는 도대체 무슨 생각을 할까. 그러나 늘 말하듯 그 녀석만으로 아직 충분하지는 않은 것이다. 난 네게 필요한 게 무엇인지 안단 말이야, 너도 벤 같은 수술을 받으면 품행이 단정해질 거야. 혹시 그게 뭣인지 모르겠거든 딜시에게 물어봐.

어머니 방에는 불이 켜져 있었다. 나는 차를 집어넣고 부엌으로 들어갔다. 러스터와 벤이 거기 있었다.

"딜시는 어디 있어? 저녁 차리고 있나?"

"칼라인 마님과 함께 위층에 있어요." 러스터가 말했다. "둘이서 싸우고 있어요. 쿠엔틴 아씨가 돌아온 후로 여태까지 그러고 있죠. 할머닌 싸움을 말리러 올라갔어요. 서커스는 왔나요, 제이슨 나리?"

"그래."

"밴드 소릴 들었다고 생각했죠. 나도 가 봤으면. 나도 25센트만 있으면 갈 수 있는데."

딜시가 들어왔다. "돌아왔구먼요. 오늘 저녁은 뭘 하고 계셨나요? 내가 얼마나 할 일이 많은지 알잖우. 왜 제 시간에 돌아오시지 못할까?"

"서커스 구경 갔었는지도 모르지. 저녁은 다 됐어?"

"나도 가 봤으면. 25센트만 있으면 갈 수 있는데." 러스터가 말했다.

"서커스 따위 네가 알 바 아니야. 넌 집에 들어가 얌전히 있어. 위층에 가거나 해서 마님하고 아씨가 싸움을 시작하게 해선 안 돼." 딜시가 말했다.

"뭐가 어떻게 된 거야?" 내가 말했다.

"쿠엔틴이 조금 전에 들어와서 도련님이 저녁 내내 쫓아다녔다고 하니까 칼라인 마님께서 욕설을 퍼부었죠. 왜 그앨 내버려 두지 못하죠? 싸움을 하지 않고는 피를 나눈 조카랑 한집에서 살지 못한답니까?"

"난 그 계집애하고 싸울 수 없어. 아침부터 여태 보지도 못한걸. 도대체 내가 어쨌다고 걔가 말한 거야? 학교에 가게 했다구? 거 참 기가 막혀서."

"아무튼 도련님은 자기 할 일이나 하고 그앤 내버려 둬요. 도련님과 칼라인 마님께서 그렇게 하라면 내가 아씰 돌볼 텐데. 자, 저리 들어가서 저녁 차릴 때까지 가만히 있어요."

"25센트만 있으면. 서커스 구경을 갈 수 있을 텐데." 러스터가 말했다.

"그리고 날개가 있었으면 천국으로 날아갈 수도 있지. 그놈의 서커스 얘긴 한마디도 더 듣기 싫다." 딜시가 말했다.

"그러니깐 생각이 나는군." 내가 말했다. "그 사람들이 준 입장권 두어 장이 있는데." 나는 웃옷에서 그걸 꺼냈다.

"그걸로 서커스에 가실 생각이세요?" 러스터가 물었다.

"난 안 가. 10달러를 준대도 그런 덴 안 가." 내가 말했다.

"그럼 한 장만 저한테 주세요, 나리."

"한 장 네게 팔지. 그러면 어때?"

"전 돈이 없는걸요."

"그거 안됐는데." 하고 나는 나가는 체했다.

"한 장만 주세요, 나리. 두 장씩이나 필요하진 않잖아요?"

"그쯤 해 둬. 이분은 아무것도 그냥 내주지 않는 걸 너도 알면서 그러냐." 딜시가 말했다.

"얼마에 팔려구요?"

"5센트."

"그만큼은 없는데."

"대체 얼마나 갖고 있는데?"

"한 푼도 없어요."

"좋아." 나는 부엌을 나왔다.

"제이슨 나리."

"왜 잠자코 있지 못하는 게냐? 널 놀리고 있는 거잖냐, 두 장 다 쓸 작정이면서. 어서 가요. 제이슨, 쟤는 내버려 두고."

"난 이런 거 필요 없어." 나는 풍로 쪽으로 돌아왔다. "이걸 여기서 태워버리려고 온 거야. 혹 네가 한 장에 5센트에 사겠다면?" 나는 그를 바라보며 풍로 뚜껑을 열고는 말했다.

"난 그런 돈은 없어요."

"좋아." 나는 한 장을 풍로 안으로 떨어뜨렸다.

"이봐요, 제이슨, 창피하지도 않아요?" 딜시가 말했다.

"제이슨 나리, 부탁이에요, 한 달 동안 매일 아침 타이어를 끼워드릴게요."

"난 현금이 필요해. 5센트만 내면 네 게 된다는데 그러네."

"그만둬, 러스터," 딜시가 러스터를 뒤로 끌어당겼다. "어서, 떨어뜨려요, 어서 태워버리라니까요."

"넌 이걸 5센트에 살 수 있단 말이야."

"태우라구요. 얘는 5센트 따윈 없어요. 어서 떨어뜨려요."

"좋아." 나는 입장권을 떨어뜨렸고 딜시는 풍로를 닫았다.

"다 큰 어른이, 뭐 하는 짓인지. 내 부엌에서 나가요. 넌 그치거라." 그녀가 러스터에게 말했다. "벤지가 또 시작하잖니. 내 오늘 밤 프로니한테서 25센트를 얻어다 주마. 그럼 내일 밤 갈 수 있어. 이제 그쳐."

나는 거실로 들어갔다. 위층에서는 아무런 소리도 들리지 않았다. 나는 신문을 펴 들었다. 잠시 후 벤과 러스터가 들어왔다. 벤은 거울이 걸려 있던 벽의 검게 변한 자리를 손으로 비비며 침을 흘리며 칭얼거렸다. 러스터는 불을 돋우기 시작했다.

"넌 뭘 하는 거야? 오늘 밤은 불이 필요 없어." 내가 말했다.

"저 사람을 달래려는 거예요. 부활절엔 언제나 춥거든요."

"오늘은 부활절이 아냐. 불은 그냥 둬."

그는 부지깽이를 제자리에 놓고, 어머니 의자에서 방석을 가져와 벤에게 줬다. 그러자 벤은 난로 앞에 쭈그려 앉아 조용히 있었다.

나는 신문을 읽었다. 위층에선 아무 소리도 나지 않았다. 그 때 딜시가 들어와 벤과 러스터를 부엌으로 보내고, 저녁 준비가 다 됐다고 알렸다.

"알았어." 내가 말했다. 그녀가 나갔다. 나는 신문을 읽으며 그대로 앉아 있었다. 잠시 후 딜시가 문 안으로 들여다보는 소리를 들었다.

"왜 와서 식사하지 않아요?"

"난 저녁을 기다리고 있는데."

"식탁 위에 있수. 벌써 말했잖아요."

"그래? 미안하군. 내려가는 소리를 듣지 못해서 말야."

"그 사람들은 내려오지 않아요. 어서 와서 잡수, 그래야 저분들에게도 뭘 좀 올려다 주지."

"아픈 건가? 의사는 뭐라고 했어? 설마 천연두는 아니겠지."

"빨리 오라니까요, 제이슨. 그래야 얼른 치우고 끝내죠."

"알았어." 나는 신문을 다시 펴 들며 말했다. "난 저녁 식사가 준비되길 기다리는 거야."

그녀가 문께에서 지켜보는 게 느껴졌다. 나는 신문을 읽었다.

"어째서 도련님은 그런 식으로 행동하는 거예요? 그러지 않아도 내게 귀찮은 일이 얼마나 많은지 다 알면서."

"혹 어머니가 식사하러 내려오지 못할 만큼 편찮으시다면 그건 괜찮지만, 나보다 어린 놈들을 먹여 주고 있는 이상 그 녀석들은 식사하러 식당까지 내려와야 하는 거야. 저녁 준비가 다 되거든 알려 줘." 나는 이렇게 말하고 다시 신문을 읽었다. 딜시가 층계를 오르는 소리가 들렸는데, 다리를 끌며 마치 층계 하나가 수직으로 3피트씩 떨어져 있기라도 한 양 끙끙대고 있었다. 그리고 어머니 방 문 앞에 서는 소리가 나더니, 쿠엔틴 방은 잠겨 있는 듯 이름을 부르는 소리가 이어졌고, 그다음 그녀가 어머니의 방으로 들어가는 소리가, 곧 어머니가 쿠엔틴에게 가서 말하는 소리가 들렸다. 이윽고 그들 모두 층계를 내려왔다. 나는 신문을 읽고 있었다.

딜시가 문 앞에 와서 말했다. "도련님, 또 짓궂은 생각일랑 하지 말고 빨리 오세요. 오늘 밤 괜히 혼자 짜증을 내고 있어요."

나는 식당으로 갔다. 쿠엔틴은 고개를 숙이고 앉아 있었다. 얼굴엔 여전히 분이 발린 채였고 코는 사기로 된 것처럼 우스꽝스러웠다.

"식사하러 내려오실 만큼 나으셔서 안심이군요." 나는 어머니에게 말했다.

"식당으로 내려오는 것쯤이 너를 위해 할 수 있는 일이라면 아직 멀었다." 어머니가 말했다. "내가 얼마나 불편하든 그건 문제가 아니야. 남자가 종일 일하고 나면 가족에게 둘러싸여 저녁을 먹고 싶어 하는 것쯤은 안다. 너를 편안하게 해 주고 싶구나. 내가 바라는 건 그저 너와 쿠엔틴이 좀 더 사이좋게 지내는 거야. 그렇게 되면 나도 마음이 훨씬 편해질 거야."

"우리 사이는 괜찮아요. 전 쟤가 원한다면 하루 종일 방 문을 잠그고 있어도 상관 안 해요. 하지만 식사 시간에 시끄럽고 시무룩한 표정들을 하는 건 더 이상 못 견디겠어요. 쟤한테 그런 부탁을 하는 게 무리일진 몰라도 저는 제 집에서 그렇게 하고 싶어요. 아, 물론 제 집이 아닌 어머니 집에서 말이죠."

"이건 네 집이다. 지금은 네가 이 집 가장이니까."

쿠엔틴은 고개를 들지 않았다. 내가 접시를 돌리자, 그녀는 먹기 시작했다.

"너한테 맛있는 부위가 갔니? 혹 그렇지 않으면 찾아 주마."

그녀는 아무 말이 없었다.

"맛있는 부위가 돌아갔느냐고 물었다."

"뭐라구요? 그래요, 괜찮아요."

"밥을 좀 더 먹겠어?"

"아뇨."

"좀 더 줄게."

"더 먹기 싫어요."

"천만에. 별 말씀을."

"두통은 나았니?" 어머니가 말했다.

"두통요?" 내가 말했다.

"네 두통이 심해지지 않았나 싶어 걱정이 됐다. 네가 오늘 오후 집에 들렀을 때 말이야."

"아아, 아뇨, 괜찮았어요. 오후부터는 너무 바빠서 잊고 지냈는데요, 뭐."

"그래서 오늘 늦은 거니?" 어머니가 말했다. 쿠엔틴이 귀를 기울이고 있는 게 보였다. 그녀를 보았다. 여전히 포크와 나이프를 움직이고 있었으나, 내가 나를 보던 그녀의 시선을 포착했을 때, 그녀는 시선을 다시 접시로 떨구었다. 나는 어머니에게 대답했다.

"아니에요. 나는 3시쯤 어떤 친구에게 차를 빌려준 탓에 그가 차를 가져올 때까지 기다려야 했어요." 나는 잠시 묵묵히 먹었다.

"누구였는데?" 어머니가 물었다.

"서커스 패거리 중 한 명이었죠. 그 남자 매제가 웬 읍내 여자랑 드라이브를 간 듯해 그들 뒤를 쫓아갔거든요."

쿠엔틴은 음식을 씹으며, 완벽하게 곧은 자세로 앉아 있었다.

"그런 사람에게 차를 빌려주면 안 된다. 넌 자동차로 너무 인심을 쓰고 있어. 그러니 난 차에 관해선 너한테 좀체 부탁을 못하는 거야."

"저도 얼마 후엔 그런 생각이 들더군요. 그렇지만 그는 무사히 돌아왔어요. 자기가 찾던 걸 찾았다더군요."

"여자는 누구였다든?"

"나중에 말씀드리죠. 그런 걸 쿠엔틴 앞에서 얘기하고 싶진 않아서요."

쿠엔틴이 식사를 중단했다. 간간이 물을 마시고는 비스킷을 부수며 자신의 접시 위로 고개를 숙이고 앉아 있었다.

"그래. 나처럼 방 안에 틀어박혀 있는 사람은 읍내에서 일어나는 일은 알 도리가 없지." 어머니가 말했다.

"그렇죠, 그런 사람은 모르죠." 내가 대꾸했다.

"내 생활은 읍내와는 아주 멀어져버렸구나. 하지만 그런 흉악한 일에 대해 몰라서 다행이다. 그런 일은 알고 싶지도 않거든. 나는 보통 사람들 같진 않으니까."

나는 그 이상 얘기하지 않았다. 쿠엔틴은 그대로 앉아 내가 식사를 끝낼 때까지 비스킷을 부수다가 입을 열었다.

"이젠 일어나도 돼요?" 그녀가 아무도 보지 않은 채 물었다.

"뭐? 물론이지. 가도 좋아. 네가 우리 시중이라도 들고 있었냐?" 내가 대꾸했다.

그녀가 나를 보았다. 비스킷은 죄다 부쉈음에도 그녀의 손은 여전히 그 동작을 계속하고 있었고, 궁지에 몰린 듯한 눈에, 입술에 칠한 붉은 연지로 자신을 독살시키기라도 하려는 양 입술을 깨물기 시작했다.

"할머니, 할머니……" 그녀가 말했다.

"뭐 다른 게 먹고 싶으냐?" 내가 말했다.

"할머니, 삼촌은 왜 이렇게 내게 못되게 구는 거죠? 난 삼촌한테 아무 짓도 하지 않는데."

"난 너희가 사이좋게 지내길 바란다. 이제 이 집에 남은 건 너희 둘뿐이 아니냐. 그러니 너희가 더 잘 지내길 바라는 거야."

"삼촌 잘못이죠. 날 내버려 두지 않으니 사이가 안 좋을 수밖에요. 내가 여기 있는 게 싫으면 왜 날 돌려보내지 않아요……"

"그만. 한마디도 더 듣고 싶지 않아." 내가 말했다.

"그럼 왜 날 내버려 두지 않는 거죠? 삼촌은 삼촌은……꼭,"

"삼촌은 너한텐 아버지 같은 사람이야." 어머니가 말했다. "너나 나나 이 사람 빵을 먹고 있는 거란다. 그러니 네게서 복종을 기대하는 건 당연한 거지."

"삼촌 잘못이에요." 그녀가 말했다. 그녀는 펄쩍 뛰었다. "삼촌이 나를 그 모양으로 만든단 말예요. 만약 삼촌만 그렇게……" 그녀는 궁지에 몰린 눈으로 우리를 바라보았는데, 옆구리에 댄 두 팔에서 경련 비슷한 게 일고 있었다.

"내가 뭘 어쩐다는 거야?"

"내가 뭘 하건, 그건 삼촌 잘못이에요. 내가 행실이 나쁘다면 그렇게 돼야 했기 때문이에요. 삼촌이 날 그렇게 만들었어요. 난 죽어버리고 싶어. 모두 다 죽어버렸으면." 그러고는 그녀는 달려 나갔다. 그녀가 계단을 오르는 소리가 들렸다. 곧 문이 꽝 하고 닫혔다.

"이제껏 쟤가 한 말 가운데 처음으로 지각 있는 얘기였어요."

"쟤는 오늘 학교에 가지 않았어." 어머니가 말했다.

"어떻게 아세요? 오늘 읍내에 나가셨나요?"

"그냥 안다. 쟤한테 네가 좀 더 친절했으면 싶구나."

"그러자면 하루에 한 번 이상 저 계집애 얼굴을 봐야 해요. 어머니도 식사 때마다 쟤를 식탁에 와 앉게 만드셔야 하구요. 그러면 저도 쟤한테 매번 고기 한 점쯤은 집어 줄 수 있겠죠."

"네가 할 수 있는 소소한 것들이 있잖니."

"쟤가 학교에 가는지 보라고 어머니한테 부탁을 받고도 아무 신경을 안 쓰는 따위의 일 말이죠?"

"쟤는 오늘 학교에 가지 않았어. 나는 가지 않은 걸 그냥 알아. 오늘 오후 웬 사내랑 드라이브를 했는데, 네가 뒤쫓아 오더라고 하더구나."

"어떻게 제가 그럴 수 있었겠어요? 오후 내내 딴 사람이 제 차를 가지고 있었는데요? 녀석이 오늘 학교에 갔느냐 아니냐 하는 건 이미 다 지난 일이에요. 그걸 걱정하시려거든 다음 월요일이나 걱정하세요."

"너하고 그애가 사이좋게 지내길 바라니까 이러는 거야. 하지만 쟤는 캐디의 억척스런 면을 물려받았거든. 죽은 쿠엔틴도 그랬지. 당시에 생각했었지, 안 그래도 캐디 성격을 물려받았는데, 쿠엔틴이란 이름을 지어 주기까지 했으니. 나는 쟤가 나에 대한 캐디와 쿠엔틴의 벌이 아닐까 종종 생각한단다."

"맙소사. 어머니 여간 예민하신 게 아니군요. 그러니 늘 앓고 계신 것도 무리는 아니죠."

"무슨 뜻이냐? 알 수 없는 얘기를 하는구나."

"모르시는 게 낫죠. 선량한 부인들은 모르는 편이 나은 많은 걸 놓치고 있어요."

"쿠엔틴과 캐디는 둘 다 그 모양이었단다." 어머니는 말했다. "그애들은 내가 바로잡으려 하면 늘 아버질 끌어들여 내게 맞서곤 했지. 아버지는 언제나 그애들을 감독할 필요는 없다고, 그애들은 이미 청결과 정직이 뭔지 알고 있으며, 그 둘만 알면 그만이라고 했지. 그러니 네 아버지가 지금쯤 만족했길 바란다."

"어머니는 벤한테 기댈 수 있으세요. 힘을 내시라구요."

"걔들은 자기들 생활에서 의도적으로 나를 몰아내려 했던 거야. 캐디와 쿠엔틴은 늘 그랬어. 둘은 언제나 한편이 돼 내게 덤벼들었지. 너한테도. 비록 너는 너무 어려서 알지 못했을지도 모르지만. 아무튼 둘은 모리 삼촌한테 하듯 우리를 남의 식구처럼 취급했단다. 나는 늘 네 아버지에게 둘을 너무 자유롭게, 너무 같이 있게 둔다고 했었지. 쿠엔틴이 학교에 들어가자 캐디가 쿠엔틴하고 붙어 있을 수 있게 캐디도 이듬해 학교에 보내지 않으면 안 됐어. 캐디는 제가 못하는 걸 너희들 중 누가 하기라도 하면 견디지 못했어. 허영심과 헛된 자존심 탓이었지. 걔가 그런 문제를 일으켰을 때, 나는 쿠엔틴이 자기도 캐디와 마찬가지로 나쁜 짓을 저질러야 한다고 느끼고 있는 걸 알았어. 하지만 난 걔가 그런⋯⋯ 짓을 할 만큼 이기적이리라곤 믿지 않았다⋯⋯나는 꿈에도 걔가⋯⋯"

"형은 계집애를 낳을 거란 걸 알고 있었는지도 모르죠. 그리고 계집애가 하나 더 생기면 감당하기 힘들 거라 생각했는지도 몰라요."

"쿠엔틴은 캐디를 다룰 수 있었는데. 캐디가 조금이라도 말을 들은 건 그래도 쿠엔틴뿐이었던 듯하구나. 하지만 그것도 천벌의 일부겠지."

"그래요. 그걸 받은 게 제가 아니라 형이었던 건 유감이에요. 제가 대신 죽었더라면 어머니는 훨씬 더 잘 살아가실 텐데요."

"넌 에미 속을 후벼 파는 소리만 하는구나. 그런 말을 들을 만한지도 모르지. 쿠엔틴을 하버드에 보내려고 땅을 팔 때, 나는 네 아버지한테 네게도 똑같은 준비를 해 줘야 한다고 말했지. 그래서 허버트가 너를 은행에 넣어 주겠다고 했을 때, 나는 너도 이제 독립할 수 있겠구나 싶었다. 그리고 지출이 늘어 가구며 나머지 목장을 팔지 않을 수 없게 되자, 나는 즉시 캐디에게 편지했지. 걔는 자기와 쿠엔틴 몫만이 아니라, 네 몫도 써버렸기에 이제 네게 그걸 갚아야 한다고 생각해서였다. 아버지 은혜를 갚기 위해서라도 그렇게 할 줄 알았지. 그때 나는 그래야 한다고 믿었던 거야. 허나 나도 결국 시대에 뒤떨어진 불쌍한 여자에 지나지 않았어. 나는 사람은 누구나 육친을 위해 자신을 희생할 수도 있다고 믿도록 길러졌는데, 내가 잘못 생각했던 게지. 네가 나를 탓하는 건 당연하다."

"어머니는 제가 누군가의 도움을 받지 않으면 살아갈 수 없다고 생각하세요? 제 자식 애비 이름도 대지 못하는 그런 여잔 내버려 두세요."

"제이슨."

"알아요. 그런 뜻으로 말씀드린 게 아니에요. 물론 그렇지 않고말고요."

"이렇게 고통을 받고도 그게 가능하다고 믿는다면 어쩌겠니."

"물론 그렇지 않대두요. 전 그런 뜻으로 한 말이 아니에요."

"최소한 그것만은 입 밖에 내지 말거라."

"물론 그래야죠. 그런 의심을 하기엔 그앤 그 둘을 너무도 닮았거든요."

"난 도저히 그건 견딜 수 없을 게다."

"그렇다면 그런 생각은 안 하시면 되죠. 그런데 저 계집앤 밤에 돌아다니면서 어머니를 걱정시키지 않아요?"

"아니, 걔도 그게 저를 위해서라고, 그래서 언젠가는 내게 감사하게 되리란 걸 알게 된 거야. 내가 문을 잠근 뒤부터 걔는 책을 꺼내 공부하고 있었어. 어떤 때는 밤 11시 무렵까지 방에 불이 켜져 있기도 하단다."

"공부하고 있는지 어떻게 아세요?"

"그런 방에 혼자 앉아 뭐 다른 할 게 있으려구. 책이라곤 여태까지 읽은 적 없었으니까."

"아니에요. 어머니는 모르세요. 그러니 어머니가 어수룩하단 거예요." 이런 걸 큰 소리로 떠든들 무슨 소용이 있겠나. 어머니가 또 울음을 터뜨리게 되는 것뿐일 텐데.

어머니가 위층으로 올라가는 소리가 났다. 어머니는 쿠엔틴을 불렀고 쿠엔틴이 문 저편에서 "왜요?" 하고 말했다. "잘 자거라." 어머니가 말했다. 그리고 문을 잠그는 소리가 들렸고, 어머니는 자신의 방으로 갔다.

내가 시가를 다 피우고 올라갔을 때에도 불은 여전히 켜진 채였다. 열쇠 구멍으로 안을 들여다볼 수 있었으나, 아무 소리도 들리지 않았다. 그녀는 조용히 공부하고 있었다. 학교에서 그렇게 배운 모양이다. 나는 어머니에게 안녕히 주무시라고 인사하고 내 방에 들어가 상자를 꺼내 다시 한 번 돈을 셌다. 위대한 미국의 거세마가 마치 제재소에서 나는 듯한 소리로 코를 골고 있었다. 여자 같은 목소리를 내게 하려고 남자를 거세한다는 얘기를 어디선가 읽은 적이 있다. 그러나 저놈은 제가 무슨 일을 당했는지 아마 모를 것이다. 저놈은 제가 무엇을 하려 애쓰고 있었는지, 버지스 씨가 왜 저를 울타리 말뚝으로 때려 눕혔는지도 모를 것이다. 그리고 마취 상태로 잭슨으로 보내졌더라도 녀석은 달라진 게 뭔지 결코 깨닫지 못했으리라. 하지만 콤슨 가 사람들이 생각해내기엔 너무 단순한 방식일 수도 있겠다. 반쯤 복잡한 것도 충분치 않다. 그 수술을 할 때도 저놈이 뛰어나가 계집애 아버지가 보는 앞에서 계집애를 쫓아갈 때까지 기다려야 했으니까. 그래, 늘 하는 말이지만 집에선 수술하는 게 너무 늦었고, 너무 빨리 그만둔 것이다. 나는 적어도 둘은 더 그런 수술이 필요한 걸 알고 있으며, 그중 한 명은 1마일도 못 되는 곳에 있다. 하지만 그렇게 해도 소용이 있으리라 여겨지진 않는다. 늘 하는 말이지만 한 번 몸을 버린 년은 언제까지나 더러운 년인 거다. 그러나 저러나 빌어먹을 뉴욕 유대놈들이 내게 이래라 저래라 충고하는 걸 듣지 않고 24시간만 보낼 수 있다면. 나는 횡재를 하려는 게 아니다. 그런 건 영리한 투기꾼들 돈을 우려낼 재료로 남겨 두란 말이다. 난 다만 잃어버린 돈을 되찾을 평범한 기회를 바라는 것뿐이다. 그렇게만 되면 이 집에 빌 가(街) 놈들이든 정신병원 놈들이든 불러들여도 좋다. 그중 둘은 내 침대에서 자도 되고 다른 놈은 식탁의 내 자리를 차지할 수도 있을 터다.

1928년 4월 8일

특정 인물의 시선을 거치지 않은 객관적인 서술을 보여 주는 장으로 이제껏 고개를 갸우뚱하게 만들었던 이야기의 윤곽이 비로소 분명해지게 된다.

딜시는 부활절 예배에서 흑인 목사의 설교에 감명받고, 제이슨은 과거 자신이 빼앗긴 일자리에 대한 보상이라 믿는 돈을 훔쳐 가출한 쿠엔틴에게 분노하며 그 뒤를 쫓는다.

황량하고 싸늘한 새벽이 밝았다. 북동쪽에서 비쳐 오는 회색 빛은 움직이는 벽 같아, 수분으로 용해된다기보다는 먼지처럼 독성을 띤 미립자로 잘게 부서지는 듯 보였다. 딜시가 오두막 문을 열고 밖으로 나왔을 때, 그 빛은 안개라기보다는 엷고 아직 완전히 응고되지 않은 기름을 머금은 물질을 쏟으면서, 그녀의 살 속으로 비스듬히 비쳐 들었다. 그녀는 머리에 두른 터번 위에 꺼칠한 검은 밀짚모자를 얹어 놓았고, 자줏빛 실크 드레스 위엔 지저분하고 이름모를 가죽으로 가장자리를 댄 적갈색 벨벳 케이프를 걸치고 있었다. 그녀는 주름 많고 살이 쪽 빠진 얼굴과 흡사 생선 뱃가죽처럼 물렁한, 여윈 한쪽 손을 하늘 쪽으로 쳐들고 잠시 문 앞에 서 있다가, 곧 케이프를 한쪽으로 걷고는 가운 가슴께를 살폈다.

　오랜 세월을 거치며 이제는 고색창연해진 가운은 그녀의 어깨에서 납작한 가슴 위로 축 늘어졌다가 배 언저리에서 몸에 착 붙은 다음 다시 축 늘어져 봄이 다가와 따뜻해지면서 하나하나 벗어버린 속바지 위로 약간 불룩해져 있었다. 한때 그녀는 몸집이 큰 여자였으나, 지금은 배 부근만 부어오른 듯 불룩할 뿐 힘없이 느슨해진 살가죽 속으로 뼈만 앙상해, 마치 근육과 조직이 지녔던 용기와 참을성이 세월과 함께 닳아버려 마침내는 쇠약해질 줄 모르는 뼈만 남아, 졸고 있는 듯 무감각한 내장 위에 하나의 폐허나 경계선처럼 떠올라 있는 것 같았다. 그리고 그런 몸 위에서 뼈가 살 바깥으로 나와 있는 듯한 시든 얼굴이 숙명적으로도, 어린애같은 놀라움과 절망으로도 보이는 표정을 지으며 흐린 하늘 쪽을 향하고 있었다. 그러나 곧 그녀는 돌아서고는 집으로 다시 들어가 문을 닫았다.

문 언저리 땅바닥엔 아무것도 돋아난 게 없었다. 있는 것이라곤 푸른 녹 같은 이끼뿐이었는데, 수세대에 걸쳐 맨발바닥에서 나온 듯한 것으로, 옛 은전(銀錢)이나 손으로 바른 멕시코인들 집의 벽 같았다. 집 옆에는 여름이면 집 쪽으로 그늘을 드리우는 뽕나무가 세 그루 서 있는데, 언젠가 손바닥처럼 넓적하고 평평하게 자랄 깃털 모양 나뭇잎이 불어오는 바람을 타고 단조롭게 흔들리고 있었다. 어디선가 한 쌍의 어치가 날아와 화려한 천이나 종잇조각처럼, 불현듯 불어오는 바람을 타고 올라가 뽕나무에 앉아서는, 좌우로 몸을 흔들며 바람을 향해 쉰 목소리로 울어댔다. 그러나 바람은 그 울음소리를 종잇조각이나 헝겊처럼 잇달아 멀리 실어 가는 것이었다. 이윽고 세 마리 어치가 그들에 합세해 얼마간 휘어진 나뭇가지 속에서 울어대며 몸을 흔들었다. 오두막 문이 열리고 딜시가 다시 모습을 보였는데, 이번엔 남자 중절모를 쓰고 군용 코트를 입고 있었지만, 그 해진 옷자락 밑으로 풀색 깅엄 천 옷이 울퉁불퉁 불룩해진 채 비어져 나와, 마당을 가로질러 부엌으로 가는 계단을 오르는 그녀의 몸 언저리에서 너덜거렸다.

얼마 후 그녀는 우산을 펴 들고 나타났는데, 그 우산을 바람을 향해 비스듬히 받쳐 들고는 장작더미 쪽으로 가서 그대로 내려놓았다. 그러나 이내 그녀는 우산을 꽉 붙들고 바람에 날리지 않게 잠시 누른 채 주위를 둘러보았다. 그리고 우산을 들어 내려놓고 난로 땔감용 장작을 구부정한 팔로 앞가슴에 받쳐 안아 들고는 우산을 간신히 펴서 계단 쪽으로 돌아가, 장작을 떨어뜨리지 않도록 조심스레 몸을 가누어 우산을 접고는 입구 한쪽 구석에 세워 놓았다. 그녀는 난로 뒤쪽에 있는 상자 안에다 장작을 내던졌다. 그러고는 코트와 모자를 벗고 벽에 걸린 지저분한 앞치마를 내려 두른 뒤 난롯불을 피우기 시작했다. 난로 받침쇠를 덜그럭거리며, 뚜껑을 여닫으며 불을 피우는데, 위층에서 콤슨 부인이 그녀를 부르는 소리가 들렸다.

부인은 누빈 검은 공단 화장복을 입고 옷자락을 턱 밑에서 바짝 움켜쥔 채였다. 다른 손엔 빨간 고무 온수통을 들고 뒤쪽 층계 위에 서서 일정한 간격으로 아무 억양 없이 조용한 층계 아래를 향해 "딜시." 하고 부르고 있었다. 층계는 아주 어두웠는데, 창문으로 회색 빛이 비쳐 드는 곳에 이르자 다시 밝아졌다. "딜시." 하는 목소리에는 아무런 억양도, 강조하거나 재촉하는 기색도 없었으며, 마치 대답 따윈 기대하지 않는 듯한 어조가 묻어났다. "딜시."

딜시는 대답하고는 난로를 덜그럭거리던 손을 거두었는데, 그녀가 부엌을 나가기 전에 콤슨 부인은 다시 그녀를 불렀고, 그녀가 식당을 지나 창문으로 스며드는 회색 빛을 받으며 머리를 내밀기까지 한 번 더 부르는 것이었다.

"알았어요. 알았어요, 저 여기 있어요. 물이 데워지는 대로 곧 채워드릴게요." 딜시가 말했다. 부인이 옷자락을 여미고 층계를 오르자 희뿌연 빛은 몸이 만드는 그림자에 완전히 덮여버렸다. "거기 두고 침실로 돌아가세요."

"도대체 어떻게 된 거야. 난 벌써 한 시간 전부터 깨 있었는데 부엌에선 아무런 소리도 들리지 않으니 말야." 콤슨 부인이 말했다.

"마님은 그걸 거기 놓고 침실로 돌아가시라니까요." 딜시가 말했다. 부인은 몸을 구부리고 숨을 헐떡이며, 괴로운 듯 층계를 올랐다. "곧 불을 피워 물을 끓일 테니까요."

"난 적어도 한 시간은 자리에 그냥 누워 있었어. 할멈은 내가 내려가서 불 피우기를 기다린 게 틀림없어."

딜시는 층계 꼭대기까지 올라가 온수통을 받아 들었다. "금방 해드릴게요." 그녀가 말했다. "러스터 녀석이 오늘 늦잠을 잤거든요. 간밤에 서커스 구경가서 밤을 새운 탓이죠. 제가 불을 피울게요. 어서 들어가세요. 그래야 제가 준비 마칠 때까지 다른 식구들이 깨지 않지요."

"할멈 멋대로 러스터가 제 일에 방해되는 짓을 하도록 허락했으니 그만큼 고생하는 건 당연하지. 제이슨이 알게 되면 틀림없이 나무랄걸. 할멈도 그 정도는 알 텐데."

"거긴 제이슨 돈으로 간 게 아니에요. 그것만은 확실해요." 딜시가 층계를 내려갔다. 콤슨 부인은 방으로 돌아갔다. 부인이 다시 자리에 들었을 때도 층계를 내려가는 딜시의 발소리를 들을 수 있었는데, 그것은 몹시 괴롭고 안타까울 정도로 느려서, 만약 식기실 문이 흔들리는 소리에 묻히지 않았더라면 듣는 쪽에서 미쳐버릴 만큼 거슬리는 소리였다.

딜시는 부엌에 들어가 불을 피우고 아침 식사 준비를 시작했다. 그러다 한번 일손을 멈추고 창가로 가서 자기 오두막 쪽을 내다보았는데, 곧 그녀는 문 쪽으로 가서 문을 열더니 잔뜩 찌푸려 있는 밖을 향해 외치는 것이었다.

"러스터!" 하고 소리친 그녀는 바람을 피해 얼굴을 돌린 채, 서서 대답을 기다렸다. "얘, 러스터!" 그녀는 가만히 귀를 기울였다. 그리고 한 번 더 소리치려 할 때 부엌 모퉁이에서 러스터가 나타났다.

"왜요?" 하고 그는 천진하게 대답했는데, 너무도 천진한 반응인 나머지 딜시는 일순간 꼼짝도 않고, 놀라움보다는 어처구니없는 심정으로 그를 내려다보았다.

"너 어디 있었니?"

"아무 데두요. 지하실에 있었는데요."

"지하실에서 뭘 했는데? 비가 오는 데서 그렇게 서 있지 마라, 바보 같은 녀석."

"아무것도 안 했는데요." 그가 계단을 올라왔다.

"장작을 듬뿍 안고 오기 전엔 이 문으로 못 들어올 줄 알아. 내가 네 대신 장작을 날라다 불을 피워야 했어. 지난밤에 저 장작통 가득 장작을 넣어 두라고 내 말하지 않았더냐?"

"제대로 해 놨어요. 저걸 가득 채워 뒀단 말예요." 러스터가 말했다.

"그럼, 그게 다 어디 간 게지?"

"난 모르죠. 난 건드리지 않았으니까."

"아무튼, 이제 장작을 통 가득 채워 두거라. 그리고 위층에 가서 벤지를 봐 줘."

그녀는 문을 닫았다. 러스터는 장작더미 쪽으로 갔다. 어치 다섯 마리가 울면서 집 주위를 날아다니다 다시 뽕나무 속으로 사라졌다. 새들을 바라보던 그가 돌을 주워 던졌다. "훠어이." 그가 외쳤다. "네놈들 보금자리인 지옥으로 꺼지지 못해. 아직은 월요일이 아니라구."

그는 산더미만큼 장작을 안아 들었다. 장작에 가려 앞을 볼 수 없어 비틀거리며 계단에 이르러 간신히 올라갔으나, 그만 발을 잘

못 딛고 부엌문에 쾅 부딪쳐 장작 몇 개를 떨어뜨렸다. 그러자 딜시가 와서 문을 열어 주었고 그는 부엌을 어정어정 건너갔다. "조심해, 러스터!" 그녀가 소리쳤으나, 때는 이미 늦어 러스터는 집이 떠나갈 듯한 요란스런 소리를 내며 장작을 통 속에 던져 넣었다. "휴우!"

"온 집안 식구를 죄다 깨울 참이냐?" 딜시가 말했다. 그녀는 손바닥으로 러스터의 뒤통수를 때렸다. "어서, 위층에 올라가서 벤지 옷이나 입혀 줘."

"네." 하고 그는 밖으로 나가는 문을 향해 갔다.

"어디로 가는 게냐?"

"집을 빙 돌아서 앞문으로 들어가는 게 좋을 것 같아서요. 그래야 칼라인 마님도 다른 식구들도 깨우지 않죠."

"뒤쪽 층계로 올라가란 말이야. 그리고 벤지 옷이나 입혀 주라니까. 자, 어서 올라가."

"알았어요." 러스터는 돌아와서 식당 문으로 나갔다. 그 문은 잠시 동안 흔들리다 멈췄다. 딜시는 비스킷 구울 준비를 했다. 빵반죽판 위에서 천천히 밀가루를 체로 거르며, 판 위에 조금씩 그러나 끊임없이 흰 가루를 떨어뜨리며 그녀는 처음에는 혼잣말처럼 이렇다 할 가락도 가사도 없었지만, 자못 구성진 우수를 곁들여 엄숙하게 되풀이하며 노래를 불렀다. 난로가 실내를 데우기 시작하고, 불이 타오르는 소리로 실내가 가득 차자 그녀의 목구멍도 차츰 올라가는 온기에 녹기라도 하는 듯 노랫소리는 점점 커져 갔다. 그 때 콤슨 부인이 안쪽에서 다시 그녀를 불렀다. 딜시는 마치 자신의 눈이, 벽과 천장을 꿰뚫어, 누빈 화장복 차림으로 층계 위에 서서 흡사 기계인 양 일정한 간격을 두고 자신의 이름을 부르는 부인을 보고 있기라도 한 듯 고개를 들었다.

"원, 세상에." 딜시가 말했다. 그녀는 체를 내려놓고 앞치마를 털고, 손을 닦고는 조금 전에 의자에 놓아 둔 온수통을 집어 들었다. 그리고 앞치마 자락을 모아 겨우 끓기 시작한 주전자 손잡이에 갖다 댔다. "잠깐만 기다리세요. 물이 곧 끓을 거예요." 딜시가 외쳤다.

콤슨 부인이 원한 것은 온수통이 아니었지만, 딜시는 마치 죽은 암탉을 들듯 온수통 목을 잡고 층계 밑으로 가서 위를 올려다보았다.

"러스터는 위층에 벤지하고 같이 있지 않나요?" 그녀가 물었다.

"러스터는 집 안에 없어. 난 자리에 누워 귀 기울여 듣고 있었거든. 러스터가 늦으리란 거야 알았지만 그래도 제이슨이 일주일에 단 하루 늦잠 잘 수 있는 날에 벤저민이 방해가 안 되도록 시간 맞춰 오길 바란 거라구."

"마님은 새벽 참부터 그렇게 복도에 서서 큰 소리를 내시면서 어떻게 다른 사람이 잠을 자길 바라는지 알 수 없군요." 딜시가 대꾸했다. 그녀는 무겁게 다리를 끌면서 층계를 오르기 시작했다. "난 그 녀석을 30분 전에 그리 보냈는데요."

콤슨 부인은 화장복을 턱 밑에서 움켜쥐고, 딜시를 보았다. "할멈이 뭘 어쩌려고?"

"벤지한테 옷을 입혀 부엌으로 데려가려구요. 그러면 제이슨하고 쿠엔틴을 깨울 염려는 없잖겠어요?"

"아직 아침 준비를 시작하지 않은 거야?"

"그것도 곧 해야죠. 마님은 러스터가 방에 불을 피울 때까지 자리에 누워 계세요. 오늘 아침은 추우니까요."

"추운 것쯤이야 알고 있어. 발이 얼음장 같아. 발이 너무 시려 잠이 깬 거네." 부인은 딜시가 층계를 오르는 것을 굽어 보았다. 층계를 오르는 데는 시간이 꽤 걸렸다. "아침이 늦어지면 제이슨이 얼마나 짜증을 낼지 할멈도 알고 있겠지."

"저두 동시에 두 가지를 할 순 없죠. 마님이나 자리에 가서 누우세요. 오늘 아침엔 마님 시중까지도 제가 들어야 하니까요."

"하지만 할멈이 벤저민 옷을 입히느라 다른 일을 다 제쳐 둔다면 나도 내려가서 식사 준비를 해야지 않겠어. 아침이 늦으면 제이슨이 얼마나 야단법석할지 할멈도 잘 알면서."

"마님이 만든 음식을 누가 먹겠어요? 누가 먹을지 알고 싶구먼요. 어서 들어가세요." 하며 그녀는 괴로운 듯 올라갔다. 콤슨 부인은 한손으로는 벽을 짚고 다른 손으로 치맛자락을 움켜쥔 채 올라오는 딜시를 보며 서 있었다.

"할멈은 옷을 갈아입히려고 그애를 일부러 깨우겠다는 거야?"

딜시가 걸음을 멈췄다. 한쪽 발을 다음 계단에 걸쳐 놓은 채, 한손은 벽에 대고 있었는데, 창문으로 비쳐 드는 희뿌연 빛을 등 뒤로 받으며 미동도 않은 채 윤곽이 뚜렷하지 않은 모습이었다.

"그럼, 벤지 도련님은 아직 일어나지 않은 건가요?"

"내가 들여다봤을 땐 그랬어. 하지만 일어날 시간은 지났지. 걘 7시 반이 넘도록 자는 일은 없으니까. 할멈도 알면서 그래."

딜시는 아무 말도 하지 않았다. 그녀는 더 이상 올라가지 않았다. 콤슨 부인에게 그런 모습은 부피가 없는 검은 얼룩으로밖에 보이지 않았지만. 빈 온수통 목을 쥐고, 고개를 약간 숙인 그 모습은 마치 비를 맞고 선 암소처럼 보인다고 부인은 생각했다.

"할멈이 그런 걸 다 참고 견뎌야 하는 사람은 아니지. 할멈 책임이 아니니까. 할멈은 아무 때고 나가면 그만이야. 날마다 비난을 참고 견딜 필요는 없어. 할멈은 그 사람들에게서도, 돌아가신 콤슨 나리한테도 신세진 게 없으니까. 할멈이 제이슨에게 한 번도 부드럽게 대해 준 일이 없는 걸 내 잘 알지. 할멈은 그걸 숨기려고도 하지 않았고 말야."

딜시는 아무 말이 없었다. 그녀는 천천히 몸을 돌려 아이처럼 손으로 벽을 짚으며 한 발 한 발 층계를 내려갔다. "마님은 들어가세요. 벤지 도련님은 내버려 두시고. 그 방엔 들어가지 마세요. 내 러스터를 보는 대로 올려 보낼 테니까요. 이제 벤지는 내버려 두고 어서 들어가세요."

부엌으로 돌아온 그녀는 난로를 들여다본 뒤 앞치마를 머리 위로 홀렁 벗고는 외투를 입고 밖으로 나가는 문을 열어 마당 여기저기를 두리번거렸다. 바람이 매섭게 그녀의 살갗에 닿았으나 마당엔 움직이는 것이라곤 아무것도 보이는 게 없었다. 그녀는 정적을 깨뜨릴까 두려운 듯이 조심스레 계단을 내려가 부엌 모퉁이를 돌았다. 그 때 지하실 문에서 천진한 얼굴을 한 러스터가 불쑥 모습을 드러냈다.

딜시가 걸음을 멈추었다.

"너 뭘 하고 있었냐?" 딜시가 물었다.

"암것두요. 제이슨 나리가 지하실 어디서 물이 새는지 찾아보라구 해서요." 러스터가 말했다.

"너더러 그걸 하랬던 게 언제였는지 알아? 지난 정초였잖아, 아니냐?"

"난 다들 자고 있을 때 찾아보려고 했죠." 하고 러스터가 말했다. 딜시는 지하실 입구로 향했다. 러스터가 비켜 섰다. 그녀는 질척한 흙과 곰팡이, 고무 냄새가 짙게 풍기는 컴컴한 지하실 안을 기웃거리며 들여다보았다.

"흠." 그녀는 러스터에게로 다시 시선을 돌렸다. 그는 악의 없는 천진한 눈으로 그 시선을 받아들였다. "네가 뭘 하고 있었는지는 모르지만, 그 일은 할 필요가 없을 것 같다. 너마저 다른 사람들처럼 나를 괴롭히려는 게냐? 어서 위층에 올라가 벤지나 봐 주거라. 알겠냐?"

"네." 러스터가 말했다. 그는 부엌 계단 쪽으로 재빨리 걸어갔다.

"얘, 러스터! 이왕 붙든 김에 장작이나 한 아름 더 날라다 주려무나."

"네." 그가 대답했다. 그는 계단 위에서 딜시를 지나치고는 장작더미 쪽으로 갔다. 잠시 후 그가 다시 장작더미에 가려 앞을 보지 못해 문에 부딪히자 딜시는 문을 열고 그를 꼭 붙든 채 안으로 데리고 들어갔다.

"저 통 안에 다시 던져 넣을 셈이지. 그냥 던져 넣을 셈인 게야."

"그렇지만, 달리 내려놓을 방법이 없잖아요." 러스터가 헐떡이며 말했다.

"그럼 거기 잠깐 들고 있어." 딜시가 장작을 하나씩 내려 주었다. "오늘 아침엔 무슨 생각을 한 게야? 내가 장작을 가져오라고 보내면 한 번에 여섯 개 이상은 가져오지 않더구나. 도대체 내가 어떻게 해 주길 바라는 게냐? 아직도 서커스단이 떠나지 않은 거냐?"

"아뇨. 가버렸어요."

그녀는 마지막 장작을 통에 넣었다. "아까 말한 대로 이제 벤지한테 가 보거라. 내가 종을 울릴 때까지 아무도 저 층계 위에서 소리치는 걸 바라지 않으니까 말이다. 알아들었겠지?"

"알았어요." 러스터가 흔들리는 문 너머로 사라졌다. 딜시는 장작 몇 개를 난로에 더 넣고 빵 반죽판 앞으로 돌아왔다. 곧 그녀의 노래가 다시 시작되었다.

실내는 점점 따뜻해졌다. 딜시가 요리할 재료를 모으고 조리하며, 부엌 여기저기를 왔다갔다 하는 동안에 그녀의 살갗은 러스터와 엷은 재를 뒤집어쓰고 있었을 때보다 훨씬 깊고 풍부한 빛을 띠게 되었다. 찬장 위 벽에서 밤엔 램프 불빛으로만 보이는, 그때조차 바늘이 하나밖에 없어 깊은 수수께끼라도 간직한 양 보이는 상자 모양 괘종시계가 똑딱거리다 목청을 가다듬기라도 하는 듯 쉬익 소리를 먼저 내고는 다섯 번 종을 쳤다.

"8시로군." 딜시가 말했다. 그녀는 일하던 손을 멈추고 고개를 쳐든 채 귀를 기울였다. 그러나 들리는 소리라고는 시계와 장작 타는 소리뿐이었다. 그녀는 화덕을 열고 빵판을 본 다음 누군가 충계를 내려오는 동안 쭈그려 앉아 한숨 돌리고 있었다. 발소리는 식당을 가로지르더니 이어서 흔들리는 문이 열리고 러스터가 들어왔다. 그 뒤로 덩치 큰 사내가 모습을 보였는데, 사내는 신체 각 부분들이 서로에게 아니면 이를 떠받치는 뼈대에 결합되지 않으려 들거나 결합되지 않은 듯한 외양을 하고 있었다. 생(生)의 기운이 감지되지 않는 그의 피부에는 털이 없었고 부은 듯 보이기도 했다. 그는 길들여진 곰처럼 어기적거리는 걸음으로 몸을 움직였다. 머리카락은 엷은 색으로 부드러웠다. 이마 위까지 부드럽게 빗질된 그것은 흡사 은판 사진 속 어린아이의 머리털 같았다. 눈은 수레국화의 엷고 부드러운 푸른 빛을 닮아 맑았으며, 두툼한 입은 벌어져 침을 조금 흘리고 있었다.

"걔가 추워하든?" 딜시가 물었다. 그녀는 앞치마에 손을 닦고는 사내의 손을 어루만졌다.

"이놈은 안 추울지 몰라도, 난 추워요. 부활절엔 언제나 춥다구요. 춥지 않은 적이 없었어요. 칼라인 마님이 혹 온수통 준비할 겨를이 없거든 그냥 둬도 좋대요." 러스터가 말했다.

"오, 이런 참 그랬지." 딜시는 장작통과 난로 사이 귀퉁이에 의자를 하나 끌어다 놓았다. 사내는 순순히 거기에 앉았다. "식당에 가서 온수통을 가져오거라." 딜시의 말에 러스터가 온수통을 들고 오자 딜시는 끓인 물을 그 안에 채워 그에게 건넸다. "얼른 가지고 올라가거라. 제이슨이 일어났는지 좀 보구. 식사 준비가 다 됐다고들 일러."

러스터가 나갔다. 벤은 난로 곁에 앉아 있었다. 그는 머리 말고는 까딱도 않은 채 늘어진 모습이었다. 그리고 그 부드럽고 멍한 시선이 딜시의 움직임을 쫓는 동안, 끊임없이 머리를 아래위로 끄덕거렸다. 러스터가 돌아왔다.

"제이슨 나린 일어났어요. 칼라인 마님이 아침을 식탁에 차리래요." 그는 난로께로 가서 난로 입구 쪽을 향해 손바닥을 펼쳤다. "그리고 나린 화도 나 있었어요. 두 발로 절 차려고 했다니까요."

"대관절 뭔 일이래냐? 거기서 물러나거라. 네가 난로를 쬐고 있으면 내가 아무것도 못하지 않니."

"하지만 추운걸요."

"저 지하실에 있을 땐 언제고 이제 와 춥단 게냐? 제이슨은 도대체 왜 그러지?"

"나하고 벤지더러 자기 방 유리창을 깼다는 거예요."

"하나라도 깨진 게 있든?"

"그 사람은 그렇게 말하고 있죠. 내가 깼대요."

"낮이고 밤이고 늘 잠겨 있는데 그걸 네가 무슨 수로 깼다는 게냐?"

"내가 돌을 던져서 그걸 깼다잖아요."

"그래, 정말 네가 그랬니?"

"아뇨."

"나한텐 거짓말 말거라."

"난 절대 안 그랬어요. 내가 그랬나 벤한테 물어봐요. 난 그 창문은 자세히 보지도 못했다구요."

"그럼 누가 깼단 게냐? 어쩌면 제이슨이 쿠엔틴을 깨우려고 괜히 떠들어대는 건지도 모르겠구나." 그녀는 비스킷을 구운 판을 화덕에서 꺼내며 말했다.

"나도 그렇게 생각해요. 이 집 사람들은 죄다 이상해. 이런 집에 태어나지 않길 다행이지."

"어느 집에서 태어나지 않았단 게냐? 이 검둥이 녀석아, 잘 새겨 두거라. 네게도 콤슨 가의 마귀가 이 집안 사람 누구 못지않게 들러붙어 있어. 너 정말 그 창문 깨뜨리지 않은 거 맞지?"

"그걸 뭣 땜에 깨겠어요?"

"언제는 네가 장난치는 데 무슨 이유가 있었더냐? 내가 식사를 차릴 동안 쟤가 또 손을 데지 않게 지켜보거라."

그녀는 식당으로 갔고 그녀가 이리저리 부산하게 움직이는 소리가 들렸다. 이윽고 그녀는 부엌으로 돌아와 식탁 위에 접시를 놓고 음식을 담았다. 벤은 침을 흘리면서 나직하고 간절한 소리를 내며 딜시를 바라보았다.

"그래, 얘야. 여기 네 아침이다. 벤지 의자를 가져오거라, 러스터." 러스터가 의자를 옮겨 놓자 벤은 침을 흘리며 낑낑거리면서 앉았다. 딜시가 그의 목에 천 조각을 두르고는 그 끝으로 입을 닦아 주었다. "식사 한 번으로 옷을 버리지 않도록 지켜보거라." 그녀는 러스터에게 스푼을 내주며 말했다.

벤이 낑낑거리는 소리를 멈췄다. 그는 스푼이 자기 입에까지 올라오는 것을 주시했다. 그의 몸속에선 음식을 먹고자 하는 마음조차 근육과 더불어 굳어져 있는 듯했고, 공복감 그 자체도 제 뜻을 펴지 못해 그것이 공복감인지도 모르는 양 보였다. 러스터는 능숙하고도 초연한 태도로 그에게 음식을 먹였다. 때때로 그가 이제 생각났다는 듯 스푼을 가져가는 통에 벤은 허공에 대고 입을 다물었는데, 그런 때 러스터는 마음이 딴 데 가 있는 듯 보였다. 그는 다른 손을 의자 등받이에 대고는 그 무감각한 표면을 만지작거렸는데, 흡사 허공에서 귀에는 들리지 않는 음조를 두드리는 듯싶었다. 그리고 그의 손가락이 도살된 목재로부터 소리는 나지 않으나 복잡한 아르페지오를 퉁기는 동안 한 번은 벤에게 스푼으로 감질나게 하는 것마저 잊어버려 벤이 낑낑대는 소리에 겨우 정신을 차리기도 했다.

식당에서 딜시는 이리저리 왔다갔다 했다. 곧 그녀는 작지만 맑은 소리를 내는 종을 울렸고 그러자 부엌에 있던 러스터는 콤슨 부인과 제이슨이 내려오는 소리를 듣게 되었다. 제이슨의 목소리가 들리자 그는 귀를 기울이며 눈을 휘둥그레 떴다.

"그래요, 저도 걔들이 깨뜨리지 않은 건 알아요." 제이슨이 말했다. "그럼요, 저도 알아요. 아마 날씨가 변해서 깨진 모양이죠."

"하지만 그럴 수 있다고는 생각되지 않는구나." 콤슨 부인이 말했다. "네 방은 종일 잠겨 있어서, 네가 읍내에 있는 동안엔 누구도 들어가지 못하잖니. 일요일에나 청소하러 들어갈까, 그 외엔 아무도 들어가지 않거든. 내가 환영받지 못하는 곳에 들어가려는 사람쯤으로 보이는 것도 원치 않고, 그 밖의 누구라도 그러지 않게 하거든."

"전 어머니가 깼다고 하지 않았어요, 안 그래요?"

"난 네 방에 들어가고 싶지 않다. 난 누구든 사생활을 존중하니까. 행여 열쇠가 있더라도 문턱에도 발을 대지 않아."

"그러실 테죠. 어머니 열쇠는 맞지 않으니까요. 그래서 제가 자물쇠를 바꾼 거예요. 어쨌건 제가 알고 싶은 건 저 유리창이 어떻게 해서 깨졌는가 하는 거예요."

"러스터는 자기 짓이 아니라는데요." 딜시가 말했다.

"녀석한테 묻지 않아도 알아. 쿠엔틴은 어디 있지?"

"일요일 아침마다 있는 곳에 있겠죠. 그런데 도련님은 요 며칠간 어찌 된 거예요?"

"음, 모든 걸 바꾸려는 참이지. 올라가서 쿠엔틴에게 아침 식사다 됐다고 해."

"아가씬 내버려 둬요, 제이슨. 일요일 말고는 아침마다 식사하러 내려오고 칼라인 마님도 일요일만은 늦잠 자도록 허락해 주고 있어요. 도련님도 아시다시피 말예요."

"나로선 말이지, 그 계집애 하나 시중들랍시고 부엌 가득 검둥이 먹여 살리고 싶진 않거든. 가서 아침 먹으러 내려오라고 해."

"아무도 아씰 시중들 필요 없어요. 아씨 몸을 내가 따뜻한 데 두기만 하면 알아서……"

"할멈은 내 말이 안들려?"

"듣고 있죠, 도련님이 집에 있을 땐 무슨 말이건 죄다 듣는답니다. 도련님은 쿠엔틴이나 어머님을 못살게 굴지 않을 때면 러스터와 벤지를 건드리거든요. 마님은 어째서 도련님이 하는 양을 가만 두시는 거죠?"

"할멈은 그애가 하란 대로 하도록 해." 콤슨 부인이 말했다. "지금은 걔가 이 집 가장이니까. 자기가 바라는 대로 우리가 따르길 원하는 건 당연한 권리거든. 나도 그러려고 애쓰고 있어. 내가 할 수 있다면 할멈도 할 수 있는 거야."

"자기 기분이 나쁘다고 그 기분에 맞추도록 쿠엔틴을 깨운다는 건 너무하잖아요. 아마 아씨가 창문을 깼다고 생각하는 게군요."

"그 계집앤 마음만 먹으면 그러고도 남지. 어서 가서 내가 하란 대로 해."

"난 아씨가 그랬다 해도 꾸짖을 맘은 없는데요." 딜시가 층계 쪽으로 가면서 말했다. "도련님은 집에만 있으면 노상 아씨한테 잔소리를 늘어놓으니."

"그만, 딜시." 콤슨 부인이 말했다. "자네나 나나 제이슨한테 이래라 저래라 말할 자격은 없어. 때론 나도 제이슨이 틀렸다고 생각하지만, 다른 가족들 봐서 하자는 대로 하려는 거야. 나도 이렇게 식당으로 내려오는데, 쿠엔틴이라고 못할 건 없지."

딜시가 나갔다. 그들은 그녀가 층계를 올라가는 소리를 들었다. 그 소리는 오랫동안 층계를 울렸다.

"굉장한 하인들이군요, 어머니." 제이슨이 말했다. 그는 어머니와 자기 접시에 음식을 덜었다. "이제껏 죽일 가치가 있는 놈이 하나라도 있었나요? 제가 기억할 만큼 철들기 전이라면 있었을 게 분명하지만."

"난 저들 비위를 맞춰야 한단다. 온통 저들한테 의지하고 있으니까 내가 튼튼했다면 달랐겠지만. 튼튼해지면 좋겠지. 집안일을 모조리 내가 할 수 있었으면 좋겠구나. 그러면 적어도 그만큼 네 짐을 덜게 될 텐데."

"그리고 훌륭한 돼지우리 안에서 살게 되겠죠." 제이슨이 대꾸했다. "서두르라구, 딜시." 그가 소리쳤다.

"네가 날 탓하는 걸 안다. 오늘 모두 교회에 가게 한 게 못마땅한 거지?"

"어디에 간다구요? 그 망할 놈의 서커스단이 아직도 안 떠났나요?"

"교회에 말이다. 흑인들이 오늘 부활절 특별 예배를 보거든.

난 두 주 전에 가도 좋다고 딜시에게 약속했지."

"그러니까 우리가 저녁 때 식은 음식을 먹어야 된단 말이죠? 아니면 아예 안 먹는다거나."

"내 불찰이야. 날 나무라는 것도 무리는 아니다."

"뭣 때문에요? 어머니가 예수를 부활시킨 것도 아니잖아요?"

그들은 마지막 층계를 오르는 딜시의 발소리를 들었고 뒤이어 머리 위로 그녀의 느린 발소리를 들었다.

"쿠엔틴." 딜시가 말했다. 그녀가 맨 처음 그 이름을 불렀을 때 제이슨은 포크와 나이프를 내려놓았고 그와 그의 어머니는 서로 똑같은 모습으로 테이블 너머로 상대방이 입을 열길 기다리는 자세를 취했다. 한 사람은 냉정하고 빈틈없는 표정으로, 만화에 나오는 바텐더처럼 이마 양쪽으로 갈색 머리를 갈고리 모양으로 가른 채, 대리석같이 가장자리가 검은 홍채를 지닌 개암나무 열매와도 같은 눈을 하고 있었다. 다른 한 사람은 쌀쌀맞고 뾰로통한 표정으로 완벽하게 흰 머리카락과 부석부석하고 게슴츠레한 눈을 갖고 있었는데, 눈 전체가 눈동자 아니면 홍채만으로 되어 있는 듯 어두웠다.

"쿠엔틴, 일어나요, 아가씨. 모두 식당에서 기다리고 있어요." 딜시가 말했다.

"그 창문이 어째서 깨졌는지 모르겠구나. 어제 깨진 게 확실하니? 날씨가 따뜻해서 벌써 오래전에 깨진 걸 모르고 있었을 수도 있잖니. 위쪽 차양 뒤니까 말이다." 콤슨 부인이 말했다.

"마지막으로 말씀드리는데, 어제 벌어진 일이에요. 제가 지내는 방도 잘 모를 줄 아세요? 어머니 손이 쑥 들어갈 만한 구멍이 창문에 생긴 것도 모르고 일주일이나 그 방에서 지낼 수 있을 것 같아요?" 제이슨의 목소리는 힘을 잃어 가다 뚝 그치더니, 한순간 그는 공허한 눈으로 어머니를 응시했다. 그것은 마치 두 눈이 숨을 죽이고 있는 듯했는데, 어머니 쪽은 그를 바라보는 동안 축 늘어진 얼굴로 뭔가 한탄하는 양 갈피를 잡을 수 없어, 꿰뚫어 보는 듯하면서도 어딘지 모르게 얼빠진 표정이었다. 그렇게 두 사람이 앉아 있을 때 딜시가 말했다.

"쿠엔틴. 아씨, 장난하는 게 아니라구요. 아침 먹으러 와야죠. 다들 기다리고 있어요."

"이해가 되지 않아. 마치 누가 부수고 들어오려고 한 것 같잖니……" 순간 제이슨이 벌떡 일어났다. 그의 의자가 뒤로 넘어졌다. "왜 그러니……" 하고 콤슨 부인은 자기 옆을 지나 층계를 뛰어 오르는 제이슨 쪽을 보며 말했는데, 층계 위에서 그는 딜시와 마주쳤다. 그늘에 가려 그의 얼굴이 보이지 않았다. 딜시가 말했다.

"아씬 토라져 있어요. 마님은 아직 방 문을 열지……" 그러나 제이슨은 딜시를 지나쳐 복도를 따라 문 쪽으로 달려갔다. 그는 이름을 부르지 않았다. 문 손잡이를 잡고 그대로 열려다가 손잡이를 잡은 채 서서, 문 저편 방보다 훨씬 먼 곳의 무엇인가에 귀를 기울이는 듯 머리를 갸웃했다. 그는 이미 다 알았던 것이다. 그러나 그의 태도는 자신이 이미 들은 것을 부인하며 자신을 속이려 끝까지 귀를 기울이려는 사람 같았다. 뒤에서 콤슨 부인이 그를 부르며 층계를 올라왔다. 그리고 딜시를 보고는 그를 부르다 말고 대신 딜시를 부르기 시작했다.

"마님이 아직 문을 열어 놓지 않았대두요." 딜시가 말했다.

딜시의 말에 그는 돌아서서 그녀 쪽으로 달려왔으나 목소리는 확실히 차분해져 있었다. "그 계집앤 열쇠를 직접 들고 다니는 거야? 그 계집애가 지금 그걸 갖고 있는 거야, 내 말은, 아니면 가지고 다니려는 건지……"

"딜시." 콤슨 부인이 계단 위에서 말했다.

"뭘 말이에요? 도련님은 어째서 그애를……"

"열쇠 말이야. 저 방 열쇠를 그 계집애가 늘 갖고 다니나요, 어머니?" 그리고 그는 콤슨 부인을 보았고 아래로 내려가다 마주쳤다. "열쇠를 주세요." 그가 말했다. 그는 부인이 입고 있는 낡아빠진 검은 드레스 주머니를 뒤지려 덤벼들었다. 그녀가 저항했다.

"제이슨, 제이슨! 너하고 딜시 둘이서 또 나를 앓아눕게 하려는 거냐?" 그녀가 그를 떼어 놓으려 애쓰며 말했다. "일요일에조차 나를 편히 지내게 해 주지 못하는 거야?"

"열쇠요," 제이슨이 부인에게 손을 뻗으며 말했다. "열쇠를 달라구요." 그는 문을 돌아보았는데, 그것은 마치 아직 손에 넣지 못한 열쇠를 찾아 들고 돌아가기 전에 그 문이 행여 열리지나 않을까 기대하는 모습이었다.

"이봐, 딜시!" 콤슨 부인은 옷을 꼭 누르며 말했다.

"열쇠를 달라니까, 이 멍청한 할망구야!" 제이슨이 느닷없이 소리쳤다. 그는 어머니의 주머니에서 중세시대 감옥지기에게나 어울릴 법한 쇠고리에 걸린 커다랗고 녹슨 열쇠 뭉치를 꺼내 들고 복도를 달려갔다. 두 여자가 그 뒤를 쫓았다.

"제이슨!" 콤슨 부인이 말했다. "쟤는 저 방 열쇠를 찾지 못할 거라구. 할멈도 알다시피 난 누구한테도 열쇠를 내준 일이 없으니까." 그리고 부인은 큰 소리로 울기 시작했다.

"울지 마세요. 도련님은 쿠엔틴한테 아무 짓도 하지 않을 거예요. 제가 그렇게 못하게 할 거라구요."

"하지만 주일날 아침 내 집 안에서, 난 저 애들을 독실한 신자로 기르려고 애써 왔건만. 제이슨, 내가 맞는 열쇠를 찾아 주마." 부인은 이렇게 말하고는 제이슨 팔에 손을 얹었다. 다음 그녀는 그와 실랑이를 시작했으나, 그는 팔꿈치로 부인을 밀어버리고 잠시 동안 부인 쪽을 돌아보았다. 쌀쌀맞고 괴로워하는 눈빛이었다. 그리고 다시 문 쪽으로 돌아서서는 육중한 열쇠 뭉치를 만지작거렸다.

"울지 마시라니까요. 이봐요, 도련님!"

"필시 무서운 일이 생긴 거야." 콤슨 부인은 다시 큰 소리로 울면서 말했다. "난 그렇다는 걸 알아. 애, 제이슨," 부인은 다시 그를 붙들며 말했다. "얘가 내 집에서 내가 방 열쇠 하나 찾는 것도 허락하지 않는구나!"

"자자, 무슨 일이 생긴다고 그러세요? 제가 여기 있는데. 도련 님이 쿠엔틴한테 심하게 하지 못하게 할게요." 그녀가 목청을 돋 웠다. "쿠엔틴, 아가씨, 무서워하지 말아요. 내가 여기 있으니까."

문이 안쪽으로 홱 하고 열렸다. 제이슨은 안으로 들어가 잠깐 동안 문을 막고 섰다가 옆으로 비켰다. "들어가세요." 그는 굵지 만 힘 빠진 목소리로 말했다. 두 여자는 안으로 들어갔다. 그 방은 여자의 방이 아니었다. 아니, 누구의 방도 아니었다. 싸구려 화장 품 냄새가 희미하게 남아 있었고, 몇 가지 여자 소지품에다 방을 여성스럽게 꾸미려는 노골적이고도 헛된 노력의 흔적이 엿보였는 데, 그것은 그 방이 누구의 것인지 더욱 알 수 없게 만들 뿐, 생기 없고 틀에 박힌 밀회의 방에서 보게 되는 일시적인 느낌을 더하 고 있었다. 침대는 흐트러져 있지 않았다. 방바닥엔 약간 지나치 다 싶은 분홍색의 값싼 실크 속옷이 더럽혀진 채 뒹굴고 있었고, 반쯤 열린 장롱 서랍 밖으로 스타킹 한 짝이 축 늘어져 있었다. 창 문은 열린 채였다. 집에 바짝 붙어 자라는 배나무 한 그루가 보였 다. 꽃이 한창이었는데, 나뭇가지는 집에 부딪혀 껍질이 벗겨져 있 었으며, 창문으로 들어오는 풍부한 바람은 쓸쓸한 꽃 향기를 방 안으로 날라왔다.

"그것 보세요, 내 쿠엔틴한텐 아무 일 없다고 하잖았어요?" 딜 시가 말했다.

"아무 일 없다구?" 콤슨 부인이 말했다. 딜시는 부인을 따라 방 으로 들어와 그녀를 다독였다.

"마님은 이제 가서 좀 누우세요. 제가 10분 내로 아씰 찾아올 테니까요."

부인이 딜시의 손을 뿌리쳤다. "쪽지 남긴 건 없는지 찾아봐. 죽은 쿠엔틴도 그때 쪽지를 남겼었거든."

"알았어요. 제가 찾아보죠. 마님은 어서 방으로 돌아가세요."

"걔한테 쿠엔틴이란 이름을 지어 줄 때 진작에 이런 일이 일어날 줄 알았지." 콤슨 부인이 말했다. 부인은 장롱 쪽으로 가서 거기에 흩어져 있는 것들─향수병이라든가, 분갑, 잇자국이 남은 연필이며, 분과 루즈로 더럽혀진 스카프 위에 놓여 있는 한쪽 날이 부러진 가위 따위를 들추기 시작했다. "쪽지를 찾아봐 줘." 부인이 말했다.

"제가 하죠. 마님은 어서 가세요. 저랑 제이슨이 찾을 테니, 마님은 방으로 돌아가세요."

"제이슨. 제이슨은 어디 갔어?" 부인이 문 쪽으로 갔다. 딜시가 복도까지 뒤따라가 다른 문 앞에 닿았다. 그 문은 닫혀 있었다. "제이슨." 부인이 문 안쪽을 향해 말했다. 대답은 없었다. 부인은 손잡이를 움직여 본 뒤 다시 제이슨을 불렀다. 그러나 역시 대답이 없었다. 그 때 제이슨은 벽장 밖으로 옷가지며 구두, 옷을 넣은 작은 여행용 가방 등 온갖 것을 내던지고 있었기 때문이다. 그리고 단단히 이어 맞춘 판자 토막 하나를 가지고 나와 그것을 내려놓고는 다시 벽장으로 들어가 이번엔 금속제 상자를 들고 나타났다. 그는 그것을 침대 위에 놓고 주머니에서 열쇠 뭉치를 꺼내 맞는 열쇠를 고르면서, 눈으로는 내내 상자의 부서진 자물쇠를 바라보며 서 있었다. 그리고 또 얼마 동안 골라낸 열쇠를 손에 쥐고 그 망가진 자물쇠를 바라보며 서 있었으나, 겨우 열쇠를 주머니에 다시 넣고 조심스레 상자를 기울여 그 내용물을 침대 위에 놓았다. 여전히 조심스레 한 장 한 장 종이를 집어 들고 흔들면서 골라냈다. 그러고는 상자를 거꾸로 해 흔든 뒤 천천히 종이를 다시 놓고, 상자를 두 손으로 든 채 머리를 숙여 망가진 자물쇠를 바라보며 서 있었다. 창밖으로 어치 몇 마리가 울부짖으며 날아갔고, 그 울음소리는 바람을 타고 사라져 갔으며, 어디선가 자동차 지나가는 소리가 들리다가 그 역시 사라졌다. 문 밖에서 어머니가 그의 이름을 거듭 불렀으나, 그는 움직이지 않았다. 그는 딜시가 어머니를 복도 저편으로 데려가는 소리와 뒤이어 문 닫히는 소리를 들었다. 그러자 그는 상자를 벽장에 도로 넣고 옷가지를 던져 넣고 나서 아래층으로 내려와 전화 있는 데로 갔다. 그가 수화기를 들고 기다리고 섰을 때 딜시가 층계를 내려왔다. 그녀는 그를 보고도 멈춰 서지 않고 그냥 지나갔다.

전화가 연결됐다. "저는 제이슨 콤슨입니다." 하고 말했으나, 굵고 쉰 목소리만 나올 뿐이어서 그는 반복하지 않으면 안 되었다. "제이슨 콤슨입니다." 그는 목소리를 가다듬으며 말했다. "당신이 갈 수 없다면, 부보안관을 태워, 10분 내로 차를 준비해 줘요. 내 그리 갈 테니까요…… 뭐라구요? ……도둑입니다. 저희 집입니다. 누구 짓인지 알아요……도둑이라니까요. 차를 한 대 준비…… 뭐라구요? 당신은 법을 강제하는 대가로 봉급을 받는 게 아닙니까…… 네, 5분 후에 거기로 가죠. 즉시 떠날 수 있도록 차를 준비해 주십시오. 안 그러면 주지사에게 이 일을 보고하겠습니다."

그는 수화기를 덜컥 내려놓고, 거의 손도 안 댄 식사가 식어 가는 식당을 지나 부엌으로 들어갔다. 딜시는 온수통을 채우는 중이었다. 벤은 잠자코 멍하니 앉아 있었다. 그 옆에서 러스터는 사냥 견마냥 눈을 반짝이며 있었다. 그는 뭔가 먹고 있었다. 제이슨은 부엌을 지나갔다.

"아침은 들지 않으실 건가요?" 딜시가 말했다. 그는 들으려고도 하지 않았다. "가서 아침을 들어요, 제이슨." 그는 그냥 걸어나갔다. 밖으로 나가는 문이 그의 등 뒤로 쾅 하고 닫혔다. 러스터가 일어나 창문으로 가서 밖을 내다보았다.

"에이, 위층에서 무슨 일이 있었어요? 나리가 쿠엔틴 아씨를 때렸어요?"

"넌 입 다물고 있거라. 벤지를 울리기만 해. 네놈 목을 비틀어 버릴 테니까. 내 돌아올 때까지 조용히 데리고 있어." 딜시는 온수통을 마개로 틀어막고 나갔다. 그녀가 층계를 오르는 소리가 들리고 이어서 제이슨이 탄 차가 집을 지나가는 소리가 들렸다. 부엌에는 주전자가 덜그럭대는 소리와 시계 소리 말고는 아무 소리도 나지 않았다.

"내가 확신하는 게 뭔지 넌 알아? 제이슨 나리가 쿠엔틴 아씨를 때린 게 분명해. 틀림없이 머리를 때려 놓고 의사를 부르러 간 거야. 틀림없다구." 시계가 엄숙하고 의미심장하게 째깍거렸다. 그 소리는 이 스러져 가는 집 그 자체의 말라빠진 고동 소리였으리라. 잠시 후 시계는 기침하는 듯한 소리를 내고 여섯 번을 쳤다. 벤이 시계를 올려다보더니, 유리창에 비친 러스터의 탄환 모양 머리 그림자를 보고, 침을 흘리면서 또 머리를 끄덕이기 시작했다. 그가 훌쩍거렸다.

"뚝 그쳐, 이 바보야." 러스터는 돌아보지도 않고 말했다. "이쯤 되면 오늘 교회에 가지 못할 것 같은데." 그러나 벤은 의자에 앉아 크고 실팍한 두 손을 무릎 사이로 축 늘어뜨린 채 가냘프게 신음하고 있었다. 그러다 돌연 무슨 뜻인지 모를 질질 끄는 소리로 천천히 울기 시작했다. "그쳐." 러스터가 말했다. 그는 돌아서서 손을 쳐들었다. "한 대 얻어맞고 싶어?" 그러나 벤은 숨을 한 번 쉴 때마다 천천히 우는 소리를 내며 러스터를 바라보았다. 러스터가 다가와 그를 잡고 흔들었다. "당장 그치라구!" 그가 외쳤다. "이봐." 그는 벤지를 의자에서 끌어내 의자를 난로 쪽으로 향하게끔 돌려 놓고는, 난로 화구 뚜껑을 열고 벤을 의자로 밀었다. 그들의 모습은 마치 좁은 선창(船艙)에서 한 척의 예인선이 볼품없는 유조선을 끌고 있는 것과 흡사했다. 벤은 다시 벌건 화구를 마주하고 앉았다. 울음은 그쳤다. 그러자 다시 시계 소리가, 천천히 층계를 내려오는 딜시의 발소리가 들렸다. 딜시가 들어오자 벤이 다시 훌쩍이기 시작했다. 그는 소리를 높였다.

"쟤한테 무슨 짓을 한 거야? 많고 많은 날 중에 왜 하필 오늘 아침 가만히 안 두는 게냐?"

"난 아무 짓도 안 했어요. 제이슨 나리가 놀라게 했다구요. 그래서 저러는 거예요. 나리가 쿠엔틴 아가씰 죽인 건 아니죠, 그렇죠?"

"그치거라, 벤지." 딜시가 말했다. 그가 그쳤다. 딜시는 창문으로 다가가 밖을 내다보았다. "비는 그쳤니?"

"네. 그친 지 꽤 됐어요."

"그럼 너희들 잠깐 밖에 나가들 있거라. 난 이제 칼라인 마님을 진정시켜야 되니까 말이다."

"우리 오늘 교회에 갈 수 있나요?"

"때가 되면 알려 주마. 넌 내가 부를 때까지 애를 집 안에 들이지 않도록 해."

"우리 목장에 가도 돼요?"

"좋도록 해. 집에서 떨어져 있기만 하면 된다. 난 참을 만큼 참았으니."

"알았어요. 할머니, 제이슨 나리는 어디 갔어요?"

"그건 네가 상관할 게 아냐." 딜시가 말했다. 그녀는 식탁을 치우기 시작했다. "그쳐라, 벤지. 러스터가 데리고 놀러 나갈 거야."

"나리가 쿠엔틴 아가씰 어떻게 했어요, 할머니?"

"아무 짓도 안 했어. 어서들 나가래두."

"아가씬 분명히 여기 없어."

딜시가 그를 보았다. "아가씨가 여기 없는 걸 어떻게 알지?"

"나하고 벤지는 어젯밤 아가씨가 창문을 넘어 내려오는 걸 봤거든요. 그렇지 벤지?"

"네가 봤다구?" 딜시가 그를 바라보며 말했다.

"우린 매일 밤 봤는데요 뭐. 그 배나무를 타고 내려가는걸요."

"거짓말이면 혼날 줄 알거라, 검둥이 녀석아."

"난 거짓말 안 해요. 거짓말인가 벤지한테 물어봐요."

"그럼 왜 이제껏 아무 말 않은 게냐?"

"내가 상관할 일이 아니니까요. 나는 백인들 일엔 끼어들지 않을 거니까요. 자, 가자, 벤지. 우리 밖에 나가는 거야."

그들이 나갔다. 딜시는 잠시 식탁 옆에 서 있다가 곧 움직여 아침으로 차린 것들을 치우고는 자신의 식사를 끝내고 부엌을 정리했다. 그러고는 앞치마를 벗어 걸어 놓고 층계 아래로 가서 잠시 귀를 기울였다. 아무런 소리도 들리지 않았다. 그녀는 외투를 입고 모자를 쓰고 오두막으로 건너갔다.

비는 그쳐 있었다. 바람이 남동쪽에서 불어 오고 머리 위로는 군데군데 구름이 걷혀 푸른 하늘이 보였다. 나무와 집의 지붕들과 탑 저편에 보이는 언덕마루에는 빛 바랜 천 조각 같은 햇빛이 비치고 있었는데, 차츰 희미해지는 중이었다. 바람결에 종소리가 실려 오자, 그게 마치 신호라도 되는 양 다른 종들이 잇달아 울려댔다.

오두막 문이 열리고 딜시가 나왔다. 아침과 마찬가지로 적갈색 케이프와 자줏빛 가운을 입고 팔꿈치까지 오는 더러운 흰 장갑을 낀 차림이었으나 터번은 감고 있지 않았다. 그녀는 마당으로 와서 러스터를 불렀다. 그리고 잠시 기다린 뒤에 벽을 따라 집을 돌아 지하실 입구에 이르러서는 안을 들여다보았다. 벤이 계단에 앉아 있었다. 그 앞 축축한 바닥에 러스터가 웅크리고 있었다. 그는 왼손에 톱을 쥐고 있었는데, 톱날은 손의 압력으로 약간 휘어진 채였고, 그리고 지금 30년 넘게 딜시가 비스킷을 만들어 온 나무 메로 그 날을 치려는 참이었다. 톱은 한번 부웅 하는 무딘 소리를 냈지만 소리는 이내 사라졌고, 단지 톱날만이 러스터의 손과 땅바닥 사이에서 가늘고 말끔한 곡선을 그릴 뿐이었다. 움직임 없이 불가사의한 형태로 불룩해진 모습이었다.

"그 녀석은 이렇게 켜던데. 그런데 그 녀석과 같은 걸 찾아내지 못했단 말이지."

"지금 그런 짓을 하고 있었구나? 너 그 메 이리 가져와."

"망가뜨리지 않았어요."

"아무튼 이리 가져와. 그리고 톱은 도로 갖다 둬."

그는 톱을 갖다 놓고 메는 딜시에게 가져갔다. 그러자 벤이 다시 절망적으로 울음소리를 길게 늘이며 소리쳐 울었다. 아무런 의미도 없었다. 그건 단지 소리일 뿐이었다. 그것은 흡사 두 개의 행성이 가까워짐으로 말미암아 모든 시간과 부정, 비애가 한꺼번에 터져 나오는 것처럼 들렸다.

"저 소리 좀 들어 보세요. 잰 할머니가 우릴 밖으로 내보낸 뒤부터 줄곧 저 모양이에요. 오늘 아침엔 유독 이상하다니까요."

"걔를 이리 데려오너라."

"자, 가자, 벤지." 러스터가 말했다. 그는 층계를 내려가 벤의 팔을 잡았다. 그는 울면서, 순순히 따라왔다. 뱃고동 소리처럼, 느릿하고 쉬어 있는 그 소리는, 소리 자체가 생겨 나기 전에 시작된 것 같은, 소리 자체가 멈추기 전에 멎어버린 듯한 그런 소리였다.

"뛰어가서 얘 모자를 가져와라. 소리 내지 말고. 칼라인 마님이 들을라. 서둘러. 벌써 늦었어."

"할머니가 녀석 울음을 그치게 하지 못하면, 어쨌거나 마님한테 들릴걸요."

"여길 나가면 그칠 게다. 얘는 냄새를 맡고 있거든. 그래서 이러는 거야."

"무슨 냄새를요, 할머니?"

"넌 가서 모자나 가져와." 러스터가 곧장 갔다. 남은 두 사람은 지하실 문 앞에 서 있었는데, 벤은 딜시보다 한 계단 밑에 있었다. 하늘의 구름은 거침없이 흘러가며 여러 조각으로 나뉘었다. 구름의 그림자는 손질 안 된 거친 정원에서 부서진 울타리를 넘어 마당을 가로질러 갔다. 딜시는 벤의 머리를 천천히 어루만지며, 이마 위로 머리칼을 말끔하게 정돈해 주었다. 그는 조용하게 천천히 울음소리를 냈다. "울지 마라. 이제 그쳐야지. 곧 나갈 거야. 잠자코 있으려무나." 그는 조용히 끊임없이 울음소리를 냈다.

러스터는 색띠를 두른 빳빳한 새 밀짚모자를 쓰고 헝겊 모자를 손에 들고 돌아왔다. 그 모자는 보는 사람 눈에는 마치 스포트라이트를 비추는 듯 모자 어느 면이나 각도에서도 러스터의 머리를 전혀 다른 무엇으로 보이게 만들었다. 특히나 그 모양이 유별나 얼핏 봐서는 러스터 바로 뒤에 있는 다른 사람의 머리에 씌워져 있는 듯도 했다. 딜시가 모자를 보았다.

"왜 낡은 걸 쓰지 않은 게냐?"

"못 찾았거든요."

"암 그랬을 테지. 간밤에 찾지 못하게끔 궁리를 해 뒀을 테니까. 너는 그 모자를 없애버릴 속셈인 게지."

"에휴, 할머니두. 비는 안 오잖아요."

"네가 그걸 어찌 알아? 가서 헌 모잘 쓰고 와. 그리고 새 건 갖다 두거라."

"아이, 할머니두."

"그럼 가서 우산을 가져오너라."

"에이, 할머니."

"어쨌거나 둘 중 하나야. 헌 모자를 쓰든가, 우산을 가져오든가. 어느 쪽이든 상관없다."

러스터가 오두막으로 갔다. 벤은 조용히 울었다.

"자아, 가자. 다른 사람들은 나중에 따라올게다. 우린 합창을 들으러 가는 거야." 두 사람은 집을 돌아 대문 쪽으로 걸음을 옮겼다. 차도를 걷는 동안에도 딜시는 몇 번이고 "울지 마라." 하며 벤을 달랬다. 그들이 대문에 다다랐다. 딜시가 문을 열었다. 러스터가 우산을 들고 그들을 따라 차도를 내려오고 있었다. 그는 웬 여자와 함께였다. "이제 오는구나." 딜시가 말했다. 그들은 대문을 나섰다. "저기 온다." 딜시의 말에 벤이 그쳤다. 러스터와 그의 어머니가 두 사람을 따라잡았다. 프로니는 밝은 푸른색 실크 드레스를 입고 꽃을 단 모자를 쓰고 있었다. 그녀는 넓적하고 유쾌한 얼굴을 한 호리호리한 체구의 여자였다.

"넌 6주를 일해 번 걸 몸에 다 처발랐구나." 딜시가 한마디 했다. "혹 비라도 오면 어쩔 셈이냐?"

"젖겠죠. 비를 그치게 하는 재주는 없으니까요." 프로니가 말했다.

"할머닌 비 걱정을 달고 산다니까." 러스터가 말했다.

"너희들 걱정을 내가 안 하면, 누가 하겠니. 어서 가자. 벌써 늦었어."

"오늘 설교는 쉬고그 목사님이래요." 프로니가 말했다.

"그래? 어떤 분이라더냐?"

"세인트루이스에서 오셨대요. 굉장한 설교가라네요."

"흠. 이런 데서 필요한 건 무능한 어린 검둥이들한테 하나님이 무섭다는 걸 알려 줄 사람인 게야."

"쉬고그 목사님이 오늘 설교하신대요. 모두들 그렇게 말하던 걸요."

그들은 한길로 접어들었다. 호화로운 백인 무리가 조용하고 길쭉한 거리에서 바람에 실려 오는 종소리를 들으며 간간이 얼굴을 내미는 햇빛을 받으며, 교회를 향해 걸어가고 있었다. 남동풍이 불고 있었는데, 요 며칠 따스한 날씨가 계속된 만큼 한결 매섭게 느껴지는 바람이었다.

"어머니, 벤지를 교회에 데려가지 않는 게 좋겠어요." 프로니가 말했다. "다들 그런 얘길 하거든요."

"어떤 사람들 말이냐?" 딜시가 물었다.

"그냥 그런 말들을 해요." 프로니가 말했다.

"난 그게 어떤 놈들인지 알아. 덜 돼먹은 백인들이지. 그놈들이 틀림없어. 얘가 백인들 교회에 갈 자격이 못 된단 게지. 헌데 흑인들 교회도 마땅치 않단 말이야."

"흑인들도 그렇게 말하던데요, 뭐." 프로니가 대꾸했다.

"그런 놈들은 나한테 데려오너라. 인자하신 하나님은, 영리하건 바보건 상관하지 않으신다고 내 말해 줄 테니. 변변찮은 백인들이나 그런 생각을 하지."

거리가 내리막에서 직각으로 갈라지더니 흙길이 나왔다. 양쪽에서 땅은 더 가파르게 깎여 있었는데, 넓은 평지에는 풍설에 시달린 지붕을 인 작은 오두막들이 길 표면과 같은 높이로 점점이 흩어져 있었다. 오두막은 좁고 풀이 나지 않은 곳에 세워져 있었고, 망가진 물건들과 벽돌, 널빤지며 사기그릇 따위의, 한때는 확실히 쓸모가 있었던 것들이 널려 있었다. 자라는 대로 내버려 둔 잡초에 나무라고는 뽕나무와 아카시아, 플라타너스뿐으로 그런 나무들마저 집들 주위를 더럽고 메말라 보이게 하는 데 한몫하고 있었다. 나무의 움트는 싹은 슬프고도 완고한 9월의 흔적 같아서, 봄은 그것들 곁을 그냥 지나가버려, 주위를 둘러싼 강하고 의심의 여지없는 검둥이들 체취에 기대어 자라도록 내버려 둔 양 보이기도 했다.

문을 나서자 그들이 지나가는 길목에서 검둥이들이 말을 걸었는데, 대개는 딜시를 향한 것이었다.

"깁슨 누님, 안녕하세요?"

"나야 안녕하지. 자네도 잘 지내는가?"

"덕분에 별일 없이 지내죠."

사람들은 오두막을 나와 그늘진 둑을 어기적거리며 올라 길로 나왔다―남자들은 차분한 짙은 갈색이나 검정색 옷에 금시곗줄을 늘어뜨린 차림이었는데 개중에는 지팡이를 든 이도 보였다. 청년들은 값싸고 강렬한 푸른색이나 줄무늬 옷을 입고 자랑스레 모자를 쓰고 있었으며, 여자들은 다소 뻣뻣한 감으로 된 옷을 입고 쉭쉭 소리를 냈다. 아이들은 백인들에게서 받은 헌옷 차림이었다. 그들은 야행성 동물처럼 살피는 눈초리로 벤을 바라보았다.

"넌 분명 저놈을 건드리지 못할걸."

"어째서 내가 못한다는 거야?"

"넌 못해. 무서워하니까."

"저 녀석은 해가 안 된다구. 다만 머리가 돈 것뿐야."

"어째서 바보가 사람을 해치지 않는단 거지?"

"저 녀석은 안 그래, 난 건드려 봤다구."

"지금은 못할걸."

"딜시 할머니가 보고 있으니까."

"안 보고 있어도 못 건드리면서."

"저 녀석은 사람을 해치지 않아. 정신만 돈 거라구."

나이 든 사람들이 딜시에게 자꾸만 말을 걸어 왔는데, 아주 노인이 아니면 딜시는 프로니를 시켜 대답하게 했다.

"어머닌 오늘 아침 기분이 좋지 않으세요."

"그거 안됐구먼. 하지만 쉬고그 목사님이 고쳐 줄 게야. 어머닐 편안하게 하고 무거운 짐을 덜어 주실 테니."

길이 다시 오르막으로 바뀌고, 채색된 무대 배경 같은 경치가 펼쳐졌다. 떡갈나무가 무성한 적토(赤土)로 덮인 산허리에 이르자 길은 잘린 리본처럼 뚝 끊겨 있는 듯 보였다. 길섶에는 비바람에 시달린 교회의, 금방이라도 쓰러질 듯한 첨탑이 흡사 그림처럼 솟아 있었다. 부근은 대체로 평평했는데, 전망이랄 게 없어, 바람 불고 해가 내리쬐는 하늘과 4월, 종소리 가득한 아침나절을 배경으로, 평평한 지면 맨 가장자리에 색칠한 판지(板紙) 한 장을 세워 놓은 듯한 분위기였다. 사람들은 안식일다운 느리고 신중한 걸음걸이로 교회로 향했다. 여자와 아이들은 안으로 들어갔고, 남자들은 종소리가 멎을 때까지 밖에 서서 조용히 무리지어 이야기를 나누었다. 종소리가 그치자 그들 역시 안으로 들어갔다.

교회는 채소밭과 생울타리에서 가져온 꽃이 드문드문 꽂힌 채, 주름진 색종이로 장식되어 있었다. 설교단 위에는 찌그러진 아코

디언 같은 수없이 쳐댄 크리스마스 종이 걸려 있었다. 이미 자리를 잡은 합창단은 덥지도 않은데 부채질에 여념이 없었다. 단상은 비어 있었다.

여자들 대부분은 예배당 한쪽에 모여 있었다. 그들은 이야기를 나누는 중이었다. 종이 한 번 울리자, 그들은 자기 자리로 흩어졌고, 한순간 뭔가를 기대하는 듯 앉아 있었다. 다시 한 번 종이 울렸다. 합창단이 자리에서 일어나 노래를 시작했다. 여섯 명의 어린아이들—바짝 당겨 땋은 머리를 나비 같은 작은 천으로 묶은 소녀 넷과 머리를 짧게 자른 소년 두 명이었는데—이 두 남자 앞에 서서, 흰 리본과 꽃으로 장식된 줄을 잡고 통로를 지나가자, 좌중은 일제히 그쪽으로 고개를 돌렸다. 두 사내 중 두 번째 사람은 거대한 몸집에 짙은 갈색 피부였는데, 프록코트에 흰 넥타이 차림이 자못 의젓했다. 머리는 단정하면서도 의미심장해 보였고, 목은 칼라 위로 두껍게 밀려 올라가 있었다. 그러나 그는 자리에 앉은 사람들에게 익숙한 인물로, 그가 지나간 뒤에도 사람들은 여전히 고개를 돌린 채였으며, 합창단이 노래를 마친 뒤에야 비로소 이 고장을 방문한 목사가 이미 들어와 있었다는 사실을 깨달았다. 자신들의 담임 목사 앞에 서서 입장한 남자가 여전히 앞장선 채로 설교단에 오르는 것을 본 사람들은 한숨도 놀라움도 실망이라고도 할 수 없는 야릇한 소리를 냈다.

방문자는 평균 이하의 키에 추레한 알파카 상의를 입고 있었다. 작고 늙은 원숭이처럼 주름 잡힌 얼굴에 까만 피부였다. 이윽고 합창단의 노래가 다시 시작되고, 여섯 어린이가 일어나 가늘고 겁에 질린 듯 음정이 맞지 않는 작은 소리로 노래를 부르는 동안, 사람들은 위풍당당한 담임 목사의 기에 눌려 시골티를 풍기며 난쟁이처럼 쭈그린 채 앉은 사내를 놀랍다는 듯 주시했다. 더구나 담임 목사가 일어나 우렁찬 목소리로 그를 소개했을 때에도, 사람들은 놀라움과 의혹이 가득한 눈으로 그를 보고 있었기에 호소력 넘치는 담임 목사의 음성은 방문자를 초라하게 만들 뿐이었다.

"저런 사람을 세인트루이스까지 가서 데려왔담." 프로니가 중얼거렸다.

"저런 사람보다 부엌 도구가 하나님 뜻에 합당할 듯싶구나." 딜시가 말했다. "이젠 그치거라. 곧 노래가 다시 시작된단다." 그녀가 벤에게 말했다.

방문자가 운을 떼기 위해 일어났다. 그는 백인처럼 말하는 사람이었다. 목소리는 단조롭고 침착했다. 체구에 비해 목소리가 너무 컸던 탓에 사람들은 처음엔 원숭이가 말하는 걸 듣기라도 하는 양 호기심에 귀를 기울였다. 줄타기하는 사람 보듯 그에게 주목하기 시작했다. 차갑고 억양 없는 목소리라는 줄 위에서 달리고 서고 뛰어 오르는 그의 기교에 사람들은 초라한 외양을 잊어버리기까지 했다. 종국에는 한 번 더 뛰어 오르듯 활주하고는 어깨 높이쯤 되는 설교대에 한쪽 손을 올려놓았다. 그 원숭이 같은 몸이 미라나 빈 그릇처럼 꼼짝도 않고 설교대 옆에 서 있자, 좌중은 집단적인 꿈에서 깨어난 듯 한숨을 내쉬며 자리에서 몸을 약간씩 들썩였다. 단상 뒤에선 합창단이 쉴새없이 부채질을 하고 있었다. 딜시가 "자아, 그쳐요. 금방 노래가 시작될 테니"라고 속삭였다.

그러자 "형제여!" 하는 목소리가 들렸다.

목사는 줄곧 움직이지 않았다. 팔은 여전히 설교대에 걸쳐져 있었고, 목소리가 벽 사이에서 반향을 만들며 잦아드는 동안에도 그 자세 그대로였다. 그 목소리는 먼젓번과는 낮과 밤만큼이나 달랐으며, 알토 호른처럼 구슬픈 음조로 사람들 가슴에 스며들어, 점차 잦아드는 가운데 그 안에서 되살아나 메아리쳤다.

"형제 자매여!" 목소리는 다시 말했다. 목사는 팔을 재차 움직여 뒷짐을 지고는 설교대 앞을 왔다갔다 하기 시작했는데, 그의 여윈 몸은 무자비한 대지와 싸우며 오랜 기간 억눌려 온 듯 구부정했다. "저는 기억합니다, 예수님이 흘린 피를!" 그는 몸을 굽히고 뒷짐을 진 채 꼬여 있는 종이와 크리스마스 종 아래를 쿵쿵 소리를 내며 왔다갔다 했다. 마치 자신의 목소리가 만드는 거듭되는 물결에 씻겨 닳아버린 작은 돌멩이 같았다. 마녀와 같이 그 자신 안에 이를 박은 목소리에 자신의 살점을 내주는 듯싶기도 했다. 사람들은 목소리가 그를 먹어치워 끝내는 그도 없어지고 자신들도 없어지고, 목소리마저 없어져, 대신 마음과 마음이 말 따위는 필요로 하지 않고 그저 노랫가락으로 이야기하게 된 것을 눈으로 보고 있다고 생각했다. 그리하여 설교대에 기댄 그가 원숭이 같은 얼굴을 위로 하고, 초라함과 빈약함을 초월한 채 몸 전체를, 외양은 아무런 가치를 지니지 않는다는 생각을 갖게 하는 고난을 겪는 십자가 위의 예수처럼 해 보이자, 무리에선 긴 탄식이 터져 나왔고, 한 여성은 열에 들뜬 목소리로 "네, 예수님!" 하고 소리치기까지 했다.

햇빛이 머리 위를 스치고 가자, 우중충한 창문이 반짝였는데, 이내 빛은 흔적 없이 사라졌다. 자동차 한 대가 모래밭을 기를 쓰며 헤치고 나와 길을 따라 사라져 갔다.

딜시는 벤의 무릎에 손을 올려놓고 꼿꼿한 자세로 앉아 있었다. 두 줄기 눈물이 푹 꺼진 뺨을 타고 흘러내렸다. 눈물 속에서 그녀의 희생과 극기, 과거가 무수한 빛으로 명멸했다.

"형제 여러분," 하고 설교자는 움직임 없이 쉰 목소리로 나직이 말했다.

"네, 예수님!" 앞서 소리친 여자의 목소리였으나 곧 그쳤다.

"형제 자매 여러분!" 그의 목소리가 호른처럼 다시 울렸다. 그는 설교대에서 팔을 치우고 똑바로 서서 두 손을 들어 올렸다. "저는 예수님이 흘린 피를 기억합니다!" 사람들은 그의 억양과 발음이 돌연 흑인식으로 바뀐 것을 알아차리지 못했고, 그저 그의 목소리가 이끄는 대로 자리에 앉아 살짝 몸을 흔들 뿐이었다.

"길고 힘들었던 시간이…… 오오, 내 말하노니, 형제들이여, 길고 긴 험난한 세월이 흐른 뒤에야…… 난 빛을 보고 말씀을 들었습니다. 가여운 죄인들이여! 전차는 애굽을 떠났습니다. 그리고 많은 세월이 흘렀습니다. 과거 부유했던 이들은 지금 어디에 있습니까? 가난했던 이들은 어디에 있습니까? 오오, 자매여, 내 말하고 있지 않습니까, 그 길고 힘들었던 시간이 지나고서 여러분이 오랜 구원의 젖과 이슬을 얻지 못했다면!"

"예, 예수님!"

"들으십시오, 형제여, 그리고 자매들이여, 때는 올 것입니다. 주여, 불쌍한 죄인들을 주의 곁에 눕게 하소서, 나의 짐을 내려 놓게 하소서, 하고 말하면 주님은 이렇게 대답합니다. 오오, 형제여, 자매들이여, 너희는 예수님이 흘린 피를 기억하고 있느냐? 왜냐하면 나는 천국에 많은 사람을 보낼 수 없는 까닭이다!"

그는 상의를 뒤져 손수건을 꺼내 얼굴을 훔쳤다. 좌중에서 일제히 "으으으으으음!" 하는 소리가 일었다. 먼젓번 여자의 목소리가 말했다. "예, 예수님! 예수님!"

"형제여! 저기 앉아 있는 어린애들을 보십시오. 예수님도 한때는 저러했습니다. 예수님의 어머니도 영광과 고난을 받았습니다. 때때로 밤에 천사들이 자장가를 부를 때, 그녀는 예수를 안고 있었을 겁니다. 밖을 내다보고 로마의 경관이 지나가는 것을 봤을 겁니다." 그는 땀을 훔치며 왔다갔다 했다. "잘 들으십시오, 형제들이여! 나는 그 날을 눈앞에 그려 봅니다. 마리아는 예수를, 아기 예수를 무릎에 앉힌 채 문 앞에 앉아 계셨습니다. 저기 앉은 저 애들 같은 어린 예수를 말입니다. 나는 지금 천사들의 평화로운 노랫소리와 하나님의 영광을 노래하는 소리를 듣습니다. 감긴 예수의 눈과, 마리아가 벌떡 일어나는 것도 병사들의 얼굴도 보입니다. 우리는 죽이러 왔다! 우리는 죽이려고 왔다! 네 아기 예수를 죽이려고 왔다! 내게는 하나님의 구원과 그 말씀을 알지 못했던 가여운 마리아가 슬픔에 잠겨 우는 소리가 들립니다!"

"으으으으으으으으음! 예수님! 아기 예수님!" 그리고 또 다른 사람의 목소리가 들렸다.

"내게도 보입니다. 오오, 예수여! 오오, 내게도 보입니다!" 하는 또 다른 목소리가 분명한 단어 없이 물속에서 거품이 일듯 들려왔다.

"내게도 보여요, 형제 여러분! 내게도 보입니다! 눈이 뒤집힐 듯한 파멸의 장면이 보입니다! 신성한 나무가 자라는 골고다 언덕이 보여요. 한 명의 강도 한 명의 살인자와 죄 없는 자의 모습이 보입니다. 내게는 거만하게 욕을 퍼붓는 목소리가 들립니다. 네가 정말 예수라면 네 십자가를 저리 치우고 걸어 보라! 하고 말합니다. 여인의 울부짖음과 밤의 탄식이, 흐느낌과 울음이 들리고 얼굴을 돌린, 하나님이 보입니다. 그들이 예수를 죽였도다! 그들이 내 아들을 죽였도다!"

"으으으으으음! 예수여! 보입니다. 오 예수여!"

"오, 눈먼 죄인들이여! 형제여, 들으십시오. 하나님께서 전능하신 얼굴을 돌리고 천국을 많은 이들로 채우지는 않겠다고 말씀하신 건 언제입니까! 아들을 잃은 하나님이 천국의 문을 닫는 것이 보입니다. 모든 것을 단번에 삼켜버릴 홍수가 천국과 땅 사이로 밀려듭니다. 어둠과 세대를 거듭해 이어질 죽음이 보입니다. 자, 보십시오! 형제여! 그렇습니다, 형제여! 내가 무엇을 보느냐구요?

내가 보는 것은, 오, 죄인들이여! 내게는 부활과 빛이 보입니다. 인자하신 예수가 그들이 날 죽인 것은 부활시키고자 함이다, 라고 말씀하시는 게 보입니다. 나는 죽을지라도 나를 보고 나를 믿는 사람은 결코 죽지 않을지어다, 하고 말씀하시는 모습이 보입니다. 형제여, 오, 형제들이여! 내게는 심판의 날이 천둥소리가, 황금 나팔이 하나님의 영광을 외치는 것이, 죽은 자 가운데 오직 예수님이 받으신 고난을 기억하고 그 피를 가진 자만이 되살아나는 것이 보입니다!"

웅성대는 사람들과 떨리는 손들 가운데서 벤은 황홀한 표정으로 얌전하게 푸른 눈동자를 굴리며 앉아 있었다. 그 곁에서 딜시는 예수님이 흘린 피를 떠올리며 경직된 몸으로 조용히 울면서 허리를 펴고 앉아 있었다.

사람들이 밝은 정오의 햇빛 속을 걸으며, 무리를 만들어 가벼운 마음으로 모래 덮인 길을 걷는 동안에도 딜시는 다른 사람들 얘기엔 신경 쓰지 않은 채 마냥 흐느끼기만 했다.

"대단한 설교였어! 처음엔 대단해 뵈지 않더만, 굉장하구먼!"

"그인 하나님의 전능함과 영광을 보았다잖아."

"봤고 말고. 그는 봤다구. 자기 눈앞에서 봤다구."

딜시는 말이 없었다. 푹 패인 뺨을 따라 눈물이 구불거리며 흘러내리는데도 얼굴을 움직이지 않았고, 머리를 바로 세운 채 굳이 눈물을 닦으려 하지 않고 걸어갔다.

"어머니, 어째서 울음을 그치지 않으세요? 사람들이 보잖아요.

곧 백인들 곁을 지난다구요." 프로니가 말했다.

"난 처음과 끝을 봤어. 나는 신경 쓸 거 없다."

"처음과 끝이라니요?"

"신경 끄래두. 나는 시작을 봤고, 이젠 종말을 본단 말이야."

큰길에 다다르기 전에 딜시는 걸음을 멈추고 스커트를 걷어 올려 속치마 자락으로 눈물을 닦았다. 그들은 다시 걸어갔다. 벤은 딜시 옆에 나란히 서서 어정어정 걸었다. 그는 우스꽝스런 모습으로 앞서 가는 러스터를 주시했는데, 손에는 우산을 들고 햇빛 속에서 밀짚모자를 비뚜름히 쓰고 있었다. 마치 미련한 큰 개가 영리한 작은 개를 바라보듯 했다. 곧 대문에 이르러 그들은 안으로 들어갔다. 들어가기 무섭게 벤의 칭얼거림이 시작됐는데, 잠시 동안 그들 모두는 집 안쪽 차도를 올려다보며 현관이 허물어져 가는 칠이 안 된 건물로 시선을 가져갔다.

"저기선 오늘 무슨 일이 일어나고 있을까?" 프로니가 입을 열었다. "뭔가가 있어."

"아무 일도 없어. 넌 네 일이나 신경 써. 백인들은 백인들대로 저들 일을 하면 돼." 딜시가 말했다.

"뭔 일이 있다니까요. 난 오늘 아침 맨 먼저 울음소릴 들었거든요. 내가 상관할 건 아니지만."

"난 무슨 일인지 알지." 러스터가 말했다.

"넌 쓸데없는 것만 아는구나. 금방 프로니가 그건 네가 참견할 게 아니라고 한 말 못 들었냐? 넌 내가 점심을 차릴 때까지 벤지를 저 뒤로 데리고 가서 조용히 있거라."

"난 쿠엔틴 아가씨가 있는 델 안다구요."

"그럼 입 다물고 가만 있어. 쿠엔틴한테 네가 필요한 일이 생기면 곧 알려 줄 테니. 자아, 뒤로들 가서 놀거라, 어서."

"저 너머에서 사람들이 골프를 시작하면 어떤 일이 벌어질지 할머니도 아시잖아요."

"얼마 동안은 시작하지 않을 게다. 공 칠 때쯤 되면 티피가 마차를 태워 주러 올 게다. 그 새 모자나 이리 내."

러스터는 모자를 딜시에게 건네고 벤과 함께 뒤뜰을 가로질러 갔다. 벤은 여전히 킁킁댔지만 큰 소리는 아니었다. 딜시와 프로니는 오두막으로 들어갔다. 잠시 후 딜시는 다시 색이 바랜 옥양목 드레스로 갈아입고 부엌으로 갔다. 불은 꺼져 있었다. 집 안은 괴괴했다. 그녀는 앞치마를 걸친 뒤 위층으로 올라갔다. 아무 소리도 들리지 않기는 거기도 마찬가지였다. 쿠엔틴 방은 아침에 놔둔 그대로였다. 그녀는 안으로 들어가 속옷을 줍고 스타킹을 서랍에 집어넣고는 닫았다. 콤슨 부인의 방 문은 닫혀 있었다. 딜시는 잠시 서서 인기척이 나는지 들어 보았다. 이윽고 그녀는 문을 열고 안으로, 장뇌 냄새가 스며 있는 방 안으로 들어갔다. 차양을 내린 탓에 방과 침대가 컴컴해 처음엔 부인이 잠들었다는 생각에 문을 닫으려던 찰나 부인이 입을 열었다.

"뭐지? 무슨 일이야?"

"저예요." 딜시가 대꾸했다.

콤슨 부인에게선 대답이 없었다. 그러다 고개도 돌리지 않은 채 물었다. "제이슨은?"

"아직 안 돌아왔어요. 뭐, 필요한 거라도 있으세요?"

부인은 말이 없었다. 냉담하고 유약한 사람들이 그러듯, 끝내 피할 수 없는 재난과 맞닥뜨릴 때는 어디에서인지는 몰라도 불굴의 의지와 강인함을 찾아내는 그녀였다. 그녀의 경우 그런 강인함은 아직은 짐작할 수 없는 어떤 사건이 반드시 일어나고 만다는 확고한 믿음이었다. "글쎄." 부인이 곧 입을 열었다. "그건 찾았어?"

"뭘요? 무슨 말씀을 하시는 거예요?"

"쪽지 말이야. 적어도 그쯤은 두고 갔을 거야. 하물며 죽은 쿠엔틴도 그랬는데."

"무슨 말씀을 하시는 거예요? 아씬 괜찮다는 걸 모르세요? 어두워지기 전에 이 문으로 걸어 들어올 거라구요."

"과연 그럴까, 그 피가 어디 가겠어? 그 삼촌에 그 조카지. 아니면 지 에밀 닮았든지. 어느 쪽이 더 나쁜진 모르겠지만. 내가 상관할 일도 아니지."

"어째서 자꾸만 그런 말씀을 하세요? 아가씨가 뭣 땜에 그런다는 거예요?"

"모르지. 죽은 쿠엔틴은 뭣 때문이었을까? 도대체 무슨 이유였냔 말이야. 단지 날 조롱하고 상처를 주려고 그랬다고는 생각지 않아. 하나님도 그건 허락하진 않을 거야. 난 귀부인이라고. 자넨 내 자식들의 행실을 보고 믿지 못하겠지만, 어쨌든 난 숙녀라구."

"마님은 기다리시는 게 좋아요. 아가씬 늦어도 밤엔 돌아와요, 바로 저 침대로요." 콤슨 부인은 아무 말도 하지 않았다. 장뇌 냄새가 밴 헝겊이 부인의 이마에 놓여 있었다. 침대 발치에 걸린 검정색 원피스가 보였다. 딜시는 문 손잡이에 손을 얹은 채 서 있었다.

"그런데, 자넨 무슨 용건인 게지? 제이슨과 벤저민 점심 준비를 하려는 거야, 아님 하지 않을 작정이야?"

"제이슨 도련님은 아직 안 돌아왔다니까요. 곧 뭣이든 차릴 거예요. 정말 아무것도 필요한 거 없으세요? 온수통은 아직 따뜻한가요?"

"내게 성경이나 가져다주는 게 좋겠어."

"오늘 아침 나가기 전에 드렸는데요."

"침대 끝에 뒀으니, 그게 여지껏 거기 있겠어?"

딜시는 침대 쪽으로 오더니 그 끝의 어두운 데를 더듬어 뒤집혀진 성경을 찾아냈다. 그녀는 구겨진 책장을 펴서 침대에 다시 올려놓았다. 콤슨 부인은 눈을 뜨지 않았다. 부인의 머리칼과 베개의 색이 같았는데, 장뇌 냄새가 밴 천을 두른 그 모습은 마치 기도하는 늙은 수녀처럼 보였다. "또 거기다 두려고." 그녀는 눈을 감은 채 말했다. "먼저 뒀던 데잖아. 그걸 줍자고 내가 자리에서 일어나야겠어?"

딜시가 침대 저편 넓은 쪽에 성경을 놓았다. "어두워서 글자가

434

안 보이겠는데요. 차양을 좀 올릴까요?"

"아니. 그대로 둬. 가서 제이슨 먹을 거나 준비해."

딜시가 방을 나갔다. 문을 닫고 부엌으로 내려왔다. 난로는 거의 식어 있었다. 거기에 서 있는 동안 찬장 위의 시계가 열 번을 쳤다. "1시구먼." 그녀는 큰 소리로 말했다. "제이슨은 아직도 집에 오지 않는군. 나는 처음과 마지막을 보았지." 식은 난로를 보며 그녀가 말했다. "난 처음과 마지막을 봤다구." 그녀는 식어 빠진 음식을 식탁에 차렸다. 그녀는 왔다갔다 하면서 찬송가를 불렀다. 첫 두 소절을 완벽한 음조로 거듭 되풀이했다. 식사 준비를 끝내고 문으로 가서 러스터를 불렀다. 얼마 후 러스터와 벤이 들어왔다. 벤은 여전히 혼잣말 하듯 칭얼대고 있었다.

"도무지 그치질 않아요." 러스터가 말했다.

"와서 먹거라." 딜시가 말했다. "제이슨은 먹으러 오지 않는구먼." 그들이 식탁에 와 앉았다. 벤은 딱딱한 음식을 혼자서 제법 잘 먹는데, 지금 그 앞에 놓인 건 식은 음식이기에 딜시는 그의 목 주위로 천을 둘러 주었다. 벤과 러스터가 음식을 먹었다. 딜시는 외고 있는 찬송가 두 소절을 흥얼거리며 부엌을 왔다갔다 했다. "어서들 먹어라. 제이슨은 오지 않을 참인가 보다."

그 때 제이슨은 20마일이나 떨어진 곳에 있었다. 집을 나선 그는 읍내로 급히 차를 몰아 안식일을 맞아 천천히 걸음을 옮기는 무리들과 갈라진 하늘을 따라 들려오는 명령하는 듯한 종소리를 추월해 달렸다. 텅 빈 광장을 지나 한층 더 조용해진 좁은 길로 접어들어 웬 목조 가옥 앞에 차를 세우더니 현관까지 이르는 보도 양쪽으로 꽃을 심어 둔 길을 걸어 올라갔다.

방충망 문 저편에서 사람들의 말소리가 들렸다. 그가 노크하려 손을 올렸을 때 발소리가 들리기에 손을 거두었는데, 통 넓은 검은 바지에 가슴께에 풀을 먹인 칼라 없는 셔츠를 입은 큰 체구의 남자가 문을 열었다. 억세고 헝클어진 철회색 머리카락의 사내가 어린 소년처럼 반짝이는 회색 눈을 둥그렇게 뜨고 제이슨을 보았다. 사내는 그의 손을 잡고 줄창 흔들며, 집 안으로 이끌었다.

"어서 와요, 어서 들어와."

"갈 준빈 됐습니까?" 제이슨이 물었다.

"일단 들어오기나 하슈." 하고 상대는 말하더니, 팔꿈치로 제이슨을 밀어 한 남자와 한 여자가 앉아 있는 방으로 들여보냈다. "머틀의 남편은 당신도 알 거요. 버논, 이쪽은 제이슨 콤슨이라네."

"알고 있어요." 제이슨이 말했다. 그는 소개받은 사내 쪽으로 눈길도 주지 않았다. 보안관이 방 저쪽에서 의자를 끌어오자 사내가 입을 열었다.

"할 얘기가 있을 테니 우린 나가 있겠습니다. 일어나요, 머틀."

"그럴 거 없네." 보안관이 말했다. "앉아들 있어. 그리 중요한 얘기 같진 않은데, 안 그런가, 제이슨? 거기 앉게나."

"가면서 말씀드리죠. 모자와 외투를 챙기시죠." 제이슨이 말했다.

"우린 일어나겠습니다." 사내가 몸을 일으켰다.

"앉아 있으래두. 제이슨과 내가 밖에서 얘기할 테니." 보안관이 말했다.

"모자와 외투를 챙기세요." 제이슨이 말했다. "집을 나간 지 벌써 열두 시간이 됐어요." 보안관이 앞장섰다. 지나가던 남녀 한 쌍이 그에게 말을 걸었다. 그는 요란하고 기운 넘치는 제스처로 응수했다. 종이 여전히 울리고 있었다. 니거 할로우라 불리는 부근 쪽에서 들려오는 소리였다. "모자를 챙기시죠, 보안관님." 제이슨이 말했다. 보안관이 의자 두 개를 당겨 놓았다.

"앉아서 무슨 일인지 말해 보게나."

"전화로 말씀드렸는데요." 제이슨이 그대로 선 채 말했다. "시간을 절약하자고 그런 겁니다. 법에 호소해 보안관님이 의무를 억지로라도 수행하게 해야 한단 겁니까?"

"앉아서 무슨 일인지 얘기해 보게. 내가 챙겨 줄 테니."

"챙겨 주다니 뭘 말입니까? 이게 당신이 말하는 챙긴다는 건가요?"

"우리 일을 더디게 하는 쪽은 자네라네. 앉아서 말을 해 보라니까."

사정을 이야기하는 제이슨에게는 상처를 입었다는 자각과 무기력한 감정이 차츰 자라나 얼마 후 자신에 대한 정당화와 자신의 난폭함이 거칠게 쌓여 가는 가운데 그는 서둘러야 한다는 사실을 잊고 말았다. 보안관은 냉정하게 빛나는 눈으로 줄곧 그를 응시했다.

"하지만 그들이 했다는 걸 자네가 어떻게 아나? 그렇게 생각할 뿐이지 않은가?" 그가 말했다.

"어떻게 아냐구요? 난 이틀 동안이나 그놈의 계집앨 쫓아 골목 골목을 다녔다구요. 그놈한테서 떼어 놓으려고 무진 애를 쓰면서 그놈이랑 같이 있는 게 보이는 날엔 내가 저를 어떻게 할지 일러 두기까지 했는데, 보안관님은 그것들이 그랬는지 내가 알지 못한다고……"

"자자, 그만 하면 충분하네." 보안관이 말했다. 그는 주머니에 손을 지르고, 길 저편을 바라보았다.

"그래서 이렇게 법 집행자를 찾아온 건데."

"이번 주엔 못슨에서 서커스가 열린다는군."

"그래요. 내가 만약 법을 집행해달라고 사람들이 뽑은 제대로 된 법 집행관을 찾았다면 나도 지금쯤 거기에 가 있었겠죠." 제이슨은 자신의 난폭함과 무기력에서 실제로 기쁨을 얻기라도 하는 양 대충 요약한 사연을 거듭 되풀이했다. 보안관은 전혀 귀를 기울이는 모양새가 아니었다.

"제이슨, 집에 숨겨 둔 3천 달러로 뭘 하려는 겐가?"

"뭐요? 내가 내 돈을 어디 두든 당신이 참견할 일이 아니잖아요. 당신 일은 그 돈을 되찾도록 날 돕는 겁니다."

"자네 어머닌 자네가 그만한 돈을 가진 걸 알고 계신가?"

"이것 보세요. 우리 집엔 도둑이 들었다구요. 나는 도둑이 누구고 어디 있는지 안다는 거구요. 법률 책임자이기에 당신을 찾아온

겁니다. 다시 한 번 묻겠는데요. 내 재산을 되찾는 일에 노력할 생
각이 있는 겁니까, 아닙니까?"

"그들을 찾아내면 여자애한테 어쩔 셈인가?"

"어쩌긴요. 그냥 두죠. 그 계집애에게 손도 안 댈겁니다. 그 못
된 계집앤 내가 출세할 유일한 기회를 빼앗고, 내 아버지를 죽이
고, 매일매일 내 어머니의 수명을 갉아먹고, 이 고장에서 나를 웃
음거리로 만들었죠. 하지만 난 아무 짓도 안 할 겁니다. 아무것두
요. 절대로."

"자네가 그앨 달아나게 다그치지 않았나, 제이슨?"

"내 식구를 내가 어떻게 다루건 당신이 상관할 문젠 아니죠. 날
도울 겁니까, 아닙니까?"

"자네가 그앨 집에서 내몬 거야. 그리고 그 돈이 누구 것인지
도 의심스럽다네. 그만한 돈이 있었는지도 확실치 않고."

제이슨은 모자 테두리를 비틀며 서 있었다. 그리고 조용히 물
었다. "그러니까 그놈들을 잡는 데 노력할 마음이 없는 거군요?"

"그건 내가 관여할 문제가 아니잖은가. 결정적인 증거가 있다
면야 움직이겠지만. 하지만, 그러잖고서야 내가 끼어들 문제는 아
니라고 생각되네."

"그게 당신의 대답입니까? 잘 생각해 보시죠."

"이게 내 대답이네, 제이슨."

"좋습니다." 제이슨이 말했다. 그는 모자를 다시 썼다. "이 일
을 후회하게 될 겁니다. 난 무력한 사람이 아니거든요. 여기는 러

시아가 아닙니다. 작은 금속 배지 하나 달았다고 법을 피해 갈 수 있는 데가 아니라구요." 그는 계단을 내려가 차에 올라타 시동을 걸었다. 보안관은 제이슨의 차가 움직이기 시작해 방향을 틀어 집을 지나 읍내를 향해 속도를 높이는 것을 지켜보았다. 다시 종들이 스쳐 가는 햇살 속에서 높게 제멋대로 끊어지며 울리고 있었다. 그는 주유소에서 차를 멈추고 타이어를 살피고 연료를 채웠다.

"여행 가시는 모양이죠?" 검둥이가 물었다. 제이슨은 대답하지 않았다. "결국엔 날씨가 갤 것 같군요." 검둥이가 말했다.

"개긴 무슨. 얼어죽을. 12시쯤엔 비가 억수같이 쏟아질걸." 제이슨이 말했다. 그는 하늘을 바라보았다. 머릿속으로 비와 미끄러운 진흙 길과 읍내에서 수마일 떨어진 어딘가에서 오도가도 못하게 된 자신을 떠올렸다. 일종의 승리감이었다. 오늘 식사를 거르게 될 거란 사실, 지금 출발해 급하게 차를 몰면 정오쯤 두 마을 중간쯤에 이를 거라는 생각을 했다. 이런 상황이 자신에게 기회를 주는 듯싶었다. 그래서 그 검둥이에게 이렇게 말했다.

"도대체 뭘 하고 있는 거야? 너 좋을 대로 오래 차를 붙들고 있으라고 돈을 내는 줄 알아?"

"이 타이어엔 바람이 전혀 들어 있지 않은뎁쇼." 검둥이가 말했다.

"그럼 저리 비켜. 내가 바람을 넣을 테니까." 제이슨이 말했다.

"이젠 빵빵해졌구만요." 검둥이가 몸을 일으키며 말했다. "이제 갈 수 있겠네요."

제이슨은 차에 올라 시동을 걸고 그곳을 떠났다. 2단 기어로 달렸는데 엔진이 고르지 못한 소리를 내기에 그는 전속력으로 달리려고 액셀러레이터를 밟고 초커를 과격하게 당겼다 눌렀다. "비가 올 모양이군. 중간쯤 와서 억수같이 내릴 비를 만나다니." 그리고 그는 종소리와 읍내를 뒤로 한 채 차를 몰고 가다 진흙탕에서 쩔쩔매며 마차를 잡으려는 자신을 상상했다. "그 빌어먹을 놈의 것들은 모조리 교회에 가 있겠지." 그는 결국 교회를 하나 찾아 마차 한 대를 가져갈 방법을 생각했다. 그러면 주인이 나와 소리칠 테고 그러면 자신이 쓰러뜨릴 거라고. "이몸은 제이슨 콤슨이야. 할 수 있다면 날 막아 보시지. 나를 붙들 만한 보안관을 뽑을 수 있다면 말이지." 그는 군인들을 데리고 재판정에 들어가 보안관을 끌어내는 장면을 상상하며 말했다. "팔짱을 끼고 앉아 내가 일자릴 잃는 걸 볼 수 있다고 생각하는 거지. 일이 뭔지 내가 가르쳐 주겠어." 그는 자신의 조카도 도둑맞은 돈이 얼마인지도 생각하지 않았다. 어느 쪽도 지난 10년간 그에게 있어 실재하지도 개별성을 갖는 존재도 아니었다. 그 둘은 한데 엉켜 그가 얻기도 전에 빼앗긴 자신의 은행 일자리를 상징한 데 지나지 않았다.

하늘이 밝아졌고, 흘러가는 조각구름의 그림자는 이제 그 이면에 놓였다. 그에게 있어 날이 개어 간다는 사실은 옛 상처를 지닌 채 향하는 새로운 전쟁, 적의 일부에 대한 또 다른 교묘한 일격처럼 느껴졌다. 이따금 그는 교회를 지나쳤는데, 철판으로 된 첨탑이 있는 칠 안 된 골조 건물로, 매어 놓은 마차와 초라한 자동차에 둘러싸여 있었다. 그에겐 그 하나 하나가 이 전투 후위대가 몰래 자기 쪽을 엿보는 초소인 듯 여겨졌다. "빌어먹을 놈들 같으니라고. 나를 막을 테면 막아 보라지." 그는 뒤에서 수갑 채운 보안관을 끌고 가는 자기 병사들을 상상하고, 필요하다면 전능한 신까지도 옥좌에서 끌어 내리는 장면을 떠올렸다. 또한 천국과 지옥 양쪽에서 진을 치고 있는 군대를, 그 틈을 무턱대고 지나 달아나는 조카를 기어코 붙잡는 자신을 상상했다.

바람은 남동쪽에서 불어와 그의 뺨을 연신 스쳐갔다. 줄기차게 이어지는 바람이 머릿속을 뚫고 들어오는 게 느껴지는 듯했는데, 그러다 느닷없이 줄곧 느껴 온 오래된 예감에 사로잡힌 그는 급하게 브레이크를 밟아 차를 세우고는 가만히 앉아 있었다. 그리고 손을 목으로 가져가 저주하기 시작했는데, 그냥 거기 앉은 채로, 쉰 소리로 중얼대는 저주였다. 조금이라도 긴 시간 차를 몰아야 할 때면 그는 장뇌 냄새가 밴 손수건을 지니고 간다. 그리고 지금처럼 마을을 벗어나, 휘발유 냄새를 맡으면 그는 목 언저리에 손수건을 두르는 것이다. 그래서 그는 하나쯤 떨어뜨린 채 잊어버린 손수건이 없는지 보려고 차에서 내려 시트를 들추었다. 양쪽 시트 밑을 살펴본 뒤에 그는 다시 욕설을 뇌까리며, 그 자신의 승리감에 조롱당하는 자신을 바라보며, 잠시 그대로 있었다. 그는 문에 기댄 채 눈을 감았다. 되돌아가 잊고 온 장뇌를 갖고 오든가 아니면 그냥 가든가 할 수 있었다. 어느 쪽이 됐든 머리는 터질 듯 아프겠지만, 허나 일요일엔 집에서 틀림없이 장뇌를 찾을 수 있을 것이었다. 그대로 간다면 찾게 될지 어떨지 확신하기 힘들다. 하지만 되돌아간다면 한 시간 반쯤 늦게 못슨에 도착하게 되리라. "어쩌면 천천히 운전하면 될지도 몰라." 그는 중얼거렸다. "느긋하게 달리는 거지. 뭔가 딴 생각을 하면서……"

그는 차에 올라 출발했다. "뭔가 다른 걸 생각하자." 하고 작정한 그는 로레인을 생각했다. 그는 그녀와 함께 침대에 있는 자신을 떠올렸는데, 그저 그녀 옆에 누운 채 자기를 도와달라고 애원하는 모습이었다. 그러다 다시 돈으로 생각이 옮겨 가 자기가 여자한테, 그것도 어린 계집애한테, 된통 당했다는 생각에 이르렀다. 돈을 훔쳐낸 것이 남자라고 믿을 수 있다면 낫겠다 싶었다. 그러나 빼앗긴 일자리에 대한 보상인 그 돈을, 갖은 노력과 위험을 무릅쓰고 모은 돈을, 바로 빼앗긴 일자리 그 자체를 상징하는 존재에게, 최악의 부류인 마구잡이로 굴러먹은 년한테 도둑맞았으니. 그는 외투 깃으로 얼굴을 향해 줄기차게 불어오는 바람을 막으며, 계속해 차를 몰았다.

그는 자신의 운명과 의지라는 상반된 두 힘이 결정적인 어떤 교차점을 향해 서로 거침없이 다가가고 있음을 알 수 있었다. 그래서 그는 교활해졌다. "바보 같은 짓을 하면 안 되지." 하고 스스로를 타일렀다. 올바른 것은 단 하나뿐이며, 대안 따윈 없다. 그리고 자신은 그 올바른 일을 해야 하는 것이다. 그는 그 두 사람이 자신을 본 즉시 알아봤으리라 믿었으나, 사내가 여전히 빨간 넥타이를 매고 있는 게 아니라면 쿠엔틴을 먼저 찾아야 한다고 생각했다. 그리고 그의 운명이 그 빨간 넥타이에 달려 있다는 사실은, 다가오는 파멸을 뭉뚱그려 보여 주는 것인 양 여겨졌다. 그로서는 거의 그 냄새를 맡을 수 있었던 데다, 머리가 지끈거림에도 불구하고 뚜렷하게 느껴질 정도였으므로.

그는 마지막 언덕에 올랐다. 골짜기에는 연기가 자욱했고 지붕과 나무 위로 솟은 첨탑 한두 개가 보였다. 그는 먼저 천막이 쳐진 곳부터 찾아보자고 다시 스스로를 다짐시키며, 천천히, 언덕 아래로 차를 몰아 읍내로 들어갔다. 이제는 앞을 잘 볼 수가 없었는데, 그는 이것이 곧장 달려 두통을 달랠 뭔가를 구하라고 자신에게 이르는 파멸이란 것임을 알았다. 아직 천막이 쳐진 데는 없다고 주유소에서 만난 사람들이 가르쳐 주었다. 하지만 서커스단이 몰고 온 차들이 역 대피선(待避線)에 세워져 있다고 했다. 그는 역을 향해 차를 몰았다.

천박한 색이 칠해진 풀먼차(쾌적한 설비를 갖춘 침대차―편집자) 두 대가 선로에 서 있었다. 그는 차에서 내리기 전에 그쪽 분위기를 살폈다. 그러고는 가볍게 숨을 쉬려 애썼는데, 솟구쳐오르는 피로 인해 머릿속이 울리지 않게 하기 위함이었다. 그는 차에서 내려 그 차들을 주시하며, 역사(驛舍) 벽을 따라 걸었다. 차창에 축 늘어지고 구겨진 옷가지 두어 벌이 걸린 걸 보니, 막 빨래를 끝낸 모양이었다. 그중 한 대의 계단 옆 땅바닥엔 캔버스 천으로 된 의자 세 개가 놓여 있었다. 허나 인기척이라고는 없었다. 곧 더러운 앞치마를 두른 남자가 문으로 나오더니 큰 동작으로 냄비에 담긴 설거지한 물을 쏟아 버렸는데, 금속 그릇에 닿은 햇빛이 반짝하더니 남자는 다시 안으로 들어갔다.

저 사내가 그들에게 주의를 주기 전에, 불시에 두 놈을 잡아야겠다고 그는 생각했다. 두 사람이 차 안에 없을지도 모른다는 생각은 결코 떠오르지 않은 것이다. 그 둘이 안에 없을지도 모른다고 생각하는 것은, 모든 결과가 그가 먼저 그들을 보든가 그들이 그를 먼저 보든가 하는 데 달려 있는 게 아니라고 생각하는 것은, 모든 사건의 성질과 배치되며, 그 전체적인 리듬과 어긋난다고 판단되었다. 그 이상으로 그가 반드시 그들을 먼저 보고 돈을 가져와야 했다. 그러면 그들이 한 짓 같은 건 그에게는 전혀 문제가 되지 않는 것이다. 반대의 상황에서는 온 세상이 그가, 즉 제이슨 콤슨이 조카 쿠엔틴에게, 멋대로 굴러먹은 년한테, 돈을 도둑맞았다는 사실을 알게 되는 거다.

그는 재차 주변을 살폈다. 그리고 차로 다가가 재빠르고 조용한 동작으로 계단을 오른 다음 문 앞에 멈춰 섰다. 조리실은 어두웠으며 상한 음식 냄새가 코를 찔렀다. 조금 전의 사내가 희뿌옇게 보였는데, 갈라지고 떨리는 테너 음성으로 노래를 부르고 있었다. 나이는 꽤 들었는데 나만큼 크진 않군, 하고 그는 생각했다. 그는 안으로 들어섰다. 사내가 이쪽을 보았다.

"뭐요?" 사내가 노래를 그치며 말했다.

"그 둘은 어딨소? 어서 빨리 대답하쇼. 차에 있나?" 제이슨이 말했다.

"누가 어디에 있다는 게요?" 사내가 되물었다.

"거짓말 할 생각은 마쇼." 제이슨이 말했다. 그는 이것저것 널려 있는 어둠 속에서 발이 걸려 넘어질 뻔했다.

"대관절 뭔 소리요? 누구더러 거짓말쟁이란 게요?" 제이슨이 그의 어깨를 움켜쥐자 남자는 "이봐, 정신차리라구!" 하고 외쳤다.

"거짓말 하지 마. 그놈들 어딨어?" 제이슨이 말했다.

"뭐가 어째! 이 막돼먹은 놈이." 사내가 말했다. 제이슨에게 붙들린 그의 팔은 연약하고 가늘었다. 그는 빠져나가려 애쓰더니, 몸을 돌려 자기 뒤에 있는 너절하게 어질러진 식탁 위를 휘젓기 시작했다.

"이봐, 그들이 어디 있느냐고?" 제이슨이 말했다.

"어디 있는지 내 가르쳐 주지. 고기 써는 칼부터 먼저 찾자구." 사내가 소리쳤다.

"이것 봐," 제이슨은 상대를 붙들려 애쓰며 말했다. "지금 당신한테 묻고 있잖아."

"얼치기 같으니." 상대는 식탁을 휘저으며 소리쳤다. 제이슨은 사내의 하잘것없는 분노를 가라앉히고자 두 팔로 그를 붙들려 했다. 사내의 몸은 몹시 늙은 데다 연약했지만, 전력을 다해 하나의 목적을 이루려는 게 느껴져, 제이슨은 처음으로 자신이 돌진해 가는 파멸의 정체를 분명하고도 명확히 인식하게 되었다.

"그만 하라고! 이것 봐, 내가 나가지. 시간을 좀 달라고, 내가 나간다니까." 그가 말했다.

"어디 거짓말쟁이라 불러 보시지." 상대가 울부짖었다. "좀 놓으라고, 잠깐만 놓으라니까. 내 보여 주겠어."

제이슨은 상대방을 붙든 채, 거친 눈초리로 주위를 둘러보았다. 밖은 지금 밝고 화창하고 생기가 넘쳤으나 인기척은 없었는데, 그는 사람들이 곧 일요일의 식사를 위해 점잖고도 들뜬 기분으로 슬슬 집으로 돌아갈 것을 생각하면서, 이편으로 눈을 돌려 도망갈 여유를 주면 큰일인, 분노로 불타는 이 치명적인 조그만 늙은이를 꼼짝 못하게 하려고 버둥거리는 자신을 돌아봤다.

"내가 밖으로 나갈 때까지 그 칼을 내려놓겠소? 어때요?" 그가 말했다. 그러나 상대방이 여전히 몸부림치기에 제이슨은 한쪽 손을 놓고 사내의 머리를 때렸다. 서투르고 조급한 타격으로, 세지는 않았으나, 상대는 이내 비틀거리더니 냄비며 양동이를 치면서 마룻바닥에 쓰러졌다. 제이슨은 씩씩대며 귀를 기울인 채 서서 그를 굽어보았다. 이윽고 그는 몸을 돌려 차에서 달려 나갔다. 문 앞에서 정신을 차리고 천천히 내려가다가 그 자리에 다시 섰다. 그는 헉헉거리며 숨을 쉬면서, 이쪽저쪽 두리번거리며 가쁜 숨을 가라앉히고자 가만히 서 있었다. 그 때 뒤에서 나는 질질 끄는 발소리에 놀라 돌아보니 그 자그마한 늙은이가 녹슨 도끼를 높이 쳐들고, 볼품은 없었지만 분노를 불태우며 뛰어나오는 참이었다.

그는 아무런 충격도 느끼지 않은 채 도끼를 붙들었으나, 자신이 넘어지고 있음을 알았다. 이렇게 끝나는 거구나, 하고 생각하면서, 이제 거의 죽음에 이르렀다고 믿었으므로, 그는 뭔가가 세게 뒤통수에 부딪쳤을 때 어째서 이런 델 때린 거지, 하고 생각했다. 어쩌면 사내가 친 것은 그보다 오래전으로, 이제 그걸 느낀 것뿐이라고 생각했다. 그리고 서둘러, 서두르라고, 이런 건 얼른 끝내버리는 거야, 하고 되뇌었다. 그러나 다음 순간 죽지 않겠다는 불타는 욕망이 그를 붙들었다. 곧 그는 저항했으며, 귀로는 그 늙은이가 울부짖으며 갈라지는 목소리로 욕을 퍼붓는 소리를 듣고 있었다.

사람들이 그를 일으켜 세웠을 때에도 그는 여전히 몸부림치고 있었으나, 사람들에게 붙들리자 이내 멈추었다.

"피가 많이 납니까? 내 뒤통수 말이오. 피가 납니까?" 그는 자신이 빠르게 끌려가는 걸 느끼고, 늙은이의 성나고 가느다란 목소리가 차츰 뒤로 멀어져 가는 것을 들으며 거듭 이렇게 말하고 있었다. "내 머리 좀 봐 줘요. 기다리라고요, 나는……"

"기다리긴, 뭘 기다려." 그를 붙든 사내가 말했다. "저 성질 고약한 영감이 당신을 죽이려 들고 있다구. 잠자코 가쇼. 당신은 다치지 않았으니까."

"하지만 놈이 날 쳤다구요. 피가 나지 않습니까?" 제이슨이 말했다.

"잠자코 가래두." 상대방이 말했다. 그는 제이슨을 이끌어 역모퉁이를 돌더니, 급행 화물차가 서 있는 인적 없는 플랫폼으로 데려갔다. 곧게 자란 꽃들로 둘러싸인 부지 안에 뻣뻣한 풀이 자라고 있었는데, 전기 불빛으로 만들어진 광고판 하나가 보였다. '못슨에서 👁 떼지 마시오.' 광고판에는 이렇게 쓰여 있었다. 가운데에 전기 눈동자를 가진 눈이 들어가 있었다. 사내가 그를 봐 주었다.

"자아, 여기서 나가쇼. 우물쭈물하지 말고 도대체 뭘 하려던 거였소? 자살이라도 할 셈이었나?" 사내가 말했다.

"난 사람 둘을 찾는 중이었어요. 난 그저 그들이 어디 있는지 물었을 뿐이오." 제이슨이 말했다.

"찾는 게 누구요?"

"계집 한 명에, 사내놈 한 명. 놈은 어제 제퍼슨에서 빨간 넥타이 맸었죠. 이 서커스단 사람입니다. 그들이 내 돈을 훔쳤다구요."

"아아, 당신이 바로 그 사람인 게로군. 하지만 그 사람들 여기 없는데."

"나도 그렇게 생각해요." 제이슨은 벽에 기대 뒤통수에 손을 대 보고는 손바닥을 보았다. "피가 났다고 생각했는데, 그 도끼에 맞았다고 생각했거든요."

"당신은 레일에 머릴 부딪힌 거요. 돌아가는 게 좋을 거요. 그들은 여기 없수다."

"그래요. 그 늙은 양반도 그렇게 말하더군요. 난 그게 거짓말이라고 생각했습니다."

"내가 거짓말 하는 걸로 보이오?"

"아닙니다. 그들이 여기 없단 걸 나도 알겠어요."

"내가 그놈한테 썩 꺼져버리라고 했지. 둘 모두에게 말이야. 내 서커스에 그런 놈은 필요 없거든. 난 훌륭한 팀을 데리고 훌륭한 서커스를 운영하고 있수다."

"그럴 테죠. 그들이 어디로 갔는진 모릅니까?"

"모르지. 알고 싶지도 않고, 우리 서커스 단원 누구라도 그런 재주를 못 부리외다. 당신은 그 여자의……오빠요?"

"아닙니다. 그건 중요치 않습니다. 난 그들을 만나고 싶은 것뿐 입니다. 내가 맞지 않은 게 확실합니까? 피가 나지 않느냐는 말입니다."

"내가 때마침 거길 가지 않았더라면, 흘렸겠지. 자자, 여기서 물러가쇼. 저 얼치기놈이 당신을 죽일 테세니까. 저쪽에 있는 게 당신 차요?"

"네."

"그럼 얼른 타고 제퍼슨으로 돌아가슈. 행여 그들을 발견한대두 내 서커스에선 아닐 거요. 난 훌륭한 서커스를 운영하니까. 그래, 그들이 당신을 털었단 게요?"

"아뇨. 그런 건 아무래도 좋아요." 제이슨은 자동차로 다가가 올라탔다. 이제 뭘 어째야 하지? 그는 생각했다. 그리고 기억을 더듬었다. 그는 시동을 걸어 천천히 운전해 가다가 마침내 약국을 하나 발견했다. 문은 잠겨 있었다. 그는 문 손잡이를 잡고 머리를 약간 숙인 채로 잠시 서 있었다. 그러다 고개를 들고 돌아보니 잠시 후 걸어 오는 사내가 있어 그는 사내에게 근처에 문을 연 약국이 있는지 물었으나, 없다는 대답이 돌아왔다. 그는 그러면 북쪽행 기차는 몇 시에 떠나느냐고 물었더니 사내는 2시 30분이라고 말했다. 그는 보도를 건너 다시 차에 올라 그대로 앉아 있었다. 잠시 후 검둥이 두 명이 지나갔다. 그는 그들을 불러 세웠다.

"둘 중 누구 운전할 줄 아냐?"

"네, 그럼요."

"그럼 날 곧장 제퍼슨까지 태워다 주는 데 얼마면 되겠냐?"

그들은 중얼대며 서로를 바라보았다.

"내 1달러 내지." 제이슨이 말했다.

그들이 다시 소곤거렸다. "그걸로는 못 가요." 한 놈이 말했다.

"그럼 얼마면 가겠어?"

"너 갈 수 있어?" 한 놈이 물었다.

"난 할 일이 있어." 다른 놈이 말했다. "넌 어째서 안 되냐? 넌 할 일이라곤 없잖아."

"아냐, 있어."

"무슨 일인데?"

그들은 히죽거리며 다시 저들끼리 소곤거렸다.

"그럼 2달러 주지. 둘 중 누구라도 좋아." 제이슨이 말했다.

"나도 할 일이 있어 안 되겠어요." 처음 녀석이 말했다.

"좋아. 그럼 가거라."

그는 얼마간 그렇게 앉아 있었다. 그는 30분을 알리는 소리를 들었다. 그러자 일요일의, 부활절 옷차림을 한 사람들이 지나가기 시작했다. 어떤 이는 지나가며 그를, 작은 자동차 안 핸들 뒤에 조용히 앉은 사내를 보았다. 남자의 보이지 않는 삶이 닳고 닳은 양말마냥 그 주변으로 풀어져 나와 있는 모습이었다. 사람들은 계속해 걸음을 옮겼다. 잠시 후 작업복 차림의 웬 검둥이가 다가왔다.

"제퍼슨으로 가려는 분이 당신입니까?" 그가 물었다.

"그래. 자넨 얼마 받겠나?" 제이슨이 말했다.

"4달러요."

"2달러 주지."

"4달러 밑으로 안 되겠는뎁쇼." 남자는 차 안에 조용히 앉아 있었다. 그는 상대를 보고 있지도 않았다. 검둥이가 말했다. "태워다 드릴까요, 말까요?"

"좋아. 올라 타라구."

제이슨이 자리를 옮겼고 검둥이가 핸들을 잡았다. 그는 눈을 감았다. 제퍼슨에선 약을 구할 수 있어, 하며 그는 차의 진동에 몸을 내맡겼다. 거기 가면 뭐라도 구할 수 있어. 차는 길을 따라 부지런히 달렸다. 그 길을, 사람들은 평화롭게 집 쪽으로, 주일날의 식사를 향해 방향을 바꾸며, 읍내를 벗어나는 중이었다. 그는 그 일을 생각했다. 벤과 러스터가 부엌 식탁에서 식은 점심을 먹는 집을 생각하지 않았다. 무엇인가—연속되는 불행 속에 재난과 위협이 부재한다는 것—가 그로 하여금 그의 삶을 다시 시작해야만 할 제퍼슨을 언젠가 본 적 있는 여느 장소처럼 잊어버리게 만든 것이다.

벤과 러스터가 식사를 끝냈을 때, 딜시는 그들을 밖으로 내보냈다. "넌 4시까지 앨 가만히 내버려 두고 지켜봐야 한다. 그 때쯤 티피가 올 테니."

"네." 러스터가 말했다. 그들은 밖으로 나갔다. 딜시는 자신의 식사를 마치고 부엌을 치웠다. 그리고 층계 밑으로 가서 귀를 기울였으나 아무 소리도 들리지 않았다. 부엌으로 돌아온 그녀는 바깥 문으로 나와서는 계단 위에 섰다. 벤과 러스터는 보이지 않았다. 그러나 거기 서 있는 동안 지하실 문 쪽에서 또다시 쾅 하는 둔한 소리가 들리기에 문으로 가서 들여다보니 눈앞에 펼쳐진 것은 아침과 같은 광경이었다.

"그 사람은 꼭 이렇게 했는데." 러스터가 말했다. 그는 움직이지 않는 톱을, 그래도 희망을 버리지 않는 태도로 바라보았다. "난 아직도 제대로 두들기는 법을 찾지 못했다구." 그가 말했다.

"여기 와도 그런 건 찾지 못할 거다. 볕을 쬐게 걔를 데리고 나와. 전에 이 축축한 바닥에 있다 폐렴에 걸렸잖아." 딜시가 말했다.

그녀는 기다리고 서서 그들이 뜰을 지나 울타리 근처 삼나무 숲으로 가는 것을 지켜보았다. 그러고는 오두막 쪽으로 걸음을 옮겼다.

"이제, 울기 시작했담 봐. 오늘은 너한테 충분히 시달렸다구." 러스터가 말했다. 거기엔 나무 널에 쇠줄을 꿰어 만든 그네가 하나 있었다. 러스터는 그 그네에 드러누웠으나, 벤은 멍청하니 목적 없이 계속 걸었다. 그는 다시 홀쩍대기 시작했다. "어서 그쳐. 때려 줄 테야." 러스터가 말했다. 그는 그네에 등을 대고 누웠다. 벤은 벌써 그쳤으나, 러스터에게는 홀쩍이는 소리가 들렸다. "너 그칠 거야, 안 그칠 거야?" 그가 일어나 쫓아가 작은 흙더미 앞에 쭈그리고 앉아 있는 벤에게로 왔다. 무덤 양 끝에 한때는 독약이 들었던 푸른 유리병이 꽂혀 있었다. 한쪽 병엔 시든 흰독말풀 줄기가 들어 있었다. 벤은 느리고 뚜렷하지 않은 소리를 내면서 그 앞에 쭈그리고 앉아 있었다. 여전히 신음하며 주변을 더듬어 잔가지 하나를 찾아 들고는 그걸 다른 병에 꽂았다. "왜 그치지 않는 거야? 정말 내가 실컷 울게 만들어 줘? 내가 이렇게 하면 어떨까." 러스터가 무릎을 꿇고 병을 싹 가로채 가서는 뒤에다 감추었다. 벤의 신음 소리가 그쳤다. 그는 병이 꽂혀 있던 작게 패인 곳을 들여다보며 쭈그리고 앉았다가, 가슴 가득 숨을 들이쉬었는데, 그러자 러스터가 병을 그 앞에 내밀었다. "그쳐! 울지 마. 울지 말라구. 여기 있잖아. 보이지? 여기 있으면 또 울음을 터뜨릴 거야. 자, 가자, 그치들이 공을 치기 시작했는지 어떤지 보러 가자." 그는 벤의 팔을 잡아 일으켰다. 그리고 두 사람은 울타리로 가 거기 나란히 서서, 아직 꽃이 피기 전인 얽혀 있는 인동덩굴 틈새를 들여다보았다.

"저 봐. 저기 몇이 오는걸. 보이지?"

그들은 네 명이 두 패로 갈라져 번갈아 치면서 그린에 들어왔다 나가서는, 높직한 평지 쪽으로 이동해 드라이브 샷을 날리는 것을 지켜보았다. 벤은 홀쩍이고 침을 흘리며 보았다. 네 사람이 앞으로 나아가자 그도 고개를 까닥이며 끙끙대면서 울타리를 따라갔다. 한 사람이 말했다.

"이봐, 캐디. 가방을 이리 가져와."

"그치라구, 벤지." 러스터가 말했다. 그러나 벤은 뒤뚱대는 걸음으로 울타리에 매달려 걸으며, 절망적이고 쉰 목소리로 울어 댈 뿐이었다. 그 사람은 공을 치면서 앞으로 나아갔고, 벤은 그 사람과 보조를 맞춰 따라가다 울타리가 직각으로 꺾이는 지점에 이르러서는 울타리에 매달린 채, 사람들이 멀어져 가는 모습을 바라보았다.

"이젠 조용히 할 거지? 이제 그칠 거야?" 러스터가 벤의 팔을 흔들었다. 벤은 끊임없이 쉰 소리로 울면서 울타리에 매달려 있었다. "너 안 그칠 거야? 아니면 그칠래?" 벤이 울타리 너머를 물끄러미 응시했다. "좋아, 그렇담 말이지, 뭔가 울 만한 게 필요하겠지?" 그는 그의 어깨 너머로 집 쪽을 바라보았다. 그러고는 속삭였다. "캐디야! 자, 울라구. 소리질러. 캐디다! 캐디야! 캐디!"

잠시 후 벤의 소리가 멎은 틈으로 러스터는 딜시가 부르는 소리를 들었다. 그는 벤의 팔을 잡고 마당을 지나 그녀에게로 갔다.

"그러니까 이 녀석은 조용히 하지 않을 거라고 했잖아요."

"이런 몹쓸 놈! 애한테 뭔 짓을 한 게냐?"

"아무 짓도 안 했어요. 저 사람들이 공을 치기 시작하면, 울기 시작할 거라고 했잖아요."

"이리 오너라. 울지 마, 벤지. 이제 그쳐야지." 그러나 그는 그
치려 하지 않았다. 세 사람은 마당을 빠르게 가로질러 오두막으로
가서 그 안으로 들어갔다. "뛰어가 그 신발을 가져오너라." 딜시
가 말했다. "칼라인 마님께 방해되지 않게 하고. 마님께서 뭐라시
면 내가 벤지를 데리고 있다고 해. 자, 어서 가. 그만한 일은 바로
할 수 있겠지." 러스터가 나갔다. 딜시는 벤을 침대로 데려가 옆
에 앉히고 그를 안아 앞뒤로 흔들며, 스커트 자락으로 침이 흐르
는 입을 닦아 주었다. "자, 그만." 그녀는 그의 머리를 쓰다듬으
며 말했다. "울지 마라. 딜시가 여기 있잖니." 그러나 그는 눈물도
흘리지 않고 느리고 비참하게 울어댔다. 태양 아래 모든 소리 없
는 비참함을 드러내는 침통하고 절망적인 소리였다. 러스터가 흰
공단 슬리퍼를 가지고 돌아왔다. 그것은 이제 누렇게 바래고 찢어
지고 더러웠는데, 그들이 벤의 손에 그걸 쥐어 주자, 그는 잠시 울
음을 그쳤다. 그러나 여전히 훌쩍였고, 곧 다시 소리를 돋우었다.

"티피를 찾아올 수 있겠니?" 딜시가 말했다.

"세인트존에 간다고 어제 그러던데요. 4시에 돌아온댔어요."

딜시는 벤의 머리를 쓰다듬으며, 몸을 앞뒤로 흔들었다.

"그렇게나 늦는대, 원 세상에. 그렇게 오래 걸려."

"나도 마차는 몰 수 있어요, 할머니." 러스터가 말했다.

"넌 모두 죽여버릴 게다. 괜히 그런 소릴 해 보는 게지. 나도 네
가 정말로 그런 소릴 할 만큼 바보는 아닌 걸로 안다만. 널 믿을

수가 없거든. 이젠 그쳐야지. 조용히 해. 조용히."

"아뇨, 진심인데요. 난 티피를 태우고 벌써 몰아 본걸요." 딜시는 벤을 안은 채 앞뒤로 몸을 흔들었다. "칼라인 마님이, 혹시 할머니가 얘를 달래지 못하면 자기가 일어나서 그치게 하겠대요."

"그치거라, 응?" 딜시가 벤의 머리를 쓰다듬으며 말했다. "얘야, 러스터, 이 늙은 할미를 생각해서 마차를 제대로 몰 수 있다는 게냐?"

"그렇다니까요. 난 티피만큼 한다구요."

딜시는 몸을 앞뒤로 흔들며 벤의 머리를 쓰다듬었다. "난 할 수 있는 만큼 다 하고 있어. 그건 하나님도 아시지. 그럼 가서 마차를 가져오거라." 그녀가 일어나 말했다. 러스터가 황급히 뛰어나갔다. 벤지는 슬리퍼를 쥔 채 울고 있었다. "이제, 그치거라. 러스터가 마차를 가지러 갔다. 널 묘지에 태워다 줄 게야. 굳이 네 모자를 쓸 필요는 없단다." 그녀는 방 한쪽 구석에 옥양목 커튼을 쳐서 만든 벽장으로 가서 자기가 쓰던 펠트 모자를 가져왔다. "사람들이 알게 되면 우린 지금보다 더 안 좋게 돼. 너는 어쨌거나 주님의 자식이야. 나도 오랫동안 그랬고 예수님을 찬양해야지. 여기 있다." 그녀는 그 모자를 벤에게 씌우고 상의 단추를 채웠다. 그는 끊임없이 울어댔다. 그녀는 그에게서 슬리퍼를 빼앗아 던져버리고는 그를 데리고 밖으로 나갔다. 러스터가 다 늙은 백마가 끄는 한쪽으로 기울어진 마차를 몰고 왔다.

"너 조심할 거지, 러스터?"

"네." 그녀는 벤이 뒷자리에 앉는 걸 거들었다. 그는 울음을 그친 뒤였으나 이제 다시 훌쩍이기 시작했다.

"녀석이 좋아하는 꽃이에요. 잠깐 내가 하나 줘야지."

"넌 바로 앉아 있어." 딜시가 말했다. 그녀가 러스터 쪽으로 가서 고삐를 잡았다. "얼른 하나 꺾어다 주려무나." 러스터는 집을 돌아, 정원 쪽으로 달려갔다. 그는 수선화 한 송이를 손에 들고 돌아왔다.

"그건 꺾인 거잖니. 왜 제대로 된 걸 갖다 주지 않는 게냐?"

"이거 하나밖에 없었어요. 금요일에 교회 꾸민다고 다들 꺾어 갔거든요. 잠깐 있어 봐. 내가 제대로 해 줄게." 딜시가 고삐를 잡고 있는 동안 러스터는 줄기에 작은 나뭇가지를 대고 끈으로 두어 번 묶은 꽃을 벤에게 주었다. 그리고 마차에 올라 고삐를 잡았다. 딜시는 여전히 고삐를 쥔 채였다.

"너 이제 가는 길 알지? 길을 따라 올라가서 광장을 돌아 묘지까지 갔다가 곧장 집으로 돌아오는 거다."

"예." 러스터가 말했다. "이려, 퀴니."

"조심하거라, 알았지?"

"알았어요." 딜시가 고삐를 놓았다.

"이려, 퀴니."

"이리 다오. 채찍을 내게 줘."

"아이, 할머니두."

"이리 달라니까." 딜시가 바퀴 쪽으로 다가가 말했다. 러스터는 마지못해 채찍을 건넸다.

"그거 없이는 절대 퀴니를 몰지 못한다구요."

"그런 걱정은 접어 둬. 퀴니가 너보다 길을 더 잘 알 게다. 넌 거기 앉아 고삐만 잡고 있으면 돼. 너 길을 알지?"

"네. 티피가 일요일마다 가는 길이죠, 뭐."

"그럼 오늘도 일요일이니 같은 길을 가는 거야."

"그러믄요. 내가 티피 대신 백 번도 넘게 몰지 않았어요?"

"그럼, 다시 그렇게 해 봐. 어서 가거라. 그리고 너 벤질 괴롭히면, 나도 널 어떡할지 모른다. 쇠고랑을 차는 게지. 쇠고랑을 찰 걸 알아도 널 감옥으로 보낼 거야. 알겠냐, 이 검둥이놈아?"

"안다니까요. 이려, 퀴니."

그가 퀴니의 널따란 등을 고삐로 내리치자 마차가 비틀거리며 움직이기 시작했다.

"얘, 러스터!"

"이려, 이럇!" 러스터는 고삐로 한 번 더 때렸다. 땅 밑에서 울리는 듯한 소리를 내며 퀴니는 천천히 차도를 내려가 큰길로 꺾어 들었다. 러스터는 퀴니가 길게 붕 떴다 앞으로 넘어지는 식으로 걷도록 몰았다.

벤이 훌쩍임을 그쳤다. 그는 자리 한가운데에 앉아 가지를 댄 꽃을 똑바로 세워 주먹에 쥐고, 침착하게 뭐라 형언할 수 없는 눈을 하고 있었다. 바로 그 앞에서 탄환같이 생긴 러스터의 머리가 연신 뒤를 돌아봤는데, 마침내 집이 시야에서 사라지자, 그는 마차를 길섶에 세우고는 벤이 바라보는 동안 마차에서 내려 생울타리에서 나뭇가지 하나를 꺾어 왔다. 퀴니가 머리를 숙여 풀을 뜯어 먹으려 했으나 이내 마차에 오른 러스터는 말 머리를 끌어 올려 어쩔 수 없이 움직이게 만들었다. 그리고 양 팔꿈치를 쭉 펴고 회초리와 고삐를 높게 든 채 뽐내는 자세를 취했으나, 퀴니의 침착한 발굽 소리와 그 배 속에서 나는 오르간 소리 같은 반주와는 영 어울리지 않았다. 자동차가 그들 곁을 지나가고 보행자도 지나갔다. 한번은 반쯤 자란 검둥이 한 패가 지나가며 물었다.

"여, 러스터. 어딜 가는 거냐, 러스터? 묘지에 가냐?"

"히야, 너희들이 가는 묘지랑은 달라. 이랴, 코끼리야."

마차는 광장으로 나아갔는데, 남군(南軍) 병사의 동상이 대리석으로 된 손 밑으로 공허한 시선을 바람 속으로 던지며 서 있었다. 러스터는 여전히 뽐내며, 광장 주변을 둘러보고는, 둔감한 퀴니에게 회초리를 날렸다. "저기 제이슨 나리 차가 있는걸." 하고 말하고는 다른 검둥이 무리 한 패를 뜯어보았다.

"우리 저 검둥이놈들한테 지체 높은 사람들은 어떻게 하는지 보여 주자, 벤지. 어때?" 그는 뒤를 돌아봤다. 주먹에 꽃을 쥐고 앉은 벤은, 멍하니 태평한 눈빛이었다. 러스터는 퀴니를 또 때리고는 기념상 왼쪽으로 방향을 틀었다.

일순간 벤지는 멍하니 얼빠진 사람처럼 앉아 있었다. 그러다 울음을 터뜨렸다. 울어대고 또 울어대고 그의 목소리는 거의 숨 쉴 겨를 없이 점점 높아져 갔다. 그 속에는 놀라움 이상의 것이 있었다. 그것은 공포요, 충격이자, 볼 수도 말로 표현될 수도 없는 고통, 단지 소리였다. 러스터의 눈은 그 공백의 순간 동안 흰 자위를 드러내며 뒤집혀 있었다. "오오, 이런. 그쳐! 그쳐! 이런 빌어먹을!" 그는 다시 마차를 돌렸고 퀴니에게 회초리질을 했다. 회초리가 부러지자 내던지고 믿을 수 없을 만큼 높아져 가는 벤의 목소리와 더불어 그는 고삐 끝을 잡고 몸을 앞으로 굽혔는데, 그 때 제이슨이 광장을 가로질러 뛰어와 마차에 발을 올려놓았다.

뒷손질로 러스터를 옆으로 밀친 제이슨은 고삐를 잡고 퀴니를 앞뒤로 흔들고는 겹쳐 쥔 고삐로 퀴니의 엉덩이를 후려쳤다. 벤이 귀에 거슬리는 고통스런 소리로 울부짖는 가운데, 그는 퀴니를 때리고 또 때려 전속력으로 몰아대더니 기념상 오른편으로 돌아가게 했다. 그런 뒤 주먹으로 러스터의 머리통을 갈겼다.

"넌 벤을 왼쪽으로 데리고 가면 안 된다는 것도 몰라?" 그리고 뒤로 손을 뻗어 벤을 때리고는 꽃 줄기를 다시 꺾어버렸다. "닥쳐! 닥치라구!" 그는 고삐를 잡아당겨 퀴니를 세우고는 마차에서 뛰어내렸다. "녀석을 데리고 집으로 돌아가. 쟬 데리고 두 번 다시 문 밖을 나서기만 해. 네놈을 죽여버릴 테니!"

"알겠어요, 나리!" 러스터가 말했다. 그는 고삐를 잡고 그 끝으로 퀴니를 때렸다. "이랴! 이랴, 저쪽이야! 벤지, 제발 좀 울지 마!"

벤의 목소리는 울부짖고 울부짖었다. 퀴니가 다시 움직이기 시작하자 발굽은 다시 착실하게 딸각딸각 소리를 냈다. 그리고 벤은 이내 울음을 그쳤다. 러스터는 어깨 너머로 재빨리 힐금 돌아보고는, 앞으로 계속 나아갔다. 꺾여버린 꽃은 벤의 주먹 위로 축 늘어진 채였고 벤의 두 눈은 다시 멍하니 푸르고 차분해졌다. 집의 처마며 전면(前面)이 다시 한 번 왼쪽에서 오른쪽으로 조용히 흘러갔고, 각각 정해진 자리에 놓인 기둥과 나무, 창문과 출입구와 간판도 함께 멀어져 갔다.

포크너의 생애

윌리엄 포크너는 1897년 9월 25일 미국 미시시피 주 뉴올버니에서 태어났다. 그의 가족은 1902년 미시시피 대학교가 있는 옥스퍼드로 이사하는데, 그의 아버지 머레이는 그곳에서 마차 대여소와 철물점 운영, 지역 대학교 회계 업무 등으로 생계를 꾸린다. 어머니는 모드 바틀러로, 모드와 머레이 포크너 부부 사이에는 윌리엄, 머레이, 존, 딘, 이렇게 네 자녀가 있었다. 가족은 남북전쟁 후 몰락한 가문의 후예로 생활 수준은 평범했다.

포크너는 불우한 학생이었다. 고등학교도 마치지 못한 채 할아버지의 은행에 취직하게 되지만 폭넓은 독서를 했으며 시를 썼고, 그림에도 소질을 보였다. 옥스퍼드 주민들에게는 우울하고 신비로운 분위기의 젊은이였다.

1914년 그는 필스톤이라는 젊은 변호사와 교제하게 되는데, 그녀는 그에게 막 명성을 얻기 시작한 젊은 작가들, 콘래드 에이킨,

로버트 프로스트, 에즈라 파운드, 셔우드 앤더슨 등과 문학 토론을 할 기회를 만들어 주었다.

포크너는 체중과 신장 미달을 이유로 육군 입대를 거부당한다. 그러나 결국에는 토론토 소재 비행단에 입대하게 되는데, 1918년 12월 22일 부상을 입고 중위로 제대한다. 그의 초기 소설들에 이때의 경험, 1차 세계대전이 자주 등장한다.

그는 재향군인 자격으로 미시시피 강가에 삶의 터전을 마련한다. 그곳에서 영어, 프랑스어, 스페인어를 배우나 학교에 등록한 기간은 겨우 1년이었다. 그동안 학생 문예지 등에 기고하기도 했는데, 이들 작품에는 그의 기지와 풍자는 물론 예술가로서 또 전문 작가로서 자신을 확립시키고자 고심한 흔적이 고스란히 드러나 있다. 이후 뉴욕에 가서 서점에 취직하기도 하나 오래 가지 않았고, 다시 옥스퍼드로 돌아와 목수 일이며 미장이 노릇, 대학교 우체국장까지 하는 등, 2년간 각종 잡무에 종사한다. 교내 우체국을 그만두던 1924년, 대표 시집 『대리석 목신 *The Marble Faun*』을 간행하기에 이른다.

유럽 여행을 결심한 포크너는 6개월간 뉴올리언스에 머물며 당시 쟁쟁한 명성을 날리던 셔우드 앤더슨과 가깝게 지냈고, 지방 문예지 「더블 데일리」에 시를 발표한다. 이 무렵 앤더슨의 협조를 얻어 처녀작 『병사의 보수 *Soldier's Pay*』 집필에 들어간다. 1925년 7월 그는 화물선에 몸을 싣고 이탈리아로 떠났고 도보로 프랑스와 독일을 둘러본다. 1921년에서 25년까지의 5년간은 포크너에게는 가장 파란만장했던 방황의 시기였고 평생 단 한차례 옥스퍼드를 떠난 시기이기도 했다.

유럽 여행에서 돌아온 포크너는 뉴욕에서 『병사의 보수』를 출판한다. 그의 문체는 세기말적 사조(fin de siècle)의 영향을 크게 받았는데, 당시 미국에선 아직 무르익지 않은 경향이었다. 작품 출간 후 포크너는 약간의 호평을 받았으며 출판사로부터 두 번째 작품을 계약하자는 제안을 받는다.

뉴올리언스를 배경으로 하는 두 번째 작품 『모기Mosquitoes』는 풍자 소설로, 말보다는 행동을, 얘기하는 사람보다는 행동하는 사람을 더 중요시한 작품이었다.

1929년 포크너는 『사토리스Satoris』를 씀으로써 작가로서의 위상을 확고히 한다. 소설은 사토리스 가문 혹은 포크너 가문의 조상으로부터 자기 세대에까지 이르는 전설적인 이야기를 담고 있다. 포크너는 소위 로스트 제너레이션(Lost Generation), 즉 상실의 세대에 속하는 작가로서, 이 작품은 이후 그의 여러 작품의 토대가 되었다.

『사토리스』를 펴내고 불과 몇 개월 만에 포크너는 『음향과 분노The Sound and the Fury』를 발표한다. 『사토리스』를 기반으로 작가로 인정받은 포크너는, 『음향과 분노』를 통해 그 입지를 더욱 공고히 다진다. 이듬해 1930년에는 『성역Sanctuary』을 발표하는데, 곧 영화화되어 호평을 받았다.

1929년 7월, 그는 에스텔 올드햄Estelle Oldham과 결혼했다. 그의 명작들은 거의 이때를 전후로 쓰여졌으며, 할리우드로 건너가 시나리오를 쓰기도 했다. 포크너는 고국인 미국에서보다 프랑스에서 더 인정받은 작가였다. 앙드레 말로는 『성역』을 격찬했으며, 사르트르는 포크너에 관한 평론을 쓰기도 했다. 1946년 무렵부터 포크너 연구가 활발해졌는데, 많은 문학지에서 그를 다룬 평론을 싣기 시작했다. 포크너는 1949년에 노벨문학상을, 54년과 62년 두 차례 풀리처상을 받았다.

포크너의 문학

포크너는 다수의 장편과 단편소설을 발표했으나, 그중 그의 출세작이며 걸작인 『성역』과 『음향과 분노』, 『8월의 빛Light in August』을 완성한 1929년에서 1932년까지가 가장 찬란했던 시기라 하겠다. 이 소설들은 명실공히 세계문학사의 걸작으로 꼽힐 만하며, 포크너가 현재 미국에서 가장 위대한 작가 중 한 사람으로 여겨지는 것도 이 작품들 덕분이다.

일부 독자들로부터는 무책임한 선동적 작가, 정신병자, 심지어는 영어를 제대로 모른다는 비난을 받기도 했는데, 대부분은 그의 소설이 지닌 난해함에서 기인한 것이라 판단된다.

포크너를 헤밍웨이나 더스패서스 같은 미국 일급 작가들과 더불어 로스트 제너레이션 작가군에 포함시키는 경향이 일반적인 듯하다. 그의 문학에 많은 영향을 준 도스토예프스키나 조이스, 그리스 비극적 요소 등에 대한 설명은 생략하더라도 그의 소설이 전개되는 공간적 배경, 요크나파토파(Yoknapatawpha) 군(郡)에 대한 설명은 필요하다고 본다.

포크너는 그가 자라난 옥스퍼드가 속해 있는 라파예트 군을 모델로 요크나파토파라는 문학적 가상 공간을 만들어냈다.

요크나파토파 군의 군청 소재지는 제퍼슨 시이며, 그 넓이는 2,400평방 마일, 인구는 15,611명이다. 이 지방엔 비옥한 삼각주와 백사장, 숲이 있으며, 제퍼슨 시에는 감옥, 광장, 쓰러져 가는 낡은 집, 먼지투성이 도로와 철도, 때때로 범람하는 강과 늪지대, 묘지가 있다. 몇 세대에 걸쳐 인디언들이 살아 왔고, 노예와 지주들, 남북전쟁 참전 군인들과 1·2차 세계대전을 치른 재향군인들, 행상들, 농부들, 변호사들, 의사 등 별별 사람들이 살아 온 곳이다. 교회 종탑 위로 나는 비둘기, 인동덩굴 냄새, 흑인들 오두막에서 나는 체취, 말발굽 소리, 이 모든 것을 포크너는 생생하게 묘사한다.

이 지방에 대해 알아 둘 것이 또 하나 있다. 이 지역 사람들은 노예제를 기반으로 잉태된, 조상에게서 물려받은 갖가지 고통과 죄악의 짐을 지고 저마다의 방식으로 이에 반응한다는 점이다.

포크너가 이 불가사의한 남부의 실상을 묘사하고자 설정한 요크나파토파 군을 이해하려면 세 번째 작품 『사토리스』에서부터 1951년에 발표한 『수녀를 위한 진혼가 *Requiem for a Nun*』에 이르는 아홉 편의 장편소설과 기타 단편소설 30여 편을 읽어야 한다. 그러면 요크나파토파 시리즈가 보여 주는 일관된 주제와 유기적인 세계 및 내용을 주제별로 다섯으로 나눌 수 있게 된다. 첫째는 남부의 전설적 과거, 즉 인디언의 생활상과 남북전쟁의 테마로, 이를 다룬 작품으로는 『수녀를 위한 진혼가』, 『모세여, 내려가소서*Go Down, Moses*』, 『불멸의 인간상*The Unvanquished*』, 『압살롬, 압살롬!*Absalom, Absalom!*』 등이 있다. 두 번째는 남북전쟁 이후 구세대의 몰락과 사회 변화상을 묘사한 것으로, 『음향과 분노』와 『사토리스』 등이 해당된다. 세 번째는 백인의 빈곤한 생활상과 그들의 강인함, 무지와 교활함을 묘사하는 『내가 죽어 누워 있을 때*As I Lay Dying*』, 『마을*The Town*』, 『8월의 빛』 등이 되겠으며, 네 번째는 당시 남부 사회의 퇴폐상을 그리는 『성역』과 『8월의 빛』, 마지막 테마는 남부 사회 문제의 근저에 흐르는 흑인 문제로, 『무덤으로의 침입자*Intruder in the Dust*』, 『모세여, 내려가소서』, 『8월의 빛』 등이 이 주제를 다룬다.

이러한 주제 의식을 바탕으로 요크나파토파 군을 설정해 작품을 써낸 포크너의 의도는 무엇일까? 단정하기는 힘들지만, 두 가지만큼은 분명해 보인다. 하나는 자신의 고향에 가하는 예리한 비판이다. 무지한 흑인에 대한 백인의 학대와 비인간적인 봉건적 노예제에 대한 비판인 것이다. 그 결과물인 남북전쟁, 노예제 붕괴 등에서 우리는 포크너의 역사관 내지는 과거 남부에 대한 그의 부정적 시각을 엿볼 수 있다.

그러나 포크너의 입장이 그리 단순하지만은 않다. 이러한 비판적 증오와 더불어 또 하나 분명한 것은, 그가 고향 남부에 대해 무조건적인 애착을 보이는 점이다. 남부인으로서의 긍지와 옛 남부를 향한 향수를 인물들의 대화 속에서 감지할 수 있기 때문이다.

혹자는 포크너가 그려내는 어두운 세계와 세상을 향한 부정적 태도를 두고 부도덕하다 할 수도 있겠다. 하지만 꼭 그렇기만 할까? 남부에 대한 그의 무조건적인 애착과 결부되어 있을 것이나, 작품에서 우리는 인도주의적인 전환을 발견하게 된다. 그의 도덕관념과 기독교를 향한 태도를 우리는 『음향과 분노』의 흑인 하녀 딜시에게서 찾아볼 수 있는 것이다.

『음향과 분노』에 대하여

작품 뒤에 해설을 붙인다는 것이 과연 적절한가 싶기도 하나, 이 작품은 그 구조적 특이성으로 인해 독자에게 적잖이 부담을 안기므로 약간의 설명이 작품 감상의 방해 요인이 되는 일은 없으리라 생각된다.

물론 심리주의 소설에 익숙한 독자라면 어느 정도 무난하게 읽어낼 수 있을 것이다. 그러나 포크너식 서술을 처음 대하는 독자에게는 약간의 예비지식이 필요할 것이다. 포크너의 대표작이며 가장 난해하다고 알려진 이 작품을 이해하는 데는 특히 세심한 주의가 요구되는 까닭이다.

소설은 미국 남부의 유서 깊은 가문, 콤슨 가의 몰락을 그린다. 이 가문에서는 장군과 주지사를 배출하기도 했다. 소설은 그 시간적 배경을 1910년 6월 2일에서 1928년 4월 8일까지로 한정해 몇 가지 사건을 매개로 인물들 간의 관계와 갈등을 드러낸다.

1부는 백치 벤지의 의식의 흐름을 통해 묘사되고 있어 이해하는 데 다소간 어려움을 안긴다. 벤지의 의식은 과거에서 현재로, 다시 과거로 초점을 잃고 흔들린다. 작가는 이런 시간 전환을 이탤릭체로 구별해 두었다. 물론 제임스 조이스의 영향이다. 독자를 혼란스럽게 하는 다른 하나는 포트맨토 워드(portmanteau word), 즉 발음은 같으나 뜻이 다른 두 단어를 사용한 점이다.

벤지의 아버지 제이슨 3세는 변호사였으나 술로 세월을 보내는 인물이며, 어머니 캐롤라인은 병상에 누워 남부 귀족의 긍지에만 사로잡혀 있는 부인이다. 부부에겐 쿠엔틴, 캔데이스(캐디), 제이슨 4세, 벤저민(벤지, 모리) 이렇게 3남 1녀가 있다.

여기서 독자를 아리송하게 만드는 것은 벤지의 아명 모리가 캐롤라인의 동생 이름과 같은 점, 제이슨 3세의 아들 쿠엔틴이 캔데이스의 사생아(여자아이)와 같은 이름인 점일 것이다. 게다가 캔데이스의 애칭 캐디는 골프의 캐디(caddie)와 발음이 같다.

2부는 쿠엔틴의 시점으로 전개된다. 쿠엔틴은 맏아들로 하버드 대학에 다니다 자살하는 인물이다. 1910년 6월 2일 쿠엔틴의 의식은 캐디에게 사로잡혀 있다. 그는 달튼 에임즈와 간통하고, 시드니 허버트와 결혼한 여동생 캐디와 자신이 근친상간을 했다고 믿는다. 정말 그런 근친상간 행위가 있었는지 아닌지는 소설 속에서 명확하게 드러나지 않지만, 그가 캐디와 함께 지옥에 떨어져 현실에서 도피하기를 욕망한 것만은 분명하다.

3부는 제이슨 4세의 시점에서 쓰여진다. 제이슨 4세는 철물점에서 일하고 때때로 노름도 하지만, 사실상 집안 살림을 책임지고 있으며 누나 캐디의 사생아를 기른다. 제이슨은 사생아 쿠엔틴에게 무자비하게 굴며, 캐디가 보내는 양육비까지 가로채 그 돈을 몰래 모은다. 그러나 쿠엔틴은 그 돈을 훔쳐 서커스단 남자와 달아난다. 제이슨은 뒤를 쫓지만 결국 잡지 못하고 돌아오고 만다.

4부는 객관적인 서술을 보여 준다. 흑인 하녀 딜시의 성격이 두드러지게 묘사된다. 그녀는 포크너가 창조한 캐릭터들 가운데 특히 기억에 남는 인물 중 하나로, 동정심과 책임감이 강하며 건전한 윤리관을 지녔다.

이런 시점상 독해의 어려움 말고도 독자는 또 한 번 어려움을 겪는데, 구두점 없이 연결되다가 뚝 끊어지기까지 하는 문장들이 그것이다.

역자는 가급적 원문과 같은 체계를 유지하고자 하였다. 따라서 독자에게는 고난의 길이겠지만, 이것이 포크너다운 맛이라 여기고 읽어 주기를 바라는 마음이다. 계속 읽어 가다 보면 차츰 줄거리가 드러나고, 끝에 가서는 훨씬 분명해질 것이다. 아쉬움이라면 남부 방언과 흑인들의 구어체를 살리지 못한 점이다. 한국식 사투리로 대체하면 어떨까 고민하기도 했으나, 복잡한 문장을 더욱더 복잡하게 만드는 결과를 나을까 우려돼 모두 표준어로 통일했다. 이 점 독자 여러분의 양해를 구한다.

번역에는 *The Sound and the Fury*(THE FAULKNER Reader, Random House, 1946)를 원본으로 사용했음을 밝힌다.

옮긴이 정인섭

일본 와세다대학교 영문과를 졸업했다. 중앙대 · 한국외국어대 대학원장을 역임
했으며, 옮긴 책으로는 포크너의 『불멸의 인간상』, 『셰익스피어 전집』, 『테스』,
『펄벅 단편선』 등이 있다.

음향과 분노
The Sound and the Fury

2006년 2월 24일 초판 발행
2010년 10월 27일 개정판 발행

지 은 이 윌리엄 포크너
옮 긴 이 정인섭
책임교정 최예진
펴 낸 이 박성진
펴 낸 곳 북피아
주   소 서울시 금천구 가산동 550-1롯데IT캐슬 2동 1206호
전   화 02)884-8459
팩   스 02)884-8462

ⓒ 북피아, 2010

ISBN 978-89-87522-96-8 03840

이 도서의 국립중앙도서관 출판시도서목록(CIP)은 e-CIP
홈페이지(http://www.nl.go.kr/ecip)에서 이용하실 수 있습니다.
(CIP제어번호: CIP2010003658)